读客® 知识小说文库

读 小 说 ， 学 知 识

64场精密骗局、58种设局手法、9种诈骗话术、5个连环套，
全面揭秘网络诈骗，教你防范最新骗局。

反骗案中案

常书欣　著
《余罪》作者

江苏凤凰文艺出版社
JIANGSU PHOENIX LITERATURE AND ART PUBLISHING

图书在版编目（CIP）数据

反骗案中案 / 常书欣著 . -- 南京 : 江苏凤凰文艺出版社，2021.5（2021.11 重印）
ISBN 978-7-5594-5040-1

Ⅰ．①反… Ⅱ．①常… Ⅲ．①长篇小说 - 中国 - 当代 Ⅳ．① I247.5

中国版本图书馆 CIP 数据核字 (2020) 第 135443 号

反骗案中案

常书欣 著

责任编辑 丁小卉
特约编辑 李晓宇
封面设计 刘小梅
责任印制 刘 巍
出版发行 江苏凤凰文艺出版社
南京市中央路 165 号，邮编：210009
网 址 http://www.jswenyi.com
印 刷 三河市龙大印装有限公司
开 本 680 毫米 ×990 毫米 1/16
印 张 21
字 数 295 千字
版 次 2021 年 5 月第 1 版
印 次 2021 年 11 月第 2 次印刷
标准书号 ISBN 978-7-5594-5040-1
定 价 48.00 元

目 录

第一章
骗子显形寻组织

在现实中寻找信仰而不可得，转而寻求智慧的解决之道，
这些人一部分成了智者，
另一小部分，则成了骗子。

大象有形，真相难寻

一道耀眼的闪电，几声轰隆隆的惊雷在城市上空炸响，急风裹挟着骤雨急至，天眼回传的城市影像瞬间变得模糊。

机要员抱着一沓文件快步向五楼多功能会议室奔来，敲门而入。主座的陈颢元局长指指座位。机要员有点慌乱地把文件放整齐，掀开了电脑，接驳着视频线路。类似的紧急会议倒不鲜见，只是参会人员这么少倒不多见。

主座是两位领导，市局陈局长和省厅谢经纬副厅长，对面是反诈骗中心主任俞骏和经侦支队的美女向小园。今年中州连发数起跨境诈骗大案，作为警方公开新闻发言人的向小园在电视媒体上频频亮相，要论起公众知名度来，级别最低的她倒要排在首位。

“准备好了。”机要员提醒了声。

“开始吧。”陈颢元局长道。

他起身关上了窗户，熄了灯，省厅谢副厅专门召集的临时会议开始了。所有的视线聚向了会议桌正面墙上的投影屏，字幕提示这是“1·30非法集资案”。视频一开始就是混乱的场面，警员冲进了一处办公场所，拿人，封存电脑，被堵住的公司员工声嘶力竭地和警察理论，后面闻讯赶来的受骗群众围着警戒线叫嚷。一座办公楼的里里外外，挤满了人。

“3·24电视（网络）购物诈骗案”，缴获用于转账的各类银行卡排了半个房间的地面，各类工艺品填满一仓库。

“4·11网络赌博诈骗案”，执法记录仪记录下了跨四省十余城市的抓捕，由此案衍生的其他刑事案件三十余起，其中包括抢劫、信用卡诈骗、挪用公款职务犯罪等。影像中特别记录了一个财政局的公务人员，因参赌输掉了一千六百余万元，都是挪用的公款，巨额债务让他最终选择了从中州大厦楼顶一跃而下，一了百了。

“5·5非法传销案”，起始于中州，蔓延至全省十一个市，这个以“虚拟货币”为噱头的新型金融传销案，其涉案金额达到了八个亿的恐怖程度，收网动用了八千名警力。即便如此，最终还有一个多亿的涉案资金去向不明。

“6·12跨国电信诈骗案”，从菲律宾跨国押解归案的涉案嫌疑人有二百六十七名……这一案是中州今年最抢眼的新闻，专案指挥人员就是在座四位。机要员悄悄瞥了一眼几位，晦暗的光线里，在他们脸上看不到一点骄傲和自得，有的只是近乎冷酷的凝重和肃穆。

两年多来，中州市数得着的大案在此重现，即便回头再看，即便已经把大部分犯罪嫌疑人绳之以法，可仍然令人心情复杂。可能其他人会关注骗局的精彩和骗子的狡猾，但身为警察，看到的更多是倾家荡产，甚至家破人亡，是哭天抢地，甚至欲哭无泪，是秩序坍塌和公德崩坏。骗子一遍遍收割着人们的善良、勤劳、诚实，越来越多蔓延的谎言和欺诈，也一直冲击社会底线。

影像在押解归案后停止了，为了运送这些中州史上最大一宗跨境电信诈骗涉案人员，市局用了十几辆大巴，市里三个看守所人满为患。

啪的一声，谢经纬副厅长起身开了灯，他往后一捋满头花白的头发，默默地坐了下来，似乎在化解此时无语的尴尬。面对各类犯罪，可能有人义愤填膺，有人怒发冲冠，也可能有人无语慨叹，但骗子不同，人们对于他们的愤怒有时候更甚于那些恶性罪犯，是一种恨不得把这些浑蛋置于死地而后快的咬牙切齿。

“说说吧，什么感觉？”陈颢元局长出声问道，顺手拿起了文件资料。他面色有些疲惫。

俞骏和向小园交换了一下眼神，两人都不明白被紧急召来观摩旧案的用意，按理说在连续一年多的高压打击下，诈骗案的发案率已经下降了近六成，特别是跨境电信诈骗被起底之后，整个社会风气都为之一新。俞骏斟酌片刻后回答道：“这几个月来，我们反诈骗中心采取了多项举措，重点以防为主，防以宣传为先，通过车身广告、自媒体宣传、标语、广播电视等途径，把不同类别四十多种常见的诈骗方式以各种形式让群众家喻户晓……”

“等等。”陈局长打断了俞骏的话，“这不是汇报，也不是表彰，我是问你们对这一年多的反骗工作是什么感觉。”

“感觉？除了累，还有别的吗？”俞骏尴尬一笑。

“哎，这就对了，和我的感觉一样。小向，你呢？”谢副厅长问。

向小园笑了笑，道：“再加一个字，就是烦！骗局层出不穷，骗子前赴后继，加上互联网和通信的便捷，但凡有个新花样出来，一蔓延就是全面开花，很难控制。”

“这就是今天我们要讨论的一个议题。对付诈骗，我们一贯是兵来将挡，水来土掩，这种见招拆招的方式长期以来让我们难以首尾兼顾，我和陈局一直在考虑，能不能采取更主动、更深入的反欺诈工作方式，也就是说，找到一种事半功倍，而不是像现在这样事倍功半的方式。”谢经纬副厅道。

“那样的话难度更大，诈骗本身就是个高智商活儿，我们要提前预知或者研判发生的时间、地点和方式，那得要多高的智商和预判能力啊？”俞骏愣了，领导一贯高瞻远瞩，就是经常忘记眼前和脚下。

“可能性还是有的，最起码涉众类传销、非法集资还是有可能的。”向小园补充道。

唱了句反调，俞骏不悦侧目。这位美女同事招人妒忌的地方太多，无论是脸蛋还是能力，她刚到三十岁就坐到了副支队长的位置，与她同龄的大部分人还在科员的位置上苦熬呢。

向小园似乎很享受这种被众人瞩目的感觉，她清清嗓子，道：“特别是涉众类的诈骗，作案时间长、区域跨度大、参与人员众多，这是难点，有时候恰恰也是我们的切入点，只要有一点关键线索，我们就可以做到提前预防。这个关键线索可以来自内线的侦查，或者大数据的研判，无论是涉案人员还是涉案资金上的线索，只要运用得当，完全可以做到警于事前，提前预防。”

两位领导赞赏地看了她一眼。陈局指指俞骏道：“俞主任，在心态上你得向年轻人学习啊，行动上进取是肯定的，但前面得加上乐观，而不是悲观啊。”

俞骏讪笑，向小园方自窃喜，却不料立时听到了陈局的转折，话锋不按常理走了，就听他道：“但小向啊，你这个乐观，可千万别成过于乐观，最起码从‘骗’字渊源上讲，俞主任能当你的老师，他当派出所民警时，厅里遇到诈骗案都会第一时间想到他；反诈骗中心组建时，俞主任的提名可是全票通过。”

向小园好奇地看了俞骏一眼。参案虽有过协作，但仅限于各管一片，眼中四旬开外的俞主任宽额方脸观感虽佳，可总是显得病恹恹的颓废表情，会拉低人们对他的评价。

“我们现在进入正题，在反骗领域，你们俩一个追人、一个追钱，算是资深的了，厅里对近两年以来的案情做过一个汇总梳理，文件就在你们手上，回去仔细看。我现在提几个问题，你们思考一下。‘6·12跨国电信诈骗案’，资金的中转地是中州，其成员有六成来自我们省，他们所有人员出境起程地就是中州国际机场。”谢经纬副厅长挥着手指，第一个问题出来了。

这可能直接牵涉重大案情，众人目不转睛地盯着，却不料谢副厅一摇头，道："别期待我的答案，我没有答案，只有问题。第二个问题，在捣毁境外诈骗窝点的时候，我们缴获了犯罪团伙的核心玩意儿——话本。放一下，这种话本只有纸质版，传说全套教程在暗网上能卖到十几万。"

机要员回放着画面，在成堆成片的银行卡、钱、电脑、手机中间，放着几本纸质打印装订的东西，上面堂而皇之印着"话术交流指南"，传说这几乎是诈骗的纲领性文件，可以在短时间内把一个外行培训成电信诈骗的高手。

谢经纬道："里面细节很丰富，怎么开场，怎么交流，怎么控制对方的情绪，怎么取得对方的信任，甚至还有冒充我们公安机关人员的注意要点……这些不重要，重要的是，我们在这些话本上也发现了两个细节，一个是一本话本的扉页污渍，经过技侦分析，这片污渍的成分是胡辣汤，我们中州的特产；另一个话本里夹了一张公交车票，属于我们中州公交公司16路车。现在市区大部分已经是无人售票，16路是开往远郊的一路车，还保留着人工售票……跟着细节往深里判断，实际情况可能是这样，骗子在坐公交车、吃饭的时候都在发奋学习，等学成之后出国反过来骗国内人。骗子都这么拼，我们没理由不努力啊。"

一个无伤大雅的幽默，换来了众人满脸苦笑。谢副厅看了眼自己的笔记本，继续道："第三个问题，近五年来，我们全省发生各类涉众类诈骗四千四百余起，手法花样繁多，但有几个共同点，涉案资金总有一部分去向不明，追踪不到；涉案人员交集很多，这也是反骗工作的难点，很多一般参与的小骗子是抓了放，放了抓，关几天再出去倒替他们省下开支，而且不耽误他们一次又一次参加各类诈骗案。这类重复犯罪的问题症结又在何处？"

俞骏和向小园陷入了思索。谢副厅顿了片刻继续道："第四个问题，我们省是个文化大省，历史悠久，又是中原核心，历史流传下来的文化精华和糟粕差不多一般多。旧社会有关'风马燕雀金评彩挂'八大骗的传说起源于我们这里，还有一个传说叫'天下行骗，中州教练'，说的是我们这里的骗子技高一筹，出去就能当教练……厅里研判，是不是有这么一伙或者几伙高明的骗子一直在兴风作浪，有没有可能是他们故意把水搅浑，然后在里面浑水摸鱼，毕竟诈骗的组织和策划层面，我们还没有机会掌握情况。”

难了，难度无限提升了，俞骏皱着眉头。向小园却是一反常态，兴趣上来了，两眼炯炯有神地看着谢副厅等着下文。就听谢副厅继续道：“第五个问题，在‘6·12跨国电信诈骗案’里，又发现了‘金瘸子’的踪迹，主谋之一朱丰交代，他的上线仍然是金瘸子，但他描述的体貌特征和我们掌握的还是不一样，换句话说，到现在为止我们已经有六七个体貌不尽相同的‘金瘸子’的肖像了。这个骗术名家到底是个传说，还是真实的存在，值得商榷啊。说他是传说吧，不可能所有的诈骗嫌疑人都能交代得有板有眼吧；说不是传说吧，我在二十年前就听过这个名字啊，骗一辈子不失手，可能吗？”

问题摆出来了，肯定是要往深里查，往根上查。俞骏撇着嘴摸摸鼻子，那是手足无措的下意识动作。向小园见谢副厅停顿了，好奇地问：“是不是嫌疑人刻意假借‘金瘸子’这么一个名头作案，故意干扰我们的视线？”

谢副厅笑笑道：“如果不同的团伙都用这个名头，也恰恰说明有提前的策划和预谋。要是跟风倒好说，但要是来自同一个人，那就细思极恐了。不管是金瘸子还是银瘸子，他都快成功把我们忽悠瘸了……俞主任，你的看法呢？”

“一个团伙不管抓多少人，真正能达到起诉标准的没几个。涉众类诈骗一般参与的嫌疑人罪不重，获利也很轻松，他们其实很享受那个过程。庞氏诈骗、非法集资、传销式裂变，这些经典诈骗方式不断在融合激荡，花样不断翻新，让我们应接不暇。传统的‘风马燕雀金评彩挂’、江相、巫蛊借助网络粉墨登场，我们实在是疲于应付啊。”俞骏道，他显得有点黯然地看着副厅和局长。一直以来他都是这种不讨喜的悲观主义的口吻。

“所以局里准备出个人事决定，给你调个副手，怎么样？”陈局长抬抬头，示意向小园。向小园愕然地看了眼俞骏，对这个消息有点意外。

两人再一次对视，依然不太对眼，一个风姿绰约，一个其貌不扬，怎么看都有点不搭调。两人的目光一触即分，实在无法相互吸引。

“工作的方向有这么几点，第一，往小处走，连年的高压加上打黑除恶，规模性的涉众类诈骗短时间内不会出现，要抓小案，抓群众关注的类型案；第二，主动走，往深里走，深挖一下这些所谓市井江湖里以骗为生的嫌疑人，重点打击；第三，往带破的方向走，历年来的积案、旧案，能带破一部分或者大部分，那么我们反骗工作的整体水平就可以上个台阶了。”陈局长道。

俞骏和向小园相觑一眼，心跳加速。领导轻描淡写的话里，千斤重担已经压上来了。

“有什么问题和困难，你们可以提，市局调令很快就下来。厅里准备给你们一把尚方宝剑，经费充足供应，设备优先配备，人员嘛，你们完全自主，只要看上哪个局、哪个队的苗子，我给你们全程开绿灯。”谢副厅豪爽地道。不管哪种激励方式，都缺不了最后这根胡萝卜，今天的这根胡萝卜够大、够甜、够意外了。

陈局接着话茬儿道：“现在是九月份，具体的工作目标，是用三个月左右的时间，解决一批类型明显的诈骗案件，培养一批熟悉各种诈骗套路的警务人员，深挖一批躲在幕后操纵、策划和组织诈骗类犯罪的人员，比如这个什么所谓的‘金瘸子’，假如真有其人的话，要是被我们揪出来，那对于全市乃至全省的反欺诈工作都会有深远影响啊……”

“我个人认为存在的可能性很大，每每涉案资金都要缺失一部分，每每发案都有同样的面孔出现，每每消停一段时间，不是卷土重来，就是变本加厉啊。你们组建个小组，要发挥先遣队的作用，要想尽一切办法为明年春季的统一行动提供指向性的信息线索……有信心吗？”谢副厅问。

“有！”向小园起身，敬礼道。

不过一发声尴尬了，俞骏还端坐着，像是不为所动。陈颢元局长指节叩叩桌面提醒道：“俞主任啊，你明明也算是威名赫赫嘛，每次领任务怎么都这么消极啊？”

“信心我真没有，以我们几十人建制的一个反诈骗中心对付全市层出不穷的骗子，夸多大的海口就是吹多大的牛。”俞骏软绵绵地道。

“然后呢？”谢副厅稍有不悦，盯着俞骏，总觉得这位病恹恹的主任外表是一张极具欺骗性的面孔，和他吓人的履历恰成反比。

俞骏缓缓站起身，凝视着两位领导慢慢举手敬礼，缓缓道：“但职责所在，我会尽一切努力完成上级下达的各类任务目标。”

“呵呵，谢副厅，您别介意，他就这个蔫样子，能有这个态度已经很不错了。”陈局打了个哈哈，收拾着桌上的笔记本。谢副厅提示道：“先就这么着，‘6·12跨国电信诈骗案’的案情还在深挖，有任何进展，信息会第一时间传给你们，前期的人员选拔工作可以开始了。我就不信，市井江湖里都有吹得这么玄乎的奇人异士，我们数万民警中，就找不出几个藏龙卧虎来。”

说话间，谢副厅已经起身离人，完全不似往常布置任务那种上下一心，同仇敌忾的铿锵场面。领导生气甩脸子了。陈局气得剜了俞骏一眼，手指点点，愣是没憋出话，挟着本子追出去了。

俞骏开会时蔫，领任务蔫，走起路来一点儿都不蔫。向小园刚要跟未来的搭档打个招呼，俞骏已经快步出门了。向小园追出来堪堪闪身进了电梯，用一种质询的目光愕然看着俞骏，蔫蔫的俞骏不为所动，只听向小园用质问的口吻说：“俞主任，您这什么意思？我还没上任呢，就这么招您不待见？”

“误会了，我顶多不待见上级，绝对不会不待见下属的。”俞骏蔫蔫道。

这一句听得向小园笑了，背后这么埋汰领导的，也就这些混了十几二十年的中层了。她笑着问：“就不怕我把闲话传领导耳朵里？”

“我无比期待有人构陷我，让我在现在这个位置上直接下课啊。”俞骏道。

向小园皱眉了，没想到声名如日中天的俞主任是这种心态。她想了想，问：“是过度谦虚，还是过于爱惜羽毛，或者过于悲观？‘6·12大案’算不上反诈骗中心的巅峰，完全还能再高一点。”

“过于悲观和过于乐观，其副作用是相同的。小案靠能力，大案靠运气，姑娘，你太乐观了，根本不了解骗子。”俞骏道。

电梯到一层了，他快步走着，边走边点上了烟。憋得久了，他大口贪婪地抽着往外走。向小园不服气地追着问：“我和你同样是‘6·12跨国电信诈骗案’的专案组成员之一，嫌疑人朱丰藏匿的资金是我们组追到的，法律上定义为‘以隐瞒事实和非法占有为目的的犯罪’，难道骗子还有其他解释吗？”

出门厅，闻听此言的俞骏回头，看了跃跃欲试的向小园一眼，指指自己的脑袋道：“你看，我们俩同行，这儿的思维都不一样，你想知道骗子这儿的思维，就更难了……可如果想达到两位领导的意图，那就必须知道骗子这里的想法，否则不可能做出预判，你能吗？”

“学啊，我们不都是在摸着石头过河吗？否则也不会拿下‘跨国电信诈骗案’，以现在技侦和大数据的研判水平，我就不信挖不出线索来，没有人能把案子做得天衣无缝。”向小园道。

“对于追求及时享乐的坏人，只在乎捞得够本，谁在乎天衣无缝？”俞骏嗤笑道，他回头像看邻家不懂事的小妹妹一样看看向小园，鼻孔里冒着烟，表情神神秘秘，又道，“有位哲学家说过这样一句话，‘在没有上帝的世界里，寻求信仰而不可得的人会转而寻求智慧的救助，他们中一部分成了智者，另一部分成了……骗子。’二者的共同之处在于，都能洞悉到人性的每一个细节……你能理解到这种大盗不盗、大骗不骗的层次，才有可能胜任反诈骗中心的工作。”

哲学家？谁？

向小园愣了下，咂摸着此话中的意味。等她回过神来时，看到俞骏已经匆匆奔进雨中，快步上了车，疾驰而去。她心里默念这句话良久，从曾经学过的知识里没有想出是谁，又翻查手机，度娘、谷歌全求助了一遍，然后郁闷地看着俞骏离去的方向喃喃道了句：“编的，根本没有什么哲学家说过，这个骗子。”

她幽怨地盯着视线里茫茫的天地一线，任务一股脑儿地往下扣，搭档又这么不靠谱，要追的还是位传说中的人物，怎么此时的心情越来越契合眼前秋风秋雨愁煞人的情境了……

智商捉急，猫被鼠戏

一个月后，国庆假期即将结束前。

五纺厂附近的胡同。中州老城区本身就是胡同纵横交错，在这种曲里拐弯的环境里，不是本地人根本找不着方向。

清晨是这里最热闹的时候。胡同稍宽一点的地方，小卖部刚刚开门，小吃摊的生意已经是热闹非凡了，豆脑油条热豆浆，羊杂羊肚胡辣汤，老板多数就是胡同里的老居民，厨房就是自家的房子，经营场所就是整个胡同，小脏桌子、长条凳子沿胡同错落摆开。食客络绎不绝，热腾腾地就着小吃喝上一碗，一扯卫生纸嘴巴一抹，鼻涕一擤，小卖部里再来包特产黄金叶吧嗒点上，滋吧滋吧抽着，一天的幸福小日子就这么愉快地开始了。

“老板，来碗羊杂。”

“唉，好嘞。”

“加根油条。”

“好嘞。”

“再给我弄点汤。”

“好嘞。”

一处摊贩爷儿俩忙得不亦乐乎。加了汤的食客总讨便宜再抓点香菜和葱花，他也不恼，生怕烫着客人似的把碗端着放回桌上。邻座正吃着的一个身材稍胖的食客无意间抬头瞅瞅，加汤的是个平头长脸、长相找不出特点来的男子，便对着他一笑，又埋头吃饭了。

这个环境实在不怎么样，一溜胡同有时候挤百八十号人，没座位的时候就蹲在墙根，实在架不住口味奇美。而环境特差也有个好处，吃完肯定都不逗留，碗一放，码一扫，起身匆匆就走。

这个身材稍胖的食客吃得很快，不过似乎对面加葱、加香菜的那家伙吃得比他还快，吸吸溜溜声音又大，他有点反感，耐着性子快吃完，恰抬头又瞧这货很没品地捏着鼻子侧头一擤，嗞的一声，然后手一抹继续吃，哎呀，把他给反感得放下碗，起身掏出手机付账了。

“多少钱？”

“十六块。”

他划开手机屏锁，对着摊前的二维码一扫，嘀一声，支付成功，刚要装起手机，正舀汤的老摊主动作停了，怔怔地看着他：“没收到啊！”

“哎，我扫了，这不支付成功了吗？”那胖男子扬扬手机里显示的支付成功画面。

老摊主明显对高科技还有点迷茫，擦擦油手，看看锅台边的手机，迷蒙地说：“一扫我那手机就自己报数呢，咋没报呢？”

“反应迟钝吧。”

“等等，真没有，你给我现钱吧，小本生意，赔不起啊。”

“嗨，这……我已经给了，再给你一遍呀？”

两人争执上了，一个扬着手机没收到，一个扬着手机已经支付了。刚才那个擤鼻涕的男子已经吃完，起身道：“十来八块钱吵啥呢，来来，我有现钱，老板，给你。”

“别别，我手机确定扣款成功了。”付款的胖子亮着手机，挡住了要替他付饭钱的男子，瞬间对这个其貌不扬的小伙好感倍增。

“我看……咦，老板，要赖就不对了，人家确实付款了。”那男子一拿胖子的手机，指着道，“这不老郝羊汤吗？人家付了。”

“那我……真没收到啊，收到不都有提示吗？”老摊主愣了。

还是那男子反应最快，一指付款的二维码提醒胖子：“哟，兄弟，这付款码是新的，是不是……”

“啊？！”胖子一愣，瞬间想到了现在街头有些无良混子常换付款码替商家收钱的事，还未反应过来，那男子一拉他，一指，他一侧头，恰看到一高个男子正在远处胡辣汤摊前晃悠着，没人注意的时候，他手一按，虽然看不甚清他的动作，不过看得见他掏出一张二维码，顺手贴到了油条摊前秤的斜面上。

“快追。”男子一拉胖子，边追边喊，“忒小蟊贼，站住！”

前面高个子闻言即逃。老摊主急得叫着：“嗨！小伙等等！”

要追的胖子回头气得把手里的钱往摊上一扬，斥着：“给你钱！人家是帮你，你们这些人啊。”说着追上去了。老摊主拿起钱，喊也来不及了，重重“唉”了一声。

追的胖子落后了几米，追了几十米，那男子就势往岔路的胡同里一拐，边跑边喊道：“兄弟，你往前追，我绕着堵，我家在这儿，路我熟。”

“噢，谢了啊，哥们儿！”胖子道。

“不客气。”那男子嚷着，已经只听见音，看不到人了。

胖子追呀，追呀，就见路不见人了，追着追着，他脚步放慢了。咦？似乎哪儿不对呀，可一下子想不起哪儿不对来。哟，碰到第三条岔路他明白了，这胡同里根本没法追，四通八达的，得有七八十来个出口，万一在哪儿闪身一躲，错过可就永远找不着了。

想着还觉得不对啊，突然，胖子一刹车站定，一摸口袋，一直心慌的缘由终于被他喊出来了：“坏了，手机……妈的！不会上当了吧？”

他急得掉头就往回跑，自己的手机还在那个见义勇为、帮他追贼的男子手里，不会贴码是假，骗手机才是真吧？万一……他抱着万一的希望急急奔回吃饭的地方，气喘吁吁地跑到了老郝羊汤摊前。老摊贩舀汤的动作一滞，语重心长地唉了声：“你这娃呀，手机咋敢给到别人手里呢？不要讹我啊，都说呢你不听，起身就跑。”

看来已经不是第一次出这事了，连老摊主都知道套路了。那胖子四下看看，已经换了一茬食客，气不自胜地一拍额头：“哎呀！防不胜防啊，这人丢的！”

“报警啊，小伙。”

“报警管个屁用，就没有找回来的，警察给你报销啊？”

“也是啊。”

“自己得操心，现在我买菜扫码都经常扫上假的，一不小心就着道了。”

在食客们窃窃私语中，满含同情的目光中，那胖子羞赧似的掩着脸败退了。旁观者的同情对于被骗者是一种极度的嘲讽，更何况被骗者……还不是一个普通人。

这不，这位胖子已经坐回到了泊在街边的车里生着闷气，这个恶当上得他怒火中烧，重重地一捶方向盘，恶狠狠地自言自语道：“妈的！等着，非把这俩龟孙逮回来。”

车倒回头疾驰而去，车前仪表盘上放着他的胸牌，标示着他的工作单位：中州市金河区110指挥中心。

姓名：钱加多。

一个小时后，中州市中南路派出所门口，一位警察笑得直捂肚子，肚子疼得他不得已捂着蹲下，蹲着还在笑，好不容易憋住了，抬头一看哥们儿钱加多那被凌辱般的气愤样子，又忍不住继续笑。

他是钱加多的死党兼高中时代的同校同学，姓络名卿相，长得比钱加多可清秀多了，就是笑得有点没品，快一屁股坐地上蹬腿捶胸了。

“起来，起来，很好笑吗？我是找你帮忙的，不是来跟你讲笑话的。”钱加多拽着络卿相。

起身的络卿相笑道：“平时碰上报警的二货我也不敢笑啊，也就你我才敢这么笑。你这个吧，倒不算最奇葩的，前几天就有俩买性药的报案，说吃了不管用，不增大不增粗，净拉肚子，我们一问，你怎么和人家联系的，你猜在哪儿？”

“哪儿？”钱加多随口问。

“就派出所门口不远那电线杆上，‘增大增粗不是梦想，七天还你猛男理想，无效全额退款……’都啥年代了，还有人信，你让警察怎么办？傻子太多，骗子都忙不过来了。”络卿相笑着站起身，看哥们儿瞪着他的眼神，醒得失口了，赶紧帮钱加多抚抚胸安慰道，“不是说你啊，我说钱多多兄弟，你家财万贯的，丢个手机只当长个记性得了，你又不在乎那点儿。”

“丢手机我不在乎，可丢人我在乎啊！哎，我好歹一警察，你说吃个早饭都被人把手机给骗走了，我这脸还要不要了？要让110中心那帮女生知道这事，不得笑话死我？”钱加多郁闷道。智商被人侮辱感觉实在不怎么好。

络卿相安慰道：“我悄悄告诉你啊，我们所长他妈，老太太被一帮卖保健品的忽悠得把存款全买保健品了，他不是也不好意思说？你是警察，你不知道不能跨区报警？你这得到五纺派出所报警。”

“报警有用我来找你呀？”钱加多斥道。

络卿相一脸为难：“找我也没用啊，我一管户籍的能管得了骗子？”

“是不是兄弟啊？给我想想辙啊，就知道请客吃饭让我掏钱，一有事就躲着啦？”钱加多生气了。

这倒是真的，就数钱加多家境好，吃喝玩乐肯定没少被兄弟们宰。络卿相明显吃人嘴软，笑道：“那倒是，应该帮……哎，你是什么手机？”

“华为……支持国货，我早换了。”钱加多道。

“多少钱？”

“两千九百九十九元。”

“哟，那完了，现在立案标准三千元，你这恰好差一块钱，去了派出所给你登记都达不到立案标准。”

“信不信我捏死你啊？要报警我早去报了，还用跟你说。”

“我知道，我知道……不能急，那咱们分析一下。”

络卿相安抚着兄弟，一问附近监控，钱加多摇头：那胡同里，没有；一问体貌特征，钱加多一咬手指：唉，这难为的，可咋表述；再一问目击者，钱加多说那地方人虽乱，可羊汤摊贩肯定看到了。这话立时被络卿相驳斥了：那摊贩一早上见多少人呢，能描述清才见鬼。

分析来分析去，先把俩人分析住了，络卿相埋怨道：“你犯啥神经，大早上跑那儿吃去。”

“那儿好吃呗，中州一绝，平常也没见出这事啊。”钱加多道。

“可不，有一件就让你撞上了，没监控没目击，你自己又说不清，你准备怎么找啊？”络卿相问。

“咱们警方不是有天眼吗？周边出口一查监控，不就查到了？”钱加多期待道。当警察也是各管一片，那种传说中的天眼是他这个层次的警员根本接触不到的。

“大哥，你傻啊，调看监控得有派出所或者刑警队的公务需求，你以为随随便便就能调出来啊？”络卿相否决了。

“那不是有那种什么体貌恢复什么的？”钱加多问。

络卿相更为难了，嗫嚅道：“重大或者恶性案件才有可能起用描摹师，全市都没几个，今天你要被捅残或者被杀了，啧，差不多就能请动他们了。你光丢个手机，派出所都不立案的，可能吗？”

“敢情我手机就白丢了啊？”钱加多怒了。

“基本是白丢了。”络卿相两手一摊，耸肩道，“你是110的，你不知道？每天丢手机、丢电单车、丢电瓶、丢钱包的有多少，案值太小查不过来呀。哎，你要用个昂贵手机就不一样，案值十几万就好说了。”

钱加多一把掐住络卿相，这回是真怒了，恶狠狠地道：“今天我他妈掐死你犯个大案得了，嫌我丢得不够多是吧？”

“等等……我想起来了，快……快放开。”络卿相急切地掰着钱加多的手。钱加多一放，他脱口道，“你手机微信和支付宝里的钱多不多？”

“哎呀妈呀……我绑着银行卡呢，不会有事吧？”钱加多吓了一跳。

“赶紧去补卡，别交了智商税再让人家收割你一回脑残税。”络卿相提醒道。

“坏了，丢人成丢人plus了，人丢大了。”钱加多一拍脑门，不容分说拽着络卿相就走，两人朝最近的营业厅止损去了……

嘀嘀……付款成功。

一男子提走了柜台上一兜子烟酒，大大方方地走了。

出门，同伴就跟上了，成了一高一矮俩男子。

“雕哥，现在哪儿都是猫眼，咱这……”高个子紧张道。

毕竟是刚才小吃摊上骗来的手机，花人家存的钱心虚不是？

那矮个子不屑道：“现在丢个手机谁报案啊，就算报了也没人管，钱都转到手机卡注册的微信上了，一会儿花完把卡一扔，屁事没有。”

“那卡是我身份证办的！”高个子怒了。

“所以才没让你去花钱呀。对不上证据，不能成立。”矮个子道。

哟，一想似乎也对，高个子怔着落后了几步，又追上去问：“雕哥，你咋知道人家的支付密码？好厉害啊。”

“他付款时我瞅见了，要不还不临时起意弄他手机呢。哎，我说憨炮儿，你好歹也是当贼出身的，手脚也忒不利索了啊。”矮个子道。

“哦哟，这不坐了一年局子，技术退化了嘛。哎，雕哥，咱都出来有段时间了，你不说带我发财吗？不能老这么晃荡啊。”高个子道。

前行的矮个子撇嘴道：“咱们住里面不知道外面啊，这打黑除恶，把组织打得四零五散的，怕是都窝起来了，一时半会儿不露面也正常。”

得嘞，暂时找不到组织落单了。这让高个子很郁闷，有气无力道：“看来又泡汤了，雕哥，要不咱们自己干吧，组织上要抛弃你老人家不联系，那我不也跟着瞎啦？”

“不会的，本来人就缺，这要出点事进去一部分，人不就更缺了？”矮个子道。

高个子放心了点，又忙不迭地追问：“哎，雕哥，你在组织里啥职位呀？”

矮个子白了他一眼，没理会这个碎嘴贼兄弟。

哟，窥探组织秘密这是不行的，高个子晓得了失误，自拍了几下嘴巴，道：“这个不能问啊！不过雕哥，我总觉得不太靠谱啊，比如说我们兄弟都是贼，免不了有时候同行间也相互偷。您那组织呢，都是骗子……我没别的意思啊，我是说，江湖上混，得多留个心眼，他们不会骗你吧？”

站定了，矮个子侧眼看着高个子，笑着问：“你说呢？”

黑布鞋，工作裤，还是监狱里的行头，破夹克还是夜市上淘来的，高个子看看兄弟，看看自己，瞬时明白了，直道：“也对，咱们没什么可骗的，顶多拉上咱们骗人去。”

“这不就对了？咱们经过监狱历练，不拉咱们，他拉谁能放心啊？走，快点。”矮个子道。

“还干吗去？”高个子问。

“手机一卖，不又多笔钱吗？”

“那微信里你再多转点不就行了？”

“给你再上一课，当骗子不能吃干挖净，你要转人家几万那真得被警察往死里追，丢上个几千他不值当，韭菜得一茬一茬割，不能连根刨……那话怎么说来着？”

“做人留一线，日后好相见？”

“差不多，骗人留一线，日后好再骗，懂了不？”

“哎，妈呀，雕哥，你太有才了。”

两人扯着，进了街边一个招牌用凌乱字体手写着“收售、寄卖二手手机、办卡、修手机”的小铺。看样子交易很顺利，一眨眼工夫就出来了，又一眨眼，两人钻进了出租车，消失了……

咚咚敲门声，随着一声拉长声音的清脆的“报告”。

办公室里，一位便装的男子自屏幕收回视线，抬起头来。外面喊报告的女警推门而入，敬礼道：“刑事侦查总队第七大队警员娜日丽奉命报到。”

“咦？我认识你。”在座的男警一眼看去有熟悉的感觉，却一下子想不起来。

“你在突袭组待过吧？虚拟货币传销案抓捕那次？”女警眼睛一亮，想起来了。

“哟哟，可不？那时参案人太多，光认识人不知道叫啥……坐，我名字好记，陆虎，三队的。坐，坐，我给你倒杯水。”叫陆虎的警员起身，忙乱地倒了杯水，客气地放到了娜日丽的面前。娜日丽正好奇地看着奉调单位的环境，窗明几净，崭新的电脑和隔间，抬头还有一块百寸大屏，让她不由得感叹："新单位就是好啊，比我们队里强了不止一个档次。"

"那是，还轻松呢，这儿跟过年假一样，我都快闲了半个月了。"陆虎道。

"不能吧，队里跟我说有重要任务，总不能是休年假吧？什么案子？"娜日丽伸着脖子看陆虎的电脑屏幕，是刚播放完的回传的影像资料，似乎是一处收售二手手机的店铺。作为同行，娜日丽一下子明白了，脱口问，"还有几个外勤？"

"还有俩，程一丁、邹喜男，叫他们老程和大邹就行了。咱们领导你知道，向小园，常上新闻发布会，经侦上那位大美女。"陆虎指指向小园所在的位置，又悄悄告诉新人，"咱们领导包括咱们都是插进反诈骗中心来的，原领导俞主任可不怎么待见咱们。"

"都是办案，有什么待见不待见的？"娜日丽不解。

"你不知道，咱们这次办案目前为止没有明确的目标，没有确定的案情，应该是一项特殊任务，反正我是不清楚。就连咱们的小组名称，向组长也给冠名了个'X小组'。俞主任一般不来，一来就喷几句凉话，我感觉呀，没戏。"陆虎道。

这把新人娜日丽直接给整蒙了，想出声再问，向小园推门而入了。娜日丽起身报到。向小园笑笑，看看这位干净利索、短发飒爽的女警，出声道："不错，等外面收工的回来互相认识一下，多磨合磨合，将来出警有默契。"

娜日丽应了声"是"，没敢多问。向小园走到了陆虎的工位边，随口问道："今天什么情况？"

"那俩货乘了一趟公交，到十几公里外五纺胡同喝羊汤，又是贴二维码骗钱，今天还捎带骗了部手机……您看，这俩货损着呢。"陆虎放着执法记录仪拍摄的跟踪影像：前后不过十几秒的工夫，那个胖子付款，纳闷，然后说了句话，手机就到嫌疑人手里了，再然后就跑。奇怪的是那胖子也不追他，却往岔路上跑了。

没有声音，看得人云里雾里。陆虎解释了一遍这个骗法。向小园恍然大悟道："这是通过制造思维盲点的方式行骗，和公交车上喊抓贼，借手机打电话是一个路子。"

"对。"陆虎道，"那种方式是骗子佯装手机丢了，借别人一部手机打自己的电话，这个时间点掐好，打通的时候车门方开，偷手机的跳车就跑，然后丢手机的马上去追……其实一追一跑的是同伙，那位出于好心借给骗子手机一下子回不过神来的，手机就永远回不来了。"

听得向小园唯余苦笑，感叹道："要回过神来，把手机还你，是正常借，回不过神来，就骗成功了。即便事后抓住他，他也一口咬定是借的手机。我们在正常环境里长大的，再聪明也得着道啊。"

"向组长，这得跟到什么时候啊？这一对家伙自打出监狱门，头天就犯事，不是偷就是骗，总不能咱们一直跟在他背后'保驾护航'吧。"陆虎道。

"先跟着吧，确定不是目标了再抓回来很容易。"向小园道，然后心事重重地走到自己的办公位置坐下来，开始埋头看一堆案卷了。她的办公隔间里，案卷已经堆了齐桌高好几摞，看得娜日丽直咋舌。

"你不说没目标吗？这不是？"娜日丽小声问陆虎。

"咱们好歹跟大案的，而且这里又是全市反诈骗中心，你看跟的是俩什么货色。"陆虎找着文档，一点打开，高个子的是盗窃罪，服刑一年，姓包名神星，绰号憨炮，惯犯。另一个矮个子长相平平无奇的犯的罪更轻，非法经营罪被判刑十个月，姓王名雕，绰号傻雕。

娜日丽看到这个绰号时，没防着"噗"一声笑出来了。陆虎赶紧捅捅她胳膊。她惊得捂着嘴，不过还是忍不住哧哧笑。

一个小蟊贼，一个小毛骗，确实让这班见过大场面的警察有点大失所望了……

无路可循，另辟蹊径

“哎呀，这丢人真成丢人plus了！”

换了新手机，补了卡，重新登录，一看余额，钱加多痛不欲生，一巴掌扇向了自己肥嘟嘟的腮帮子。这真叫屋漏偏逢连阴雨，微信里的两千多块被转走个整两千。

“我查查，这俩龟孙转我卡里的钱了没有。”

他赶紧登录，进入手机银行查看，一看长舒一口气，还好，这骗子还算有良心，没动卡里的。

人的心态总是这么奇怪，东西没被骗走，反而有一种失而复得的庆幸，都没想过其实那本来就是自己的。

这么个事把钱加多搞得喜怒无常地就这么在营业厅里嚷嚷。络卿相看看四下这么多好奇的目光，实在受不了，拽着钱加多往外跑，跑到门口，安抚兄弟道：“损失不大就好，别嚷嚷，让人跟看猴戏似的。”

“咱俩也就你瘦得像猴，看谁的戏？”钱加多瞪眼斥道，看络卿相这表情，猛地一把揪住他反问，“什么损失不大？手机加钱，五千多了，这总不嫌少了吧？”

“我倒不嫌少，在路上时我仔细一想啊，这中间还有问题。”络卿相道。

“什么问题？”钱加多不解。

“你看啊，你没和嫌疑人打过交道你不懂，即便抓到人，他也会一口咬定是你把手机交人家手上看付款成功了没有。别跟我瞪眼，你回忆下，是不是你交到人家手上的？”络卿相如是问细节。

钱加多一挠后脑，犹豫道：“是倒是，可是……他是趁我不注意，说看看，我就给他看，他顺手拿着给老板看，然后就发现贴二维码的……是倒是，这就是骗我手机，还转走我钱。”

“可以是骗，但也可以有其他解释，现在就算是找着人，人家要说手机确实拿了，但丢了，你把人怎么着吧？没监控、没证据表明是人家转的账，我想收钱的户名绝对不是骗你手机的这个矮个子。”络卿相缜密分析道，直接把这哥们儿的胖脸分析成苦瓜相了。

钱加多盯着半晌无语。络卿相再问，钱加多咬牙切齿地说：“骗子要都有你这么损，警察还有活路不？”

“你看你这人，别把气往我身上撒，我这不是为你考虑吗？”络卿相道。

“有多远滚多远！你只嫌骗得我少呢。”钱加多斥道。

络卿相也有气了，一指道：“你说的啊，滚就滚！”

“等等，给老子把骗子抓回来再滚！”钱加多一伸手，又把负气想不管的络卿相给揪住了。

络卿相哭笑不得道：“多多，你别这样，你好歹也是警察，跨区，找我这么个户籍警给你抓骗子，还不是通过正常渠道……还不如直接让我赔你手机算啦。”

“给我抓回来，我给你换个新手机。”钱加多不惜代价了。

络卿相眼睛一亮，不过旋即黯淡了，为难道：“你就给我换飞机，我也没这本事啊。”

“你看你这点出息啊，白穿这身警服了，警察自己的事你都办不了，要是个群众找你，还不更是推三阻四，让人家戳脊梁骨骂你吃人饭不办人事呢？”

“别别……你也是警察，你这不把自己也骂了？”

“骂得好，我觉得我们就该自责，那一溜小吃摊天天有骗子去扫荡，明显就是放任的后果。”

“你别跟我说，我满打满算转正才俩月，这让我背多大社会责任？你以为咱们还是没上编的辅协警，啥办法都敢用？”

“你这还不如人家辅警临时工呢。”

“等等……”

两人话及此处，思维终于重合到同一点了，互指着，互看着，然后相视互喜。钱加多喜上眉梢道：“对呀，都急糊涂了，咋把咱兄弟里这个神人忘了？你说行不？”

“百分之一万行，他就给你找不回来，肯定也给你骗回一台来。”

络卿相笑道。

“走，接人去。”钱加多拽着。

“呀呀，等等，我先回所里请个假。”络卿相道。

“干个活儿屎尿多，磨叽。”钱加多骂骂咧咧地拽着络卿相上了车，先回派出所了，不多会儿又驱车离开，看来今天这人丢得动了真怒，非得找回面子来了。

“怎么样？总不能连建议也吝于给一点吧？”向小园用客气到请求的口吻说话了，对面的俞骏拿着几位外勤的简历依旧在咂巴嘴，摸下巴。

走马上任反诈骗中心，向小园方知道，上上下下背后都叫俞骏“蔫主任”，不多说话，也不多开会，再重大的事情也是惜言如金，三两句就打发了，蔫虽蔫，但处理各类突发案情经验丰富，一直以来在中心及同行里威信都很高。

这样的前辈向小园自然视之亦师亦友了，只不过俞主任实在难以接近，她的请教多数是被泼几盆凉水给泼回来了，估计这次也不例外。当俞骏把娜日丽的简历放下时，向小园已经做出了如是判断。

“你一定判断到了，我会打击你的热情。”俞骏笑眯眯地突然来了一句。

一下子戳到了向小园的真实想法，向小园一惊，笑着掩饰道：“怎么会？我只是做好了被打击的心理准备。”

“那你错了，我这次不会打击你的热情。”俞骏道。

向小园一喜：“谢谢俞主任。”

“不用谢，还没说完呢。虽然不打击你的热情，但我得笑你的无知了……你选拔人员，年龄放在三十岁以下，往年轻化走这没错；未婚单身，没家庭琐事拖累好干活这也没错；有一定网安知识基础，面对新型犯罪有可能需要这样的人，也没错；有三年以上的基层工作经验，也没错。”俞骏点评着，连说数个没错。

这把向小园听蒙了，好奇地问：“那什么地方错了呢？”

“因为没有错，就会成为最大的错误。”俞骏道。

愕然了，蒙傻了，向小园眨着美目，实在理解不了俞主任的判断方式。

“这么说吧，老程，部队转业回派出所一直工作至今；邹喜男，特警队退役一直在反扒大队工作至今；陆虎、娜日丽，两个刑警。这四位能力我不置疑，可这样的人，隔着二里地就能闻到他们身上的警察味，这种人都不用脑子想……”俞骏道。

向小园眉头一皱，不解地问：“警察味？”

“嗨，小向……衣服这儿。”俞骏看着向小园，突然转了话题。

向小园低头，看看自己胸前，没问题呀，一刹那又回过神来，上当了。笑吟吟的俞骏拿着手机，“咔嚓”拍一张照片，然后连手机递给了向小园，道：“自己看。”

照片清晰而靓丽，不过向小园可没心思自恋，看了片刻，似有所悟了，坐姿标挺，表情严肃，怎么看都是一丝不苟。她明悟道：“俞主任，您的意思是，我们自己人身上的警察痕迹太重，会影响到侦查？”

“呵呵，不会吗？”俞骏点了几下鼠标，把电脑屏幕转过来。向小园看着屏幕上的影像，一下子愣了，是分屏了的不同嫌疑人的影像，有慷慨陈词的，有正襟危坐的，有表情肃穆的，有左顾右盼的，当然还有谄媚言笑的，随着俞骏的鼠标所点，走马灯似的换着屏，就听俞骏解释道：“这是历年来我保存的诈骗嫌疑人审讯录像，这么说吧，我不是地域黑啊，每个类型的犯罪嫌疑人多少都有点特色，比如东北前些年流窜全国打砸抢的，那面相凶神恶煞的一眼便知；比如全国流窜的蜘蛛人入户盗窃，典型的特征是手大，脚弓长，那是从小攀山越岭练出来的；涉毒的、涉黄的、涉黑的都不用说，你瞅一眼也能有那种特殊感觉，但唯独涉骗的这些嫌疑人，无法形容他们的准确特征，或者说，他们千变万化，什么样的特征都可能有。”

俞骏说着，换着屏幕上的各色嫌疑人影像，包括跨国电信诈骗案刚逮回来不久的，男的、女的、老的、少的、俊的、丑的，什么样子的都有，不管是行为特征还是语言特征，确实没有一个相似、哪怕相近的点可以让人从中找出某种规律。

“从心理学的角度讲，骗子本身就是具有不同人格特征的人，但又不是人格分裂，而是能从真实人格到欺诈型人格自由转换的，这其中应该有某种可循的规律啊。”向小园疑惑地看着。

俞骏一笑，反问道：“那你说，你眼前看到的这些审讯场面，是嫌疑人的真实人格一面呢，还是欺诈型人格一面？”

“这个……”向小园语结了。别说骗子，就其他嫌疑人坐到被审讯的位置恐怕也是瞎话连篇，要分辨这个难度可就大了。

“我一直在试图总结规律，可一直在碰壁。诈骗案发有一定规律，涉众、高科技化、隐蔽化特征很好找，但骗子似乎就没什么规律了，可能是打工仔，可能是农民，可能是一群混子，甚至可能是那些在高大上CBD办公的精英……对付这些入行不久的嫌疑人都已经够让我筋疲力尽了，你说要是个专业骗子，那他的眼力、经验、思维得多高，才能躲过我们现在无处不在的天网和大数据排查？假如真有这种人存在，就假设是金瘸子存在，你觉得就我们这个阵容能对付得了吗？”俞骏蔫蔫地道，明显还是悲观的态度。

向小园好奇反问：“那您觉得，这种人存在吗？”

“当然存在，这些字字诛心的话本可不是电脑自己写出来的，那些没追回的涉案资金也不会凭空消失。还有这些一次次犯案的底层参与人员，没有精心和策划的组织，翻不起这么大浪来……啧……”俞骏扳正电脑，吧唧着嘴，说到这里语结了。再往下，是他思维无法研判甚至无法想象的层面了。

受此感染，连向小园也觉得自己悲观的情绪越发严重了，好半晌回不过神来……

“前方文化路即将到站，请下车的旅客带好随身物品，从后门下车。”

电脑声音广播了两遍，司机打着方向盘顺溜着一摆一刹车，车准确地泊停在站台一侧，前面哗地往上挤，后面哗地往下挤。接近午时了，高峰时段的城市景象出奇地一致，往哪儿瞧都是人头攒动。

“来了，那不是吗？”络卿相指着站台的方向，拉着钱加多迎了上去。

寸头，蛤蟆墨镜，小红夹克配着大喇叭裤，走起来呼扇呼扇带风，穿着像嘻哈，姿势像二哈，再近点，有点像二流子。那人迎上来第一句便指着钱加多喷着：“怎么了？怎么了？不就欠你两千块钱吗？至于打十遍电话催我来吗？别提这茬儿啊，有了再还。”

哎哟，一下子把钱加多气糊涂了，指着这货噎得说不上话来。络卿相却知道这位朋友品行实在堪虞，挖苦道：“十方啊，认识这么多朋友，这么多年就你一点儿都没变，还是这么不要脸啊！”

那位叫十方的仰头哈哈一笑，然后脸一拉凑近络卿相：“哟，秀才，你倒长成二维码脸了，来，我扫扫，看能扫出多少钱来。”

说着就要用手刷络卿相的脸了。络卿相给了个“滚”字，鄙夷地推开了。

“好，拜拜。”十方一摆手，扭头就走。钱加多急得就拽，边拽边着急地说道：“找你有事呢。”

“有事说事嘛。”十方不耐烦地道。

“是这样，我手机被人骗了，还丢了两千块钱。”钱加多说道，一说到这儿开始觉得不对劲。十方瞪着他，挖苦道：“哟？想让还钱找个好点的借口行不行？”

“我没说让你还钱啊！”钱加多被气到了。

“你说你丢了两千，我正好欠你两千，那你啥意思？”十方质问道。

这么一质问，好像也是借钱讨债，钱加多说不清了，一摆手示意络卿相道：“弄住他，我倒把这茬忘了，今天他给我找不回来，不还我钱我跟他没完。”

“嗨……干什么？你们这是非法逼债啊。”十方被两人挟住了，急切地道，不过很快放松了，等到确认钱加多确实是丢了手机又丢了钱，完全放松了，再听到两人是束手无策才把他请来，这货放松到不可自制了，就像络卿相初闻被骗一般，笑得浑身打战，吊着被拎的俩胳膊直跺脚。钱加多和络卿相一使眼色，同时放手，这货一个不防，吧唧一屁股坐地上了，都顾不上喊疼，笑得蛤蟆墨镜都挂鼻梁上了。

直等他消化掉这个笑料，络卿相才踢踢他问：“笑够了没有？”

“差不多了，哎，多多，你这智商经常被侮辱，应该习惯了呀！这种睁眼黑骗局常见啊。”十方站起来，拍拍屁股。

不到难处不求人，钱加多憋着怒气，愤愤道：“要被你侮辱吧，看在认识这么些年的分儿上我也就忍了，不能谁都侮辱我呀？”

“哎哟，这话中听，被兄弟坑无怨无悔那叫义气。可这事办得不对呀，你找他有屁用！”十方一指络卿相道。

络卿相挑衅道：“哟，找我没屁用，找你肯定有屁用，那你这个屁倒发挥下作用啊。”

“必须的啊，多多兄弟的事我哪能不帮啊！要是你我都懒得搭理……哎，咋？不服气呀？派出所同志查不到监控，进不了数据库，就没治了吗？基层民警同志，是不是太基层了没权限，遇这事傻眼啦？那你问我呀，我一定不耻回答你。”十方回复挑衅比挑逗还气人。

这话直气得络卿相咬牙切齿：“别逼户籍警跟你翻脸啊，信不信老子把你户口销了？”

“卧槽，把这茬儿忘了，有两下啊，威胁到我了。还真是啊，现在市里户口升值了，要不我找俩急着落户的，你给办办？”十方拉着络卿相期待地问。络卿相甩开袖子，躲远了。这头的钱加多拽着十方道：“别挤对他，刚转正就把他送进去，你送饭去啊？别跑题，到底咋找呢？”

“好好，不提这个，说手机和钱的事，办事我得提条件啊，一顿饭总得管吧，这都到饭点了。”十方道。

钱加多不耐烦地摆手：“管了，管了。”

“还有，别带这货，我瞅他不顺眼。”十方指着络卿相又提条件了，回头郑重提醒着，“别跟着啊，这种独门绝技可不能让你偷学了。”

“我还就跟着，你咋的吧？”络卿相犟上了。

“看看，你也好奇我怎么找回来吧？”十方得意了。

“少来了，我跟着是严防多多再上当，被你骗吃骗喝加重损失呢。”络卿相警示道。

“不信邪是吧？要是找回来，你替我还多多两千块？赌不赌？”十方叫上板了。

年轻人心性，实在是不信邪的，络卿相一指，道：“找不回来，你还钱，再给多多买个新手机，我就赌。”

啪的一拍巴掌，斗十方一揽钱加多，道：“听见了吧，多多，债务已经转移，以后别找我要啊，今天我不但给你找到这个骗子，而且教你怎么侮辱一下某些人的智商啊。”

“先别吹啊，今天敢不履约，我们俩不侮辱你智商，但绝对侮辱你肉体。”络卿相警告道。

“好找吗？这么大城市。”钱加多看看午时已到，视线里人头攒动的，实在让人缺乏存在感，要在这芸芸众生里找到一个人，希望恐怕越来越渺茫了。

“风马燕雀谁打头，金评彩挂我为首……交给专业的人你放心吧。”十方安慰道，那张比骗子还可恶的脸上，看不出一点儿担心来。

“有啥光彩的？人渣堆里长本事了，能扮江湖余孽了。”后面跟着的络卿相嘟囔了一句，加快步子和两人并行。

虽说对这位鄙夷加不屑，但基于他以往的事迹，络卿相又不得不好奇，听说这货在大学就冒充过辅导员推销书，干的那事学校都不敢处理；败露后他又开了个泡妞搭讪培训班，堂而皇之地收费，一度热闹到被学校取缔；还有更神奇的一件事是他帮着一个网上被骗钱的女生，反过来把被骗的钱又骗回来了，这个人包括他的名字都让人感觉稀奇古怪。

噢，对了，他姓斗，姓比人还罕见，行事一贯不拘一格，这不，找了家饭店坐下一点就是四五个菜，吃得满嘴流油，丝毫不顾忌钱加多幽怨的肉疼表情。络卿相看这吃相实在牙疼，斗十方这是救人于水火还是趁火打劫，实在不好说了……

满眼疑云，贼骗隐形

“老程，大邹……这儿，这儿……”

陆虎扬扬手里的勺子。端着饭盆的两位同事闻言朝他和娜日丽走来，一位年届三旬，看上去有点未老先衰，另一位年龄和陆虎相仿，身材格外壮硕，看那边吃边走的样子，娜日丽没来由地感到一阵亲切，能让她想起队里的那些混灶上的单身汉子。

猜得没错，老点的叫程一丁，大个子叫邹喜男，这一对搭档恰好性格相反，老程只吃不吭声，大邹和陆虎一边白话一边瞄娜日丽，都忘吃了。

不甚熟悉，话题不多，娜日丽随口问了句：“邹哥，不是跟踪吗？怎么还回食堂吃啊？”

“哎呀，就那两根毛葱还需要盯啊，他们办手机卡都是自己的身份证，早定位了……你们别说啊，反诈骗中心的技术是先进，这定位直接在手机上就能瞧到。”邹喜男显摆似的拿出自己的手机，一点程序界面。娜日丽伸头看，两个红点，显示在缩微的电子地图上。

这时候连娜日丽也奇怪了，她出声问：“我以为是个重大任务，一个蟊贼加一个毛骗，有什么特殊地方吗？”

“嗯，没看出来。老程，你说呢？”邹喜男问。

正细嚼慢咽的程一丁瞄了多嘴的搭档一眼，别人以为他有话说时，他却惜字如金，又低头嚼吧上了。邹喜男替他说道：“美女甭介意，老程干追踪盯梢年头太久，已经有失语症状了。”

“没听说过有这种副作用啊。”娜日丽笑道。

“不光失语，没看他见女人都失态了吗？”程一丁却突然不失语了，喷了一句。

陆虎吃了一嘴，一笑给噎住了。邹喜男尴尬地剜了他一眼。娜日丽倒是已经习惯处在这种雄性环境的尴尬，笑笑未语，方低头又抬头，目光莫名地带上了点欣赏，几近含情脉脉，看得邹喜男瞬间春心荡漾，紧张到这回真失语了。未等他反应过来，娜日丽突然问：“邹哥，这反诈骗中心里的经侦美女太多了，不过我觉得还是咱们向组长最漂亮。”

“不不，我觉得……你最漂亮，那种英姿飒爽的漂亮。”邹喜男白话道。

“那向组长呢？”娜日丽问。

“老板着个脸，这领导吗，我得看她脸色，哪顾得上看她脸？”邹喜男道。

含情脉脉的娜日丽噗地喷了，陆虎一下子也笑了。邹喜男以为自己成功给美女留下好印象了，正傻乐着呢，又觉得对面娜日丽和陆虎的眼神不对劲。他蓦地回头，惊得差点打掉饭盆——不知道什么时候向小园端着饭食，站在他背后。还好他脸皮够厚，赶紧让位置请道：“向头儿，您坐，我们正在讨论案情呢。”

“来，你也坐……称呼不要用您字，显得多生分。哎，大邹，给你的新任务。”向小园坐下，姿势端庄，确实属于自带高光的那类女人，连娜日丽也没来由地觉得有点拘束了。

一听任务，邹喜男赶紧道：“您说，保证完成任务。”

“已经完不成任务了，不要用‘您’字，而且，以后不要看我脸色，说话讨论可以随便一点，能做到吗？”向小园道。

“能。”邹喜男尴尬赔笑道，回头狠狠瞪了陆虎一眼。

一有领导来就拘束了，这位年纪不大的组长，在座的不止一次在电视上瞧见过。她属于那类学历高得吓人，一入警籍，警衔又高得吓人的。她的起点可能比大多数基层警察干一辈子能达到的终点都高，这种人，怎么可能随便了？

“娜娜刚加入，咱们小组渐渐成形了……老程进组最早，多带带年轻人，包括我。”向小园做开场白了。不过问了个闷葫芦，吃着的程一丁只是“嗯”了一声。向小园也不介意，引着话头道：“大邹，你说说感觉，都这么长时间了，也没人觉得奇怪，然后我就觉得很奇怪了。”

“是很奇怪啊，跟俩蟊贼毛骗，真看不出来有什么意义啊。”邹喜男大胆说了一句。

向小园赞赏地看他一眼，仿佛没意义恰是她需要的意义所在，目光投向陆虎。陆虎摇摇头道：“我也没看出什么意义来啊。”

“老程，你不会也是同样的感觉吧？”向小园再问。

“你是想找他背后的人吧？”程一丁道。

“哟，看看，姜还是老的辣。”向小园赞了句。

“不好找，这些人有奶就是娘，啥钱都敢想，进出局子都好几回了，犯罪就是他们的全部生活，这种人不应该有特定的老大，谁给钱跟谁干呗。”程一丁说到案情，倒不讷言了。

“很好，这是经验之谈，今天我也给大家揭个底，老程从经验的角度阐述，我从大数据和关联信息的角度给大家这样几个疑点。”向小园放下筷子，有条理地说，“第一，王雕今年二十七岁，进入警务档案的记载可以追溯到十四年前，也就是十三岁，最早是在酒店拎包被逮了，因为未成年，案值又不大，处了治安拘留……我们透过案情想一想，案发地是中州希尔顿大酒店，作案方式是趁客人结算的时候拎起行李，这么小的孩子没人带？或者已经有销赃渠道？”

肯定是受人控制，贼当久了都会教人当贼。自己收赃的作案方式，四位刑警焉能不懂？陷入思索时，向小园继续道：“第二，他被拘留过不下十次，其中有七次记载是交了罚款被领走的。这些记录我专程调阅过，时间太久又没有上网，所以只有最原始的记录。但据更确切的警务记载，他父亲王成是个建筑工人，在他十三岁的时候已经工伤死亡，他的母亲是和工伤赔偿一起消失的，能查到已经迁居到海滨市，两人已经断了来往……那问题就来了，数次交罚款领走王雕的人是谁？这个记录啊，留的是他父亲王成的名字。”

邹喜男看向小园思索，提醒道：“组长，早年基层管理没这么规范，大部分小案、小事都是罚款教育了事，那时候经费一部分就得从这里头出不是？”

“你理解错了，我不是质疑过去的管理问题。继续第三个疑点，我找到了有关王雕的四份原始笔录，分别契合近年艺术品诈骗案、零元购非法集资案、保健品诈骗案，还有最近的一次非法经营罪，是给保健诈骗的团伙提供三无产品……四份口供你回头研究一下，反正就是自己文化低，不懂法，干了什么呢，自己不清楚；上线是谁呢，他也不认识，前后询问笔录高度一致，所以只能认定为普通参与，量刑很低，仍然刑事拘留、拘役，最近这一次最长，十个月有期徒刑，都算累犯从重判了。那问题就来了，一个人两次踏进同一条河里都不可能，王雕都不止两次掉到诈骗案的坑里，要说不是蓄意、主动地参与，我都觉得说不过去啊。”

“诈骗案层出不穷的问题就在这儿，取证难，人员多，能达到量刑标准的却又不多，而且审讯就是个心理战，可恰恰骗子们比谁都熟悉心理攻防，张口就是瞎话不带眨眼，审他们比审毒贩还难。”娜日丽插了一句。

“很好，进入角色很快。”向小园赞了句，继续说道，“第四个疑点，王雕服刑的地点是月山监狱，监狱里无亲、无故、无友的服刑人员不在少数，得靠劳动赚取基本生活费用，而王雕呢？进去就有人给存过一笔钱，一万块，在监狱里过得很滋润，出狱这不都捎带认了个小弟……疑点就在这儿，他认定的案值都不够一万块，有人居然给他存了一万，转钱方，居然是一个涉嫌洗钱的支付宝企业账号。”

四个疑点，像醍醐灌顶，可解决一些小问题，却带来了更大的问题，这样的毛骗如果真的是一次又一次蓄意犯案，然后再抵死不交代扛着罪，一次又一次骗过警察的侦查，那这可能是个团伙分工，可能有个操纵的老大，可能有不为人知的策划……不管哪一种可能，都是件细思极恐的事。

五人小组第一次碰头讨论，陷入沉思，都忘记面前的午饭了……

第一家，没有。

第二家，没有。

第三家出来，钱加多的信心一点儿都没有了。

不怨多多，络卿相没想到斗十方吹得天花乱坠，第一件事仍然是找监控，没有权利去查公交、公安检查站以及交通监控，他就是找胡同到公交站周边的小商铺里的监控。那些私人装的监控不是根本没开机，就是角度不对，都照着自己的货架呢，谁照路上呀！

“唉……十方，这样不行啊，多大的地方啊，能那么方便让你找着人？”钱加多跑不动了，拽着斗十方道。

斗十方回头，半摘墨镜，翻着白眼问：“那你说不找了，我就不找了。”

“可你这……”钱加多又不敢说，生怕这货真白吃完一拍屁股走人，那事他肯定办得出来。

络卿相插话道：“你不是有独门绝技吗？怎么也和我这样的基层民警一样呢？”

“施展绝技总得有个准备，我总得知道对方长啥样吧。”斗十方一甩两手，做了个很牛的POSE，不过被络卿相鄙视了，直接质疑道：“这胡同七八个出口，你知道他从哪儿进，从哪儿出？”

“想想也知道啊，人分三六九等，胃不分等级。首先到这个脏巷胡同里吃老羊汤、羊杂、胡辣汤的只有一种人——老中州人，对不对？”斗十方道。

“对。”钱加多道。这是肯定的，越正宗的小店越不起眼，能摸到这种犄角旮旯找美食的，都是本地熟客。

“有可能驾车，有可能坐公交来，也有可能步行来……骗手机贴二维码都是穷极了才干的事，总不至于两人还有车吧？步行呢，可能性也不大，那意味着他们就住在附近。如果是生人倒无所谓，但要是老中州人，免不了低头不见抬头见的，也不方便在家门口作案啊……所以只有一种可能，乘公交来的，对吗？”斗十方问。

被说服了，可心不服，钱加多无言以对，愤愤道：“那你倒找着啊，别好马都在腿上，好汉都吹在嘴上成不？”

“这不正在找吗？肯定熟悉胡同，肯定在距离胡同口最近的公交站点下车……这个站点，应该没错，这一带……”斗十方观察着街道两头，自站点到胡同口有几百米，外层的楼宇掩饰了脏乱差的胡同环境，可这里并不是规划路面，一多半是自建房屋，这可怎么找？

“方向错了，我们找小卖部、烟酒店是不对的，那些老板都盯着自己的货生怕被偷，不盯人。而且这俩惯犯肯定会刻意躲开摄像头。”斗十方若有所思道。钱加多和络卿相正腹诽着，不料斗十方一指另一个方向道：“那儿，那儿说不定有。”

咦？是家家具店。络卿相一下子怒了，啧道：“你刚才饮料是不是灌脑子里了，家具店怎么可能有？”

“家具店不怕偷，而且摄像头朝外的多，搞好服务嘛，看见有顾客立马就迎出来。走。”斗十方带着两人向刚才漏了的家具店踱去。走到近处，钱加多眼一直，哟，还真在门头上瞧见一个球形的小摄像头，再走近点，店里的人已经发现了，有人起身迎在了门口，掀起了帘子。

斗十方头也不回地一掏络卿相口袋。络卿相一捂，紧张道：“别乱用我的证件。”

“这证件给你都白瞎了，还傻了吧唧给人家介绍你是哪个派出所的，笨死你，看我的。”斗十方小声道。到了门口，他扬着证件，表情严肃地一晃，声音低沉地道：“刑警队的，办案，查一下你们这儿的监控，我们在追一对逃犯，今天早晨六点半到七点之间，在这一带出现过。”

那女服务员听蒙了。斗十方见她发愣，又一嗓子吼道：“快点啊，发什么愣！”

服务员不敢怠慢，领着斗十方进去了。电脑就在吧台处，监控一翻，时间点准确，一快进，斗十方一声口哨示意着门外等着的两人进来。钱加多急急凑到电脑屏幕前，眼睛瞬间睁大了一圈，而络卿相可有点垂头丧气了。

屏幕上一高一矮两男子，正勾肩搭背地路过此处，被摄像头拍了个正着，看钱加多的表情，不用说，正是那一对贼骗显形了……

“我们接着刚才的讨论啊。其实还有一个不算疑点的疑点，我之所以在一千多个嫌疑人里挑中了王雕，还有一个原因，以经侦手段，居然找不到任何有关他的经济往来，银行卡，没有；大额消费，没有；在当下这种社会条件下，电子记录居然是一片空白，实在让我好奇。”

办公室里，午饭没吃好的众人继续吃，向小园站在走廊中间来回踱步，话题仍然围绕着王雕展开，数个疑点把跟踪未果的刑警们的兴趣成功激发起来了。

陆虎开口问：“如果这样的话，理论上出狱应该有人接风，也应该和团伙成员碰面了啊，可我们跟了有二十多天吧，除了见这俩坑蒙拐骗，没见其他人啊。”

众人点头。确实是个跑单帮的小骗子。程一丁犹豫片刻插了句：“这个其实也合理，往前数一年，是我们市对涉众类诈骗打击最严厉的时候，团伙四零五散，说不定他的同伙后脚进去了，找不到组织也有可能嘛。”

娜日丽一笑，竖着大拇指赞了个：“我同意程哥的意见。”

“那我们不抓瞎了？”陆虎道。

“也不尽然。如果是这种情况的话，组织肯定人手奇缺，如果再组局，以王雕混迹十几年、口风又很紧的履历，会不会被招募呢？”向小园道。这引起了一阵笑声。大家今天才发现，这位外表冷艳高傲的女警官，也有着促狭的一面。

“我好像明白了。”邹喜男笑过之后明悟了，出声道，“组长，您的意思是，从这个小骗子身上找到连接团伙或者幕后的线索？”

“对，这是我们经侦和刑侦的区别，刑侦是找疑点，固定证据，扩散侦查；而我们呢，只要找到一个疑点，就会死盯着这个疑点摸清吃透，再根据这个疑点辐射数据的指向，关联到其他嫌疑人……有个六度空间的理论是，地球上完全陌生的两个人之间，最多只隔着六个人就能建立联系，反过来想，其实每一个团伙的主谋和参与者之间，可能相隔都不到六个人。我个人觉得吧，只要我们把盯上的每一个嫌疑人摸得透彻见底，那我们最起码能摸清这个所谓骗子江湖的轮廓。”向小园道。

话音落时，啪啪的掌声响起，很突兀。众人齐齐侧头，却是俞骏主任鼓着掌站在门口，笑吟吟地看着众人。向小园邀请道：“怎么，俞主任不想加入一下讨论？”

“太早，没必要。该上岗了，盯人这个思路是正确的，都别嫌烦啊，去吧。新来的……你叫？”

“报告俞主任，我叫娜日丽。”

“跟着老程熟悉一下岗位。”

“是。”

程一丁和邹喜男起身出去了，两人几步之外回头使着眼色。陆虎和娜日丽也跟着溜了。被打断的向小园有点兴味索然，复杂地看着俞骏。这位主任惯于搅局浇凉水，不管这个新建组有多么努力，似乎永远都不在他眼里似的。

这不，俞骏又是蔫笑着看着向小园，故意问：“为什么这么幽怨地盯着我？坏了你一展抱负的好事？”

“‘抱负’这个词用得好，不过没必要啊，以我的资历，不可能对您的位置有威胁，干好了给您锦上添花，干不好是个人能力有限，您为什么老是打击我们的热情？”向小园憋了很久的话，终于挑机会说出来了，口气有点咄咄逼人。

“没有啊，我刚才不是鼓掌了吗？”俞骏无辜道。

“谢谢，但我怎么觉得有喝倒彩的成分？”向小园不客气地问。

俞骏又是眯眼一笑，解释道：“确实有喝倒彩的成分，你们这一代屏幕后成长的键盘侠有一个致命的缺点，你忽略了。”

“什么？又是经验？”向小园有点不服气，最反感别人拿资历和经验压人一头。

“不，缺点是思维方式里没有空间的概念，因为你们把网络作为一个整体来研判案情，就以王雕为例，他犯案跨两省三市，还有县城，你联网看似乎很简单，一目了然，可在现实中，这个警务可就得跨市甚至跨省了，别说跨省，就溜出中州去作案，你们这么个几人小组，还不立马就瞎喽？”俞骏道。

向小园一下子苦脸了。这的确是实情，追踪盯梢、跨区备案倒不是不可能，但要追这么个毛骗也备个案，恐怕就让同行当笑话看了。再说了，经费问题、车辆问题、人员轮岗问题，一大堆问题肯定在那种时候会马上凸显出来，而且不是她这么一个小组长能解决得了的。

“我相信你的理论是正确的，就像阿基米德的杠杆理论，给我一个支点，我就能撬起地球，但他没说去哪儿找那么长一根杆啊。”俞骏阴阳怪气了一句，撇着嘴、摇着头走了。

背后，被点拨得没脾气的向小园出声道：“俞主任，您不能光泼凉水，看着我们原地踏步成长不起来吧？”

“不，你能研判出这么几个疑点已经成长了，但你无法了解那种特殊环境里，骗子的行事方式。我们和他们不在一个世界，信息无法对等啊。”俞骏道。

“骗子也是人，能特殊到什么程度？”向小园问。

“能特殊到人间蒸发的程度，就比如王雕，不管是找到组织还是组织找到他，都会悄无声息地消失，等到再次露面，不是得手，就是失手，但其间发生了什么，可能我们永远无法知道。你现在是提前盯上知道了行踪，你试试用常规的方式，看看就明白了。”俞骏说道，头也不回地走了。

这一点拨，向小园急急回到座位上，输着授权密码，登录监控后台，仔细捋了下王雕和包神星的行进路线、出现地点，然后通过常规的交通监控、公安检查站监控、公交系统的监控，数个分屏她操作得行云流水，然后结果把她看傻眼了。

这一对贼骗几乎躲过了所有的公共监控，公交车上都缩着脑袋找不着人。两人全市溜达二十几天，被公共监控拍下的画面几乎没有，不用说，这是常年犯案练就的反侦查能力，只是高到这种程度就让向小园头皮发麻，如果是无声无息消失，万一外勤跟丢了，那再找到人可就难了。

一念至此，向小园急急拿起手机，刚要拨电话，电话就进来了。她放到耳边一听傻眼了，真让俞主任说着了，程一丁汇报追踪手机信号消失，他正准备通过监控系统在最后消失的地点找人……

行外有行，网外之网

寻人启事：师佳迪，男，六十六岁，身高一米六六，长方脸，患有间歇性精神病和抑郁症，走时上身穿灰色大衣，下身穿深灰色大纹花哔叽裤，中州口音，6月6日出走至今未归。有知情者请拨打电话134××××××××（微信同号），重金酬谢。

金河公园的外墙处，间隔十余米就有这样的寻人启事。这个启事看得包神星有点迷糊，王雕却是喜上眉梢，边看边拆着手机卡，旧卡随手扔进了草丛，新卡换上开机，注册微信，然后输着号码，叮声提醒有新的联系人。

他输着信息，且走且乐。包神星在背后跟着好奇地问："雕哥，这啥意思啊？"

"你不是想入伙发财吗，这不上面联系啦！"王雕笑着道。

"这……啊，我明白了，寻人启事就是你们的联系方式啊！"包神星恍然大悟。

王雕道："干我们这行，用手机号基本就没超过一个月的，总得有联系方式嘛。"

"哦，那别人要打那个手机号呢？"包神星问。

"不通，只有微信通。"王雕道。

"我说呢，六十六岁，一米六六，6月6日出走，哪这么巧？"包神星道。

"名字，还有照片没发现吗？"王雕回头笑问。

包神星一咧嘴，一咬指头，难住了。他喃喃道："面熟啊，一下子想不起来。"

"笨蛋，名字师佳迪，意思是'是假的'；照片嘛，是关二爷的照片P出来的。关二爷是什么？义气，又是财神，连在一起呢，'一起发财'，口彩不错吧？"王雕释义道。

"哟，高明。"包神星想想，这可比什么联系方式都安全。他顿了片刻，落后了，又赶紧追上雕哥的步伐。有了组织召唤，两人可是分外高兴，新卡转走了包神星手机里的钱，捎带着连包神星的手机卡也给换掉了，据说很快组织就会来人接洽，得拾掇拾掇像个人样，别让人嫌弃不是？两人出了公园路一带，就近找着小商品城，抓紧时间购置行头去了……

五纺路上，钱加多、络卿相跟着斗十方的脚步，走出了两三公里。斗十方一直在看地图，再准确点是在看公交路线图，看得专注到后面俩人不敢打扰。

不过钱加多实在没有步行过这么多路，已经走得龇牙咧嘴了，终于忍不住一屁股坐到路边长椅上了。

“十方，盯着天网找着人也得几天，还得七八十来个人一起找，难不成你手机4G网比天网还厉害，瞄瞄就能找到这俩人？”络卿相挖苦了句，坐到钱加多身侧了。

“哦，把你俩忘了。”斗十方回过神来，和两人坐到了一起，边操作着手机边说道，“网外有网，你没见过的网未必不管用。”

“吹牛吧，暗网？你也得懂啊，我计算机应用专业顶多算个半吊子，你擦边都不够。”络卿相道。

“那可未必，你有暗网，我有人网，啧啧……找普通人真不好找，找这类货，天网真没我快。”斗十方自鸣得意地操作着手机。络卿相侧头瞧，很普通啊，就是给人发微信，发的就是家具店提取的视频和照片，附带的文字是：欠个人情，各位大哥帮忙找两个人，这俩孙子把我女朋友的手机摸了，逮着老子非揍他个半死，这俩人应该在西城上马村、铁匠村一带。

这口吻让络卿相哭笑不得，不忍卒视，不过马上又凑近了看。这时候，钱加多也好奇地坐过来了，一看信息内容，愤愤道：“占我便宜！我怎么成你女朋友了？”

斗十方一瞪眼，反问：“那你让我咋说？替警察往回找手机？你不嫌丢人我还嫌没面子呢。”

“算了，算了，女朋友就女朋友。”钱加多为了面子，没脾气地让步了。

络卿相却发现疑点了，啧啧念道：“你认识的都什么人啊？臭蛋、老游、大奔、青狗、洋酒……还有更牛×的，光腚……哈哈，妥妥的黑社会风格啊！”

“这你就不懂了，物以类聚，人以群分，渣人只能到人渣堆里找……臭蛋是个老痞子；老游是个开游戏厅、网吧的；大奔以前是倒腾驾照，现在倒二手车的；这个青狗厉害，小额贷款公司收债的，打黑除恶关了一年失业了，暂且赋闲。”

“这个老骗，就是个骗子？”钱加多好奇地问。

斗十方发着信息道：“以前是，酒店外头换外币骗老外的，现在嘛，好像做微商了，反正也是骗，差不多。”

“短毛是谁？用的未来战警的照片，警察？”络卿相瞅着，好歹像个正常的。

“KTV保安。别小瞧人家保安，眼力见儿好着呢，最起码开店那片的流氓地痞，他要么收买，要么收服，否则生意没法干不是？这货干了快十年了，有几把刷子。”斗十方道。

钱加多和络卿相互看一眼，似乎都被斗十方的朋友圈吓住了。钱加多小声道：“兄弟，你交往这么多人渣，别哪天给拉下水啊。”

“我不一直就在水里吗？还用拉？弓匠……哪个号来着……”，斗十方随意地说着，翻查着联系人。络卿相随口问：“工匠？”

“哦，一做小五金生意的。”斗十方道。

“哟，好歹有个正常人了啊。”络卿相慨叹道。

“以前加工过弓弩和管制刀具，被拘役过。”斗十方加着注解。一句话又把络卿相和钱加多噎住了，两人干脆不问了，只待斗十方连发了二十多条信息，一握手机，在等“人网”的运算结果了。

络卿相心里的疑惑还未解开，他小心翼翼地问：“你怎么判断人在上马村、铁匠村一带？”

“家具店路过是六点四十六分，那里离公交站的距离是五百多米，不到一公里，正常每分钟的步行速度是六十到一百米，那么公交车应该是六点四十到站，这个时间点有29路、33路两路，33路是从火车站方向开过来的，咱们中州特殊，火车站离市中心不远；29路呢，始发站就在上马村一带，那儿是个近郊村，基本上每天拉的都是进城打工、上班的。”斗十方道。

“那为什么不能是从火车站刚下车来呢？”络卿相问。

“行李呢？空手从哪儿回来？回来就为来这儿贴二维码骗俩钱？”斗十方问。

不太可能。络卿相闭嘴了。钱加多反问道：“那为啥不能是半路上车的？”

“33路经过的是车站路、金鼎路、文化路，然后到五纺路，沿途几乎没有什么普通小区，都是商业路，有也是高档小区，他们要转这么大弯，那我就瞎了；29路从上马村直接进开发园区，那一片都是老城区刚拆迁的，也几乎没什么人了，它是绕进五纺路，然后通向东城开发区，其实就是为工厂开的路线。你们说他们俩住在什么地方绕路去乘这班车？大清早的这么冷。”斗十方问。

这种分析钱加多可不擅长，他挠挠脑瓜，反驳不上来了。络卿相又要再质疑，斗十方的手机叮了一声。拿起来一瞧，斗十方笑眯眯地亮在络卿相的眼前，道：“叫，快叫个床，叫服不服吧？”

微信里，斗十方备注名“老骗”的发来信息：矮个儿叫傻雕，应该在上马村那一片。

斗十方飞速地回着：具体点，什么路子？

片刻回信了：以前我同行，千子，很出名，听说早进去了。

这条刚回，“青狗”的信息也来了：高个儿叫憨炮，是个贼，混过KTV。

三个人头碰头看着手机里的信息，混社会的也仅限于知道对方的诨号，大名是叫不上来的，不过已经够了。那位“青狗”还真是神得紧，还讲出了高个儿贼在KTV勾搭小姐吃软饭外带偷客人东西的逸事，后来被人揍到差点生活不能自理，也就因为这个，此人他记得很清楚。

“多多，看来这笔债务真得转移到络警官身上了，哈哈。”斗十方收起手机，往公交车站方向走，接下来肯定是驾车去上马村找人了。络卿相有点郁闷地剜了眼，愤愤道：“找回来再说。”

“被我盯上，想找不回来都难。走了，走了，开多多的宝马车遛圈去。”斗十方前行着。钱加多追着他的步子问：“千子是什么意思？”

“骗子的意思，这是骗子对自己的谦称，比如小姐总不好意思说自己是坐台的吧，妈妈桑介绍也是说美女，不能直呼小姐嘛。”斗十方笑道。

“那我手机能找回来吗？卿相说应该早卖了。”钱加多又道。

“卖了赔呗，他要有本事消化了算我们倒霉，要消化不了被人堵上了，就该着他倒霉了。江湖规矩，吃少吐多，只多不少……咦，你俩怎么了？”斗十方说着说着不见人了，一回头，两人站他身后发呆呢。

略一想便明白了，斗十方竖着中指训斥着两人：“瞧你们那点出息！当警察当傻了吧？学条例学愣了吧？你不好意思报案，他们敢报案啊？都没人报案，就只能私了啦……算了，算了，指不上你们，一边儿瞧着好好学着点。”

斗十方嫌弃地先行了，两位警察互看了眼，心里惴惴不安地跟上了。络卿相小声和钱加多嘀咕着：“这货是不是加入黑社会了？门儿清路熟得有点吓人啊。”钱加多发蒙，回了句：“瞧人家玩得多溜，我都想加入了。”

三人挤上了公交，返回到吃饭点，开上了钱加多的车，一路直驶向上马村来了……

每个城市都有繁花似锦的地带，同样也不缺满目疮痍的角落，拆到一半的上马村就是如此，坍塌的旧墙、已拆的废墟、在建的楼宇、新挖的地基，以及远处未拆的棚房，还有来来回回的泥土车、垃圾清运车，把这里变成了与亮丽城市成鲜明对比的脏乱差地带。

观测镜里这个环境尽收眼底，三个多小时了没见着人，放下观测镜的娜日丽回头看仍在保持着观测姿势的程一丁，不由得心生敬意。两人此时身处一座在建楼宇的框架层里，可以看到必经之路上的来车、来人，王雕和包神星的居住地就在村里，这里就是王雕的户籍所在地，只不过有户无房，与拆迁无缘，其父王成工伤死亡后，那个狠心娘跟人跑时，把唯一的一块宅基地也卖了。

娜日丽实在怀疑这是不是亲妈，能狠心到如此境地，把未成年的儿子扔下任其自生自灭，最终造就了这么一个屡进屡出的罪犯。

“姑娘，想啥呢？”程一丁点了支烟，随口问。

娜日丽无聊坐着，回道：“我在想这个嫌疑人挺可怜的，一小部分社会原因，一大部分家庭原因，很多犯罪嫌疑人都是这样啊，往深里去找犯罪形成的诱因，多多少少都有点可怜之处。”

“如果为了面包而犯罪有社会原因，但能吃饱了还去犯罪，那可怜就变成可恨了。”程一丁道。

娜日丽笑了笑，道：“也对，大部分犯罪都是这么演变的……程哥，这俩家伙还能回来吗？”

“不知道，只能等了。莫名其妙地消失了，现在还没找着……八成是接上头了。”程一丁思忖道。

“您是指和原来的团伙？”娜日丽激动了一下下。

“肯定的啊，监狱里服刑期满出狱，从犯罪到公安局，到看守所，到监狱，基本就是这些人的人生轨迹……重复犯罪率要达到百分之四十到六十，特别是坑蒙拐骗这些轻罪，重复率更高。”程一丁道。这论调惹得娜日丽哧哧直笑，一问笑什么，难道不相信？娜日丽却说：“大邹说您惜言如金的，这不很健谈吗？”

程一丁呵呵一笑，不解释了。这倒真惜言如金了。娜日丽再问时，程一丁嘘了声，观测了好一会儿，才不确定地说：“把那辆车拍下来……那辆老款宝马，这都第四次在村里绕出来了，不像是村里的车。”

“总不能诈骗团伙还派豪车来接王雕吧？您是不是神经绷得太紧了？”娜日丽随口说道。她从观测镜里看到了那辆白色宝马，喃喃了一句：“老款520，这车当年得四五十万呢，咦，牌照还遮着？”

“骗子还就喜欢开豪车，其实不值钱，租车公司多的是，一天几百就拿下了，干得不赖啊，还遮着牌照。”程一丁道。正说着，他的手一颤，脱口道，“来了，回来了……还好，没溜，看来还没和组织接上头。”

“我觉得就是大惊小怪了，吸引这种奇葩的组织，也高明不到哪儿去。”娜日丽看着观测镜，摁开了步话呼叫着，“X4号报告，目标返回上马村。重复一遍……”

片刻后，听到了陆虎的声音：“继续监视，这俩够鬼的，从公园消失后，我还没查到他的活动轨迹。”

“应该是……购物去了，好像换了身新行头。”娜日丽回道。

程一丁提醒道：“注意隐蔽，他们进村后咱们再下楼……咦，注意，两点钟方向，那个穿红衣服的……拍下他的体貌，咦？这是准备干什么？”

两位外勤观测的视线里，在王雕和包神星的前方百米开外，红衣服男子和其他两位耳语着，让那两位后退藏到了一截断墙处，而他却背对着王雕的方向，靠着根电线杆，悠闲地点了根烟抽。明眼人一看，这是等那俩呢。而这三人，都是从宝马车上下来的，这其中有什么猫腻，让两位外勤兴奋了。

娜日丽汇报着：“X4号报告，发现三名可疑目标，距离有点远，拍不太清楚……拍下了他们乘坐的车辆，车牌照被遮挡着……啊……”

汇报中断，视线里，那红衣男子和王雕打了个招呼，似乎是熟识，招手叫着王雕。王雕鬼使神差地跟着他往墙后走。从观测的角度看就不一样了，墙后躲的那俩戒备着呢，明显不是好事。这边心里的警兆刚起，那边已经下手了。红衣服的冷不丁一拖一搂，直接把王雕给放倒摁住了，后面的包神星吓了一跳，很没义气地掉头就跑。躲着的两人“嗖嗖”两块板砖就飞出去了。距离那么近，肯定弹无虚发。腿上、腰上中砖的包神星一个趔趄，摔了个狗吃屎，旋即被两人拖到墙后来。那仨围着俩绝对不是接头，红衣男劈头盖脸地一顿耳光扇上去了。

“什么情况？什么情况？”步话里询问。

“不是接头，像是寻仇的，打起来了……不，是目标被不明身份的人打了。”

“什么？什么？”

“不知道什么情况。”

“不要暴露，我请示一下。”

娜日丽和程一丁互看了一眼，看蒙了。一眨眼，情况又有变化了，似乎也不是寻仇，那红衣男打完，开始搜王雕和包神星了，像抢劫……

君子动手，小人住口

一分钟前，王雕和包神星说说笑笑往村里走，这段路太烂了，出租车根本不过来，两人新衣新鞋的，像一对刚结婚的新郎倌，脸上写满了喜洋洋。

钱加多伸出手，做了个OK手势，那是准备好了。

应着这个手势，电线杆后的斗十方一转身，手指一挟，烟离嘴，唇一努，一声轻佻的口哨吹响了。正走着的王雕和包神星冷不丁一怔，一个穿着红衣、戴着墨镜、流里流气的小年轻正朝他招手。

“雕哥吧？来来，给您说个事。”斗十方佯作向他们走去。

王雕愣着问：“啥事？你谁呀？”

“我这万儿[1]可不响，说了您也不知道……抽烟，给您点上。”斗十方给烟，王雕拒了。包神星倒不抽白不抽。皱着眉头的王雕狐疑地打量着斗十方，犹豫道：“眼生啊。”

“都是张口吃八方，这不有缘才能到一方？这次啊，和您老有缘啦……哎，这个，借一步说话。”斗十方几个细微的表情恰到好处，路边说话不便，似乎只想对王雕一个人讲。

就算再有怀疑，话里这如假包换的江湖味可学不来，他跟着斗十方往路一侧走着，随口问：“安叔让你来的？”

对不上了，斗十方只能笑眯眯地扯谎：“可不？要不您这神龙见首不见尾的，我哪能找着？”

1　江湖上的切口，“名号”“大名”的意思。

“是不是又塌门了？我们出来这么久也没人来。”王雕发牢骚道。

塌门是生意亏本的意思，用黑话讲，自然是黑生意，斗十方应声道：“门塌户不倒，来年又长草，怕啥呢？”

“那倒是……这个人，我带的兄弟，哎这……”王雕瞬间看到了断墙后的人，愣了下。

没等反应过来，斗十方没熄的烟头顺手往他胸前领子里一扔。他烫得两手连拉衣襟，手没空招架了。斗十方顺势一勒脖子，往断墙后一拖，得嘞，摁住了。

卧槽……包神星吓得掉头就跑。早蓄势已待的两块板砖嗖嗖连飞，嘭嘭两声，包神星哎哟哟扑街了，被奔上来的钱加多和络卿相拎着回了断墙后。

地方僻静，轰隆隆的机械声又不绝于耳，钱加多捋着袖子啪啪几个大耳光，咚咚连踩几脚，包神星疼得哎哟哟求饶：“大哥，大哥饶命！下次再不敢了。”

这头斗十方出手就更狠了，脚踩着王雕的腿，双手左右开弓，噼里啪啦连扇十几个耳光。清脆悦耳的声音过后，王雕一脸红手印子。络卿相呢，一手拿块板砖戒备，生怕两人反抗似的。不过，他拿板砖的手有点抖，现在看来，贼骗战斗力都不怎么样，就怕这俩打得过火出什么事。

还好斗十方有节制，打完收工，拦着钱加多，自己一蹲，墨镜斜斜的，那样子拽拽的，瞅着王雕问：“妈的，不老实，今天卸你两根梢条子（四肢）。”

“大哥，兄弟太念作（下作），黑了招，您是哪路？留一口。”王雕对着黑话切口，同道中人反而有点忌惮了，碰上手黑的，为几百块钱真敢打折你胳膊、腿。

“设托大年子我是你爷，看你这屌样，上辈儿是挑汉彩力子的吧？带这么个货，扑风的雏吧？”斗十方顺手扇了包神星一耳光。包神星哇呀呀吓得只敢嚷，不敢说话。

“大哥眼硬，兄弟认栽。”王雕气势一下子萎了。这几句话，似乎比耳光还厉害，打消了他眼里仅存的不服气。

“吃少吐多，只多不少，这我兄弟，留你一口。”斗十方道。

这是放他一马的意思，王雕赶紧掏着口袋。斗十方手更快，利索地搜身，手机、钱，他连包神星的口袋也掏了。斗十方拿在手里一搓，愤愤道：“这三千多，只够手机钱，还转走我们两千咋说？”

“刚从苦窑（监狱）出来，就这么点了。”王雕道。

“手机卖哪儿了？”斗十方问。

“五纺路隔壁金鼎路73号胡同往里一家修手机的。”王雕道。包神星赶紧补充：“那手机老旧了，只卖了四百块钱。”

啪一声，斗十方甩手又是一耳光，连着王雕的手机、钱，全部收罗起来。包神星的老人机太破，直接扔了，装起来时又扔出个五十块，然后脚一踢王雕的脚踝，踢掉了他的鞋，脚尖再一钩，钩着鞋踢了老远。钱加多一下子看明白了，这扔了对方的鞋，在这满是垃圾和水泥渣的路上那就别想追了。他蹲着一使劲，拽了包神星的鞋，使劲往远处扔去。

三个人扬长而去。包神星伸着头看时，只看到了辆牌照被遮着的车。

他蹲下捂着脸小声问：“雕哥，你在监狱不挺能打的？今天咋啦？”

“去去，去捡鞋，唇典说这么牛×的同行，肯定来路吓人呢，哪能惹得起？”王雕怒道。

包神星跳着脚去捡鞋了，边跳边骂着这仨孙子真损，别说追了，光脚踩这种地上都生疼生疼的，还得提防着别被什么东西扎了，捡回了鞋，递给王雕穿上。包神星看王雕惨兮兮的样子，好奇问：“雕哥，啥是唇典？”

“就是切口，黑话，千子这行的黑话特殊，我们能听懂其他人的，其他人听不懂我们的，这是同行。”王雕穿上鞋站起来了，又一个趔趄。包神星赶紧扶着，小心翼翼地问：“我都没听明白啊。”

“设托大年子，是做局逮大生意的意思，他说我上辈是挑汉彩力子的，意思是皮门或者变戏法的出身，我跟你说过的‘金评彩挂风马燕雀’八大门其中的两路。”王雕道。

“那你不是变戏法或者什么皮门的啊，你不说你属于风门吗？也叫蜂，来去一阵风、一窝蜂的意思。”包神星看样子已经过了岗前培训，还没忘呢。

王雕却懊丧道："我有俩叔辈就是挑汉彩力子的，他怎么看出来的？还有你，扑风的雏什么意思懂不？说你是手脚不利索的蟊贼。"

"诬蔑，这绝对是诬蔑……我已经是即将学成的骗子，不，千子，不是贼了。"包神星纠正道。

看这蠢相，再想想刚才遇事的样，王雕郁闷地讷言了，不再和他说话了。不过包神星倒是殷勤，搀着王雕一瘸一拐地往村里的住处回。两人刚拐进村里，泊在村里不起眼位置，呜地开出来一辆破面包车，在两人身侧一停，车门哗一声洞开，露出来一个面相凶恶的男子的脸。包神星一哆嗦，作势又要跑。

这回可是自己人。王雕拉着包神星上车，坐定。包神星要说话，王雕面相恭敬地说了句："安叔，遇上了个硬茬儿，吃了个亏。"

"唉，什么时候才能学会用脑子办事啊？"前座被称为"安叔"的司机道，一挂挡，上路了。包神星赶紧解释着："不是，安叔，我们是靠脑子办的事，骗了点钱应急，可别人不用脑子，用拳打脚踢报复啊。"

"贼不空手，骗不回头，都被人找上门了，那不还是没脑子？行里行外都是一山高过一山，能人多着呢，都蹲几回了，还没学会低调，又手痒了是吧？"司机道。

包神星再要解释，王雕一把摁住了，恭敬道："是，安叔，我知道错了。"

"你也就这德行了，知道错也没用。给你寻个活儿，自己个儿糊口去，新盘小年子练练手。"司机道。

这回包神星听懂了，"年子"是生意的意思，"盘"呢，肯定是有做的局，那肯定是已经有现成的钱可捡了。想到此处，曾经对吃喝嫖赌的幸福生活的憧憬涌上了心头，憧憬得他根本没有注意到，王雕留恋地看着残垣断壁的村落，眼里竟然是和身份完全不相匹配的……愁绪。

噔噔噔，一阵急促的高跟鞋声由远而近，俞骏起身，踩着点一拉门，恰巧是向小园僵在空中的准备敲门姿势。看着一脸急色的向小园，俞骏一伸手，制止了她说话，然后示意他坐下，那蔫样子一点都不急，慢条斯理地给向小园倒了杯水，放好，这才开口道："傻雕跟丢了吧？"

"你怎么知道？"向小园讶异问。

"不都写在你脸上了吗？"俞骏笑道，回坐到了自己的座位上，看着向小园笑着解释道，"网络时代赋予这个世界通信便捷的同时，也给了犯罪分子同样便捷的消息传递方式，这个传递消息的途径是无解的，可能是人，可能通过网络，或者某种我们不知道的江湖手段，借用一句广告词，叫一切皆有可能。"

"所以这就是你悲观和一直不看好我们这个组的原因？"向小园问道。

俞骏在椅子上摇着，说道："悲观主义者是个人因素，和职业无关。不看好你们也是个人看法，和职务无关。你为什么总认为我有针对你们的意思啊？你知道这个反诈骗中心多忙吗？每天的诈骗短信拦截，峰值可以达到六十多万条，反骗宣传需要发到各种媒介五万次以上，我们的人工台每天警示群众的电话要有六千多人次……就这样，还是一直有人被骗。"

"好吧，我理解你的苦衷，但也请你多关注一下我们，不管我们个人认知和层次有多大差异，但我们终结诈骗的目标是相同的。"向小园道。

"同意。"俞骏一拍手，坐正了，直接道，"我其实是不想打击你们的热情，像王雕这种浑球儿用不了多久就会重新进来。你想想，他基本就是在犯罪、落网、看守所、监狱这几个环境里成长的，彻头彻尾的反社会性格已经形成，如果能从他身上找到线索，早就找到了，真以为那些刑警抓住他后会不下功夫审讯啊？"

"所以我们才换一种方式啊。"向小园道。

"没用。"俞骏摇摇头，"从他扔手机卡开始，就应该是联络到团伙了，很快他就会人间蒸发，你明知道他就是去干坏事，但没干之前你没法抓他啊！那，就像这样，想跟着都难了吧？"

“对，他乘一辆面包车离开了，面包车出了村就拐小路，连进几个城中村，外勤无法跟踪，只能眼睁睁地看着人走了，车牌居然是假的……一辆套牌车，大白天就这么大摇大摆地在路上走。”向小园语气有点郁闷。

俞骏笑道：“市里的都不行，何况城边？想想接下来怎么办吧。这个人短时间内不会出现了，或者出现的地方可能不会在我们的警务区域。”

“我觉得还可以继续。”向小园道，将手里的东西放到了俞骏的办公桌上。

“太执着就成固执了，这种毛骗真的意义不大，往诈骗组织层面研判，他们知道的也有限。”俞骏道，没有翻开那一摞纸。

向小园笑道：“是其他事，我打赌，会引起你浓厚的兴趣。”

“是吗？”俞骏不信了，这才翻开，一看，皱眉，再看，眉头皱得更紧了，看了半天，刚抬头要问，向小园替他说了：“电脑根目录，X小组Z字母打头文件夹，那里有摘取的全过程。”

俞骏没吭声，果真是兴趣浓厚了，足足翻看了十几分钟，看完眉头都没舒展开，好奇地问：“这是被骗手机的群众，回头来了个反杀，把王雕堵在村口揍了一顿……红衣服的是请来的帮手？”

“应该如此。”

“咱们跟在背后都追得晕头转向，他们怎么一下子堵上了？难道认识？”俞骏判断道，判断得连他自己都不确定。

“如果认识还勉强可以解释，但如果不认识就有意思了。从案发到现在用了八个小时吧，现在十五点四十分。”向小园道。

“那肯定是认识，否则这种钻犄角旮旯的货色，真不好找。”俞骏道。

“恭喜您。”向小园笑道。俞骏看她时，她脸色一变，成嗤笑了：“答错了，再看相邻的文件夹里，我们刚刚找到那辆宝马车的信息，而且找到了其中两位的身份。”

俞骏不信邪地翻着联网共享文件，打开看时，眼一瞪，整个脸差点贴到屏幕上。找到的两个身份信息，一位是派出所的户籍警络卿相，一位更离谱，110指挥中心的接线员钱加多，那辆车是登记在他父亲名下的。

“天哪，户籍警？接线员？查了没有？他们是不是未经授权登录天网了？是不是查过联网的犯罪信息库？否则那么短时间的骗局里，他们如何定位王雕的准确身份的？”俞骏瞬间怒了。这可能是警察借助社会人员办的黑事，如果真是那样的话，问题就大了。

“查了，他们根本没有权限，也没有任何非法或者合法登录。王雕的信息已经被我锁定了，任何浏览都会在后台留下IP记录。”向小园道，脸上的笑意更甚，“俞主任，基于最新的消息，您不妨再做一次判断，您觉得他们现在在干什么？”

“报仇了，应该庆祝一下吧……怎么，又错了？”俞骏不放心地问。

“对，错了……他们在找手机，您信吗？那部被王雕已经卖了的手机，丢手机的钱加多同志根本没有报案，估计他也不好意思报案。”向小园道。

“不可能。”俞骏不信了，直道，“这些丢的手机会被很快刷机、转售，即便找到收赃的，你没证没据，谁承认啊，就是传唤到派出所里，他们都敢跟警察吹胡子瞪眼。”

“今天好容易看到您判断连连失误，我倒期待您能对一次。呼叫邹喜男，让他把信息传过来。”向小园道。俞骏直接电话呼叫着。片刻后，邹喜男干脆从微信上传回了现场影像。

人来人往的街边，那辆宝马车刚刚泊停，三个人方下车……

“这儿不能停车。”络卿相提醒着。

“知道啊。”钱加多摁锁了车门，还就停了，不过多做了一件事，掏着口袋，一张纸往驾驶位置的车窗上一贴。络卿相惊得眼一直，居然是一张罚单。他瞅瞅钱加多。钱加多笑道：“十方教的，违停的时候自己贴个单，贴单的交警远远一瞅，已经贴上了，他就连车都不下了，嘿嘿。”

钱加多心情大好，揽着络卿相问想去哪儿吃，络卿相苦着脸小声道："这事干得我心里忐忑不安哪。"

"我怎么觉得是大快人心呢？当警察当得都快把我憋死了……不跟你说了，瞧你这样，没出息。"钱加多训了几句，觍着脸追上斗十方，殷勤问，"十方，其实找不找无所谓啦，卿相说一般都会很快转手……不过没事，我现在觉得很爽了，今儿放开让你宰啊。"

"吃多耽误事，改天吧，一会儿还得干活儿呢。也不一定就都转移，高档点的手机肯定转手，你用的那破手机没必要啊，丢了也没人找……哎，我说多多，好歹是个富二代呢，用手机这么抠搜，买个好的呗。"斗十方道。

钱加多这就不同意兄弟的看法了，解释道："装逼的最高境界是什么你知道不？装穷……低调才是王道，我爸教的。"

"你爸是越富越抠，不想给你买，还拿开了十年的破车糊弄你。"斗十方揭破道。

"我妈说找上女朋友结婚就给我换车。"钱加多反驳了。

"你爸妈合起伙来骗你呢，不信回去质问一下他们，是不是还想生二胎，给你找个争遗产的竞争对手？那样你可就惨啦，装着装着真跟我们一样成穷人了。"斗十方逗着钱加多。这孩子脑回路和普通人不一样，有点二，要不也不会经常不是丢包就是丢手机了。

这不，把人吓住了。钱加多想了想，紧张地喃喃道："是啊，会不会真有这种可能？"

"别听他扯，你妈都快五十了，你不担心她还害怕呢。"络卿相提示了句。龇牙笑着的斗十方赶紧改口道："那也不一定，问问你爸是不是有小三，万一有呢？万一小三生一个也有继承权啊。"

"滚！"钱加多斥了句。

"停！"斗十方马上捏着钱加多的脸，"就这个表情，一会儿进去就这个表情，别笑啊，别说话，千万别笑。你丑得有个性啊，不笑像奸雄，一笑就成奸商了，唬不住人啊……就这样，保你手机回来。"

没想到是预演，把络卿相可看得云里雾里，好奇道："这样也行？"

"当然行了。严肃点……现在你们不是警察，是黑社会特派员，先礼后兵来了。注意要点……进。”

说着，三人并排进去了，狭小的手机维修店差不多给挤满了。进来后斗十方顺手关上了门，正在要一把焊锡的店主抬头愣了，问：“啥事？”

乱蓬蓬的头发，胡子拉碴的店主，两眼无神得像纵欲过度，这种人络卿相了解，多数靠点手艺干点不黑不白的生意，这类人也未必好对付，又是这种没证没据不敢通公的事，只要牙口一紧，谁也没治。

“上午有人来你的店里，卖了台手机给你，多少钱来着？”斗十方问。

那人愣了，眉眼稍一动，不屑地嗤了声：“莫名其妙……马上走啊，否则我报警了。”

表情严肃的钱加多第二幕戏亮相了，拿着手机一放，被踩着腿、脸上红肿的王雕在喊着：“五纺路隔壁金鼎路73号胡同往里一家修手机的。”

声音戛然而止。那男子脸上没肉，连着皮抽了抽，忘了报警了，愕然看着三人，一个虎背熊腰有点吓人，一个流里流气摸不清来路。

斗十方叩叩桌面，提醒道：“你自己看着办，通公架不住，我们也懒得去找警察，手机也不值几个钱，就这个人这样挨一顿，让兄弟们爽一把，咱们两清。”

络卿相咬着舌头差点笑出来，这威胁可比报警厉害，明显见店主脸抽的幅度大了，有点心虚害怕了，估计心里在斗争。不过斗十方可不给他时间，嘭地一拍桌子，吼道：“说话呀！明明好说好办事，非让老子动手啊。”

“哎，别别别……这儿，这儿……”店主一激灵决定了，赶紧弯着腰摸索，摸出了那台手机，紧张兮兮地放在店台上，紧张解释着，“这不手机在这儿呢，我寻思着这手机也不值个钱，都没刷机呢，不过没卡啊……瞧，这不完璧归赵了吗……那个，我那四百块钱……”

别想钱了，斗十方早一把抓起手机，三人呼啦啦直接跑了。傻愣着的店主唉了一声，自认倒霉了。

坐到车里，三人已经笑得不可自制了。络卿相说道："我去，手机居然真找回来了！多多，手机、两千块都回来了，还多要了一千多……不对，十方还多拿了人家傻雕一部手机。"

"你懂个屁，不拿等人家拍个照、留个影回头找你麻烦啊？"斗十方掏着手机。

"多多，债务别给我转移了啊，都多找回一千多来。"络卿相道。

"这个可以有……不对，得十方说了算。"开车的钱加多道。

斗十方数着钱，严肃道："债呢还是我欠着吧，不转移给你了，但是……你得写份认㞞书，自拍一张传给我，以后在我面前再翘尾巴，我得有东西压着你。"

"好的，没问题，为了钱，我可以忍受侮辱。哎，要不我多写几份，就按这个价换钱？"络卿相一听这么简单，直接突破下限了。

"我替多多答应你，行。"斗十方严肃道，不过一扬手里的钱，话变味了，"不过得裸着拍啊，裸拍加认㞞书，这钱全归你。"

这话把络卿相噎住了。钱加多在后视镜看着络卿相的苦瓜脸，得意到放浪大笑。今儿这事，算是一爽到底了，他嘚瑟地乱踩油门，车冒着黑烟在街上蹿着走了。

三人丝毫没有察觉到，已经进入了两拨外勤的摄录里，跟丢了王雕的程一丁一组和邹喜男一组，都在屏幕上看到了钱加多狂笑、斗十方甩钱的丑陋嘴脸，真像作案得手的罪犯，一个个都得意忘形了……

第二章

市井混混身份成谜

光怪陆离，谜中生谜

高速行驶四十多分钟驶下收费站，再走十分钟就到目的地了。

这里已经出了中州的地界，具体属于哪儿王雕不太清楚。他下车环视四周，是一个坐落在稀落村镇间的厂房。中州的轻工业和小手工业发达，像这样简易廉价而且周边劳动力又好找的加工厂遍地都是，一点儿都不稀奇。

不稀奇就对了，这是骗子做局首要守则，只有把你的意图掩饰得平淡无奇，才不会引人注意，掩饰得越好，骗局存在的时间才能越长，做局的收获也才会越大。

哗的一声，门开，安叔和跟班带着王雕和包神星进了仓库，里面成箱的东西码了四五米高，几个垛堆得像小山一样。包神星看得云里雾里，由贼转骗时日尚短，他也不敢发问，生怕惹人笑话，只是贼溜溜地打量“安叔”。“安叔”是个四十开外的男子，皮鞋很旧，衣服样式有点土，面相有点木讷，脸色灰暗，不像做骗人的，倒像花圈纸扎店做死人生意的，有没有生意都哭丧着脸。

安叔回过头来，打量了包神星一眼，顺口问：“扑风的雏？”

嘶，包神星一吸凉气，心里骂了一句，今天是第二个人看出他的来路了。

王雕点点头，介绍道："憨炮，我们是上下铺的狱友，带着他寻点活儿。"

安叔不置可否地"嗯"了声。连入行考验都没有，让包神星对骗子这一行大失所望了。仓库里，安叔招手示意两人近前，把箱子往桌上一拎，打开，瓶瓶罐罐十几种花样。他示意王雕去看，道："新盘新生意，我打赌你看不懂。"

"哟！安叔，这老一套了，忽悠老头儿老太太那活儿吧，弄俩钱还容易点，这美容、化妆、保健、护肤的，不好做啊。"王雕瞬间反应过来了，上回被逮着就是"非法经营罪"，就是因为拉了一车三无产品被警察给逮了个正着。

"做局嘛，不是老瓶装新酒，就是新瓶装老酒，往根上还不都是击鼓传花那一套……嗨，小子，看明白了吗？"安叔说着，随口问包神星。包神星正拿着一瓶像洗发液的玩意儿瞅，他摇摇头："我不认识字。"

"那是英文，我也不认识，背面有汉字。"安叔提醒道。

包神星为难地回答："汉字我也认识得不多。"

跟班和王雕噗地笑了，安叔却没有嫌弃，安慰道："哦，别灰心，这行不讲究，总认识钱吧？"

"那肯定认识啊。"包神星道。

"那就行了，干这没问题。"安叔道，掏出手机看了看时间，似乎在等人，刚要拨电话，车声就响了，一辆奔驰轿车驶进了院子。下车的司机是个脑袋大、脖子粗、腆着肚子的男子，满脸堆笑地张开手，上前要和安叔拥抱。安叔掂着他的下巴，揪着双下巴那块肉拽着没拥抱成。这人哎哟哟喊疼，安叔却是厌烦似的道："把你耗子会那套收起来……这我大侄和他朋友，暗活儿交给他们干，绝对放心。这是张总，今天起是你俩的老板。"

"那个，老安……"张总这个胖子打量了包神星和王雕两眼，两人刚挨了揍，惨兮兮的不入眼，明显被嫌弃了。就听他不确定地问：“明暗两条线，暗线上这道活儿只要漏了，那咱们这生意可就做不下去了，就这两个人……”

“你不知道我大侄的本事，在中州地界，两百两千的人都给你聚得到，呵呵。”安叔道。

张胖子想了想，点头道：“那成，听你的，赔了也算你的。”

“你个王八蛋，开干吧，到收盘的时候我再找你，到时候就怕你收都舍不得收。”安叔摆了摆手，叫着跟班上车走人了。眼看着车冒着一溜烟不见影了，包神星还没明白过来，比想象中简单多了啊！

“来来来，你们俩过来，出库送货你不用管，记住这条路，以后从中州到这儿你俩得常来，车给你准备好了，有驾照吗？”张胖子问。

包神星和王雕摇头。

“那就好，回头自己去买个假的。”张胖子继续道，“身份证多买几张假的，你叔说你有路子……就你们俩可不行，你回头得多找些人，每个人多申请几个手机号微信……最好不要找公务员啦、单位职工啦之类的人，要找一些履历不黑不白、社会上混的，但也不能是作奸犯事背案子的。”

“这要求怎么听着我都符合啊？怪不得我见面就入职了。”包神星听得乐滋滋的，不由自主地叹道，可不料打断了张老板的话，他谄媚着赶紧解释，“老板，您说。”

“已经说完了。你们俩把咱们这九大类八十多种产品认认，别搞错了。”张胖子道。

王雕心虚地插了句：“老板，不是假货吧？那可不中。”

“哈哈……”张胖子公鸭嗓子长笑几声，道，“你随便看，随便找，从营业执照到产品条码再到生产厂家，要有一样假的，我这脑袋割下来给你……自己看，看完去领车领钱开工。”

许是这句话有点让张老板不高兴了，他腆着肚子到仓库外去了。人一走，包神星心虚地问：“卖假货判得重不？”

“那倒不重。”王雕仰头看看，又补充道，“可架不住量多呀，我一车判了小一年，这得几十车拉呀。”

“别净吓唬，我觉得不会有假，瞧这做工多高大上啊……哎，对了，你叔说张老板是什么耗子会的？”包神星问。

“传销。”王雕道。

一想这个暗语倒挺传神的，包神星想了想，也有点不放心了。他追着王雕道：“我知道个法子，那不上网能查吗……看我的……”

搬着箱子，他拣了几样产品，这法子王雕也会，接过了包神星的破手机，扫码，正常；查生产厂家，没问题；企业条码，没问题。甚至查标注的地址都没问题，电子地图上都能找到这个厂家的地址的标注。

什么都没问题，王雕就有问题了。监狱里蹲了一年，难不成真退化了？骗了部手机，怎么被人追到揍了一顿还没想清楚，现在连同行的组局，也看不明白了？

娜日丽和程一丁是快下班时返回反诈骗中心的，两人回到办公室，意外地发现俞主任居然在场，而且还坐在向小园的位置上思考着什么。

“你们俩也来，歇会儿吃饭，反正跟丢了一时半会儿也找不着。”向小园招着手。两人尴尬地对视了一眼，娜日丽出声道：“对不起，上岗第一天就出洋相了。”

“那种情况你要跟上去才是出洋相。”俞骏开口了，摆手让座，就听他说道，“那人你们俩看清了没有？感觉是什么来路？”

他说着，一点鼠标，身后的墙上就投影了一个影像，短发、墨镜、红上衣，看得出脸形线条硬朗，蛮帅的一个小伙子。这张脸程一丁记忆犹新，不过他清楚反诈骗中心的大数据水平，不敢妄下定论。

“城府不要那么深，我不是考你，是我被考住了。那俩人我一查就着，这个人我现在查不着，邪了。”俞骏郁闷道，郁闷间叼上了一根烟刚要点，看见两位女士，又烦躁地放下了。

向小园看着两位外勤不相信，笑道：“不是开玩笑。罪案信息库没有，可比对照片的大数据库没有，全市在册的辅协警、刑警里，没有。理论上，我们的数据找个人不应该这么难，除非他根本不是中州人。”

“但要不是中州人，那问题就更大了，恰巧认识傻雕？就算认识也不能恰巧知道傻雕在上马村一带啊。”俞骏道。

娜日丽不解道：“把钱加多和络卿相叫过来一问不就清楚了？”

“不不不，那就没意思了。我的兴趣在于，这个人是如何在短时间内找到傻雕的。钱加多和傻雕碰面被骗，这是个随机的偶然事件，那么，总不能这个人找到傻雕也是偶然事件吧？”俞骏道。

程一丁有点蒙，脱口问：“意义何在？”

“你们跟着这个目标磕磕绊绊，也就盯上了手机号，这几天才顺当了点，可这三个货呢？直捣黄龙就把人给摁了，不但把丢的手机给找回了，我估计把骗子都洗劫了一遍……哎哟，这人才呀！”俞骏两眼发光，表情从未这么夸张过。

“是不是他们进入罪案库查询王雕了？”程一丁道。

向小园摇摇头：“如果那样，现在该传唤钱加多和络卿相，这种违纪，处分很重的，像钱加多这样的协警和络卿相这种刚转正的民警根本扛不动。他们知道轻重。”

“是啊，怎么逮着王雕的？”娜日丽也迷茫了。

“我再回溯一遍，其实时间比想象中短，钱加多和络卿相是近中午的时候才和这个人一起来到五纺路的，他们进了家具店，这招很聪明，家具店的摄像头朝外，他们应该从这里找到了王雕和包神星的体貌……但是接下来就不明白了，他们在这里停留了半个小时左右就去吃饭了，吃完饭直插上马村，后来的你们就知道了。”向小园回溯着，那个关键节点，却无从解释了。

“就算找到这个人又有什么意义呢？非给两位找回手机的基层民警定罪？就因为打了个骗子？”程一丁道。

“打人毕竟是不对的。”俞骏慢条斯理道，“双方都没有报案，我才懒得管那么长呢。这么说吧老程，假设你的手机，不，你这长相不会成为侵害目标——假如你们向组长的手机在吃饭的时候被人骗走了，就那么匆匆一瞥，你能在几个小时内找到人并找回手机吗？条件是不使用天网、不使用你的警察身份，单凭你的经验。”

想了想，程一丁摇摇头，以他的经验，还达不到这种水平。

“这就是意义所在了。我们在摧毁任何一种类型的犯罪组织时，总要花时间去了解它的人员构成、作案手段、人员来源、行为模式等，摸得越清，我们侦查就越轻松。咱们反诈骗中心现在是设备精良、人才济济，唯一的缺陷就是成立时间尚短，没有现成的经验和模式可供借鉴，所以我们在和千变万化的诈骗者交锋时，才感觉到非常吃力……你知道我在想什么。”俞骏说着，难得地笑了，指着向小园抛砖引玉。

向小园道：“这应该也是上级的意思，我们不但要加大打击涉众诈骗的力度，还要培养一支熟悉此类犯罪每个组成因素的警员，最终能从根上铲除它们。”

娜日丽直咧嘴：“啊？意义这么重大啊，直接抓回来不就行了？”

“喏，就凭人家揍了傻雕一顿，你说你跟人家谈谈呢，还是拘留十五天？”俞骏道。

听得程一丁和娜日丽笑了。程一丁有点不服，道：“至于吗？我觉得就是一个市井混混而已，应该差不多和王雕是一类货色，总不能让我们向这种人请教吧？”

“这样吧，今天我请客，反正目标也丢了，咱们吃完干件吃饱了撑的事，核实一下这个人的身份。不过，我现在就可以打赌，老程，你肯定猜错了，向组长，你也对不了，包括我们这个办公室内所有的人，也包括我，应该没人能猜对。”俞骏起身道。

“为什么？很少见您这么自信地拿悲观当赌注。”向小园道。今天全盘失利，却是建组以来气氛最好的时候。

众人一笑。俞骏一点儿也不介意地解释道：“找王雕这件事要是个四五十岁的老痞子做的我倒不奇怪，人渣堆里找着个渣人那叫轻车熟路，可这个人年纪不对，总不能生下来就在人渣堆里，而且还出淤泥而不染一点案底没有吧？真有什么案底，咱们两名警察也不至于还和他有这么深的交情……这种人要不挑战我的经验和认知，那我会失望的。”

众人笑着跟着出来了，刚上车就发生了一件挑战认知的事，前方追踪的邹喜男和陆虎发回了一段视频，偷拍的地点是小商品城。视频里，那男子已经化身小商贩，手里扬着一大把笔正在卖力地叫卖，笔倒不稀罕，就词听得稀罕：

“黑金笔，合格产品才出厂；你看我，长得善，骗人买卖咱不干。

“好货天天到，就怕买不到；好货天天有，就怕不出手。

“咱这笔，家家户户都用它。买不买不要紧，了解一下新产品，往前走的别后退，了解产品不收费。

“一分钱一分货，来的都是回头客……买一送十，买得越多送得越多……”

声音抑扬顿挫、声情并茂，人的形象也大变了，墨镜换成了普通眼镜，像个勤工俭学的莘莘学子，还真别说，这回猜对了，他自报家门就是大学生业余时间出来卖笔挣学费，为了完成学业将来报效祖国回馈社会。

听到这茬儿，俞骏这一车四人齐齐笑得直哆嗦……

粉墨变身，换装登场

因为毗邻几所学校的缘故，文苑北路小商品城专辟了一处文化用品批发摊位，书本、作业本、笔、教辅、读物等，琳琅满目，不一而足。每天傍晚时分是最热闹的一段时间，进货的小摊主、图个便宜直接来买的家长和学生，把这里变得熙熙攘攘，好不热闹。

最热闹的还是老侯的摊位，化装摄录的陆虎无意中听到了附近一家摊位老板羡慕嫉妒恨的牢骚，说是老侯那孙子不知道在哪儿雇了个临时促销的，这一对孙子卖的那破笔把市场行情都搅乱了。

陆虎诧异暗笑间，又一波促销开始了：

“朋友们，大家好，这里是深圳制笔厂黑金笔买笔送笔芯促销活动现场，今天给大家带来的是一款非常漂亮实用的黑金笔，这款笔书写稳定，不变色、不褪色……说得美，夸得大，不如过来现场画一画；黑金笔，它不贵，买它不用开个家庭会；钱是一张纸，花了它才值，钱是王八蛋，会花才会赚…… 三元一支送十支笔芯；五元两支送二十支笔芯。”

这么低的价格，陆虎真不知道利润何在，反正那儿叫卖得起劲，买的人络绎不绝，一个秃头男和一个摊员收钱都来不及。人一多，那已经换装的红衣男又在火上浇油了，就听他抑扬顿挫地叫卖着：

“不用挑，不用找，个个都是一样好；咱这笔，外观浪，用它写字保证棒；一分钱，一分货，来的都是回头客…… 几块钱你不敢花，啥时才能当企业家；不当家，不做主，只能给人当保姆…… 考清华，考北大，黑金笔都能拿得下。俺当年就是没有黑金笔，只能考上中大，但是俺胜不骄，败不馁，还要好好卖笔完成学业，将来报效祖国回馈社会…… 三元一支送十支，五元两支送二十支，机会不是天天有，该出手时就出手；机会不是常常在，要买要带就赶快…… 俺是业余时间代卖，过了这村就没这店啦……”

邹喜男佯作观望，从摊位前走过，不料被叫卖的斗十方一把拉住了。这是第一次如此近的距离和“目标”面对面，邹喜男结结实实吓一跳。不料那人热情道：“这位大哥，我看你天阔地方、浓眉大眼，咋看都是大领导，对不对？”

“大领导就要买你的笔吗？”邹喜男哭笑不得。

斗十方一个响指，喜出望外就着话头道：“对啦，还是大哥爽快，花少钱买好货，不买就是你的错，一看大哥就识货，一支三块钱，我就不信大哥你家不当，看您这样科长处长迟早上。”

“我不买……”

“几块钱毛毛雨，谁也不可能买不起…… 你要买不起我送你，客气啥嘛？一看您就是领导深入群众，回头签个名、写个报告，就用咱这黑金笔。哎妈呀，那就咋形容呢？落笔惊风雨，书成泣鬼神…… 说的就是咱这黑金笔。”

图便宜挑笔的人都在哈哈笑，这货的钢牙利嘴嘚啵不停，邹喜男根本插不进话，而且还被人把两包笔硬塞到手里，这要硬放回去，不就应了“大哥家不当”“买不起”的茬儿？犹豫间，斗十方又拿了两包突然一问："大哥，不够吧？要不再加两支？"

"不加，不加。"邹喜男赶紧道。

"哦。"正中下怀的斗十方说道，"就要这两支啊，五块钱。"

"啊？我……"

"收钱，五块。"

"咦……这……"

邹喜男直接被推到收款的小姑娘面前。总不能因为五块钱驳自己"大领导"的面子吧，邹喜男悻悻地扫码付了五块钱。那男子似乎还嫌不够，又追问："咦，大哥，你哪单位的？办公用品要不再选点？我给你最低批发价优惠，可以开票。"

话音未落，邹喜男早被吓得落荒而逃了。

两人退出了市场，在距离不到两百米的地方找了个吃烩面的小餐馆，邹喜男郁闷地把两个塑料包装的笔放桌上，陆虎一讲经过，听得就餐几人差点喷饭。俞骏拿着笔抽出来，确实是中性笔，也确实送了十支笔芯。他好奇地问："说起来不贵啊，平时买支笔不也得两三块钱？人家还送十支笔芯呢，这么便宜咋赚钱呢？"

"没听人家说，咱这人，长得善，骗人买卖咱不干，没赚大家一分钱。"向小园学着斗十方的口吻笑道。

不料俞骏可识破机关了，他拿着笔在烟盒纸上画着画着，笔迹就断了，再写写又有了，然后又断了。俞骏悻然扔到桌上，道："劣质产品，怪不得这么便宜。"

吃饭的几人又是笑不自胜。邹喜男且吃且道："小市场还不都这样？图个便宜……主任，您怎么也亲自来了？"

"我们这不好奇吗？能找着傻雕，出手又狠又准，本以为是个有涉黑背景的角色，路上大家还猜了，结果谁也没猜着，是个卖笔的。"俞骏道。

陆虎道："应该是临时活儿吧，有其他身份。"

"有其他身份的也不至于干这活儿呀。"程一丁道，他举手提醒着，"我吃完了，先去盯着。大邹，你照过面了，别和目标再见第二次。"

这是把斗十方当目标了，但不是嫌疑目标，自然也没有那么正式，只是大家被这个谜一样的好奇勾着，反而比平时追踪其他目标有意思。向小园也把玩了几下“黑金笔”，笑着问道：“陆虎，你觉得和咱们行内两名民警打交道的这位，是什么人？”

“就是个无业游民吧。”陆虎如是判断道。

“哪一类的无业游民？”向小园又问。

“向组，主任都猜不透的事，我能比主任强？”陆虎示意着发愣的俞骏道。

“拍马屁得注意力度，你这么狠就成鞭策了……你们注意他说话的语气、用词、神态这些套路了没有？”俞骏问。众人笑又愣，更蒙了。

“看……注意看，听。”俞骏放着斗十方声情并茂的推销。娜日丽看着看着，突然脱口道：“好像是地摊那种顺口溜，反正就是扯七扯八，故意逗个乐子，捎带就把东西推销了。”

“对喽，这叫万能口……过去也就是那种走街串巷推销的通用词，好像叫‘讲口’，以前城市没有规划时，经常有这种人出现，卖磨刀器啊、擦窗器、菜擦子、节能灯、玻璃刀什么的，基本都是劣质、滞销的货，便宜，反正被骗了也就几块钱的事，没人较真。”俞骏道。这么一说，大家明白了，似乎是把“江湖讲口”嫁接到这种推销上了。俞骏摁了录音机的暂停键判断道：“这就符合此人的气质了，应该是从小在市井江湖环境里成长的，和正常人的成长环境不一样。”

“那还是没法解释他是如何迅速找到王雕的。”向小园道。

“其实，所谓‘金评彩挂风马燕雀’，初衷也不纯粹就是骗子，这个传说起于晚清，无非是乱世中讨口饭吃，比如金，是指算卦看相，金口指点；挂，是指有傍身奇术，像开挂一样，多数是江湖魔术师；评，是评书，就是玩溜嘴皮子的……之所以后来发展到都成了骗子，无非是人心不足蛇吞象，饱暖又思淫欲，坏了初衷而已。”俞骏道。

“这中间有断代啊，销声匿迹这么多年，现在又借助网络死灰复燃，难道又传承保留下来了？”向小园质疑道。

“无非玩弄智商而已。以我的经验，骗子比被骗的人平均学历还要低，没有受过高中以上教育的占到百分之六十以上。骗子的主力军是小学和初中文化的，占百分之四十……这一类都是没有机会树立正确三观的。那么在策划和组织的层面，总喜欢给他们的追随者一个目标、一种氛围，就像那些粗放起家之后的企业，总在构造企业文化，把自己包装得高大上一样，这种情况下，曾经传说的'金评彩挂风马燕雀'自然就成为这些人糊弄手下的不二之选了。"俞骏道。

向小园马上质疑道："以你这种论调，所谓金瘸子就应该是子虚乌有，不应该存在了，因为他在网络时代以前就很有名。"

"应该是借名。按时间算，如果有这个人，年龄该有六七十岁了……哎哟，这题跑火星了，说说近的，这说……说什么呢？"

众人听得入神，可不料俞骏思维短路，语结了。毕竟不在那种环境中，靠想象和判断，是说不清来龙去脉的。

这时候，传来了程一丁的最新消息，"目标"的推销快结束了，要撤，询问是否继续追踪……

推销这活儿不好干，一场下来口干舌燥外加一身汗，两个多小时的推销，几大箱黑金笔只剩下一堆瓦楞纸板，秃老侯乐滋滋地看着微信收款，边蘸唾沫边数着零钱。斗十方蹲在摊位边吃着面皮，吃饭很快，不但饿，而且渴，就连矿泉水也已经喝了大半瓶。

喝着时，一摞零票递到了他面前。他拿着数了数，没数完就勃然大怒："怎么还是四百？不是说好了卖完有奖金吗？我可来了七八趟了，路费都搭了多少了？"

"经常迟到，奖金扣了。"秃老侯头也不回地道。

"嗨，我迟到又没误事。那还常加班呢，你咋不说呢？"斗十方辩道。

"啧啧……钱能挣得完啊？差不多就行了。"秃老侯嘴唇吧嗒着，"不要成本啦？不要人情啦？人不能老往钱眼里掉啊！"

"少扯，你压根儿就在钱眼里没出来过。别以为我不知道这黑金笔是哪家店倒闭扫的尾货，几年前的劣质产品，根本卖不了，整这批货你掏钱了没有都没准，我可都给你变成钱了。”斗十方怒斥着秃老侯的奸商嘴脸。

奸商骂奸商，谁也不嫌脏，秃老侯反骂着：“放屁，没我这尾货，你卖什么？谁给你开一小时两百块这么高的工资？双赢才能合作长远，没平台你个人算个屁！”

“老侯，你个孙子等着，等你下回再找我，王八蛋才给你干活儿。”斗十方气得没治了。

秃老侯咧嘴一笑，不恼不急地劝着：“下回再说下回，到时候给你加钱。”

“啊呸，信你才见鬼，奸商。”斗十方扔下碗，揣起钱，走了。

“嘿嘿，奸商见鬼，谁也不吓谁。咱们不一家人嘛，瞧你生啥气呢！”

背后，秃老侯一点儿也不着恼地撑回去了，笑呵呵地没皮没脸地把斗十方送走了。

来时是黄昏初至，去时已经是万家灯火，抬头时，却看不到满天星光，左右皆是来也匆匆，去也匆匆的行人，身处其间的人，如果停下来片刻思考，可能会在热闹中感觉到寂寞，可能在光鲜里感觉到凄凉，亦可能在熙熙攘攘中感觉到孤独和迷茫。

可惜的是大多数人根本停不下来，斗十方似乎就是这样。他匆匆登上公交车的身影落在程一丁眼中，这位阅人无数的刑警没来由地叹了句：“目标是错的。”

“为什么？”娜日丽没明白。

“捞偏门的来钱都很容易，就算再落魄也不至于干推销笔这种低三下四看人脸色的活。”程一丁道。

娜日丽驾着车跟上了公交，她瞥了眼副驾上的程一丁。不知道是职业原因还是生活原因，这位老大哥总显得面色愁苦。她小心翼翼地出声问道：“程哥，单凭一个表象，无法推测出这人是不是有犯罪倾向吧？”

“嗯，但也不全对，有时候单凭一个细节，就可以知道一个人的本质。”程一丁道。

“您指这个目标？什么细节？”娜日丽求教道。

“蹲在货摊后头吃面皮的细节。”程一丁道。

“那能说明什么？”娜日丽问。

“钱赚得容易才会花得潇洒，花得这么抠呢，那就说明赚得辛苦。既然是赚辛苦钱的，那这个就肯定不是目标。小摊那巨难吃的面皮可不是一般人能消化得了的。”程一丁道。

这充满着生活智慧的判断虽然依据不足，但听上去颇有道理。娜日丽想想有点被说服了，不多会儿又问：“那您说，接下来该着回家了吧？说不定是个漂在中州的三无人员。”

无固定住所，无固定职业，无登记身份，这种外来人口在警务里是高危群体，一直找不到这个人身份，答案已经隐约指向这个方向。程一丁思忖道：“这我就说不上来了，要说捞偏门的，这人不像，可要说中规中矩讨生活的，似乎也不像。”

“又看到什么细节了？”娜日丽好奇道。

“表情，生活和境遇还不都写在脸上？你看他笑得这么开怀，忙得这么有激情，蹦得这么欢实，绝对是一个对生活非常乐观的人，但和赚这种辛苦钱似乎又不搭调了。你想啊，别说普通人了，就比如咱们，忙得没日没夜，累得死去活来，挣点菲薄收入，哪个不是牢骚满腹？咱不说官面话啊，工作几年下来，难道你还像当初那么乐观激情？”程一丁问。

娜日丽呵呵笑了，不置可否，不过似乎被程一丁说服了，驾着车良久未语。说起来也确实牢骚满腹，明明是下班时间了，可因为领导的心血来潮，还就偏偏做着这无用功，追着一个身份不明的无业游民满中州溜达。

跟了半个多小时终于又见到了，那人在体育路站台下车，一路小跑着往国奥街方向奔。这肯定不是锻炼，也肯定不是回家，国奥街是商业一条街，夜晚比白天热闹。穿过一条步行街时，车开不过去了，程一丁下车跟了上去。那人蹿得极快，程一丁差点又一次丢了目标。等娜日丽追上去找到蹲在一处便利店喘气的程一丁时，目标已经消失在视线中了。

“又丢了？”娜日丽懊丧地问。

“没丢，在那里面。”程一丁指指远处。

拐路不远，几个霓虹大字在夜里格外醒目：嘻哈帮KTV。

娜日丽笑道：“看看，程哥，你猜错了吧？二十啷当的小伙没您想的那么复杂，赚钱拼命、花钱潇洒是惯常准则。您去过这种地方没有？”

“有。”程一丁道。不料程一丁又补充道，“抓捕时去过。”

“呵呵，那你就错失真相了。”娜日丽道。

“什么真相？”程一丁不解。

娜日丽解释道：“跳跳舞，喝喝酒，泡泡妞，对上眼喝晕乎了就到附近开个房，还能有什么呀？”

“这不可能，泡个妞至于用咱们体能测试的速度跑？捉奸也猴急不到这程度啊，把我给累的。”程一丁擦着汗，这口气才舒缓过来。他的判断惹得娜日丽笑到花枝乱颤。两人商议了下，又回报给了后面的一组。两组人碰面了，等了很久都不见“目标”出现。四人一商议，分批进了这个娱乐场所一探究竟……

能说会唱，嗨翻夜场

“这个KTV被查过没有？”俞骏问。

翻查着警务通手机的向小园看着说了句：“查过，去年十一月，涉嫌容留吸毒，封停三个月整顿后重新开业。”

“嗯，打黑除恶以来，涉毒涉黄的场所基本绝迹了，他到这里面干什么？”俞骏好奇自问，回头看看向小园。两人都被好奇牵着鬼使神差来了，却都不知道自己要找什么。向小园耸耸肩，回道：“警务人员未经允许不得出入这种娱乐场所，我对这种环境一无所知。”

“那走，进去看看呗，我允许了……美女在这种环境里，是挺受欢迎的。”俞骏笑着道。

“纠正一句，是在大多数环境都受欢迎。”向小园道。

她领先一步，倒比俞骏先进去了。俞骏愣了下，然后讪笑着摇摇头，推门进去了。

扑面而来的是浓重的酒味，混合着各种香水以及体味，空气有点闷，不过音乐劲爆，灯光炫目，很快你会忘了这点不适，或被袒胸长腿的妹子吸引目光，或被摇头晃脑的DJ帅哥勾走眼神。穿着兔女郎服装的酒水妹娴熟地把各种或瓶或杯的酒水准确地递到桌上、乐池，或者就在吧台附近的客人手里。舞池中央此时正有几个辣妹跳着热舞，不过似乎反响并不算大，毕竟这类生意的门道，内行外行都清楚，谁也不是真喝酒或者看跳舞来的不是?

向小园拒绝了一位男子的邀请，又一位不死心的朝她而来，准备搭讪时，被俞骏插在中间了。他拉着向小园坐到了娜丽日、程一丁、邹喜男一桌上。方坐下，侧头时，那个不死心的男子还向她的方向和同伴指指点点，不过被向小园直接无视了。

“见着人了吗？”俞骏凑近了问邹喜男。

邹喜男侧过来手弓在俞骏耳边讲：“没见着人啊，陆虎守在外面，也没见走啊，不知道去哪儿了。”

对面娜日丽和向小园也交换着信息，五人面面相觑。在座的都算得上是盯梢跟踪的老手，偏偏今天被这么个不起眼的小事搞得狼狈不堪，明明就是个普普通通的“目标”嘛，可总有一股子说不出来的怪异。就像这个环境，几百大平的酒吧几乎一目了然，总不能钻到后台去吧?

“不会是在这儿打工吧？”邹喜男放大声音和同事讲着。

“不可能，这儿主要是女招待，后台还需要什么人？除非是老板。”娜日丽道。

邹喜男回着：“哟，你挺门儿清的！你咋知道？说不定还就是老板呢。”

这个“说不定”是肯定不成立的。程一丁却在和俞骏说着：“主任，咱们撤吧，这儿一瓶啤酒二三十块呢，一个月补助买不了几瓶。”

“有点出息行不？我请了。”俞骏道。程一丁难得地一乐呵。俞骏又加了个条件：“人找不着，自己掏腰包啊。”

一句话又把程一丁给整成苦瓜脸了。邹喜男偷笑，向小园却是注意着乐池方向，打着手势示意着噤声。手势刚打，乐池停了，一个敲架子鼓的站了起来，叽里呱啦说了几句欢迎光临嘻哈帮的客套话，等说到接下来将是酒吧的压轴节目时，酒客们莫名地情绪躁动起来。那临时主持兴奋地问：“是什么呢？是我们中州味儿的嘻哈，大家想不想听？”

“想——”一呼百应。男的在拍桌跺脚，喊着：“小奴家！小奴家！”女的在拍手嚷着：“小秃子！小秃子！”一时间群情热烈，那狂热劲把五位头回光临这里的看得面面相觑。

“好，接下来有请我们的嘻哈女王，伊丽莎白·小奴家！”

随着介绍，一个包着绿头巾、穿着花格子、土到掉渣的女人从后台出来了。那些裸臂袒胸的女人笑得花枝乱颤，男客们的口哨和倒彩声此起彼伏。丑是丑了点，不过气氛一下子烘托起来了。

俞骏倾身小声说道：“这种招徕客人的方式很高明，反潮流，有时候反而更抓人眼球。”

“扫黑除恶把黄赌毒扫了个差不多，肯定都开始动这种脑筋了。”邹喜男道。

两人交流未完，就听台上主持人用更高亢的声音吼道：“女王来了，王的男人也来啦……有请嘻哈新秀尼古拉斯·小秃子闪亮登场！”

震耳欲聋的掌声响起。男人的口哨，女人的尖叫，群情像瞬间到了高潮，台后千呼万唤始出来了一个穿着无袖短襟衫、中式长裤、羞答答被“女王”拽上来的男演员。

纯属恶搞。不过此人一出现，台下的俞骏几人眼睛一直，眼珠子差点掉到地上。那货不是他们一直遍寻不着的目标还能是谁？只不过又换了一身装束，这回不扮“卖笔学生”了，脑袋上包块白布扮“尼古拉斯·小秃子”了。

“有请他们为大家来一曲传统嘻哈，是什么？大声说出来！”

酒客大嚷着：“《小秃子闹洞房》！”

“对……奏乐！”

音乐响起，一声嘹亮的唢呐声穿破噪乱的环境，把人的精气神瞬间刺激了一下。台上两位打扮土到掉渣、搭配极其浮夸的演员开始了。那男子扭捏着，一张口便是纯正的中州口音说唱：

“一呀一更里呀，月儿亮堂堂，小秃子我娶媳妇喜气洋洋，用眼往里瞅呀，瞅见了美娇娘，花枝招展的她坐大床上，上前抱着俺的美娇娘。”

唱得荒腔怪调，扭得甩臀闪腰，一开口就满场喝彩。没见过这种恶搞阵势的，能立马笑翻当场。

他唱着就去抱女演员，娇羞女演员一把推开来，佯哭说唱道：

“这厮太莽撞，小奴实在不能让，一见秃脑瓜，气得俺脸发黄，叫一声小秃子你丧尽天良，骗俺跟你拜花堂。晚上咋睡觉啊，把俺吓一跳，一不像葫芦二不像瓢。”

唢呐抑扬怪调的吹奏，配着纯正中州的小调改成的嘻哈味，再辅以两位草台班子演员粗劣而浮夸的肢体动作，即便是熟稔热歌劲舞的年轻人也瞧得津津有味。

唢呐一拐调，男演员继续着小调：

“二呀二更里呀，狗叫半夜多，叫一声小娘子你听我把话说，别看我毛少我家产多。黄牛喂一对呀，毛驴喂两个，圈里的老母猪下了一大窝，房后还有一群鸡鸭鹅。”

女演员一扭捏，还是在生气地唱着：

“小奴我听此说，气得我直跺脚，叫一声小秃子你快别说，再说气死我。黄牛做你的妻呀，毛驴当老婆，搂着老母猪给你暖被窝，再给你下上一大窝。”

台下的笑声一浪高过一浪，对这个KTV专门引进的压轴项目草台班子演出，贸然闯入的五位可就看傻眼了。程一丁瞄着，都忘了喝死贵的啤酒了，不知不觉酒瓶倾倒了，洒了一裤子才惊醒；邹喜男没心没肺地跟着起哄，这小调子又暧昧又劲爆，配着唢呐这种民族乐器再加上中州的方言俚语说唱简直是绝配，一不小心就会被台上那俩活宝逗得喷笑。

乐归乐，不过看俞主任的脸就乐不起来了。他起身离开了座位，出了KTV。程一丁、邹喜男次第跟着出来了，后出来的娜日丽和向小园可遭遇拦路的了。两个醉醺醺的男子伸手拦着，瞄着要请姐们儿给面子喝一杯。

娜日丽把向小园挡到身后，笑着道：“帅哥，喝倒可以，就怕你知道姐是谁，吓得尿裤子啊。”

“咦？这妞辣啊，你吓吓我。”一个长发男不信邪地凑上来。另一个色眯眯地瞅着向小园。

“吁咦！”一声轻快的口哨声，娜日丽手往腰后一伸，一副锃亮的手铐在她手里当啷啷响着转圈，还挽了几圈漂亮的银花。那拦路的：“哎呀妈呀，警花小姐姐，我眼瞎，我喝多了！”另一个声都没吭，拽着这位就跑。两人踉踉跄跄几步没站稳，栽了个跟头，慌慌张张爬起来却压不住酒意呃呃乱吐。

好歹没尿裤子，全吐裤子上了。

向小园有点厌恶这种环境，匆匆离开。娜日丽快步跟着。几人会合，相顾都有点大失所望。俞骏征询似的看着向小园，来了一问：“向组长，你看……还继续吗？”

“看来不会有什么收获啊，时间不早了，要不，收队？”向小园有点歉意地看看队员们，征求着大家的意见。

“有个简单的办法……走，这边陆虎盯着，咱们往远处走，边走边说。简单的办法就是把钱加多和络卿相叫到单位，一问便知，不过看到现在，我们兴趣反倒没有开头高了。”俞骏道。

向小园笑着问：“不是个张口吃八方，不是个捞偏门的，于是就没兴趣了？”

“当然啊，警察的眼中只会对罪犯情有独钟……看这样呀，应该是个有点小错，不会有大过的小油子，介于普通人和混混之间，这种人的生活是灰色的，想白呢，没机会也没那能力，涉黑呢，又没那胆量，所以只能干这种既拿不起脸面，又得放下身段的活儿了。”俞骏判断道。

“你好像说过，我们中所有人的判断都会是错的，怎么现在给出肯定判断了？”向小园置疑道。

“我给不出他是什么人的肯定判断，但我判断得出，他肯定不是骗子行当的人，就街头最差的毛骗，也看不上他赚的这种又费力又劳神的小钱……我先走一步，你们商量着来，别太累了。”俞骏说道。看得出这组人还有点不死心，他倒真的先行一步了。

一天之内，从见猎心喜到大失所望，心情足够跌宕了，向小园幽幽叹了口气，看着俞主任远去的背影，似乎让她有点落寞。娜日丽小声问道：“向组长，其实找到这样一个人的信息很容易，为什么要舍近求远呢？”

“即便没有今天的意外，王雕仍然会从我们的视线里消失，我们同样无计可施，而在此之前，我们所有人都认为，他就是一个上不了台面还得替人扛罪顶缸的毛骗。”向小园答非所问，思索的目光看向了娜日丽。娜日丽莫名有点尴尬，组长没有说出来的潜台词是，反欺诈小组都被这个毛骗要得团团转，跟了这么久都没挖到哪怕一丁点有价值的信息，连人家最后溜到哪儿了、怎么联系上的、谁来接应的都没搞清楚。

“可这个人……”程一丁犹豫道，“其实我和俞主任的看法一致，像这样活得不清不楚、混得不黑不白的边缘人，在现代城市里还真没什么奇怪的。”

邹喜男看向小园脸色有点为难，赶紧打圆场道：“没事，向组，我们继续盯着，反正也快闲一个月了，都没这么轻松过。”

“盯着吧，随时告诉我情况。”向小园欲言又止，犹豫片刻，还是快步追着俞骏的方向去了。

“干脆别分组了，一会儿看他猫什么地方去了，找着落脚点收工。”程一丁道。

邹喜男追着问：“要找不着落脚点呢？”

“怎么可能找不着？”程一丁不屑道。

“啧，城中村、城边村，还有市里多少犄角旮旯的地方，找不着的时候多了。”邹喜男道。

“抬杠是吧？”程一丁问。

“还真不是抬杠，这类混油的小子，有一千种办法让我们根本查不到他的落脚点，最简单的，他直接去哪个洗浴中心，连洗带休息，出来就天亮了，身份证都不用。”邹喜男道。

“就今儿累死累活挣的那俩小钱，够去消费一回吗？你猪脑子啊。”程一丁挖苦一句。娜日丽哧声笑了。看看邹喜男好不尴尬地给噎住了，她同情地拍拍肩膀以示安慰，直循着陆虎的蹲点方位会合去了。

如果是个固定的地方，摸查信息就容易多了。娜日丽又进去晃悠了一回，带回来的信息是，此人是嘻哈帮KTV的驻场演出，临时的，每周一到两场，每场挣二百八十块，姓甚名谁不清楚，都知道叫小秃子。这也印证了程一丁这位老刑侦的分析，主要是扫黑除恶、涉黄涉毒风声极紧，KTV都不敢经营涉毒涉黄的擦边生意才开发这种新项目，急毛了用嘻哈包装这么老的小调子。

娜日丽出来换邹喜男进去晃悠。陆虎闲来无事查了下，居然查到了这种唱腔的相关记载，叫中州小调，豫剧唱腔的一个分支，是旧时走村串户讨生活的曲艺人的节目，电视普及以前是作为农村娱乐节目存在的，什么《小秃子闹洞房》，什么《小奴家换红妆》，什么《小寡妇想情郎》等，多数内容有点小“黄”。之后电视、VCD、录像厅以及网络时代的娱乐节目层出不穷后，这小调自然就被甩到历史的垃圾堆里了。

正说着，邹喜男喜滋滋地奔回来了，这时候也不顾及隐蔽啥的了，他兴奋地掏出手机，手颤抖着跟大伙说道：“绝版，完整版……我当年看小说一直好奇完整版是什么样子，我去，这货居然会唱……”

他打开手机录像，舞台上已经只有“目标”一人，贴了绺胡子扮说书先生，一段宏大而伟奇的音乐似乎是《将军令》，节奏起来，他说唱几乎合着鼓点：

> 紧打鼓来慢打锣，停锣住鼓听唱歌，此歌有甚稀罕处，诸位且慢听我说。老头听了这首歌，浑身上下直哆嗦；小伙听了这首歌，抱着枕头喊老婆……

录像里，舞台上那位早嗨得忘乎所以，KTV早乱作一团，看录像的几人笑得直打跌，冷不丁后座一只手伸过来夺走了手机，一摁车窗，直接给扔了。邹喜男“哎哎”喊了两声，声音给卡住了。只顾着傻乐呢，都忘了还有位女同志。

“我去捡回来，娜娜，你别生气，回头咱们外勤组狠狠批判一下这种庸俗思想。”陆虎斥着邹喜男道，一开车门去捡手机，捡起来顺手一扔。邹喜男接着手机严肃道：“咱们网安上女鉴黄师都有呢，人家这尺度顶多擦边……不过还得批判。哎，老程，公共场合唱这种淫秽小调算什么罪？能拘吗？拘回去多省事啊。”

“涉黄主要是卖淫嫖娼，是不是能算传播淫秽物品？但淫秽物品包括书刊、文字、影片、录像……好像人家没事，是你传播给我们了。”程一丁提醒着，自己先笑了。

“好吧，这是证据，证据总算吧？”邹喜男道。娜日丽鼻子哼哼提醒道：“我倒无所谓，你们注意点啊，看不出来向组长那号的有生活以及精神洁癖？咱们都算是借调，不跟在队里一样。”

“对对，这个提醒得是。”程一丁道，说着，眼睛的余光都未离盯着的方向。他嘘了声，把车下的陆虎叫上了车，提醒着陆虎驾车慢行，绕着嘻哈帮KTV放缓速度。盯梢车的前面，一辆破面包刚刚泊停，外勤车慢慢走过这辆车旁。这时候，那位“目标”正匆匆从KTV奔出来，上车，拉住门，车旋即发动开走。

时机恰到好处，两人并未注意到身后的跟踪车辆，而后车的四个外勤瞬间也判断出来了：

时间已经到零点了，车来接，走得又这么急，这根本不是回家，而是可能还有什么事……

人为草芥，求活多艰

“他似乎在往中州北站的方向去……接应的车查到了。”向小园在车上道。

俞骏直接抢白道：“脱审，脱保，黑车。”

“咦？这您都知道？”向小园惊讶了。

“国产神车，不当黑车都可惜了，这一路还不都是？”俞骏随意道。

驶近一处夜市，有卖水果的、卖山药的，甚至有卖日化用品的，清一色的面包车。操作如出一辙，后厢盖一打开，直接就是摊位。后厢一合，上车发动踩油门就能跑，这其中有多少脱审、脱保的黑车还真不好说。

向小园看看夜幕下的城市底层影像，又看看俞骏，小心翼翼地问：“您似乎对此很淡定，这种存在有悖作为警察的职业诉求。”

“不光我淡定，这些车和人有时候交警也不忍心抓，都是周边村镇进城讨生活的，车就是他们的生活来源啊，白天城管都管得那么紧了，总不能连晚上也不给他们点喘息空间吧？你未必能理解啊，就连我们的基层民警有些也过得紧巴巴的，家里做个小买卖，业余跑个滴滴，搞个什么副业，这都很正常。假如把这些合情合理却不合法的事物一刀切了，那才叫有悖我们的职业诉求。”俞骏淡淡道。

向小园不置可否地笑了声。俞骏问笑什么，向小园说，没看出来俞主任您还有这么人性化的一面。

俞骏笑而未答。车缓缓驶过，熙攘的夜市引得向小园几次侧目。一个在冷风中瑟瑟发抖、手蜷在袖筒里、在车边来回跺脚驱寒的男子让她多看了几眼。即便如此辛苦，他还是每逢过客便兜售着货物，好像是袜子。换个角度再看时，能看到“十块三双”的牌子。

“所以……这也是你对这个目标突然失去热情的原因？”向小园视线望着窗外如是问。那个在使劲卖笔、拼命表演的男子，似乎和眼前这些人是一类，为了生活筋疲力尽的那一类。

“差不多。我原本以为可能会有点涉黑涉案背景，但现在看来，肯定错了，一个能走黑路捞偏门的人，是不屑于干这种又卖笔又卖唱、一点尊严都没有的活计的，既然他干了，而且干得还不赖，那就肯定不是我们想象的那一类目标，可能找到王雕和包神星确属巧合。”俞骏道。

向小园侧过头反问：“那最起码我们也应该搞清情况啊。”

“一个人把所有尊严都放下去赚最辛苦的钱，这种年轻人现在不多了。二十几岁，可都是杯来盏往、花前月下的年纪，你想过没有，一旦我们传唤，万一整出点事来给个行政处罚，都有可能毁了他的生活。不信看吧，他的去向肯定就是中州北站。”俞骏道。

“理由呢？”向小园问。

“因为那儿有零点以后的末班车，说不定卖货、拉客或者干点什么其他生意还能赚点。”俞骏道。

向小园有点诧异了，脱口道：“不可能吧？这都凌晨了，还赚钱？”

“这就是底层的生活现状，有时候正常的休息和睡眠对他们来说也是奢望，沿路还不都是？等卖完货连夜回去，基本也就天亮了。普通人光鲜亮丽的白天，没有他们的生存空间。”俞骏道。

他踩着油门，把夜市的熙攘甩在了身后，留到了后视镜里，一路无话。这个话题对于从象牙塔一步到机关单位领导岗位的向小园来说有点沉重。直驶回单位泊车的地方，刚下车就收到外勤的信息了。向小园看了眼，回头复杂地看着俞骏，验证了一句：“您猜的没错，确实是去北站拉客了。”

“骗子可是脑力劳动者，活得这么累、这么苦的，肯定不是咱们的菜了。”俞骏道。向小园关上了车门，俞骏倒回了车，招手再见，叮嘱着早点回去休息，一路驶离了。

拿着手机坐回了车里，向小园又看了几遍外勤发回的摄录信息。红衣男自车站大厅就开始搜寻目标，搭讪，拉人，有的还真被搭讪上了。那人就像有魔力一般，似乎靠几句话就取得了信任，然后把旅客送上了外面的车里。

“怎么办到的？”

向小园有点愣怔。画面是远摄，没有声音。她可能是研究诈骗有点走火入魔了，越看越觉得这个人像个骗子，否则这样照个面，三言两语就能获取陌生人信任而且把人拉走，怎么办到的呢？

远观不如近看，近看就有点扯淡了。娜日丽发现原因了，这个货唱得好听，可说得比唱得更好听，一会儿山东话，老师，去哪儿咧？一会儿又是京腔味，师傅，打车不？再一会儿又是东北那疙瘩味，大哥，住店不？三十元一位，人多优惠；甚至还能扯出粤语来，靓女靓女叽里呱啦一大堆，愣是把两位听到乡音的妹子给送到门口等着接客的黑车上了。

“嗨，帅哥。”娜日丽突然心血来潮，逗了那男子一句。

斗十方正四下搜寻目标，这一站下站的旅客快走光了，身边没其他人，那女人似乎就在叫自己。他愣了下，端详着视线里这位穿着利索、短发精干的女生，一眼直接无视，又转头瞅其他人。

“嗨，我叫你呢。”娜日丽出声道，“穿红衣服的。”

“阿sir，认错人了，我拉客的，站里站外都认识我。”斗十方随口道。

“阿sir”这个称呼吓了娜日丽一跳。她犹豫了下靠近了，和那人同站在接客线外，故意问道：“什么阿sir？”

“一看你这老大不鸟老二的样就是便衣，这老车站，哪有女的敢主动搭讪？凌晨的车下客，根本没贼，人这么少，监控这么多，咋偷啊？早歇工了。”斗十方道。

娜日丽压抑着心里的惊讶，笑着问：“可以啊，知道我是便衣都这么随意？你这把人家拉到非法运营车辆上，也是违法的啊。”

“那……”斗十方回头，表情夸张地道，“你新人吧？”

“何以见得？”娜日丽不解。

“这个点，合法的出租车也在宰客，价格一样，二十块起步，有差别吗？”斗十方问。

这倒让娜日丽结结实实噎住了。斗十方像是前辈一样摆摆手：“去吧，去吧，一边凉快去，下趟车还得四十分钟，国庆安保不都过了吗？值勤的早撤了，你……不像车站派出所的啊。”

娜日丽一笑，解释道：“你不都猜着了？我新人。”

“今儿不刘所值班吗，我认识，没听他说啊……一般夜班都在站内维持秩序啊，你怎么跑外面了？”斗十方好奇地问。

娜日丽随口编着：“临时任务，需要通报给你吗？”

“不需要，不需要，那回见啊。”斗十方一转身，毫无征兆地跑了。

跑啦……真跑啦……小步走出没多远，撒丫子就跑了！娜日丽愣了半天不知道为什么。她看到值班室的标志踱过去时，一下子发现自己的疏漏了，那屏显标志着车站的值班带班领导呢，姓伍，根本不姓刘。

心血来潮，结果被打击了一把，转眼那人溜得没影了，悻悻然的娜日丽回到了车站一公里外泊停的外勤车上，还没开口，程一丁倒先问了：“发生什么了，那家伙怎么跑了？”

“邪了，他一眼就看出我是警察来了，搭讪了几句，估计是把我当作整顿非法营运车辆的了，吓跑了。”娜日丽递着执法记录仪，那里面有整个过程，她赶紧解释着，“我是觉得这人挺有意思，山南海北的方言都会说，就想逗他几句，结果给跑了。”

“反正也是个闲任务，老程，要不咱们回吧，人家拉客，咱们干耗什么？”有点犯困的邹喜男语焉不清地道。

陆虎接着视频放着，随口道了句：“应该没什么嫌疑啊，没准找着王雕他们真是巧合……呀嗬，这货嘴长得像翻译机啊，说方言这么跩？广东话谁听得懂？”

“我能听懂点，‘宾斗’不就是哪里的意思？问妹子去哪儿呢。”程一丁道。

邹喜男迷迷糊糊道：“你就听懂俩字能叫听懂？靓女我也听懂了。”

几人笑着，困意渐消，重复看了遍视频，啧啧称奇。听懂不稀罕，能说得像可就难了，最起码从各地老乡转换得这么行云流水就不是一般人能办到的。看到末尾，陆虎甚至有点惋惜：“这本事要当警察多好啊，化装侦查，那不得见人骗人，见鬼骗鬼？”

“警察才挣多少？这水平，要流窜起来骗财骗色，那还不是小菜一碟……哟，我咋觉得这人老可惜了，男怕入错行啊，拉个客真屈才了。”邹喜男评价道。

“也是啊。”程一丁也犹豫了，评价道，“咱们抓回来那些电诈的，普通话都讲不利索，业务水平比这个可差远了，这家伙才多大啊，总不能去过那么多地方还学会这么多方言吧？”

“不会真是个骗子吧？”娜日丽怀疑道，“打黑除恶两年多来，犯罪率直线下降，大大小小的涉案嫌疑人可都窝起来了，不会是暂时失业，出来玩个票赚个生活费吧？”

陆虎一愣，憋了句：“你可真有想象力，理由呢？”

“他一眼就看出我是便衣来了，还摆了我一道。”娜日丽看来对此耿耿于怀了，愤然说着，“侦查员我也干了几年了，跟毒贩都打过交道，就从来没有过这种情况。”

程一丁和陆虎解释不了了。这人很邪性，解释不通的东西太多。

“那正好，别露面了，该他们去了。”邹喜男道。第二位暴露的，就不用到前台了。

“是够奇怪的啊，硬挤对着大邹买了一包笔，又一眼瞄出娜娜是便衣，陆虎你上，干脆亮身份查他身份证。”程一丁道。

“好。哎，这吓跑了还能回来吗？”陆虎道。

“应该能回来吧，又不是负案潜逃，错过这点还不就溜回来了？”程一丁道。

几人商议着，又等到困意渐来，下一趟列车进站了。陆虎踩着汽笛声响的节点进了车站，这回猜错了，找了两圈居然没找着人，而且下站的客人挺多，又是半夜，几乎是一窝蜂似的涌出来。眼看着走了大半也不见人，他有点失望地往外走。看来是真吓跑了，这人一溜，恐怕在千万人口的大城市就永无再见机会了。

不对，他刚出门厅，又看到位穿着制服的人把人往出租车上塞，一下子愣了，似乎那个制服男刚才就在站里，什么时候到站外了？他往近走了走，啧啧啧，一下子郁闷上头了，可不是那货是谁？小样，换了个保安不像保安、乘警不像乘警的制服正拉客呢，撮合着一个旅客和四个打工仔模样的，就听他正说着山西话：

“老哥，没事，俄（我）就在车站当保安呢，秦大姐那店离这儿不到二里地，干净比不了酒店，舒服比不了家，这是真的不能骗人，可便宜啊，一晚上三十块，还能加床……大姐，俄老乡，你得照顾好了，在家靠父母，出门靠朋友，赚个辛苦钱都不容易……别叫车了，直接走过去，老哥，你们老家离俄老家出不够三十里地，四月八赶集俄以前跟俄大（我爸）经常去呢……下回去你村瞅瞅啊……秦大姐，把俄老乡照顾好啊，不远，就几步路……”

连说带拉，热情和乡音不但打消了疑虑，而且成功地又冲了单业绩。陆虎方要上前拦住目标，却不料有两个膀大腰肥的老娘们冲上去直接把“目标”拽住了。

一个裹着围巾的生气道：“不给我们拉，咋给她们家拉？”

另一个拿着牌子的更生气地说道：“十方，今儿不给我们拉几单跟你没完啊。”

“姐啊，婶啊，你俩就不瞅瞅那是啥客人？抽的四块钱的烟，指甲缝都是黑的，胶鞋都开帮了。那人不是你们的客。”斗十方道。

举牌婶不悦了，争辩道：“不想给我明说，咋不是我们的客？我们五十块钱一夜，又不挑客。三十五十不差个啥。”

这话有歧义，听得那围脖姐没心没肺地笑了。斗十方却在解释着：“五十块真不行，没看犹豫得想往回走？这都两点了，稍贵点，他们直接睡到车站，不谁也挣不上啦？也就三十块勉强能接受，还得说半天……哎婶，你这牌谁给你写的？”

“咋啦？我老汉（老公）写的。”那举牌婶看着自己的牌子，歪扭写着新春旅店的住宿条件：热水空调，免费wifi。只不过错了个字母，wifi写成wife了。

斗十方可没揭破，嘴里啧啧有声赞着：“哎呀婶啊，你可嫁对人了，咱叔可真有文化，洋码字都会写啦。”

“那是，要不凭啥出来办企业呢……嗨，你别走，下站拉人算我们的啊。”举牌婶警示着斗十方，恩威并济又加了一句，“一个人头十块，拉够五个多加十块。”

“好，冲婶你又加钱，又提供免费wife，必须给你家新春旅店这个大企业。”斗十方笑着走了。

陆虎没憋住，噗地笑了。那两位婶侧头，一看是陌生人，立马怒目而视，尴尬得陆虎逃也似的走开了。他走出去才发现，自己查身份证是不可能的，这个人居然和车站停车场的保安相识，就窝在保安室里和一个保安瞎扯，没有旅客他根本不出来。

此事又告一段落，回到车上，挪了蹲守的地方，本来大家都困了，一看这段视频，又给逗醒了。好歹还是有收获的，知道这个人叫“十方”。大家讨论来讨论去，还是倾向不明，而且接到了向小园组长的收队命令，估计也算放弃了。只是时间已经到两点多了，四人商议着干脆就在车里眯一会儿，其实心里都有点不服气，就跟这个货摽上了，总不能不眠不休连落脚地也找不着吧？

最后一列车是过路的，到站就凌晨三点了，而这个时候来乘早班车的旅客也渐渐多了。程一丁负责的这一站，那个穿着保安服的“十方”仍然在上蹿下跳地拉客，得天独厚的方言技能让他优势明显，那些举牌子拉旅客的，多数还是靠他这个中介才能多带走几个人。程一丁粗粗一数，这三个多小时，三次下站旅客，他拉走的倒有几十人之多。

本来准备直接询问的，不过程一丁发现，这人拉完最后一站旅客，又转回车站大厅，进大厅就钻到角落的候车椅上倒头就睡，睡得又快又死，甚至连程一丁从他身边走过都没有被惊醒。

那张脸年轻甚至还有点稚气，表情却写满了疲惫。他睡得如此香甜，让程一丁都没有舍得惊扰他，默默地看了眼，然后悄无声息地离开了。

一个为生活或者生存已经如此疲累的人，怎么可能是个嫌疑人？谁又忍心去打扰呢？

冤家路窄，又损又坏

嗡……

床头柜上手机振动的长音，旋即告警声起。

被窝里的向小园被惊醒，一下子坐了起来，拿起手机一瞧，一眼看得睡意全无。这是数据捕捉告警，一个月的研判剔出来的疑似目标只要出现在公安监控的范围，面部识别会自动告警。大数据捕捉到的不是别人，正是刚消失一天的奇葩骗子：王雕。

“喂，收到告警了吗？”向小园拨着电话问。

电话另一头传出了程一丁的声音：“收到，我们正赶去他出现的方向。”

“落脚点、接触的人、去过的地方都重点标注。”向小园道。

“收到。”

“其他情况有吗？那位神秘目标最终追到了吗？”

“不用追，我们在车上睡，他在车站里睡，这不刚醒。”

“好吧，放弃他，追王雕。”

“是。”

挂了电话，向小园看看时间，已经指向清晨六时，差不多就是每天起床的时间了。她翻查着手机信息。这几位外勤很忠于职守，昨夜的监控日志已经存进了服务器，她远程登录粗粗查看，拉客，拉客……这么简单枯燥的活儿，他愣是干到了凌晨三点多，然后就睡在车站的长椅上。

到此就是整个监控的结束点了，定格的照片被向小园放大，放大。睡着的男子表情安详，去除表情的浮滑和眼中的奸诈，看上去是位帅气年轻的小伙子，如果不是追踪，恐怕无法相信这么稚嫩的外表能背负动那么重的苦累。

“这是个有故事的人啊。”

向小园轻声叹喟道。不过，对于故事她却没有深究的好奇了，因为每一个草根的背后都有着辛酸的故事，总有倔强的在拼命扛着生活压力，想打拼出一片天下，可惜幸运者总是少数，多数都会被生活打击到体无完肤，最终画上一个绝望的句号。

这一页，她翻过了，不再去想。

车前置显示屏上，惠民街公交站，挤攘上车的人群里，能看到高个子的包神星正打着哈欠。王雕个子矮，被人群遮挡住了。公交关门启动，后车里，程一丁缓慢跟上。这个时间点，快到早高峰了，他跟得比较紧，备选方案是万一车流太挤，副驾的陆虎会徒步追上同乘公交。

“这俩货真贼啊，从哪儿冒出来的？莫名其妙在新庄出现了。”陆虎打着哈欠道，一夜无用功累得够呛。

程一丁被传染得打个哈欠，说道：“我跟贩毒的都没这么费劲过，原来觉得向组长年轻，经验不行，这嫌疑目标挑得有失水准，现在看来啊，这个傻雕不简单啊，能扛过刑警队的审讯没露口风，绝对不是一般人。”

“那没准他知道的就不多呗。”陆虎道。

“他是装傻啥都没说，总不可能什么都不知道吧？”程一丁道。

“案子也不重啊，就拉了一车三无产品。”陆虎道。

“可关联的案子重啊，那趟诈骗洗劫了两千多个中老年大妈大爷，赃款有一千多万去向不明。王雕交代的收货人都没落实，只能判他个非法经营罪。”程一丁道。

“我都听说现在有专业替人扛罪的活儿，按月计酬，月薪比咱们只高不低，很多诈骗案涉案公司的法人就是这种角色，坐牢居然也能被人演绎成一种赚钱方式。”陆虎道。

“看，你也觉得傻雕像这类人吧？”程一丁反问道。

“不，我希望他是真傻，否则那种专业扛罪的，我们真对付不了。他们干的就那么点事，既认罪又服法，你能怎么的？关键节点他一声不吭或者没接触、不知道，我们根本没治。贩毒吧，重罪，哪怕零口供也可以从重处罚，这小毛骗的，没办法啊。”陆虎道。

“天网都有疏漏，犯罪的网，就不可能没窟窿，咱们没有找到突破点而已……咦？这不是去中州北站的方向吗？”程一丁愣了。车跟着上了江山路，江山路的终点就是中州北站，而他们，就是急急火火从中州北站来的，这可叫脱裤子放屁了。

“那不巧了，娜娜和大邹正好还在那儿呢……等等。”陆虎观测着两处下站，没有见人下车，这才呼叫着北站两人。

这时候北站两位正在站外小吃摊吃豆浆油条，娜日丽哭笑不得道：“你说咱这运气好还是不好啊？瞎折腾了一夜没收获，大清早的，丢失的目标自己来了。快吃。”

“怎么办？是不是要离开中州？要是离开，那咱们得请示跨区啊。”邹喜男道。

“等等，老程有谱。”娜日丽道。

两人匆匆吃完，各自分开。邹喜男站外守着，娜日丽站门口等着。过不多久，果见王雕和包神星一摇三晃地从公交站点往车站里踱来了。

“两人都没有行李，空手。四点钟方向，娜娜。”邹喜男汇报。

“看到了。”

“我绕另一个门进去，注意他们的意图。”

“收到。”

两处盯梢换着位，盯住了浑然不觉的王雕和包神星。这两人来此的意图，还真不好揣度。如果真要出行，恐怕得随机应变跟着走了。

坏了！娜日丽刚闪身，看着王雕和包神星进了大厅，突然想起那个叫“十方”的还睡在里面，这光景可真是冤家路窄。要是两方照面，那就麻烦了……怕什么还就发生什么，恰在王雕两人进站的时候，斗十方揉着眼睛在座位上给吵醒了。他活动着胳膊腿，睡眼惺忪地朝卫生间的方向走，应该在这儿待熟了，对公共洗漱的地方很熟悉。

这时候，贼眼奇尖的包神星一把拉住了王雕，紧张而惶恐地指指斗十方，问：“雕哥，你看，你看……是不是昨天抢咱们那家伙？”

“嗯？妈的……不是冤家不碰头啊，这么巧！”王雕看看四周，似乎没同伙，他似有明悟，自言自语了句，“吃铁轮的，怪不得典口这么熟。”

“吃什么铁轮？”包神星问。

“就是火车站一带骗的，抽奖、卖药、丢包……‘风马燕雀金评彩挂’在这一带混的最多。”王雕小声道，一直观察着，似乎在找斗十方的同伙。

包神星可不管这些，恶狠狠地提议道：“他一个人，堵厕所里干死狗日的。”

“我手机得拿回来，上面有好多信息……干！这个点他们不扎堆。”王雕道。

贼骗意见一致，直接付诸行动了。两人加快步子，往公共卫生间的方向堵上了。娜日丽在背后可尴尬了，接到的命令是——原地待命。

报应来得如此之快，斗十方刚解开裤子准备放水，那俩货就冲进来了。他急得一提裤子，后退戒备，不过晚了，这是个绝地，一溜蹲坑的甬道，再往后就是墙了。

“呵呵，没想到吧。”包神星奸笑着。

“好巧啊，还没请教大名呢。”王雕坏笑着，摸摸脸上未消的余肿。

两人往近走一步，斗十方就往后退一步，其间有方便的旅客从蹲间出来，一看这架势，赶紧贴着墙跑了。这年头，恐怕没人管这闲事。包神星慢慢地抽着皮带，在手里示威似的啪叽啪叽抽响了几下。王雕站定，大马金刀地一叉臂，说道：“我手机呢？”

“在啊。”斗十方不卑不亢地道。

似乎没吓住，王雕一伸手：“手机拿来。”

“然后呢？放我一马？”斗十方笑着问。

“这我不能骗你，怎么着也得把十几个耳光还给你吧？妈的，还烫了老子一烟头，也得还。”王雕一副睚眦必报的嘴脸，记得挺清。

“你他妈知道老子是什么人吗？真敢动手？”斗十方睥睨道，像是根本没把面前两人放在眼里。

包神星啪地一甩皮带，惊得斗十方一退闪开了。就听包神星恶狠狠地道：“你就是天王老子，今儿也得把你扇成孙子，信不？”

“告诉你个秘密，其实老子是……不对，我是……警察。你确定你们敢袭警？”斗十方严肃道。

此话一出，真把王雕吓了个哆嗦。说话的斗十方瞬间气势凛然，还真和那些雷子有几分相像。不过只是一刹那，王雕旋即哈哈笑道：“妈的，又是打人又是烟头烫，还抢老子的手机跟钱，你要是警察，老子能当公安局长了。”

“雕哥，别跟他啰唆，干死这孙子。”包神星要上手。

斗十方一伸手：“停停……有话好说，这是你的手机。”

他说着，眼瞟着小便池台子，手在兜里一翻，王雕的手机亮在手里，堪堪叫停了包神星甩皮带的动作。王雕一伸手：“拿来。”

“急着往回拿，手机里有秘密吧？”斗十方问。

“有啊，有本事不给啊。”王雕伸手。

斗十方手一绕，绕到了身后，然后一扔，东西飞进了蹲坑间便池里，当啷响了一声。王雕急得往里钻，嘴里骂道：“卧槽，老子今天弄死你！”

他钻进那儿一刹那，包神星皮带扬起来就打，却不料斗十方早有准备，不退反进，一跃踩着小便池拔高了身形，凌空朝着包神星就是一大脚丫。巨大的冲击力把包神星蹬得咣的一声撞到了蹲间门上。里头正蹲着不敢吭声的一位吓了一跳，噌地光着屁股站起来了。

一着不慎，斗十方夺路而逃。一屁股坐定，包神星气得三尸神暴跳，爬起来就追。出门的斗十方不往外跑，噌地钻进了女厕所，里面啊地尖叫了一声。跟着包神星蒙头蒙脸撞了进去，躲在蹲间的斗十方猛地冲了出来。包神星急得扔皮带，可不料下半身空门大露。斗十方一个撩阴腿狠蹬。包神星捂着裆部噔噔噔连退几步，疼得龇牙咧嘴叫老大。

蹬完就跑，不光跑，斗十方一龇牙，扯着嗓子“啊啊……”学着女人又尖又细的被非礼声音跑出去了。厕所里女客被惊动不少，一开门，瞅见地上坐着个捂裆的大男人，跟着节奏“啊啊……”地开始尖叫了。

斗十方一阵风似的蹿出去，路过一个拿包的男人，跑过去又返回来问：“大哥，你老婆在厕所？里面出事了。”

“我闺女……啥事？”那男子急了，吓住了。

“有人要流氓，快去……啊，女厕所有人要流氓！”斗十方嚷着跑了。

女厕所里喊声又起，这男子终于吃不住劲了，咬牙跑了进去。一男的正提着裤子扶墙站起来。他二话不说，上前揪住噼里啪啦就是一顿耳光，边抽边喊：“囡囡，在哪儿呢？没事吧？”

“没事，爸，我没事。”闺女吓得根本没出来，在一蹲间里回应。

这下放心了，那男子噼里啪啦又是一顿耳光，还有几个膀大腰粗指甲长的婆娘，伸手就挠，边挠边喷着唾沫骂：“让你要流氓……”

王雕迟了一步，追岔了，便池里掏出来的根本不是手机，而是一副塑料盒子装的扑克牌。他往外追，听到尖叫声时才反应过来，那货进了女厕所，等掉过头来已经迟了。喊着奔出来的斗十方把乘警也惊动了。乘警和保安都往那儿跑，旅客有的也跟着去了。王雕跑了几步倒停下了，看着人堆，苦着脸不敢靠近了。女厕所里被人逮着，那可比当贼、当骗子还丢人，憨炮兄弟怕是在劫难逃了。

噢，对了，那孙子呢？

他再次掉过头来向斗十方跑出去的方向追，可出去一看，车站已经是人来车往，近处密密匝匝，远处熙熙攘攘，哪还有斗十方的人影？

唉……苦也！他气得蹲下身子，然后又一屁股坐在台阶上。可从来没受过这么大委屈啊，这亏吃得都倒不出苦水来。

对了，急糊涂了，还有事呢！他又一屁股坐起来，往车站里跑。这时候包神星已经被乘警拧着往值班室去了，那货还兀自喊着：“冤枉啊！你们不能冤枉好人哪，我没要流氓！”

民警吼道：“就你，还是好人？”

包神星狡辩着：“坏人也不能冤枉啊！不信你查查，我犯过盗窃罪，不是流氓强奸罪。”

这么狡辩最直接的后果是，又被几个心有不忿的群众趁乱踹了几脚。有人骂道：“狗日的，当贼还有理了，说得这么光荣。”

他被带进值班室了。王雕捂着脸，羞于和这货相认。他等在出站口外面，不知道在等包神星，还是在等其他人……

叮……铃铃铃……

正做笔录的民警顺手拿起来道：“您好，北站派出所。”

“我是铁路公安处刘泽清……刚才是不是抓了个要流氓的？”

“嗯，正做笔录。”

“不用做了，放人。”

“啊？”

“啊什么，没听清？”

“是。”

民警终于听清了，确实是放人，而且确实是处里直接来的电话。他放下电话，看着脸上挠痕处处、表情萎靡不振的包神星，啪地合上了记录本，直接一句：“跟我来。”

这会儿包神星老实了，不敢反犟，乖乖地跟着走，从侧门进站，穿过候车台，走了好一段距离，却是乘务车辆出入的铁大门。那民警一开大门，愤愤不平地指着：“走吧。”

“啊？这就让我走？”包神星晕了。

“难道你真要流氓了？留置你四十八小时？”民警问。

“我真没有，这不被人踹老二上了，才提裤子。那些个老娘儿们，长得一个比一个丑，真要流氓也是她们要流氓，看把我脸上挠的。这是故意伤害啊，别以为我不懂法，我可刚从监狱出来。”包神星气苦地摸着自己的脸。

“你要告她们可以，可那地方没监控啊。”民警道，一下子把包神星说愣了。民警又道，“再说你……为什么解皮带？还在女厕所解？”

“这……”包神星噎住了，总不能说是报复去了吧？就是能说，也不知道对方姓甚名谁啊！

“不走继续回去待着做笔录。”民警道。

不说了，包神星翻了个白眼，抬腿就走，身后门当啷关上了。走了好远，回头看不见民警了，他恨恨地朝着门唾了几口泄愤，又赶紧加快步子绕着往车站来了。

还好，雕哥没走，电话联系着等在路边呢。惨兮兮的包神星快步奔上来。本来一肚子气的王雕看着兄弟满脸血丝、比被流氓耍了还委屈的表情，一下子没忍住，扑哧一声笑了。

这一笑，包神星可快哭了，他气愤道："从进监狱起我就把你当大哥啊，衣服裤子、臭鞋臭袜，包括臭裤衩都是我给你洗……不能这样不够义气啊，我挨打，你在旁边看，我被抓，你他妈不管……算了，当我眼瞎了，大不了自己混，谁稀罕谁呀……"

说完拂袖而去。王雕看样子确实不忍心丢了这位，赶紧拽着安慰道："这不没事吗？我还得接人呢，知道你没啥事，人要接不着，那不影响咱们日后的生意嘛……少扯淡，让人看见笑话，走了，走了，带你认个人，保准吓你一跳。"

气鼓鼓的包神星被王雕拽着，在不远处一个女人身侧站停了。果如他所言，包神星眼神一滞，真吓了一跳，眼前，一个长发、着黛蓝长裙、面容姣好、满脸笑容的女人，美得让人无法揣度她的年龄，像包神星这样的，就连刚才的委屈和身上的疼痛也忘了。

"王雕，这是你等的……朋友？"那美女笑着问。

王雕拍着胸脯说道："我兄弟，月山监狱一块儿出来的，人品您绝对放心，就没一桩像样，吃喝嫖赌全沾。"

"你损我还是夸我呢？"包神星听得不入耳了。

王雕解释着："这行是人品越烂才越合格，性格里有真善美干不了，像你全是假丑恶，哎，正好合格。"

"姐姐，是这样吗？"包神星不确定这个入行标准，征询着。

那女人掩嘴一笑，点点头道："差不多，王雕的眼光从没错过，呵呵，又找了个好帮手啊……带我去找他们，很远吗？"

"市界上，有点远，咱们直接叫个车。"王雕殷勤地拦了辆出租车，扶着车顶把这个神秘女人请进了车里，然后把眼馋巴巴快流口水的包兄弟推到了副驾，自己绕了圈坐在后排了。

车走了，影像留在了程一丁手持的观测镜里。

他就在这三人对面的煎饼果子摊上，一手拿着煎饼果子啃着，另一只蜷着的手慢慢收回了对着这个方向的摄像头。看着车影消失的方向，他起身快步上车，上车即走。陆虎呼叫另一组，程一丁接驳着影像导出。同一时间，刚刚吃早饭的向小园从手机上看到了这个美女的肖像。

也在同一时间，反诈骗中心数据研判台席，收到外勤要求确认身份的请求。采集的肖像，还有近距离录下的声音被技侦拉进数据比对模板，一屏是陌生女，一屏是飞速切换的嫌疑人数据库，每天这样的采集和比对很多，技术员已经习惯了这种枯燥和无聊。他正收拾着自己的工作台，可不料今天意外了。不到两分钟，数据台“嘀——嘀——”长鸣，黄色告警。

这是数据库重大诈骗嫌疑人信息的预警，他一看女嫌疑人的信息，吓得嘴唇哆嗦了一下，急急地拨通了俞主任的电话……

疑踪乍现，闻之色变

“聂媚，三十七岁，20××年因非法经营罪被判处有期徒刑一年，缓刑一年；20××年因虚假宣传被处以治安拘留十五天，并处罚金五千元；20××年涉嫌收藏品诈骗被刑事拘留，后因证据不足被释放……又是块牛皮糖啊。”

俞骏看着此人的履历，罪罚倒不重，但诈骗案和其他案子不同，头疼的不是那些骗枭，有证、有据、有赃迟早钉死，怕的就是这些积极参与却涉案不深的外围人员。正因为刑罚过轻，他们才一次又一次越过红线。

站在办公桌前的向小园点点头道：“这个评价很中肯。这是个臭名昭著的人物，最早参与传销，是讲师身份。那时候传销没有入罪，只能以非法经营罪处罚；之后参与过保健品虚假宣传，而且在收藏品诈骗被查处一案中更离谱，她居然拍摄过广告，轮番在地方电视台播放。据深港反诈骗中心的信息，此人足迹遍及广、深、粤、湘几个省市，就凭一张嘴皮子给诈骗团伙当帮凶。”

“啧，外围，都是在骗局中扮演个推销的角色，仅仅拿一部分报酬，可能还是现金支付，等事发后早就脱离案中，完全可以推说自己不知情……这样的话，那最重也就是个虚假宣传。”俞骏皱着眉头道。

诈骗的定义是以虚构事实或隐瞒真相手段，以非法占有为目的。而这种人，因为不会和被骗的非法资金关联，所以入罪极轻，可现实中，这类能蛊惑人心的嫌疑人是最难缠的，骗子可能得全靠他们把一拨拨韭菜忽悠进来，方便一茬一茬收割。

“所以，她被深港反诈警方标记为重点预警的嫌疑人，只要她出现的地方，恐怕很快就会一片狼藉。”向小园道。这个无心发现让她格外兴奋。

“哦哟，南方查得越来越严，这些货混不下去了，都跑咱们内陆省来折腾了。咦？傻雕怎么居然认识这种人物？”俞骏扶着额头，蓦地冒出来个疑点。理论上王雕这种货色，离聂媚的层次可差得太远。

“您仔细看一下，今天是个巧合，他们是早早到了中州北站……”

“接人。”

“对。”

“那背后另有其人。能请得动聂媚这种角色的，必须是熟人。”

“说不定以前都当过同伙，毕竟诈骗这个行当里，聂媚算得上个名人，脸蛋漂亮，又能言善辩，组局少不了这种人。”

“对，肯定已经开始了，在我们没有看到的地方……好，非常好，如果真有即将发生的案情，那这次我们就真做到警于事前了。”

俞骏往椅子后一靠，忧色中又多了几分期待。他看着向小园，仔细地重新打量一番。向小园笑而未语，干脆拉着椅子坐下了，似乎让俞主任刮目仔细相看一遍。

半晌，俞骏哧声笑了，道：“你其实憋着一口气，等着给我好看是吧？”

“是憋了一口气，在努力证明着自己。”向小园纠正道。

“看来我欠你一个道歉，对于大数据预警我知之尚浅，特别是你通过大数据锁定重点嫌疑人的方向，其实我一直持怀疑态度，是我有点落伍了。”俞骏诚恳道。

“我不是来要道歉的，而是来要继续追踪和介入侦查的命令。”向小园道。

俞骏一笑道：“这不明摆着吗？线索指向都出来了，给哪个队长都红着眼抢功上了。没问题，重心向你们倾斜，人手若不够，中心统筹安排。”

“谢谢俞主任。噢，对了，还有一件事……早晨您给铁路公安打电话让放了包神星，据民警讲，包神星交代的过程是，那个叫‘十方’的男子抢了他兄弟的手机，两人其实是去堵他，结果被他反杀了。”向小园道。

俞骏给听蒙了，打断问：“这不是在女厕所发生的事吗？”

向小园一笑，解释了一遍，听得俞骏瞪大了眼，想清其中关节后笑得直打跌，好奇问：“什么意思？怎么还没有放弃对他的兴趣？”

“这部手机似乎没有还给王雕。”向小园道。如果服软还了，那就应该不会反击这么激烈。

问题来了。俞骏想了想，奇怪地道：“你是指这部手机可能有什么让王雕在乎的信息？”

“不然呢？再神通广大，总不能千里眼、顺风耳吧？他们是怎么上下联系的？既然骗子都经常换号码，那岂不是得经常断了联系？可这与事实又不相符啊。事实上，他们的联系很畅通，而且也很诡秘。”向小园道。

“有道理，应该是有某种特定的方式……干脆直接点，去趟他们的工作单位，对钱加多和络卿相询问一下，他们也是警察，应该知道轻重。”俞骏道。

“我已经安排了，接下来，我会尝试用大数据的方式扫一遍王雕、聂媚消失的区域，今天应该有结果。”向小园起身道。

“去吧，这单活儿看来只有你能干了。”俞骏道。向小园应声，信心满怀地走了。将出门时，俞骏又喊了声：“等等。”

“怎么了？还有安排吗？”

“惯例得泼你一盆凉水。现实生活里，在财物易手之前，你看不出谁是骗子来，诈骗案里也是如此，不到收盘或者收割，很难看出诈骗的端倪来。”

“同意。悲观主义者发明了降落伞和救生舱，以求安稳；乐观主义者发明了飞行器和火箭，以求进步。我们从来都不冲突。”

向小园嫣然一笑，掩门而去。俞骏想了想，也难得地笑了……

现代侦查与以往相比，数据和信息所占比例越来越大。一般情况下，只要外勤提供指向性信息，剩下的基本就不用人力了，比如王雕走时，所乘的是一辆出租车，那他经过的所有公安检查站摄像头就会提供完整的过程，既然聂媚是乘老式火车来的，那从购票信息、上下站点等信息上，同样可以查出她的行程；哪怕他们下高速消失的地方无人追踪也不是问题，联网的银行、酒店、交通等网络，总有撞到的地方。等有更详细的指向信息出现，才可能有近距离贴靠侦查或者监控居住的必要。

所以四位外勤又领了个闲任务，程一丁和邹喜男此时坐在金河区110指挥中心。等人的工夫，指挥中心的闫主任抱了一堆资料给了两位同行。主任是位四十开外的女警，显得有点紧张，几次欲言又止，茶水倒了三遍，终于还是憋不住了，问了句意料之中的话：“同志，多多到底犯啥事了？”

这个……没法说。程一丁摸摸胡茬儿，反问：“闫主任，不能我来找就是犯事啊，咋不往好处想呢？”

“哎哟，我这已经是往好处想了，这个死东西打进来就没少给我惹事，每个班都得有好几个投诉。实在是我们这儿性别比例失调太大，要不早把他打发了……不过话又说回来，他不可能犯啥事呀，又不缺钱的。”闫主任嘀咕道。

程一丁随口问：“听您这么一说，他在这里表现……很差？”

“还行吧，普通话讲得好，嘴也利索，就是人长得寒碜了点，可咱们这话务员是幕后，不说那个。”闫主任看样并不想指摘出钱加多“很差”的具体情况。

同来的邹喜男扬着个人信息资料问：“考勤……连着半年垫底了，评优也是倒数第一，而且投诉量最多，这样的辅警没被开了，还真是奇迹啊。”

“啧，也不能这样讲嘛，他要不垫底，那不得别人垫底？扣点工资他不在乎，可别人不可能不在乎啊。实话实说啊，我们这儿话务员百分之九十都是辅警，一个班就是十二个小时不歇，黑白颠倒，工资又不高，这么辛苦……这人真不好招，能待下来的都不容易了。”闫主任语重心长道。

这也是事实，基层哪有轻松的岗位？程一丁找着话题道：“哦，明白了，不容易……可我还有点不明白，这人上的是卫校，学的还是护理专业，怎么招进来的？”

“刚才不说了吗？发音准，普通话标准，我们这儿主要考这个。”闫主任道。

这时候，门毫无征兆地一开，吓了三人一跳。钱加多风风火火地进来了，张口道：“三姑，叫我干啥呢？对了，我爸钓了几条水库鱼，让我给你带几条，赶紧吃啊，这鱼新鲜呢……我妈说，下个月大姑家办喜事，到时你喊上她啊……”

他提了一袋鱼，直接给放桌下了，一边说一边又给自己倒了杯水喝，喝完才愣住。三姑难堪地掩着额头，两个陌生男子咬着下嘴唇在笑。

“咦？这是……三姑咋啦？”钱加多愕然问。

“两位刑警问你点事……有什么事如实向组织上汇报，不许扯谎啊。我回避一下。”闫主任难堪地起身离开了。

钱加多懵头懵脑地看看三姑走了，又看看不认识的两人，翻白眼了。这货说话倒没问题，可这表情出来，有点像缺心眼。邹喜男板着脸客气道：“坐，钱加多同志……怎么你姑姓闫啊？亲姑？”

“必须是亲的啊，都说我长得像我姑。她随我奶奶的姓啊，就问我这个事啊……问完我先走了啊。”钱加多回答完起身就要走。

“坐坐。”程一丁憋着笑把人摁住了，他靠着办公桌看了看显得有点紧张的钱加多，刑警的毛病出来了，开始诈，“你应该知道我们问什么。”

“看把你能的，你咋不知道我要说什么呢？”钱加多噎回去了。

“嗨，态度端正点啊。”邹喜男严肃喝了句。

“咱仨人就他歪着，谁不端正啦？”钱加多指着斜靠着桌子的程一丁，又结结实实地噎了邹喜男一句。

程一丁有点上火了，离桌在屋里踱步，打着手势，开问，直入主题。

主题很简单，啪叽手机一扬。钱加多愣了，是昨天羊汤摊自己递手机给傻雕的情景。邹喜男直问：“这件事，记得吗？”

“你们是警察吗？”钱加多问。

“是啊，如假包换。”邹喜男道。

“那就不对了，那摊每天总有贴假二维码骗钱的，昨天还把我的手机骗走了，你们居然坐视犯罪发生，还好意思说自己是警察。”钱加多先声夺人，叫板上了。

“这不来给你解决问题吗？”程一丁道，绕着问，“认识骗你手机的人吗？”

“认识，我都要回来了。”钱加多得意道。

“怎么要回来的？”邹喜男问。

“我找着他了，他就给我了。”钱加多道。

“怎么找着的？”程一丁又问。

“哎，我说你烦不烦呀，我问你，有人报案吗？”钱加多问。

两人摇头。

这不就得了，钱加多翻着白眼，道：“这不就得了，没人报案，你们跟我扯什么淡？休息一天多不容易呢，还被你们叫回来。”

完了，这是个混进组织的浑球儿，估计是仗着亲姑在这儿当领导，根本不鸟其他人。

程一丁干脆不问了，拿着手机挑着段落放，于是钱加多眼睛又眨巴不停了：三人堵着王雕摁着打、抢东西……视频清清楚楚地再现在眼前了。

估计知道是什么事，证据确凿得让钱加多开始摸嘴巴了。邹喜男直等他摸了几个来回，才严肃道：“身为警务人员，不能以这种方式解决问题啊。”

“问题是，没人给我解决问题啊。每天110接警丢手机的多了，找回来的有几个？有的连案也不立。”钱加多口气软了。

“我的来意不是跟你讨论问题，而是问一下，这个帮你解决问题的人是谁，穿红衣服的。”程一丁问。

钱加多斜眼眨巴了几下，答非所问：“后果很严重吗？”

“你说呢？”邹喜男反问。

这是常用套路，以反问隐藏自己的意图，无非是吓吓对方，让他往严重的方向想。

成功了！吓得钱加多脸上肥肉哆嗦了几下。在这支纪律队伍里，有时候些许小事给抓了典型，那也是天大的事，更何况又是打人又是抢手机还抢钱，哪怕是抢回自己的也不对嘛。钱加多表情渐渐悲恸，脸拉得就像快要哭出来了。

“有点出息行不？这就吓尿了？敢干还不敢承认。”程一丁刺激道。

受刺激的钱加多腾地站起来，怒冲冲地对着程一丁吼道：“有什么不敢承认的？别人骗走我手机，我还不敢抢回来？他妈的傻雕就一骗子，我还不敢扇他俩耳光？他不但骗了我手机，还转走我两千块钱，我要回来有什么不对？你们逮不了骗子，办不了案子，只会吓唬自己人的，才叫没出息……吓唬谁呀？我就一辅警，一个月工资三千块不到还得扣好几百，搁你们说得我被骗了不声不吭，即便报警你们也没治，我自认倒霉才对是吧？扯淡！老子不干了！给你，铐我走。”

尴尬了，没想到这胖子还这么横。邹喜男目光征询着老程；程一丁没反应。

“不铐，那我走了，该怎么处罚通知我。”钱加多收回手，真走。

“站住。”程一丁一把搭住钱加多的肩膀，突然来一问，“你这位朋友叫十方，真以为你能保得住他？”

一下子被戳破了心事，钱加多气势瞬间萎了，难堪道：“既然知道了，别难为我兄弟，好汉做事好汉当，该怎么处理我扛着。”

即便真把钱加多吓住了，这货似乎也没准备说，此时可真让程一丁兴趣又来了，那个红衣男子究竟是何方神圣，能让钱加多这么保着他……

同样的难题摆在络卿相面前了。这位新入籍、正经八百国考招录的民警，倒比钱加多要好对付得多，不过，自带着高学历人士的那种狡黠，编了好几个故事，先说是偶遇红衣男，后来站不住脚，就推说是钱加多的哥们儿，真不认识；再后来打架那场景一出来，络卿相找到托词了："看，我就在那儿戒备，是他们打！"可继续往下又掩饰不住了，三人在车里谈笑风生，在饭店觥筹交错的，你说不清楚、不认识、不知道姓名，实在说不过去啊。难为得络卿相扶着额头，使劲搓着，搓不出应对之策了。

"别搓了，再搓把皮都搓掉了。"陆虎提醒了句。这家伙满口瞎话，与文质彬彬的外表恰成反比。

娜日丽提醒着："不要再编了，这事都不重，你这光编圆不了的，多难为情啊。"

"哦，看来你们都知道了，那不早说？"络卿相尴尬地放下了手，喃喃道，"这算什么事啊？平时丢手机的多少呢，就没见几个找回来的，真找回来了，反而成大事了。"

"没你想象得那么大，可也不小。说吧，这个红衣服的是谁？"娜日丽问。

"我真……没法说。"络卿相难堪道。

陆虎接道："换个地方说怎么样？市局政治处？"

"别，我不是不说，是没法说，我说了你们也不信，也管不着他。"络卿相道。

"哟，总有能管着他的吧？"陆虎不信了。

"那你得先说啊。"娜日丽道。

络卿相一晃，凳子响了响，他坐定了，像是下定了决心，复杂、尴尬、难堪，几种情绪交织在他白皙的脸上，然后轻声来了一句："他是警察。"

"呃——"娜日丽冷不丁被刺激，一直憋着看络卿相表演，冷不丁被噎了下。

陆虎立时拉脸了，训斥道："有句真话行不行？就这满身匪气，一天打了两架，跑几个地方捞外快的要是警察，我们成什么了？"

"你看，我说了你们都不信。"络卿相尴尬道。

这……这表情像是被逼到进退维谷无奈了，想想那人一对二绝地翻盘的神勇表现，陆虎压抑着惊讶，愕然道："不会……真是吧？"

"不可能啊，我们最初就是这样设想了，已经查过所有在籍的各类警种了，如果有，早查到了。"娜日丽道。

络卿相笑了，淡淡地说了句："他不是正式警察……他姓斗，叫斗十方，他在登阳市，距中州一百一十公里，每到休班就到中州打工，上学的时候也在中州。"

"哪个警种有这么宽松的时间？"娜日丽一下子消化不了。

"看守所。排班是四十八小时连班，没有节假日，不过两个班间隔的时间也有四十八小时，两天……监管支队，自带保密功能，除非是政治处，否则其他部门无权查询。"络卿相娓娓道出了斗十方的身份，属于登阳市公安局下属的监管支队，那是一个建制在看守所的特殊队伍，负责看管刑拘、逮捕到判决之后下监狱期间的各类犯罪分子。

如此难以接受的真相，让娜日丽和陆虎愕然了好久都没有回过神来……

同一时间，收到信息的向小园手一颤，差点把手机给摔到地上。她一手拿手机，一手揉眼睛，生怕看错了似的看了好几遍，好久才抬起头来，美目圆睁，俱是惊愕。这个信息似乎比她发现聂媚的出现还让她震惊。

接下来是俞骏了，拿着手机一瞅，一句"哎呀，我去"，真把手机给摔了。他赶紧弯腰捡起来，幸好屏幕没碎，擦擦屏幕，上面清楚地显示着警服照片，文字标注——监管辅警：斗十方。

后果很严重，最起码对钱加多和络卿相来说都很严重，两人被分别带上车，直接给带到反诈骗中心来了……

第三章
搬救兵惨吃闭门羹

未谙其意，见猎心喜

窗外向下，是蓝白相间的办公隔间，笔记本电脑、台式电脑以及大屏中控电脑装饰了一大间，那种极具现代气息的办公环境恰是络卿相的梦想，只可惜他今天是作为“嫌疑”身份被留置在这个环境里的，这就有点感慨和郁闷交织了。

两人被滞留在二层像是会议室的地方，对面一位女警虎视眈眈地盯着，都来一个小时了，啥反应都没有，这就更让络卿相忐忑不安了。

咕……咕……两声清脆的声响打破了宁静，络卿相、娜日丽的目光都看向傻了吧唧的钱加多，准确地说是钱加多的肚子。面对类似责备和嘲讽的目光，钱加多可不觉得羞耻，他愤愤道：“我要举报你们，不给饭吃，迫害自己的同志。”

“这还没到午饭时间呢！”娜日丽指指墙上的表，刚过十一时。

钱加多一撇嘴，说道：“我连早饭都没吃好不好？”

“挺好，午饭也别吃了，就当减肥了。”娜日丽噎了句。

钱加多又要挑衅，络卿相急得在他脚上踩了一脚，疼得钱加多哎哟一声，怒问：“踩我干吗？”

“能安生点吗？”络卿相警示道。

钱加多咋就不服呢，瞪着眼回敬：“不能。”

“不能也得能，还不是因为你那台破手机，都被你害死了，今儿这警服怕是要被扒喽。”络卿相气不自胜地道，偷瞄了没有表情的娜日丽一眼——越没表情，越让他觉得事态严重了。

钱加多可没觉得，但被络卿相这么一说，也跟着难受了。这事确实是他对不起兄弟。他撇了撇嘴，思考着，冷不丁霸气道：“大不了……我养你呀。”

络卿相一怔，喉咙里重重呃了声，差点作呕。一直在憋着的娜日丽终于憋不住了，噗一声笑得脸埋进臂弯，使劲地搁对面花枝乱颤，好容易憋停抬头，又看到络卿相和钱加多可怜巴巴地凝视着她，期待着，她被逗得捂着嘴直接跑外头笑去了……

俞骏和向小园此时就在一楼。信息研判大厅里，密密匝匝的各类数据在几十台电脑的分屏上跳跃，聂媚消失的区域给了一个大数据的指向，可没料到比想象中难，快到中午了，一遍都没有过滤完。

“您猜的是正确的，现实和虚拟是两个世界，按理说地方不算大，没想到还真难找。”

向小园有点失落。高科技和非接触式侦查虽然比重越来越大，可并不能替代所有工作。

俞骏笑着解释道：“聂媚是从段口东高速下路，方向是西陶镇，基本上可以判断是去丰乐工业园区。这个区是登阳市趁着中州机场出口业务飞涨时新建的，注册企业两千多户，理论上好查，但实际中可能会出现这样或那样的问题，比如，注册个空头公司避税，根本没业务；再比如，镇办、乡办甚至个人凑个热闹在这儿设个点，说不定厂房是租来的，挂羊头卖狗肉的；还有那些注册信息不全的，都可能对大数据的分析形成干扰。”

“谢谢您的解释，我怎么觉得您越来越有耐心了？”向小园笑着道。

俞骏也笑了，道了句：“不客气。从发现你不只是来镀镀金、踩个跳板升职走，我就耐心了。你不也变了吗？称呼里‘您’使用频率越来越高，我都不太习惯了。”

“毕竟是我们的前辈，您得学着习惯，我已经改不了了。哟，陆虎他们来了。”向小园指着门的方向。

陆虎和邹喜男匆匆奔过来，递着几页纸，汇报着。俞骏扫了几眼，眼睛亮了亮，递给了向小园。两人相视，表情似乎喜上眉梢，就听俞骏笑道：“没看出来啊，倒让谢副厅给说着了，还真藏龙卧虎。”

“陆虎，你接触的络卿相，什么感觉？”向小园问。

陆虎奇也奇怪道：“没什么特别感觉啊。有点蔫，半天问不出一句真话来，要不是我们背后追踪着，他根本不说，编的故事一套一套的。”

“咱们就缺这种人，你们都太老实……走，会会去。”俞骏喜滋滋地带着几人，去会滞留于此的钱加多二位了。

本来就心虚，一眨眼又进来一群，把钱加多和络卿相结结实实给吓了一跳。两人对视一眼，然后老老实实地低下头，这事恐怕赖不过去了。

“介绍一下，我是反诈骗中心主任俞骏，这位是副主任兼新成立的反诈骗X小组组长向小园。别紧张，组织不会冤枉一个好人的。”俞骏开场道。他和向小园落座，三位外勤或倚或坐，显得并不那么正式。

态度似乎很好，钱加多稍放心了点，好歹从警时日不短了，知道不敢乱说话。络卿相老老实实回答道：“谢谢领导，其实……也没我们什么事……”

“那看来都是斗十方干的坏事，你们是俩好人哇。”俞骏笑着道。

一听这话，知道底都泄了，钱加多一听怒了，指着络卿相道：“嗨，你个叛徒！吃的时候都有你一份，怎么就把兄弟卖啦？”

旁听的嗤声笑了。络卿相即便能对付得了严刑拷打，恐怕也对付不了这号猪队友。他苦着脸干脆不敢吭声了。

“安静。”俞骏唬了声，吓住了钱加多，一指道，“钱加多，你消停点啊，知道你家境不错，不在乎这份工作，从你进来我已经接到七八个电话都是打听你的，从区派出所到分局长，你家门路挺广的啊？要不我给领导们都白话下，你是怎么去抢钱、抢手机捎带还打人去的？”

“他们是骗我的，我是把自己的抢回来了。”钱加多狡辩道。

“哦，你也知道自己是抢回来的了？”俞骏揪着话头了。

钱加多待要解释是“要”回来的，不料俞骏一摆手：“向组长，这个你来。”

直接无视钱加多了。向小园审视几眼乖乖仔样的络卿相，轻声道：“络卿相，首先向你声明一点，我们组已经得到市局政治处的授权，可以对特定警员背景进行详细挖掘和分析，所以，对你的背景就多了解了一些，有几个问题需要你回答一下。”

“嗯。”络卿相应声道，表情很凝重，凝重到没有变化。

“你是怎么认识斗十方的？你们的生活轨迹里似乎并没有交集。”向小园问。

“通过他。”络卿相一指钱加多，解释道，“我和多多，不，钱加多是高中同学，后来我上了中州大学，他上了卫校，有天他带了个朋友介绍给我，就是斗十方……斗十方上的是中州大学南校，那是个独立的文科学院，我们不在一个学校，也不在一个专业。”

“第二个问题，你在大学时自行设计完成过一个网站模板，后来嵌入校园网里成为一个很受欢迎的栏目，名字叫……”向小园放慢了语速。

络卿相有点得意道：“反骗校园行。”

他这一得意，钱加多看不下去了，补充着：“抄的。”

“是，大部分内容都是从网络上搜集整理的，也可以说抄的，无非是警示同学而已。”络卿相道。

“很好，你学的是计算机应用专业，你的毕业论文《互联网背景下网络诈骗防范与对策》可以查到，其中有涉及声纹识别、大数据过滤等一些很有前瞻性的设想，放到现在不稀罕，可在几年前，已经很不错了。”向小园微笑着道。

她的微笑仿佛有感染力一般，络卿相如沐春风，不好意思道：“谢谢。”

“也是抄的。”钱加多又在补刀了，那义正词严故意报复络卿相的样子把俞骏也逗乐了。络卿相已经习惯了似的解释着：“引用的地方都注明了，声纹识别民用发展很快，只是应用到警务上稍晚了点。西方在技术和人权的碰撞上一直举棋不定，技术早已经成熟了。”

“对。那我问你个反技术的问题。”向小园看了眼纸张道，“你的栏目里有一篇关于‘金评彩挂风马燕雀’的综述是如何来的？这个有关‘八大骗’的陈述，听上去有点匪夷所思啊。”

络卿相想了想，道：“这个真是抄的。”

“哪儿抄的？”向小园问。

“斗十方给我抄的。”络卿相道。

向小园好奇道：“这个比网络流传的都完整，他怎么可能抄得到？”

“我本来抄好了，他笑话我很多地方不对，给我改了一遍……比如有的叫‘金皮彩挂’，有的叫‘金评彩挂’，以前‘皮’是指卖狗皮膏药的，‘评’指评书，他说了，‘皮’和‘评’其实是一类，都靠嘴巴混饭，江湖上叫‘讲口为王’，意思就是什么都能当狗皮膏药给兜售出去，所以说‘评’才是正确的。”

说到此处，俞骏的目光没来由地一亮，眼前浮现的是斗十方叫卖黑金笔那套玩意儿，他脱口问：“这么说来，斗十方似乎是行家啦？”

“差不多，反正他没被骗过。”络卿相道。

钱加多不同意了，撇着嘴纠正道：“他上学一年年领贫困补助的，别人骗他啥去？”

有这个搅局的在，乐子就大了，把众人逗得忍俊不禁。俞骏拍拍桌子警示道：“钱加多，没问你不要说话。”

“嗯，不说。”钱加多鼻子哼哼着，翻白眼了。

向小园定定心神，表情严肃，慢慢说道：“下一个问题，你们束手无策的时候找到了斗十方，斗十方是怎么带你们找到王雕的？”

“这个……人网。”络卿相道。

“人网？”这个词把反诈骗中心的全给新鲜得愣住了。

“是这样，他十几岁就在中州市里打工，洗盘子、刷碗、卖衣服、卖家具、当保安、跑外卖，什么都干过，认识的人很多，找人、找工作、找租房什么的，他比谁都门儿清。”络卿相道。

娜日丽插了句：“太牵强了吧？这回找的可是个刚出狱的骗子。除非他找到原来和王雕接触的人群，就这么巧？”

“您忘了他现在的身份了？打黑除恶两年多来，刑事拘留的一大部分都是异地关押，搁他那岗位上，能认识的坑蒙拐骗偷抢，包括涉黑、涉恶分子，不比谁多啊？”络卿相给了个无懈可击的解释。

没错，他是看守所的管教民警，哪个犯事的还不从那儿过？只是出来还联系这个节点让俞骏皱眉头了。这是件绝对有悖职业素养的事。

向小园顿了顿，一欠身，保持着严肃表情道：“最后一个问题，抢走王雕手机的人，是不是斗十方？”

“不是！”络卿相和钱加多齐齐否认，异口同声，但马上觉得反应不对。

“哟，看来你们都知道手机被抢走了，不是斗十方，那是谁呀？”俞骏换着口吻问。

回答这么干脆，太浮夸了，假得两人自己都牙疼了。钱加多不敢看俞骏的眼光，躲闪着。没承想最终落到这个实锤上，而落到这个实锤，恐怕兄弟几个都前途堪虞了。

“有句话叫人性是不能考验的，我不想把你们架到火上烤啊，比如络卿相同志，我问你，你是让我把你交到督察手里查呢，还是直接告诉我？王雕是我们追踪的嫌疑人，你把目标吓跑，我们都差点找不着，非要兜圈子？”俞骏直接唬道，口吻一变，加重语气继续问，“自己说，是不是有部手机被抢了？”

“是。”络卿相声如蚊蚋，撂了。

“谁抢的？”俞骏问。

“斗十方。”络卿相难堪道。

问话到此戛然而止。络卿相难过地掩面低头。钱加多此时倒无所谓了，反正瞒不住了，捅出来倒一点儿也不紧张了。他看着俞骏，又看看小组几人，不客气地道：“没本事抓骗子，可有本事吓唬我们，多大个事儿呀，我和斗十方两人抢的，没他的事。”

“哟，这是不服气啊……陆虎，大邹，带他们俩吃饭去，看着别通风报信。”俞骏一摆手，下命令了。

两人性格截然不同，一个霸气侧漏，一个霜打雷击，被三位外勤拥着去食堂了。脚步声去了很远，向小园和俞骏相视间，眼里都多了几分亮色。俞骏道：“看来我们都有想法了。”

“也都有顾虑。”向小园道。

“络卿相经验不足，钱加多太散漫，又是个辅警，不过这两人请的客卿肯定经验丰富，上手会很快，跨市调人也不是问题……但是，这个人的履历听得我心里发毛啊。”俞骏思忖道。

“我也有这种感觉，他的资料里只填了一个父亲的名字，斗本初，无业；家就住在西陶镇段村，登阳市边上，家离登阳看守所不到五公里……理论上那儿应该是个封闭的生活空间，可奇怪的是他居然在距离百十公里外的中州混得如鱼得水……这个岗位可以接触到各色的嫌疑人，但职责以外如果还和那些刑满释放、取保候审、多次进出看守所的高危人群来往的话，那这个人就得打个问号了。”

向小园抽出一页纸推到俞骏面前，道：“您看，他的履历、个人情况，清白得像一张白纸，几乎什么都看不到……他刚刚通过了招录事业编民警的考试，我查了下，去年还参加过心理咨询师的资格认证考试，但没考过。”

每个人都有明暗两面，只不过这个人明暗对比太过强烈。俞骏犹豫片刻，倒不确定地问向小园了：“你看呢？小组编制倒还可以进几个，但咱们系统哪个单位也是好进难出，从一个偏远看守所岗位调到市区，借调肯定不好好干，手续过来可是一步登天啊……呵呵，我有点庸俗，先考虑的是实际问题。即便这个不是问题，那这背景也有点让人担心啊，这里可是全省大数据的中枢，有点问题我们谁都交代不了。”

“我觉得应该接触一下，就像他俩一样，不看都不知道还有隐藏技能呢。最起码有关八大骗的传说，目前这是最翔实的一份……我想，就以王雕的手机为由接触一下。”向小园道。

“行，得狠点，看我把他吓住啊，呵呵。”俞骏道，起身往门外走着。

“您把络卿相吓住了，我怎么觉得您有点失望啊？”向小园追着问。

俞骏失望道：“连狡辩都不会，玩不转反骗这一套。”

“您不能要求反骗警员都具备这种恶劣品质啊，搁您这选拔方式，除了斗十方，没人合适。”向小园笑着道。

“‘你凝视深渊时，深渊也在凝视着你’……深渊就是对自我的内省，当你看到了足够多的恶，对自己内省足够深的时候，你会看到水面上倒映的一双眼睛在看着你，如同看怪兽一般地看着你。”俞骏前行着，答非所问。

向小园回答道：“这句不是杜撰，出自尼采的《善恶的彼岸》，尼采论述的是一种怀疑论态度，思考过程就是一种推论，因此亦是无意义的。‘凝视深渊’可比为与黑暗博弈、与自我对话、思索与审视宇宙的不确定性等，您有新的解释吗？”

“这个解释已经够了，思考诈骗这个问题的过程，将无可避免地改变思考者本身，可能也就是改变问题本身，所以思考者最终获得的答案，一定不是思考者最初想要的答案。继续往下推论，‘骗人和被人骗’会变成一个没有结果的循环，无限制地怀疑、实践，就有了下一句，与魔鬼搏斗的时候，要谨防自己也变成魔鬼。”俞骏道。他指摘着，像兴致大发给向小园提醒几句一样。

向小园思忖着问：“您在提醒我，不要沉迷太深？”

“不，我在提醒你，如果不具备魔鬼的品质，就没有和魔鬼搏斗的资格。”俞骏道，驻足看着向小园蔫蔫地笑了笑，径自前行了。

向小园站在原地想了很久，还是不服气地追了上去……

月黑风高，夜访图圄

漆黑沉沉的夜里，孤独的车灯划过，车里人视线所及皆是秋收后遍地的庄稼茬子，偶尔会惊动栖息的野兔或者地鼠，在灯光下傻愣片刻，然后奋力逃窜，倏忽消失在黑暗中。

外勤绝对没有办公室的工作舒服，就这么一段并不长的夜路都让向小园像穿越回了上个世纪，沿路只遇上两辆突突响的三蹦子，连车灯都没有，偶尔星星点点的像冒鬼火的地方那就是沿途村落了，不过并没有静谧之感，在这种月黑风高的季节里反而增添了一份诡异的色彩。

路的尽头便是登阳市第三看守所，车驶近大门口便泊定。看守所的一位带班领导已经在此等候了。下车握手相互介绍，对方姓仵。连连碰上奇怪的姓氏连向小园都觉得讶异，斗、仵、络似乎都不在百家姓里。

进所的手续相当烦琐，外层由武警看守，验过证件，留存，上缴手机等通信工具，又电话核实了省厅开具的介绍函才予以放行。一圈高墙里，一座像环形堡垒的建筑就是此行的目的地了，关押着六百余名嫌疑人的看守所腹地。

“目前在押人数六百四十八人，在职警务人员六十一人，轮班监管；工作人员二十九人，包括厨师、清洁、医护等。这座看守所是新建的，旧址在登阳市老城区，规划开发区时整体搬迁至此，离市区比较远，有二十七公里，直属于登阳市公安局监管支队管理……说新建，时间其实也不短了，有十几年了。俞主任，大致情况就是这样，您还想了解什么？”

仵所长且走且汇报，进内层里回头问。

“哦，基本情况都了解下，这里关押的中州市押解人员多吗？”俞骏问。

“有近一半是，特别是近两年打黑除恶以来，各地都使用异地关押的方式，我们这里离中州比较近，是首选。”仵所长道，进了内层，他刷卡开门，领着两人进入，指指值班的地方，介绍着入所收管的流程。案卷、档案、人员都是联网的，数位合一、验明正身才有资格住进这个

“管吃管住”的地方，哦，对了，还管医疗，值班室隔壁就是医护室，里面有人值班，正推着一个装满各式药品的手推车出来。

“条件不错啊！”俞骏随口赞了句。

仵所长不知其意，按部就班介绍着：“嗯，基本条件还是可以的，这上面是排班表和嫌疑人的配餐，保证营养健康，食物是统一配发。根据省厅的要求，原看守所代买、代售的情况一律取缔了，这也是出于管理和安全的考虑。”

稀饭、馒头、稀饭、馒头……偶尔有一两顿大米或者面条，清汤寡水的肯定能保证营养和健康，不过俞骏和向小园可没注意这些细节，两人都瞄到了今天排班表上，C区值班民警，正贴着民警斗十方的照片。

“仵所长，你们这儿是按字母分区管理的？”俞骏随意问。

“哦，对，分A、B、C、D四区，普通号；未命名的是严管区，刚进号的都要在严管区待上一到两周，情绪稳定之后，监管民警会根据个人情况分配到号房，考虑的情况主要有是否同案、是否吸毒、是否有其他疾病等，有些嫌疑人的情况很复杂，甚至还要考虑到宗教信仰的情况。”

仵所长说着，请两位到他的办公室。他几次面露惑色，不过职业素养很好，让他把所有的疑问都压下去了。

那些没说出来的疑问自然是这两位不速之客的来意了，不像查违纪的，不像组织谈话的，当然更不像来检查的，可就偏偏趁这个特殊的时间突然来，而且来头还吓人，这么个所的编制惊动省厅来人，在建所历史上很罕见，上一次还是因为意外死亡来了调查组。

落座，这里简陋到连饮水茶具都没有的程度，仵所长用纸杯给两人倒了两杯白开水。向小园微笑致谢。可能她的亲和力更好一点，所长趁机问：“这位向督察，您有什么需要特别询问的情况吗？”

“特别？我为什么要特别？”向小园道。

“这是个性别单一的地方，几乎没有女同志来过，包括警务人员。”仵所长道。

“她是心理咨询专业的，仵所长，您坐，我直接说我的来意吧。省厅在关注心理方面有些政策要出台，我们来此就是做个前期调研，找你们这里的特定人员谈谈话，了解一下基层情况，没什么大事，咱们这行嘛，有些虚工作也得实干嘛。”俞骏道。

这个老油条给了个极其合理的解释。仵所长明显放松了，不过还是提醒着：“如果提审嫌疑人，必须有市公安局的准许，而且必须有所方人员陪同，全程要留下影像记录。特殊点的嫌疑人，可能还得直接关联的办案人员陪同。”

“不用，不用，您理解错了，我们不接触在押嫌疑人……民警怎么样？我们主要关注特殊环境里警务人员的心理健康。”俞骏道。

“哦，那就简单了。”仵所长一下子更放松了，开了铁皮柜子，拿了一份档案递到了俞骏手里，介绍着本所在职辅警、民警等人员的组成。俞骏一页一页翻着，随便挑了两三个人，一扬手道：“就这几位吧，我接触一下。”

这出隐藏真实来意的戏就这样开始了，不得不承认俞骏也是天生的欺诈性格，装模作样地问被所长召来的民警家庭情况、工作情况、心理状态、思想认识等，末了总是夸赞几句，把小民警听得喜滋滋地走了。到了第三位，俞骏提异议了：“这一位我们干脆到他的工作环境走一遭聊聊吧，哟，这次您别跟着。您在旁边，他们的反应有点紧张啊。”

连说带蒙，仵所长一点儿也没有怀疑，直接领着两人到C区了。每个区通向办公区域还有一道铁门，开门时，仵所长回头犹豫地看了两人一眼。俞骏好奇地问：“怎么了？您好像……有顾虑？”

“女同志进这儿不合适啊。”仵所长道。

“有类似规定吗？如果有，我们不难为您。”俞骏道。

“那倒没有，只是这地方嘛，有点那个……”仵所长难言道。向小园明白了，笑道：“没事，这里的监控直通省厅，能看到。”

那就没问题了，仵所长开门把两人请了进去，在步话上吼了斗十方一句。甬道尽头，穿着警服，提了一长串钥匙，咣当咣当巡逻的斗十方转过头来，朝俞骏两人走来。

意外就在此时发生了。某个铁窗口上，有人看到了进来的女警，瞬间口哨声起，然后踢踢踏踏不知道多少脚步声往窗口方向凑，口哨声此起彼伏。向小园看到不远处的铁窗里挤着一堆人脑袋，有人情急地在喊着："哎哟哎哟，大美妞，大美妞！"

嘭……嘭，斗十方挨着个儿擂门，挨着仓号吼道："全体向后转！"

管教发话还是有威信的，一堆堆脑袋退下。走到俞骏面前的斗十方立正、敬礼，汇报道："登阳三看值班民警斗十方，向您汇报，请指示。"

"哦，随便看看，这是你工作的地方？"俞骏作势视察。

"是。"斗十方自己挨着仓号的一边，把两人请在靠外的方向。生怕被关押的嫌疑人滋扰似的，他挨个儿关着铁门上打饭的窗口，汇报道："C区一共十仓，每仓十到十五人不等，每半个小时巡逻一次，各仓号的监控直联市局和省厅，二十四小时不间断接受监督。"

"哦，挺好，干几年了？"俞骏问。

"报告领导，两年零八个月。"斗十方汇报道。

"据我所知，你考过了事业编招聘，即将成为这里的正式干警？"俞骏问。

"是的，感谢组织培养。"斗十方道。

"从事这份工作对你的心理有没有影响？我指……毕竟这里从坑蒙拐骗到江洋大盗都有，和他们相处有压力吗？"俞骏问。

"没有。一般进来的都老实，罪越重反而越好管，最闹腾的不是这些罪重的，而是那些短期的，特别是酒驾和醉驾的，顶多待几个月，很难管理。"斗十方道。

"哦，这里面……打架闹事的多吗？"俞骏停了下来，在斗十方即将关上一处窗口时拦着，好奇地往里面看了眼。晚上了，里面通铺和墙之间的甬道或坐或站着一大堆人，个个剃个秃瓢，看样子能吓人一跳。恰在此时，喊话器里响起了仵所长的声音，让各仓号坐好，保持秩序，还有让那个号子里洗澡的穿上衣服。

声音严厉，号子里瞬间恢复了秩序。俞骏看到了，每人一个小凳子，端坐得挺快，一眨眼就整整齐齐码了两列。

恐怕单看表象无从了解真相，俞骏关上窗门时，斗十方才汇报：“不打是不可能的，不过现在牢头、狱霸的现象已经基本消失了，对于不服管教，我们有谈话、训诫、戴戒具等多种惩罚教育方式……简单讲吧，一般打架至少戴十五天的戒具，再横的戴两次也就老实了。”

“哦，那倒是……向组长，您有什么问的？”俞骏词穷了，把话题递给了向小园。向小园提议道：“还是到办公的地方看看吧，这个地方不太适合谈话。”

“这就是我们办公的地方。”斗十方道。

“除了巡逻，你难道就待在甬道里？”俞骏问。

“我们时间是卡死的，遭遇任何情况，必须保证三十秒之内到达现场……哦，我们倒是有谈话的地方，您二位要是不嫌弃，就到那儿吧。”斗十方邀请着。

就这小事都得跟领导汇报一下，得到准许后，斗十方领着两人出了监管区域，一拐到了走廊某房间。让俞骏和向小园意外的是，这里居然有个小小的图书室，连通的一间是有个询问座位的小办公室，那椅子有隔板，有挂手铐的地方，肯定是嫌疑人的座位了。

俞骏大大方方地坐到了管教的位置，斗十方殷勤地给抱了把椅子让向小园坐到了一旁，而自己只能坐到嫌疑人的位置上了。向小园开口道：“这儿还有图书室啊，看藏书还不少啊。”

“啊，对，现在全省搞传统文化进监室活动，标配。”斗十方道。

“效果呢？”向小园问。

“非常好，《弟子规》《了凡四训》《三字经》等传统文化范本，里面八成人能背下来，四十八条监规，百分之百都能背下来。”斗十方道。

“你好像是中文专业，从事这份工作似乎不搭调啊，怎么就进看守所当管教了？”俞骏问。

“我家就在这儿，离家近呗。”斗十方道。

“有兴趣去市里工作吗？”俞骏又问。

“没有，这儿挺好的。”斗十方道，眼里闪过一丝疑惑。

“言不由衷啊，对组织得讲实话。这地方管教民警的更迭速度很快，离市区又远，属于没人来的单位，来了也挤破脑袋想办法走。你在这儿待了两年零八个月，差不多算是最长的了，一半是辅警……招考事业编民警是对口到这里工作的，报名的本来就没几个，而且考上的有两位居然放弃了……你很幸运啊，补缺了。”俞骏悠悠道出了斗十方的工作履历。

这就有点尴尬了，斗十方笑笑道：“对，没人愿意来，我就捡了个便宜。”

“那，你看，我知道的比你想象中多，你得实话实说……你刚才有点迟疑，是不是已经怀疑我们的来意了？”俞骏直接问。

“对，能告诉我来意吗？”斗十方直接问。此时真的怀疑了，这两位和那些走马观花的检查来人不一样，最起码上级不会闲到这个时间点来。

“猜一猜……我们是冲你来的。”俞骏淡淡地道，眼瞟着斗十方，看着他的反应。

“明白了。”斗十方没有反应，直接说出来了。

“明白什么了？”向小园好奇问。

“傻雕的事吧？”斗十方直接道。

这倒把俞骏和向小园惊了下。两人交换了一下眼神，俞骏示意向小园上前掩上了门。重新落座后，俞骏掏出摄录放到了面前，严肃道：“我现在正式开始询问，把所有经过讲一遍。”

斗十方略一迟疑便开始讲了，怎么接到电话，怎么领着人去找到王雕，然后怎么拿回了手机和钱，意外的是，他还说到了在车站被袭击，然后脱身，整个过程基本和钱加多、络卿相所说一致，只不过隐去了两个关键点：抢王雕的手机以及究竟拿走了多少钱。

“有几个问题，第一，你从王雕和包神星身上抢到了多少钱？”俞骏问。

斗十方想想回答道：“用抢字不合适吧？我们把他堵着，他理亏，主动赔的，有三千多。钱加多被骗一部手机，而且被转走了两千块钱，我们要回了被骗的两千块，对方赔偿手机算一千多吧，还不太够。”

“你们好像把手机也找回来了？”俞骏问。

“嗯，抱着试试看的心态去找了，没想到真找回来了。这么算下来，好像还多拿了人家一千多块钱，改天遇上还给他呗。”斗十方轻松道。

“不光多拿了一千多吧，你似乎还抢了王雕一部手机？”俞骏问。

“噢，已经还人家了。我当时拿走是怕他拍照什么的回头报复，第二天谁知道在北站就遇上他了，我把手机还给他了，他俩还没完，结果就打起来……我出于自保，还手了，还了手就跑了。”斗十方道。

“你这回答不科学啊，包神星说你根本没还啊。”俞骏道。

“那俩一个贼，一个骗子，您宁愿相信他们，不相信一位基层民警？他们在哪儿？一对质不就行了？哎，不对啊，不用对质啊，如果落网了，手机应该就在他们身上啊。”斗十方道。

厕所发生的事，除了当事人，恐怕无从知道真相，王雕和包神星根本没落网，斗十方这么一说，倒把俞骏给将住了。而且看着斗十方面不改色心不跳、表情一点动静都没有的样子，他莫名地觉得有点欣赏。像这么一交代，倒像是见义勇为了，最起码违法成了过界，真要问责也轻得多。

似乎连俞骏也没想到对方应对得这么轻松，他凝视着斗十方，斗十方丝毫不回避地直视着他的眼睛。两人对视良久，谁也没示弱。即便顶着省厅的名头来，俞骏也没有从对方的眼睛里看到一丝紧张。

“你在撒谎。”俞骏突然道。

“你也在撒谎。”斗十方也突然应道。

“是吗？那这个是假的喽，有人敢冒充省厅的名义进入这种地方？”俞骏亮着省厅开具的介绍函。在地市级一个小看守所，恐怕这和圣旨的效力差不多。

“你不是来查这个事的，千把块的案值连派出所都不当回事，惊动省厅来人那就是笑话了，而且组织程序也不对。如果我有违法违纪行为，会通过支队采取相应措施的。”斗十方道。

“那你……认为我为什么会来？”俞骏笑着问，笑得有点阴沉。向小园根本插不上嘴。她仔细地看着两人的PK，这一对算是遇上对手了，一直以来，都没见俞主任露出过这么阴险的表情。

“应该是碰巧了，你们在追傻雕和那个憨炮，正好把我们录下来了，在北站的时候，有个女便衣接触过我，应该也是你们的人。他们一共有四个人，三男一女，乘坐的是辆起亚轿车，我不知道你们为什么针对我，不过肯定是误会了，我不是骗子，也不是贼。”斗十方道。

一听这个，俞骏瞄了向小园一眼，得嘞，自己的外勤早露了，怨不得人家如此淡定。

向小园不动声色问：“你怎么知道是我们的人？”

“本来不确定，他看了你一眼，所以，我现在知道了。”斗十方指指俞骏，又给了俞骏当头一棒。

“你在试图激怒我，这件事说大不大，说小也不小，在职的民警私自追踪嫌疑人，抢人家财物……你可以啊。”俞骏有点怒意。

“你在吓唬我。这事不归你管，你不是刑警或者派出所来人，傻雕也不可能报案，没有案由，你也没有理由追这事……如果你非要针对我个人，那随便你了。你刚才都说了，这是个没人愿意来的岗位，大不了把我开了，倒省得我犹豫。”斗十方两手一摊，皮球又踢回来了。

俞骏一欠身，一抚下颌。这个细微的动作让斗十方一笑，不理会了。

僵住了。向小园思忖着道：“我们换一种谈话的方式，你身为警务人员，这样处理事的方式毕竟是错误的，这点，你不否认吧？”

斗十方没吭声，慎言……这种节点上来意不明，他缄默了，毕竟处理方式肯定也有问题。

“还有你寻人的方式，是通过大量的刑满释放、有前科或者仍然在犯罪的人员找人的，你不觉得这有悖于你的职业素养吗？”向小园问。

斗十方呵呵了两声。这次真把向小园也有点激怒了，她瞪着眼问：“我说错了吗？”

“一位戴着几万块钱卡地亚蓝气泡手表的女警，从空调舒适的办公室里出来指摘最底层的人。”斗十方道。

“这个来源是正当的，也有问题吗？”向小园露着皓腕上的表，无奈问道。

“那我告诉你问题在哪儿，我在这儿待了两年零八个月，每一个嫌疑人从收押到判决押解走，平均为六个月，也就是说，我至少要接触五到六拨嫌疑人。满号十仓，平均一百到一百四十人，还不算上我临时跨区替班，这样的话，在我们的工作时间里，差不多要接触七百至一千的嫌疑人……所里的要求是他们的个人情况、家庭情况作为管教必须了解，甚至为了让他们配合安心服刑、认罪服法，我们还得走访他们的家庭，这种情况下，和其中某些刑满释放已经回归社会的人成为普通朋友也是问题吗？法律都规定他们是公民，你还要把他们划到罪犯一类？”斗十方问。

向小园被问住了，她尴尬地转移话题问：“这和我的表有什么关系？”

“那句话叫什么来着？何不食肉糜？您所在的位置根本没有机会了解。”斗十方道。

毫无悬念，一接触就溃不成军了。向小园用目光询问俞骏。俞骏又一欠身子坐正了，开口道：“好吧，那我把我的正式来意说一下。”

“不用。”斗十方直接回绝了。

“为什么？”向小园愣了。

“不就是这个吗？”斗十方掏着口袋，把一沓钱和一部廉价手机掏出来，扔到了桌上，似乎已经准备好了，手机上已经套上了塑料袋。俞骏眼睛一直，这是把抢来的钱和手机直接交了。就听斗十方说道：“你们一定在追王雕，一定是有关什么案子，手机或许有什么线索才让你们转而把我们仨追着不放，好歹我也是警务人员，我知道轻重，喏，就这部。”

“你刚才好像说，还给傻雕了，这交出来了，岂不是抢的事实锤了？”俞骏讪笑了。

“不管你们什么来意，我没有感觉到恶意，所以，能帮就帮喽。你要揪这个小辫处分我，随便喽。我不觉得我的处理方式有什么严重问题，过程你们应该知道了。假如真把傻雕扭送公安机关，他一定会谎称是钱加多把手机递给他的，不是骗，那样不但处理不了傻雕，我们都会成为笑话。”斗十方轻松道。

俞骏拿着这部手机，扬了扬，问：“你或许可以告诉我，这部骗子的手机里面有什么东西，干脆帮忙帮到底。”

掏出来，开机，俞骏递到了斗十方手上。斗十方放在桌上，点开了通讯录和图片收藏介绍着：“没什么东西，几张图片，还有通讯录，这是从云存储里直接恢复的通讯录，微信联系里只加了两个人，是刚注册的……这是个江湖骗子，老式的那种。”

“何以见得？”向小园好奇了。

“图片。”斗十方提醒道。

图片，俞骏和向小园看着，似乎是在公园围墙的墙柱上，师佳迪的寻人启事，前后看了几遍，俞骏有点怀疑，可说不上来。这和路边小广告一样的东西招鸡招鸭的都不稀罕，这实在说明不了什么。向小园更是一头雾水。两人征询地看着斗十方，等着下文。

“六十六岁，一米六六，6月6日出走？走丢还挑着好日子？这么巧，六六六六六。”斗十方提醒道。

“哦，传递消息的手段？”俞骏恍然大悟。

“对，师佳迪谐音，是假的，逗你玩呢；图片是关公像P的，义气加发财，谐音是一起发财，这是召集同伙的方式。骗子行踪不定，包括手机号也经常更换，他们多数会约定一个常去的地方，用这种方式续上联系。老派的江湖骗子常用这种手段，寻人启事、小广告等，都可以成为他们约定的方式。”斗十方道。

俞骏倒吸了一口凉气，眼睛瞪大了一圈，重新审视着斗十方。向小园压抑着心里的激动，也再一次审视像是信手拈来、如数家珍的斗十方。

两方三人在这种奇怪的对视间保持了良久，不过最终还是被一个意外打断了——墙上的警报响了，肩上挂着的步话响了：C区某号打起来了，监控室呼叫着民警到位。斗十方用眼神征询着俞骏。俞骏摆摆手，斗十方拿起钥匙，抄起橡胶棍就跑。

当两人好奇地出来时，被铁门封住的监管区域乱象已弱，两名管教守着门，斗十方从号子里铐出来两个打架的。两个光膀子秃瓢的大汉，被斗十方喝令蹲下。其中一名犟着不服气，斗十方一棍子戳在小腹上，那人一弯腰，第二棍直接敲在腿弯上，吃痛喊着的嫌疑人被剩下两位管教压住打背铐，鼓噪的监号这才安定下来。

“没见过这架势吧？当管教必须以雷霆手段压制一切不服监管行为，这是正常处理程序。”俞骏看到了向小园表情里的不适，轻声提醒道。

“我确实是何不食肉糜啊。”向小园叹了句。身为警察，还真对这种场面不适，她不了解的东西可能太多了。

“走吧，看来他征服你了。”俞骏提醒道，朝着仵所长的来向踱去。

“这话有歧义，还不至于。”向小园道。

“你正确理解就好，我都被征服了，何况你。这小子有两把刷子，我们还没看透他，他倒先把我们给看穿了，一点儿都没紧张……”俞骏喃喃自语道，迎上仵所长，客套几句，仵所长老歉意了，一直解释号子里两个嫌疑人打架冲撞领导的事。俞骏装模作样大赞处理得当，看样子平时训练有素。

仵所长一路恭送着两位“调研”的领导出所。俞骏和向小园二人连夜返回中州，不出意外地路上已经开始商议，如何挖这个墙脚了……

事半功倍，事倍功半

一张A4纸徐徐从打印机里吐出，带着硒鼓余热的纸张递到了络卿相手里，有点发烫的纸让他的手几乎痉挛了下，文件题头是《关于络卿相等同志工作暂时调动的通知》。

市局政治处的电子发文，调出的单位是派出所，调入的单位经侦总队下属的反诈骗中心。昨夜莫名其妙就给放回来了，辗转反侧了一夜，甚至做了最坏的打算，却不料到头来是个最好的结果。调任的事一大早就在所里传开了，所长手搭到他肩上，他抬头才发现同事艳羡的目光。

“我不知道你小家伙走的什么路子，入职不到半年就调进处级单位的绝无仅有啊，那儿条件可比这里好多了……多回来看看啊。走吧，新单位都来接你了，这条件啊，真是没法说……”

所长揽着他，和相熟的同事告别，说了一堆好好干的话。络卿相整个人还是蒙的，几乎是机械地被请上了反诈骗中心的公务车辆。

是辆SUV警车，比派出所的可强多了。开车的是老程，昨天下班刚分别，没料到今天在这种情况再见了。副驾上的邹喜男逗着他问：“小络，是不是觉得幸福来得太突然啊？”

“是啊，到底怎么回事啊？我现在头还蒙着。”络卿相有点尴尬，莫非反诈骗中心就瞄上了他这次品行不端的行为？

“你这瞎话张口就来的，要说也算是罕见的品质啊，经单位领导商议，所以就招你了呗。”邹喜男从副驾上回头笑着道。

肯定不是这么回事，可又不敢再问具体究竟怎么回事，络卿相尴尬地讪笑了笑。程一丁笑道：“别逗人家了。小络啊，我们都是被特招的，相比起来，你还接触过反骗，我们比你都不如，放下包袱，轻装上阵。”

“那……我们那事……”络卿相紧张地问道。

“这点你就不如人家斗十方了，听人家怎么解释啊，知道同学丢了手机，积极帮忙寻找，然后找到了王雕，毕竟都陌生嘛，于是就不可避免地发生了一点肢体冲突……这个手机确实是钱加多递给王雕的，人家肯定不承认是骗的，但对方理亏，还不了手机，就赔偿了三千多块钱……至于被抢的手机嘛，斗十方同志本来是预防对方拍照报复的，却不料手机里发现了犯罪信息，哎……正好，积极上交组织。”程一丁阴阳怪调地把故事又换了一个版本重复。

“哎哟，我去，好话都让他说尽了，偷驴吃肉，回头还卖好的都是他，敢情就我们挨了几板子。”络卿相一拍额头，没想到会是如此转折，不过又一激灵反应过来了，好奇问，“怎么，你们见到十方了？”

“见到了，领导都见过了。哎，小络，要不把你这个同学也请来呗，这么‘奸猾’，绝对能委以重任，领导都对人家赞不绝口啊！”邹喜男调侃道。

“不会来的。”络卿相摇头了。

“理由呢？”程一丁问。

“他考监管岗位还不就图转班空闲时间多，好赚点钱？全职来这儿能赚多少？肯定不干。”络卿相道。

程一丁嘴里啧啧有声，猜着了。邹喜男不死心地问：“那胖多多呢？”

“也不会来。一个太差钱，一个不差钱，多多准备随时回去继承家产，他爸就没指着他上班，也就是让他出来见见世面，就辅警那点工资，还不够他加油呢。”络卿相道，而且听到这消息让他格外不理解，又好奇地补充问了句，“邹哥，我问句不该问的……咱中心是不是特别缺人？”

“啥意思？”邹喜男没明白，一看络卿相愕然的样子，又马上明白了，他指摘道，“你是指不应该招多多这号人？”

“我没背后说人坏话的意思，要是当朋友，钱加多绝对够意思；但要当同事，这个……”

“啧……直说。”

“多多最爱的就两件事，吃和玩，他爸当初把他撵到他三姑那儿上班，其实就是为了不让他天天钻家里打网游。他人一根筋，上学就经常被人骗，男生骗，女生也骗，要夸夸他帅啦、聪明啦，他能把身上的零花钱全给人家，就打个网络游戏都经常被人骗装备。”

络卿相说着，逗得程一丁和邹喜男哈哈大笑，不过这个警示似乎没有什么效果。程一丁在红灯处拐弯驶向金河区，笑着说了句让络卿相瞠目结舌的话：“我也觉得你说得有道理，但还得服从命令。俞主任命令你，不管用什么方法，一定得把他钱加多请到反诈骗中心。”

“不行啊，向组，找不着。”

娜日丽打着哈欠，伸了一个长长的懒腰，从昨天开始到现在，中间没睡几个小时，把丰乐工业园区几处联网监控翻了个遍，愣是没找到聂媚的影子。

“陆虎，你那儿呢？”向小园问。

“我这儿倒是找着了，疑似啊……我投到屏上。”陆虎说着，把信息投到了联网的屏上。三人齐齐向后看，屏幕上显现出了一个平头、高个男子，腋下似乎挟着东西路过，比对的体貌特征是娜日丽在上马村追踪里偷拍到的副驾上的男子，距离有点远，相似度很高。

“详细信息有吗？”向小园盯着，有点入神。

“黄飞，男，三十三岁，两次伤害前科，但奇怪的是他不是中州人氏啊，也没在中州犯过事，这是联网的数据比对出来的，上一次入狱已经是六年多前了，在长安市。”陆虎道。入狱的记录、指模、照片、案卷编号一一呈现在屏幕上。

又是个风马牛不相及的人，向小园皱眉头了，她来回踱了两步。陆虎提醒道：“我还发现一个情况能佐证您昨晚带回来的消息……您看，这是恢复的王雕、包神星出狱后的行程。”

屏幕上显示着王庄到全市各个地点，南城较多，不过公园那个联络点发现之后重新梳理，就能看出问题来了，似乎整个行程轨迹都有意无意地绕着中州公园，跟踪时，以为这俩货是瞎溜达，此时再看，目的性就很强了。

“隔行如隔山啊，咱们跟了这么久才被人点透，微信号呢？”向小园问。

那是王雕手机里两个微信号其中之一，另一个不用说是包神星，这一个微信号经分析得知，关联手机是一个广东号码，而且是关机状态，和所有骗子的手机号如出一辙，几乎不用。

“这就对了，全国性的打击各类诈骗犯罪，骗子也在进化，反侦查措施是越来越厉害了，先汇总一下，现在目标有四个了，哪个露头追哪个……噢，对了，今天新人进组，招待好啊。”

向小园说着，心事重重地出去了。

寸功未进，仅仅是查遗补漏了点，让两个外勤也很懊丧。娜日丽靠着椅子叹道：“这些家伙真是神出鬼没啊，从来没感觉过这么难。”

“一般嫌疑人是找到容易抓住难，骗子恰好相反，难找，抓就容易了，几乎没有什么战斗力。咱们上回参与的境外抓捕，都没费什么劲，可找这拨骗子呢，足足用了八个月。”陆虎道。

“我预感到啊，苦日子快开始了。”娜日丽哀叹。每每案情纠结时，就是最苦最难的时候，每向前推进一步都困难重重……

向小园敲门而入，俞骏两脚搭在办公桌上，正在看昨晚的拍摄记录。看向小园这么行色匆匆的，他愣了下，收回了不雅姿势，好奇地接住了向小园递来的案情进展通报。

一张纸，几行字而已，他放在桌上，摁了暂停，想了想道：“不能急，这回可真摸着边了。”

“我知道，我是惊讶于他们的反侦查意识已经如此之高了，几处的公安监控都没有找到端倪。我担心的是，骗局已经开始，而我们一无所知，等摸到边际，又是个人去楼空，一地狼藉。”向小园道。

“收拾烂摊子我已经习惯了……我们既然是想摸查诈骗团伙的上层组织，那一次两次的得失就没必要看得太重。一步一步来，先说眼前的啊，你愁的和我愁的不一样，除了络卿相调令一下，马上就来，那两位你猜什么情况？”俞骏问。

“怎么了？”向小园心一抽，好容易两人咬着牙决定起用了，居然还有意外。

“跨市调这么个人手续很烦琐啊，正常走流程也得几个月，我想通过市局政治处特事特办，一听尚未转正，他们为难了，总不能跨市下调令吧？可要通过省厅办，我这脸的面子不够啊，而且他这职位也忒低了，架不着动用领导啊……再然后，我向陈颢元局长请求了，想走个后门，陈局和登阳市局领导打个招呼，借个人使使……再然后你猜怎么着？不但人家那所长根本不同意，包括本人也一口就回绝，不来。”俞骏怨气十足地道。体制内办个事比想象中要难。

“您要办不了，我们就更没戏了。”向小园道。

“给我戴高帽吧，我也得顶得住啊，斗十方不来就罢了，我回头一想，就想把钱加多也弄过来……没想到又意外了，那闫主任，就他三姑说了，调什么调啊，昨天把我哥嫂、爸妈吓得还以为犯事了，我们一大家子就这一根香火，都宠得跟啥一样，当辅警也就是来熟悉熟悉社会，开开眼界，捎带看能不能找个对象，还真别把他当警察啊。”

俞骏学着钱加多三姑的口吻，听得向小园都忍俊不禁了。再往深里介绍，连向小园都吃惊不已。钱加多四个姑三个姨，除了这个当警察的三姑，剩下的都是做生意的，而且不知道是幸运还是不幸，各家不是一个姑娘就是两个千金，一大堆堂表姐妹里，就这么一根香火，可不得当宝贝宠着？

这么上心，似乎用岔地方了。向小园的问题来了：“我说俞主任，咱们不是商量招络卿相和斗十方吗？钱加多这情况，您招来干吗？”

“这你就不懂了，说动一个人，如果直接达不到目标，那就应该从他身边的人下手，找出他的弱点。”俞骏笑着道。

向小园愣了下：“您这是骗子思维方式啊。”

“哎，你坐，咱们一起观摩下，就把斗十方当作一个骗子模板来分析，看他的弱点何在。关于他的信息，我们可足够多了，要是这个分析不出来，那我们还是趁早收摊……开始。”

俞骏把影像接到了电脑上，从追王雕开始，一直到卖笔，到KTV驻唱，到车站和王雕PK，再到两人昨晚和他面对面谈话，几个屏轮番放着。

“等等……等等……”向小园似乎发现了什么，她拉过了俞骏面前的键盘和鼠标，娴熟地操作着。做大数据的水平确实不一样，让俞骏眼花缭乱地一阵操作，再看屏幕上一个图片屏显，俞骏霎时愣住了。

她把摄录截屏放到一起比对，追人、卖笔、驻唱以及在看守所的形象往一块儿放，几乎看不出是同一个人来，追人时是痞气十足，卖笔时是奋力吆喝，车站又是四顾茫然，还有蹲在摊后吃饭的样子，不知道哪儿触动了俞骏，让他轻轻喟叹了一声。

俞骏没太明白：“什么意思？你想说什么？”

“在他身上表现出来的性格是互为矛盾的，性子这么野，可偏偏守着段村那么个小地方；生存能力这么强，可偏偏又在辅警位置上待了那么久，他干的这些活儿，赚到的哪样都比当辅警高啊；还有监管岗位，那可是控制欲能极度膨胀的位置，那种岗位上出来的人，又怎么可能接受这种低三下四的活儿；还有这些技能的来源，包括江湖黑话、行事方式，可以说有些是从嫌疑人那里得到的，但这其中有个问题，就这些嫌疑人里，熟悉老江湖这种手段的人也不多啊。”向小园道。

俞骏兴趣来了，追问：“继续说，你似乎看出什么来了。”

“是什么羁绊着他，问题症结就是什么；是什么让他成了现在这个样子，问题症结就是什么。”向小园如是判断道。

“对呀，这么拼命赚钱，总不能只抱着个娶媳妇的庸俗理想吧？”俞骏道，判断得他自己也笑了。

向小园提醒他道：“我们忽略了一个人。”

“他的父亲，斗本初。”俞骏一点即透。

“对，父亲是孩子最好的老师，没准是一辈子的老师，而这个人，从公共信息里什么都查不到，基本和我们查那些诈骗嫌疑人一样。而且他的户籍也很奇怪，是在九十年代落的户，按时间推断，那时候斗本初已经五十岁出头了，而落户之前，什么都查不到。”向小园道。

“你内心的阴暗可是快胜过我了。按照这个推论，总不能是一位老江湖骗子培养出了一名警察来吧？”俞骏愕然道。这个推论似乎成立不了，一个人可能有两种人生，可总不能有两种互相排斥、互为天敌的身份。

“我只是抱着怀疑一切的态度，处在监管民警的位置，和嫌疑人是敌对的位置，所以能从嫌疑人那里得到的信息毕竟是有限的，即便这个成立，那以前呢？据络卿相说，在上大学时，江湖骗子这一套他可就已经熟稔无比了，那时候他可还没有接触看守所啊。”向小园道。

“哎哟，厉害，是我糊涂了……我犯了个灯下黑的错误，看来没我想的那么简单，那咱们再合计一下，这事不整清楚我这脑袋清净不了……”

俞骏连连给向小园竖大拇指，两人开始从长计议了……

“我够……我够……我他妈够不着……”

包神星收回了发酸的胳膊，看看头顶上五米多高的摄像头，为难了。他回头看、准确讲是请示大哥。躲在死角的王雕鬼鬼祟祟给他打着手势，指头往上指。包神星寻思了一会儿明白了，狠狠骂了句：妈×的，怪不得拉老子入伙，知道老子干这活儿专业。

他又等了会儿，瞅着没有过路车的空当，一解裤带，打了圈，在杆上打着活结，然后两脚一踩，手脚并用，噌噌猿猴般在杆上上升了几米，这就够得着了。

干啥呢？把天眼变成瞎眼呗。就见包神星伸出来的长竿子顶头挂着个黑塑料袋子，唰地给扣到摄像头上了，完事呲溜往下一滑。王雕这才跑出来。包神星扔了竿子跑上来，不解地问："这干啥呢？还不如箱里把线揪了呢。"

包神星指指公安检查站标志的配电箱。王雕骂着："你丫脑残啊，破坏监控那罪名是闹着玩的？扣塑料袋就不一样，哎，顶多认为是风刮来的。学着点，既要达到效果，又不能触犯法律，懂不？都进几回了，也没长点记性。"

"那有什么用啊，半天人家就修好了。"包神星反驳着。

"只要今天修不好就行了。修好不能再给它戴上啊？又费不了多大工夫。"王雕且说且走，拨打着电话。两人路边等了没多大会儿，面包车、奔驰车、两辆厢货车次第出了租赁的厂区。路过时，摇下的车窗里，是安叔、张胖子和那位聂美女，招手让他们上车。

两人钻进面包车里，一路前行。安叔几次看车窗外的头顶上，给聂媚和张胖子指指点点，那两位笑得格外开心。

三个检查站摄像头上，都挂着黑色的塑料袋，正随风飘扬，像恭送着这伙上路的骗子，却不知他们要在何处设局开张……

前行无路，处处受阻

"反诈骗中心，前身为涉众类经济犯罪调查处，隶属于经侦总队。顺应近几年网络诈骗、涉众经济犯罪案件增多的趋势，原调查处和经侦总队数个部门联合成立现在的反诈骗中心，现在这里聚集了经侦、刑侦、网安、技侦等多个部门的精英，其职责在于，根据省厅‘五侦’合一的要求，全方位打击各类欺诈类案件……你们看，这里就是全省反欺诈信息梳理中枢，可以直连银行、民用通信、车管、航班、医疗、居住等个人及团体信息，也就是俗称的大数据中心……可以进来参观一下。”

陆虎侃侃讲着，娜日丽、程一丁和邹喜男陪同，带着两位懵头懵脑地进来了。看得出络卿相有志于此，两眼俱是火热，毕竟是他学过的专业。另一位就不一样了，钱加多贼眼兮兮地东瞄西瞧，似乎在这里还没有发现让他兴奋的事物。

“怎么样，是不是对你的职业前景充满憧憬了？”娜日丽小声问络卿相。

络卿相不好意思地笑笑，点点头。几人所过之处，那些忙碌的接线员还在处理着网络安全信息。络卿相注意看了几眼就明白了，这是对不良信息的清理，什么赌博的、算命的、拉单的，这些冒出来的信息会第一时间被标记、屏蔽，必要时恐怕会反追踪其出处。他注意数了数，几十个台席似乎都在干这事。

陆虎解释道：“你看到的只是一部分，各大队、网安甚至派出所有时候也要分担一部分这样的工作，现在省厅的要求是，对于发现的涉诈类信息，要逐一通知到可能受到侵害的人群，途径包括网络信息发布、APP通知，还有手机人工通知，工作量很大。”

“那还不是那么多人被骗？”钱加多挑刺儿了。

“连续打击两年多来，诈骗类案件已经出现了断崖式的下跌，知道‘6·12跨国电信诈骗案’吗？你身边的几位可都是参案人员。”陆虎笑着道。

“啊？那个案你们也参加了？我在电视上见过。”络卿相羡慕地问。

娜日丽、程一丁、邹喜男很不谦虚地笑着点点头，这是职业生涯里能吹一辈子的事。

这么跩可有人看不过眼了，钱加多撇着嘴道：“都荷枪实弹的那么大阵势，实力不对等。”

三观不正到这程度就很令人郁闷了。众人互视着，络卿相佯装未见，低着头往前走。有点尴尬的陆虎小声问：“加多，那搁你说，怎么样才算不欺负人？一对一出来PK，我们敢，那骗子也未必敢呀！”

“这是个玩智力的，和武力值无关。他骗你，你能骗回来才叫本事……说这个啊，你们加起来都比不上我兄弟十方。不是跟你吹，当年我兄弟搁家具城替我表姐当销售时，他一个人，比七八个促销员卖得都多，只要有人进门，他那眼一瞄，就知道是个什么类型、想买什么东西，就是不想买的，也能被他忽悠到签单。”钱加多极力捧十方兄弟，贬低着身边这几位和他有嫌隙的警察。

不过这脑回路似乎不对，娜日丽讶异地问：“你说的是促销，我们说的是诈骗，这能一样吗？”

“你看你，都是收智商税的，有啥差别？”钱加多翻着白眼，驳回了。

余众一嗤笑，倒把娜日丽憋了个大红脸。邹喜男倒有点喜欢这位口无遮拦的钱加多了，他揽着钱加多笑问：“那这么说你一家做生意的，岂不都是诈骗高手？”

“必须的啊，你得想办法把钱从别人口袋里掏出来啊……骗子不也是这样，想办法把钱从别人口袋里掏走？这个话题说起来就大了啊，各行各业都有诈骗成分，你买房子，开发商骗的不比谁多？上学，学校白收你多少学费？啥也没学会，连你的青春都给骗走了……还有，别以为我看不出来啊，你们把我骗到这儿来，肯定目的不纯、动机不良……”

“别别……多多，回头咱们再讨论这个严肃的问题。”

“我还没说完呢。”

“换个地方说……”

络卿相怕这货再大放厥词，连拽带拖地拉走了，省得一室警员看怪物似的看着俩人。那两位一走，剩下的可就被当怪物看了，本来是俞主任和向组长临时有会，让几人带络卿相和钱加多参观熟悉下反诈骗中心的，没想到请进门的是个丧门星，三两句就把整个小组放到被人围观的尴尬境地了，那几个都不知道是怎么掩面逃出来的……

其实这个时候，俞骏和向小园也正被架在火上烤，参与的局长办公会议主题是反诈，“6·12跨国电信诈骗案”主谋朱丰审讯不顺，那位骗枭居然还是外籍，扯出来一堆麻烦事；境外落网的快半年了，团伙在境内的涉案人员还有数位没有归案；涉案的部分赃款去向仍然成谜，被骗资金发还进展龟速，部分赃款还在国外银行，主谋朱丰像地鼠藏粮食一样东一撮、西一撮地藏着赃款，到现在都没有挖掘完。

会后，俞骏和向小园被单独留了下来，两个人有点心虚地不敢抬头看领导。陈颢元局长看了两人一个多月来的工作情况汇报，不知道心焦还是失望，把报告扔在桌上，重重地叹了口气。

这种场合俞骏向来是三缄其口，省得触到霉头，向小园呢？更不敢吭声了。这次临时会议几乎就是数落大会，把刑侦、追逃、经侦几位负责人都训得狗血淋头，他俩被单独留下，估计还得来一波。

“看来有点难为你们了。”陈颢元局长若有所思道。

省厅的办案要求是往小处走、深处走，主动挖掘、力求带破其他案件，归根结底是要往诈骗的上层以及案件的纵深走，这么重的担子压在两个年轻人的身上确实也有点重了。陈颢元局长思忖良久，看着两人道：“你们觉得还有什么具体困难？”

“‘6·12跨国电信诈骗案’，详细细节迟迟未出，我们缺乏比对信息；两年来我们重拳高压打击，成规模的涉众类案件几乎销声匿迹，他们敢不敢出来，是不是敢出现在我省或者中州市还不好说；我们通过大数据寻找诈骗目标，能感觉到蠢蠢欲动，但这样警于事前的侦查我们是首次，能达到什么效果，还是未知。”俞骏汇报了一堆模棱两可的话。

陈局长听出来了，手指点着斥道：“会上是嘴上抹油，会下是脚底开溜，俞主任啊，你让我拿这个去给省厅汇报？”

“陈局啊，露头就打谁都会，可人家不露头，我咋下手啊？总不能不讲证据，眉毛胡子一把抓吧？”俞骏为难地抬眼道。

“你在实践里一贯缺乏主动，有怯战和畏战情绪，这个心态我理解，到这个位置都免不了爱惜羽毛，怕发案，怕出事，更怕自己的英名毁于一旦，是不是啊？”陈局长不客气地问。

“我有什么英名啊？”俞骏尴尬道。

“怎么没有啊？‘中州反诈第一人’啊，主持过跨国电信诈骗大案的侦破，很快部里、厅里的表彰就下来了，在这个节骨眼上，肯定要小心谨慎，不能出任何差池，对吧？”陈局长直指俞骏羞处似的，把话挑明了，说得俞骏捂着脸掩饰自己的难堪。

“我能……解释一句吗？”

尴尬中，向小园小心翼翼地插话道。

陈颢元好奇地看了她一眼，警示道：“别被他同化了啊，这个小油条是我亲手提拔起来的，我比谁都了解他。”

“那您肯定知道我们俞主任向来是行大于言，不出成绩不露宝。”向小园道。

“哟，这倒是，难道……”陈局长愣了下，兴趣提起来了。

“这一个多月我们一直在厉兵秣马，从大数据的甄别到实践追踪，已经发现了多个疑似目标，包括近十年一直以诈骗为生的王雕，还有新发现的重点标注涉骗人物聂媚。通过种种迹象，我们研判，这些啸聚起来的团伙，有可能在中州或者我省某市正在策划组织诈骗犯罪活动，只是，我们还需要点时间来验证。”向小园道。

陈局长愣了，拿起汇报问：“这里面什么都没说啊。哦，俞主任是怕我知道得太早，期待太高？”

“嗯。”俞骏应了声，有点羞愧地不敢承认。

“你就蔫吧，啊。”陈局愤愤地扔了汇报。

向小园圆着场：“也不能这样责怪俞主任，他一直在寻找我们队伍里通晓市井江湖、精研此类犯罪的警务人员，昨天不还来您这儿走后门想挖个人吗？”

“哦，就说的那看守所的监管民警？不说我还想不起来，中州也几万警力呢，你跑人家登阳市挖人，可把你能的，长本事了！”陈局呵斥道，不过看两位下属都这么重视，他又上心了，好奇地问，“难道，这个人确实有过人之处？”

“有的。那个岗位能接触到形形色色的嫌疑人，简直是个天然的实战场所。他是从辅警一步步学习并且考上事业编民警的，在监管过程中，还多次挖出了嫌疑人隐藏的漏罪。据我们了解，他对于传统的所谓‘风马燕雀金评彩挂’八大骗多有涉猎，这类人才打着灯笼也难找啊。”向小园给了一堆违心之词，听得俞骏咧嘴吸凉气。这姑娘成长可比他快多了，他顶多糊弄下领导，她倒好，明打明地忽悠起上级来了。

不过，这说法成功地勾起陈局长的兴趣了。他一思忖，话又变了：“要真有两把刷子，想办法挖过来啊，熟悉这种老派江湖骗子行为模式的人真不好找了，这是社会知识，书本上可学不到，最起码我看电诈团伙的话本就是一头雾水，那些江湖伎俩很多跳脱出我们正常人的认知的……我现在就担心谢副厅追问起这事来，抓紧时间把这个事办一下。如果发现涉众诈骗的苗头，就积极主动跟进。小向，你的状态很好，有情况或需求直接向我汇报，不必考虑他的感受，我现在已经快指挥不动他了……”

陈局长说着起身了，谢绝了俞骏的相送，临走还提醒一句：“就这个追踪嫌疑人的案，每周向我汇报，如有重大情况，随时上报。”

交代完拂袖而去，把准备送领导的俞骏尴尬地留在了原地。领导一走，俞骏嘴咧得更长了，就那么复杂地看着向小园，没想到这位女下属野心如此之大，直接把他架火上烤了。

“我替您讨了根令箭，您不会因此对我有看法吧？”向小园不好意思道。

俞骏难堪道：“你这是逼着公鸡下蛋，赶着鸭子上架，话讲这么满，等着下回挨批啊？”

“也未必，万一有发现呢？”向小园道。

“万一？”俞骏被这个低概率逗得苦脸了。

“有很多万一，现在是处处受阻、毫无进展让陈局过于焦虑，情况会随时变化的，万一朱丰审讯有重大进展，万一归案的嫌疑人有重大发现，万一……或者我们的跟进有什么发现，都可以做一个交代，非要在这个关键时刻惹上级不痛快啊？”向小园优雅地整理着笔记本，连俞骏的也一起收拾好，起身道。

这话听得俞骏愣了下，一下子醒悟了："哟，对了，我忘了，你就是大户人家出来的，把握领导心态比我强……但你做得有点过了啊，这岂不是把我们置之死地而后生？不，而后无生。万一什么也没有发现，那怎么交代啊？"

"这就是悲观主义和乐观主义的区别了，您就不想万一有发现呢？如果那样的话，您可就是未卜先知，无愧于'反诈第一人'的称号了啊。"向小园笑着道。

"好好，我怕了你了……你就说接下来怎么办吧。"俞骏开了门，请向小园出会议室。

向小园不客气地享受了女士优先的待遇，回头告诉他："领导不是说了，把那位看守所的监管民警想办法挖回来嘛……领导还说了，积极主动跟进，把这个事办一下。领导都说这么多了，您还问我？"

"等等，这些话是你诱导领导讲出来的，哪是请的令箭？简直是骗根鸡毛当令箭。"俞骏道。

"有区别吗？"摁着电梯按钮的向小园回头，脸上带着促狭的笑问道，"反正现在有令箭了，也争取到时间了，总比咱们尴尬地坐到那儿挨领导数落强吧？"

电梯叮的一声到楼层了，向小园客气地做着请的姿势。俞骏迟疑了片刻，无奈地叹了口气进去了……

急促的哨声响起，驻所武警列队，报数，统一唱首《打靶归来》或者《团结就是力量》，差不多就到午饭的时间了。

登阳三看的一隅，一人高的笼屉冒着腾腾热气，排了整整两列，被一辆轿车差不多大小的手推饭车吱呀呀推进厨房了。饭车后露出斗十方的脑袋来，他扯着嗓子喊："嗨，高叔，车搁这儿了！"

"啊，就搁那儿，你咋来了？"轰轰作响的鼓风机声音里，蒸汽氤氲，走出来一个系着围裙的大师傅。他擦着手，接过了这辆饭车。每天饭点，这些停在仓库后面的饭车要推进来，不过，这可不是管教干的活儿，他笑着对斗十方说："都快成正式民警了，还干这个呀？"

"就这么点儿活儿，谁干不是干啊！"斗十方说道。又一辆车进来了，推车的是个老头，被先前的"高叔"斥了句："懒得！让人家孩子替你干活儿！"那被斥的老头笑笑，像看自己儿子一样看着斗十方，赞道："十方从小就勤快，你又不是不知道……哎，方啊，你爸咋样了？"

"还行吧，这段时间比以前强点了。"斗十方拣着大盆，那一摞子铝盆摞得比他还高，这些盆盛满馒头后要往各个监舍分送。其实在看守所，这算是最重的一项活儿，光打饭和分馒头每天就得一个多小时。

"别让他喝酒，老斗啥都好，就是这上头下作。"推饭车的勤工随口说道。

像是触到了斗十方的心事，他怔了下，又低头分大盆了，分完盆就是卸笼屉。里面蒸得白白胖胖的馒头下雪似的哗哗往盆里堆，不一会儿，一盆一盆的馒头码齐在灶上，像堆着的小雪山一样煞是好看。

影像，显示在所长办的随机监控上，这里没有监控死角，而且不受环境影响，哪怕是蒸汽腾腾的厨房也看得一清二楚。仵所长面前的屏幕侧向他，此时看屏幕的是会后匆匆赶了几十公里路来此的中州同行：俞骏和向小园。

"这活儿怎么也得干警上手？"向小园不解了。

"帮把手很正常嘛，再说他干这个都好多年了，搁这儿的时间啊，他是最长的。他父亲老斗先前就是这儿的勤工，干了有十年。"仵所长道。

这情况让俞骏两人上心了，俞骏脱口问："斗本初？"

"哟嗬，查得挺清啊，是叫斗本初，蒸得一手好馒头，后来那勤工都达不到他那水平。"所长道，又解释了句，"我来没几天老头就病退了……勤工都是从周边村里招的临时人员，编制啥的肯定没有，五险一金啥的更别指望，所里对这个也没法处理啊，这个……挺难为情的，干了十年的老同志就那么离职了，按政策也给不了多少补贴啥的，这才照顾刚毕业的十方来当辅警了。"

"什么病？很严重吗？"向小园问，隐隐明白斗十方拼命赚钱的原因了。

仵所长想想，疑惑地说：“不太清楚，六十多岁了，老年病呗，一直有高血压和糖尿病，偏偏老斗又贪杯，这不喝高了摔了一跤，就偏瘫了，啧啧……没法说啊，把孩子也拖累得……不是我不给上级领导面子啊，您借调谁都成，包括我都没问题，可这孩子不行啊，你把人借调走，家里咋办？其实你们都不是第一家想要人的了。”

“还有谁家？”俞骏没料到，自己居然不是先发现宝的。

“刑侦上，来了不止一回。”仵所长道。

两人更奇怪了，细听仵所长道来，敢情是斗十方几次挖到嫌疑人隐瞒的漏罪，让登阳市两个刑侦大队办案的刑警注意上了，也想把这个人当苗子挖到刑侦上培养，不过实在解决不了实际困难，只好作罢。这信息对于俞骏和向小园无疑又增加了分量。俞骏忍不住叹道：“不看不知道啊，这么多特长。”

不料这还不算，仵所长笑道：“他最大的特长是蒸馒头，打小就在看守所里，那灶台就是做作业的地方。”

“啊，让个小孩在这环境里啊？”向小园无语了。

“这也是实际困难啊，就老斗一个人带娃，他来上班的时候谁管啊？早年管得没那么严，所里给老斗在这儿找了个临时地方住，方便上下班干活儿，他爷儿俩就都在这儿，这不十多年下来啊，除了老斗，资历最长的要算小斗了。”仵所长道。

天哪……就连见多识广的俞骏也张大嘴无语，表现出对此人、此事的惊愕。现在俞骏理解了斗十方临危不乱、举重若轻的架势是怎么养成的了。天天在这种会聚天下烧杀抢掠的恶人的地方熏陶，还有什么比这里更挑战人的认知极限？

两人看着监控里斗十方在厨房端盆、舀菜，一辆辆饭车搭配好，干活儿娴熟麻利，动作行云流水。而且这活儿肯定很重，斗十方不时地擦着满头的大汗。这情景不知道触及了两位观者心里什么地方，让他们俩面面相觑，良久无语……

不忌荤素，反客为主

“雨哥，开门。”

斗十方敲着值班室的门，第一道由武警值守的门禁，门应声打开，斗十方进了值班室。那位武警万年冰封的脸露出点笑容，笑吟吟地接走了斗十方手里的菜。

蒜薹肉片配蒸馍，小战士坐下狼吞虎咽地吃着，且吃且问：“咋？你好像有事，想让我教你几招？”

这里武警和监管民警是两个编制，互为掣肘，工作上相对独立，工作外可是打成一片，平时的训练免不了武警和民警PK，相比之下，民警自然是输多赢少。斗十方笑道：“你们不能以欺负业余水平的为乐啊，那个，我看看监控。”

“咋？你还查我岗？”

“不是。昨天晚上来找我那两人，证件在这儿登记过，我看下。”

“正常访问，拿的是厅里介绍函，不是找你吗？你看什么？”

“我跟你说，你肯定不信，我都不知道他们是谁。”

“那你知道是谁又能咋样？那妞漂亮啊，个子赶着我这么高了，胸挺这么高，皮肤比你蒸的馒头还白，哎呀，哎呀……”

“哎呀什么？看上了？”

“也只能看看……”

斗十方翻查着监控，进出看守所的人员都会被记录，证件也被电子扫描。翻了几页，他看到了两人的证件：俞骏，中州市反诈骗中心主任；向小园，副主任。两人一对高级督察。

见他盯着屏幕好大一会儿，那吃饭的小战士悄悄地凑上来，冷不丁地“嗨”了一声。可没想到没吓斗十方一跳，像是入神的斗十方莫名其妙地说了句：“反诈骗中心的，他们在追谁？”

“犯事了？”小战士好奇地问。

“我犯事不犯事，都已经住这儿十几年了，有区别吗？快吃吧，别说些没用的。”斗十方一把把小战士摁回椅子上。

“嗨，十方，那两人好像今天也来了，去找所长了。”小战士提醒了一句。

斗十方愣了下，不屑地哼了声，心说反诈骗中心简直闲得蛋疼，然后自己开门出去了。他且走且念叨着“向小园”“俞骏”这两个名字，好像有一种熟悉的感觉，想来想去却从记忆中找不出影子来，待回到讯问室查了一下电脑，这才明白出处了：一则《中州市侦破跨国电信诈骗大案》的新闻，让他恍然大悟。半年前轰动一时的新闻，经侦总队出的新闻发言人就是向小园，而俞骏是以专案组成员的身份接受采访的。

“哦，这是要深挖漏犯，斩草除根，搁这儿来抓壮丁了。”

略一思索，他大致明白这两位的来意了，一明白就觉得索然无味且没有多大兴趣了。只是这位女警的照片让他多盯了一会儿，沉思间似乎在回忆昨晚见她的一颦一笑。想到细节，他蓦地起身，到小图书馆里查资料，查了很久似乎查到他需要的内容了，然后又是莫名其妙地判断了一句：“好名字，大俗即大雅……可惜，天鹅可抓不着傻雕这种癞蛤蟆。”

他手里拿着《唐宋诗词》，难道就借此书做了案情的预判？

安叔正在给王雕和包神星进行反侦查教学，最后叮嘱道：“这里很快就要开始了，你们得跟上步子，能不能玩转这个盘子，得看你们的操作了。”

安叔叮嘱道，把随身的黄飞推给王雕。两人点头致意，称着“飞哥”。这飞哥膈脾胃，人丑话不多，长相连坏人也觉得硌硬，正是当黑打手的最佳人选。

“去吧，别让人盯上啊，记住了……贼不空手，骗不回头，想混得时间长点，就多动动脑子。”

安叔交代着。三人上了车，招手再见，一路驶离。车影消失，安叔才坐回了奔驰车里，车的前方是路牌：登阳市，2km。

而王雕的去向却是相反的方向，自车里回头看不到那个车队之后，包神星这才回过头来，小声问王雕：“这咋开始干活儿了，把咱们打发走了？”

张胖子开的是奔驰，带了两辆厢货车，拉了满满两车化妆、洗涤、美容用品，不用说肯定是要靠这个发财。只是让包神星意外的是，要开工了，反而把他们排除在外了。

“明面上的不能有案底，现在雷子看得多严，你搁那儿开摊一露面，就知道你是什么货色，还怎么干呢？”王雕解释着。

包神星倒吸凉气，一挪屁股，不解地问：“那……那咱们干啥？不能人家数票子，咱们看乐子吧？”

“找帮手去啊。这么说吧，像你这号低级蟊贼以前干活儿，偷到手的全揣不进口袋，对吧？”

“对呀……什么？”

“别犟，给你讲道理呢，是不是？没准还得被厉害的同行给搜刮点。”

“不要提那些悲催往事成不？”

“你就说是不是吧？”

“嗯……”

包神星难堪地承认了。当贼也不容易，万一失手，不是被群众围殴就是被警察收拾，即便不失手，也会被那些经验丰富、下手更狠的老贼收拾，不是黑吃黑拿你收成，就是圈着你替他干活儿。

这就明白了。王雕解释着：“哪行都一样，大鱼吃小鱼，小鱼吃虾米，咱们呢，得找群虾米、小鱼，让他们折腾，然后咱们在背后……啧，坐收渔利。”

“噢，我明白了，咱们要当大鱼，不能当虾米，可这……不更危险？当大鱼被雷子逮了，那还能出来吗？”包神星显得有点紧张，跟大哥说心里话，还是胆怯。

“所以才要听安叔的教诲啊，努力别让雷子逮着啊。算了，算了，你这智商还是当傻子啥也不知道的好，跟你解释费劲呢。”王雕失去耐心了。

包神星一听不悦了，小声地嘟囔着：“你才叫傻雕好不好？”

这句被开车的飞哥听到了，蓦地笑喷了。恼羞成怒的王雕扑上来，把包神星摁在座位上，两人噼里啪啦干起来。前面的黄飞也不阻拦，悠闲地打开车上的音乐，锣鼓、梆子、二胡锵锵一响，《抬花轿》的唱腔给两人的PK配上伴奏了：

花轿起……三声炮……啊咚……啊咚……咚咚咚响啊，惊天动地……

听着振奋人心的小调，破车晃晃悠悠地蹿在二级路上，一路奔向惊天动地的“大事业”去了……

俞骏和向小园回到反诈骗中心已经是午后三时了。离开登阳三看，又去了趟登阳市局，一路风尘仆仆回来却显得有点颓丧，从登阳市局了解的情况更意外，看守所招聘勤工干杂活儿都是自主的，地方监管支队甚至连斗本初这个人的存在都不知道。而政治处对斗十方的政审却卡在了斗本初这儿。斗本初的户籍是在一九九几年登记到段村的，户口的迁出地、孩子的出生证明、母亲是谁，皆属于不可考的范围。

于是这就尴尬了，别说调任了，入籍都可能有麻烦。下车的俞骏看向小园，两人俱是愁眉不展。俞骏无奈笑道：“死心了吧？即便我受你乐观主义影响，也不知道接下来该怎么办了。”

“我们位置互换了，我开始有点悲观了。您说政治处审查情况如果他本人知晓的话，会不会走向反面？”向小园问。

“不好说。但我很确定，如果走向反面，世界上就会多一个经验丰富、智勇双全的骗子，而且可能是我们对付不了的那种。”俞骏道。

“同意。这一点上，我与领导的高瞻远瞩保持高度统一。”向小园道。

俞骏愣了下，反应过来，怔了下，问：“你还没死心？”

“能让您心动的人，我怎么可能死心？”向小园笑了笑，戳破俞骏的心事。

俞骏一抚下颌，为难道："没错，我是心动，但是……啧……实在不好办啊。"

两人正犹豫间，娜日丽匆匆跑出来，慌慌张张，不等俞骏问，就急急说着："领导，您可回来了，赶紧看看去。"

"怎么了？"俞骏和向小园诧异了，还以为有什么重大发现了。

不料错了，娜日丽气急败坏地道："快别提了，那胖子把咱们组搞成公敌了。"

这倒把俞骏和向小园给听得云山雾罩了。向小园拉着娜日丽问，娜日丽连珠炮似的叙述了一段，说是遵照主任指示，把钱加多请到了中心，并带他参观，没承想这家伙故意挑事来了，参观时就阴阳怪气给人添堵，幸好大家忍着没人理他，没想到中午在食堂吃饭时反而变本加厉了，打菜和大师傅叫板，说大师傅土豆炖得太烂，青菜炒得太老，肉片又放得太肥，米饭又太硬，总结一下就反问大师傅，你是养猪场拌饲料出身的吧？气得大师傅甩勺子不打饭了，要打人。

这个劝开了没打起来，钱加多不满意似的在食堂边吃边大放厥词，高声评价中心的技侦男是：忙成屎，累成狗，一辈子找不上女朋友。把小组一行都吓傻了。全食堂几十号人吃饭呢。就这还不算，钱加多又评价女技侦了，说是：站起来是勾着腰，低着头；一坐下是斗鸡眼，鼠标手，总结是，一辈子找不到男朋友。

这评价听得俞骏冷不丁被逗笑了，别说还真有几分神似。娜日丽难堪地道："主任，您还笑啊？都以为他是我们组的人，没当面吵起来。可谁能咽下这口气？回头就把组里网切了，这下可好了，我们都傻坐着了。"

"走，这还得了，屁事没办，倒先内讧起来了。人呢？"俞骏问道。

娜日丽指着小组办公室道："在办公室呢。他说他要见领导，给他恢复名誉。"

"哦，这么不要脸，居然还看重名节？"俞骏道。

几人进了办公室，在座的几位都齐齐起立。向小园出声问："查找故障了没有？网络连接可不能断。"

“好了。”陆虎道，赶紧又解释，“你们进门才刚好的，我们是被踢下服务器的。”

向小园脸上微微失色。这个遍布监控的地方，恐怕使绊子的警员也知道轻重，只是这种法子就让她有点失望了。俞骏压抑着怒气，鼻子哼了哼，再抬眼时，钱加多正得意扬扬地坐在向小园的位置上，拿着向小园的马克杯惬意地呷着茶水，不时往这边促狭地瞄一眼。

程一丁气得要捋袖子了，俞骏一拦，径自上前，拉着椅子往旁边一坐，蔫蔫地盯着钱加多。他不说话，钱加多也不说话，络卿相一直给这哥们儿使眼色，钱加多都装作未见，得意扬扬地就等着俞骏发作似的。

“哟，钱老板，那是大数据分析图表，您有兴趣啊？”

俞骏不怒反笑，客气地问。

哟嗬，和想象中的勃然大怒完全相反，钱加多愣了下，放下了文件，认真摇摇头：“没兴趣，看不懂。”

“那您装这样子，看来就是想惹我发一通脾气，然后也拿你没治，您等着看乐子？”俞骏直接戳破钱加多的小心思。

钱加多也不加隐瞒，一竖大拇指，道：“看出来了啊，有两下。不瞒你说，在家里我只听我妈的，在单位我只听我三姑的，你们昨天把我三姑和我妈吓得以为我犯事要进局子了，怎么办吧？”

“咦？今天不就是专门把您请来，要给您正式道歉吗？”俞骏故意道。

钱加多愣了，看着去接自己的人，“啊”了声，明显没看出这个意向来啊！

“肯定是你们没说清楚，老程，回头做个深刻检讨……这样吧，加多，我现在就打电话给你三姑、你妈解释一下。哎哟，电话上解释不清楚，要不咱们组集体去他家当面说清楚吧。”俞骏道，回头征询属下意见。属下对领导的眼色意会，齐齐道是。

这可把钱加多吓得一激灵，赶紧摆手：“不用，不用，行了，咱们半斤八两扯平了，民警辅警不一家人吗？客气啥？我走了。”

“哎，等等……”俞骏还真客气上了，拽着钱加多摁回到座位上，招呼着娜日丽倒水，喊着程一丁去他办公室拿好烟。众人也不客气，一人倒了一大杯水拿在手里，站到了钱加多的附近，个个不怀好意地瞅着他。这架势可把钱加多吓心虚了，紧张地问俞骏：“咋的啦？你好歹是个处长，跟我们小屁辅警置气，不至于这么没度量吧？”

“度量我倒是有，但你揣着明白装傻，故意在这儿挑起公愤，你说我怎么办你呢？”俞骏蔫蔫的。偏偏这不阴不阳的样子让钱加多有点发怵。正常情况下，他倒更愿意看到领导勃然大怒、气急败坏，然后拿他无计可施的糗样。

“那我说的是真话，又没造谣，训诫谈不上，拘留够不着，咋，还公报私仇啊？”钱加多壮着胆子道。

“这样吧，咱们自己人不能窝里斗，对吧？昨天你还训我们了，有本事抓骗子，别对付自己人吧？今天呢，我把这句话放这儿，有本事你对付骗子，别跟自己人过不去。”俞骏换了个方式说话，说到此处时，他自己都觉得灵光一现。

偏偏钱加多最受不了激将，打蛇随棍上地驳着：“不就对付骗子吗？是你们扯后腿跟我们过不去啊。那帮王八犊子，别说扇俩耳光，打折胳膊瘸条腿都不冤。”

“不用那么激烈，今天专程请你来，还有另一个意思，就是想请您帮忙。”俞骏正式道。

这可真把钱加多吓着了，一哆嗦，说话都不利索了：“又逗我是吧？”

“绝对不是，我对天发誓……放下，都放下杯子。其实我们很好奇，因为我们在天网上追踪傻雕都费老大劲了，那小子神出鬼没的还真不好找。嗨，你们倒好，轻轻松松就把他治得服服帖帖，说起来，你确实比我们加一块儿都强啊。”俞骏正色道。

一听这话，钱加多得意了，胡吹大气道：“不就个小毛骗吗？分分钟收拾他几十个。不是跟你吹，他就钻耗子洞里，我都能把他揪出来。”

这时候，向小园明白俞骏什么意思了，她暗笑。果不其然，俞骏就着这话头请求道：“那钱加多同志，要不您再给我演示下怎么找着王雕吧。已经追丢二十多个小时了，同志们可是望眼欲穿了，对您的到来是翘首期盼呀……是不是，同志们？”

几位外勤加上向小园笑吟吟地纷纷应和：“是，就是，看来这事只能靠钱加多同志了。”

钱加多苦脸了，求助似的看向络卿相。络卿相很不义气地也开始装没看见，难为得钱加多直咂巴嘴，一犯迷糊那白痴相就出来了，这……这了半天，愣是没把“这我真不行呀”说出来，毕竟面子挣回来总不能再扔出去吧。

“看，答应了，我就知道钱加多同志对朋友义气，对同志热心……您放心，您不是一个人在战斗，这一次，我们会给您提供强有力的后台支撑，这就当警务协作嘛，办好了我给你们110指挥中心送面锦旗去……你不能对革命战友也回绝吧？”俞骏严肃道。

这把钱加多逼得进退维谷了，他嗫嚅着苦着脸自语道：“这……我……我……”

“你可是男人啊，你难道想说自己不行？”娜日丽早看他不顺眼了，刺激了句。

钱加多怒道：“谁说不行了？笑话谁呢？”

“看看，说什么来着？谁说不行跟他急。”俞骏拊掌大乐。

钱加多直拍自己嘴巴，又心虚地看俞骏。俞骏笑着教唆道：“你不是有个厉害兄弟吗？这还算个事？”

“咦？对呀。”钱加多一拍脑袋，乐了。

“从现在开始，你是担负特殊使命的辅警同志，给你四十八个小时，把人找着，否则那些骗子万一和上线接上头，更大的骗局展开以后，就不知道多少无辜的人要被坑、被害啦。能办到吗？”俞骏严肃地问。

钱加多想想，两眼炯炯发光，点点头道：“能！”

“去吧，同志们等着你的好消息。”俞骏挥手。

“嗳！”钱加多领命，乐滋滋地出门。俞骏再一挥手：“老程，去送送钱加多同志。”程一丁咬得牙根痒痒，随后跟着出去了。

人一走，众人急急往窗上趴看，看着钱加多还真像负有特殊使命一般，连送他的老程都拒了，直接打了辆出租车走了。这时候大家你看看我，我看看你，俱是哈哈大笑，只有络卿相有点脸红，而且微微不适。一直以来，钱加多都是大伙捉弄的对象，这一次也不例外，要算被捉弄得最凶的一次了。

俞骏走了，向小园追出来，不客气地指摘了句："合适吗？这是不是有点不厚道了？"

"玩过斗兽棋吗？"俞骏突然问。

"什么？"向小园不解了。

"斗兽棋八子，象、狮、虎、豹、狼、狗、猫、鼠，一级杀一级，这中间有个规则，即便很厉害的狮、虎、豹也不能越级去吃掉老鼠，懂了吗？"俞骏笑着道。

"哦，你是想让他请只猫出来？"向小园哭笑不得。

"对，我们不妨看一看，他到底有多大能量，你不也在纠结值不值得付出代价吗？那就等着看喽。"俞骏悠悠道。

就是这么个意思，钱加多肯定要找斗十方，然后斗十方肯定拒绝不了帮忙，再然后……向小园突然怔住了，这种迂回的方式让她感觉很不舒服，因为捉弄的不只是钱加多，连斗十方也算计进去了……

识人知面，不知城府

时间：10月11日。

内容：监舍内务检查两次，基本合格。对心理状态不稳定的涉毒在押人员程某胜、李某年进行思想疏导，联系程某胜家庭成员，均不接听电话；李某年家中只有一个妹妹，且在外地打工。两人的基本生活用品以及冬衣建议由所里解决。

另：在押广西籍诈骗嫌疑人因语言不通在404监舍受人排挤，已调

401监舍。该监舍有一个广东籍犯人，两人能够交流。

斗十方轻轻合上工作日志，钥匙拎下来，手铐解下来，整齐地排在值班室桌面上。又是一个连续四十八小时的值班即将结束，交接班后就可以离开所里了。每一次进来就像自己身陷囹圄似的莫名沉重，所以每一次结束，也像要解放自己一样，如释重负。

他起身，准备换下警服时，又不放心地提着钥匙，出了门，沿着走廊走着，通过铁门上的传送口子一间一间挨个儿看。每个监舍情形几乎一致，通铺、便池、内层的铁门连着外仓的放风间，不同的是那些或丑或帅或剽悍或猥琐的脸庞。他们脸上写着或恐惧、或无奈、或绝望、或期待等不一而足的复杂表情。有时候斗十方无法揣度，精神能强悍到什么程度，才能扛得住那些听起来都让人怵然的漫长刑期？

五年，十年，二十年，或者无期、死缓？

这里五年以下的不用考虑，属于短刑期，那些短刑期的嫌疑人自己都不好意思说。

路过一窗口时他敲了敲铁门框，朝里面喊着：“嗨，老广。”

监舍里一个正玩着扑克的在押人员闻言，蹦起来跑过来，谄媚地说：“干部，咩系（啥事）？”

“疮好了没？”斗十方问。

“冇啊，你睇啊（没有，你看啊）。”里面的那位露着左臂上部几处斑斑疮迹，化脓了还有红肿。

“下个班管教我交代下，给你换次药……勤洗，用硫黄皂。”斗十方安排着。

那位觍着脸道谢，谢得也没啥诚意，而且还想讨根烟抽，被斗十方直接无视了。

这是个特殊的环境，哪怕同情和怜悯也是冷冰冰传递的，而且不用期待什么回报，谄媚和乖巧只是表象，可能你背过身他们就会用最恶毒的腹诽、最乖戾的目光诅咒你。

可斗十方还在做着，他记得小的时候每每父亲走过，那些绝望、凶恶、戾气十足像野兽一样的罪犯，会在那一刻绽开笑容，总是觍着脸和父亲打招呼，多讨个馒头，多要支烟，甚至纠缠着就为多打上一勺带油花的汤水。

有些事语言并不能够表达得清楚，就像他觉得这里的人十恶不赦、不可救药，可还是需要这么点起码的温情一样，可能仅仅是为了不要让这里变成彻底的沉沦之地。

踱回了值班室，换班的民警已经到岗，他交了钥匙、日志，换下了警服，通过了两道门禁，终于又一次回到了真正的人世。

将随身物品放到了塑料袋，跨上了放在看守所门口根本不用上锁的破自行车，一路咣咣当当响着往家里疾驰。傍晚的风丝丝从耳边吹过，轰隆隆作响的大货车、小轿车疾驰而过，田野里清新的空气和着车辆排放的汽油和尾气，似乎都能嗅出一种自由的感觉。这让他心情舒畅，使劲地蹬着车，伸长了脖子大吼一声：

“啊，我回来了！”

这声咆哮似乎别有韵味，声透数里，不一会儿便见一道如箭的黑影迎着他跑来。是只狗。那狗追上来，又跟着他的自行车狂奔。他逗着狗儿，忽快忽慢，狗儿上蹿下跳，甚至试着往车后座的地方扑。一人一狗打闹着，渐渐就看到了暮色掩映下的村落里，已经亮起如豆灯光的地方，那是一个能让人心迅速回暖的地方——家！

“吁……吁……自己吃。”他解开塑料袋，将给狗儿攒的骨头扔出去。狗儿汪汪叫着叼着骨头蹲在门口啃上了。今天家里的情形让斗十方怔了下，门口不远泊着一辆宝马车，那车是谁的他太熟悉，只是纳闷，怎么这个家伙能摸到他家里？而且他第一预感就是：这货上门，八成没好事。

“爸……我回来啦。杜婶……谁来了？”斗十方推门进去了。

爸没有应声，偏屋做饭的一个半老太太应了声，说你同学来了。院灯一亮，钱加多臃肿的小身板钻出来了，脸上抹着几道锅灰，笑吟吟地迎上来，不客气地提走斗十方手上的东西，撑开一看，诧异道：“哟？假公肥私，把食堂的馒头提回来啊。”

说是如此说，手已经伸进去不客气地拿了个塞嘴里了。斗十方愕然瞅着他，摸摸他脸问：“你咋啦？”

“这不给咱爸做饭吹火，把我给累的。”钱加多夸张道。

“无事献殷勤，非奸即盗啊，想来干什么？”斗十方逗着问。

钱加多放低了声音回答道：“奸吧，咱俩互相看不上；盗吧，你这院里找不出个比我车轱辘贵的，我盗啥？”

“那你总不会是下乡扶贫来了吧？要不借我十万二十万，我把房子修修，你以后来住也方便不是？”斗十方笑道。不知道这句话把钱加多吓住了，还是馒头把钱老板噎住了，他嘟囔着终于对上了：“也不是不能办，我不给你介绍对象了吗？我表姐有房、有车、有存款，是你不愿意。”

“滚，别提这茬儿，你家遗传基因这么强大，你表姐长得都跟你差不多，我还不如搂着你睡呢。”斗十方反噎道。他刚要抬腿，钱加多早笑着蹿进家门里了……

“朱丰，看清楚，认识吗？”

一位警员拿着A4大小的照片纸，亮在一个嫌疑人面前。那个嫌疑人摇摇头，不认识。

“看清楚了？”

“这么近，我看清了。”

第二张，慢慢亮到他的面前，他继续摇头，不认识。

“你的罪基本都落实了啊，现在可是你争取立功减刑的机会，这一张。”

第三张，王雕的照片展现在眼前的时候，他眉头稍皱，迟疑了刹那。就在警员觉得有戏时，朱丰摇头了：“不认识。”

“你确定？”警员问。

“确定……我们这行接触的人多了，眼熟的也多了，真不认识，我在国外待了好几年了。”朱丰说道。

警员坐回到座位上，他的身后是一台摄录仪，看清了身前这位朱丰：还穿着西装，不过内衬显得有点脏且皱，长发未理，原本阔额方脸、派头十足的老板相此时有点颓废。

“说说你认识的金瘸子。”警员道。

“都说几遍了啊？”朱丰显得有点烦躁。

“那就再说一遍。”警员不动声色。

“嗯，就见过两回，一回是他带我入行，有十几年了，跟我差不多高，很瘦，长脸，就是酒桌上跟我讲‘风马燕雀金评彩挂’的由来，他说我能当‘马’，这是单枪匹马、独当一面的意思。一起的还有个女的，长得挺漂亮，叫芳芳还是冰冰来着，真记不清了，我估计是瘸子搁哪儿找了个姘头。”朱丰回忆着十几年前的旧事。

“哪儿吃的饭？”

“原来回民街上有家羊肉馆，现在估计早不干了。”

“你当时是修车工，他是怎么找上你的？”

“我也不知道。那时候挣钱少，就想着捞点外快，经常组个局拉个小肥羊、拽个小黑牛啥的，就是打麻将三家互相通牌，三家洗一家，都是骗子呗，还不就打听着我了？”

“第二次呢？”

“就这次啊。我这些年赔赔赚赚混得也不咋的，这不他组局又喊我，给我介绍话本，给了启动资金，让我组团。我这不也是财迷心窍地就干了嘛……我就是顶了个名啊，弄了多少钱我自己都不清楚，钱都在他手里攒着，往境外转是一部分……其实我真没落点儿啥好，境外租的地方都知道我们干啥的，外国的政府、警察、黑社会轮着个儿讹我们钱，就骗的那点都不够填饱他们……其实真正发财还在境内，可怎么操作的，我真不知道，连我手底下那会计我都当不了他的家……”

朱丰喋喋不休地说着。但凡这种叙述无论真假警察都不会打断，所谓言多必失，越多的交代就可能找到越多的漏洞和逻辑错误，这些细节会在事后分析查找，成为下一次审讯的突破点。

审讯隔着单向玻璃的另一面，俞骏、向小园侧耳听着，坐着的是谢经纬副厅长，负责此案的专案组组长。自抓捕到现在已经四个月有余，结果还是不乐观，从谢副厅的表情上可以看得出来。

俞骏和向小园也很失望。辨认的是王雕、包神星、聂媚的照片，包神星肯定不认识，但王雕和聂媚有可能认识，两人是抱着万一的心态来求证的，结果是大失所望，朱丰似乎根本就没见过王雕和聂媚。

“情况就是这样，再往下就是来回话了，前后基本一致，也符合大数据对资金流向的追踪，但现在是胶着状态，我们也找不到有关金瘸子和赃款更多的证据。原来我是期待如果外部查找有发现，可能推动这里……你们是期待这里的发现给你们推动就不对了。你们想过没有，如果他还有隐瞒的漏罪，有没有交代的同伙，那肯定是和他的钱有关。假如有，你们应该明白意味着什么吧？”谢副厅问道。

越是绝望中的希望，可能就越固执。向小园看着单向隔层另一端的朱丰。即便是如此境地，也颇有观感，厚唇、方脸，脸廓仿佛是刚柔相济的线条组成，如果不是坐在审讯椅上，那慵懒的样子散发出一种颓废却让人忍不住多看几眼的气质，绝对对异性有某种杀伤力。

对了，他组织的就是杀猪盘，专“宰杀”中老年妇女，勾引她们投资或参与赌博，一步步用感情俘获她们的钱包。难道这样的人，还有什么让他坚守的东西？

俞骏犹豫道：“最后一根救命稻草，如果扛着，十几年出来还可能有指望，可要撂了，就一无所有了，不光家里，可能连监狱服刑的生活也会很难熬。”

“假设这个推设正确，那他所交代的大部分都是谎言，所谓金瘸子，所谓被招募，所谓什么话本，岂不都成了谎言？”向小园审视间无心插了一句话。

“成长很快。没错，我们现在就处于这种两难境地。选择相信他的交代，没有其他证据，也找不到其他嫌疑人；可如果不相信他，又和已经掌握的证据、事实相悖。你注意，他是骗子，从二十几岁入行到现在有二十多年了，第一次犯案就是个惊天大案。我们都知道他肯定不是第一次，可我们无从找到他的成长过程……或者说，他的其他犯案。”谢经纬道。

这也是试图从外部切入，带破其他旧案的思路由来。俞骏悠悠一叹，未敢再言。

两人是在沉默中告别的。谢副厅摆摆手并未相送。自这个封闭的办案组驻地过了三道安检出来，又驱车十几分钟似乎才从那种压抑的环境里回过神来，向小园叹气道：“当初谢副厅找我，我可是信心百倍地来的，没想到是现在这种情况。”

“信心现在什么情况？”俞骏问。

“和领导一样，快荡然无存了，没看出来吗？审讯也接近极致了。”向小园道。办案的有时候比犯案的还难熬，审讯室里的较量难度会很大，不用一个长达几年的时间，你可能都说不清己方是输是赢。

“解铃还须系铃人啊，找不到新的关联嫌疑人，谁也没治。这种状态下我们是耗着，嫌疑人也是耗着，就看谁更有耐心。你见过耗时最长的案子有多长？”俞骏问。

“全国的还是咱们省的？”向小园问。

“咱们市的。从侦查逮捕到起诉用时三年零七个月，最后证据不足，遇上清理超期羁押的被放了，出去半年犯案又进来了，新的同伙倒知道旧案，结果这回证据确凿了。”俞骏笑着道。

“你是在期待峰回路转？”向小园听明白俞骏的潜台词了。

“有时候侦破得靠技术和实力，有时候得靠运气，而有时候实力和运气都不顶用，那就得期待意外了……啧……你说咱们设的这个意外行不行啊？”俞骏问。

“反正到现在我们小组还没有发现王雕的踪迹，是不是还在中州都不确定，你期待的这个意外我看得瞎了，钱加多关了手机，不知道溜哪儿去了。”向小园无奈苦笑道。

“我敢打赌他们在一起。斗十方到今天下班就可以离所了，钱加多绝对是堵他去了，你别小看这个多多。”俞骏道。

向小园不解地问：“有什么特别之处？我还真没发现。”

“难缠啊……老闫那老娘儿们在指挥中心就没人敢惹，分局长都怕她骂街。钱加多坐反诈骗中心都敢大放厥词，那是一般人能办的事？这死皮赖脸劲儿啊，你放心吧，斗十方肯定扛不住。”俞骏笑着道。

向小园被逗笑了。两人隔空为这个较着劲，还是为一个未知的结果，真不知道剧情接下来会怎么上演。不过，哪怕相信钱加多真能请得动人，恐怕也不敢相信，就凭这俩货，能高于外勤的水平找到人？

盒子饭，米、面、菜和着一起煮的，观感不佳，可口感好，配着馒头、咸菜，钱加多滋吧滋吧吃得颇有滋味。饭间才知道，斗十方还雇了村里一个寡妇闲时照顾偏瘫的老父亲，就是那位已经认识的杜婶了。而斗十方他爸呢就有意思了，胳膊腿僵了一半，左臂和左腿还能动，稀奇的是脸也僵了一半，另一半居然还有表情，可惜说话说不清，要说什么都是“嗬哦叽喔”一大堆，只有他儿子能全懂，杜婶能听懂一点点。

“嗨，多多，你几顿没吃了，怎么来我家吃这么凶？”斗十方筷子顿着，惊愕道。这货已经下肚四个馒头了，手又伸过去了。

钱加多可没羞愧那根神经，拿着馒头啃着道：“好吃呗，比饭店的还好吃……看守所的馒头你有啥心疼的？”

“我倒不心疼，我怕撑着你啊。”斗十方无语道。

钱加多嘿嘿笑了。那老头也呵呵笑了，笑着说了句什么。斗十方回应了句，跟钱加多解释着：“我爸说你印堂高鼓，吊腮双下巴，这是大富贵之相。”

“谢谢斗叔啊……你看老爷子多有眼光。不像普通人，除了说我丑，就说不出其他评价来。”钱加多道。这话倒把杜婶给逗得差点噎着，赶紧喝了口水顺气，直夸钱加多这孩子勤快，绝对是个好孩子，夸得钱加多丑脸都快长出花来了。

吃着，聊着，老爷子饭量不大，吃完，斗十方搀着老人坐到沙发上，又拧开了电视，调的是戏剧频道。这年龄估计也就能欣赏这种娱乐。听着唱腔段子，老爷子闭目摇头晃脑，那脸上惬意的，根本不像个病人。

“十方，你晚上走还是明早走？”杜婶小心翼翼地问。

钱加多赶紧替他回答了：“晚上，我们一会儿走。”

“噢，别累着啊，钱赚多少也没个够，你自己个儿得看好自己的身子。”杜婶道。

钱加多赶紧又替他回答：“没事，婶，累不着，累不着，身体结实着呢。”

“那我就放心了，瞧你爸看见你多开心啊，呵呵。”杜婶又道。

钱加多端着碗赶紧又替说：“那是啊……”

卡住了，突然发现斗十方瞪着他，愤愤道：“跟我说呢，你一直抢什么？”

“哦，你说，你说。”钱加多觍着脸，把回答权交给了斗十方。轮到斗十方可没的说了。杜婶笑笑，直说你能有个朋友不容易，这不，得招待好点，把那一盆没吃完的馒头全堆到钱加多眼前了，而且用那种慈祥和无法拒绝的眼神催着：“吃吧，多吃点。”

那还有七八个呢，噎得钱加多突如其来一个饱嗝，愣住了。斗十方催着：“快吃，吃不完不上路啊。”

“哎，我……我……我吃不下去了。”钱加多苦着脸，幽怨地说，“婶，我吃了五个了，就没吃过这么多呢，我真吃不下去了。”

“那我再给你盛碗饭。”杜婶说着要拿碗，吓得钱加多紧紧抱着不敢放手。

乡下人就是这样，热情到你实在撑不下这才算礼尽到了。吃完饭，钱加多也没闲着，挺着撑大了一圈的肚子收拾桌子，又帮着洗碗，还抢着杜婶的活儿倒炉灰，明显没干过，越帮越忙，被杜婶给撵到沙发上看电视了。

沙发上的这爷儿俩对话可有意思了，老爷子“哦啦喔啦”说一堆，斗十方回答了：“我知道了，爸，按月给杜婶钱呢，没落下。”

然后老爷子又哦啦叽喔一大堆，斗十方又回答了：“爸，你瞎操心，现在所里辅警工作都快四千了，补助高了好多，这馒头都你那些个老兄弟让带的，他们得空就来看你……高叔都叮嘱，别喝酒了。”

老爷子嗯了几声，而且还看了钱加多几眼，然后“叽里哦啦”又和儿子说什么。这句可能关系到对他的评价，钱加多竖着耳朵听，斗十方回答道：“他是我同学，家里有家具店、建材门市部，还有服装店，没其他事，是拉我给他当促销，缺人了……有您从小教我的本事，卖场凭脸蛋促销的，谁也干不过我呀。”

哦，是欺瞒亲爹呢，这事钱加多常干，表示非常理解以及支持，暗暗朝斗十方竖了竖大拇指。

老爷子这才放心了，靠着沙发听戏曲。斗十方起身给老爷子盖了条毯子，回头和杜婶告别，这才被早已迫不及待的钱加多给拽进车里。不对，还没告别完，斗十方又退回来，摸了摸门口狗子的脑袋。那狗汪汪惜别，感觉很通人性，都没纠缠。

“哎哟，我说你咋这么磨叽，那狗是杂交的，不是纯二哈。”钱加多发动着车，把斗十方迎上了副驾。

斗十方系着安全带道：“捡来的。这货经常在看守所周围晃悠，啃警车轮胎，喝泔水，还喝过一次汽油，就这都没事，这不，我就收养回来了。”

“我怎么听着比你还牛？”钱加多道。

话音落时，后脑勺挨了一巴掌，他嘿嘿地笑，直入主题：“我找你有事……”

“打住，你还不如我家二哈呢，这么上心，怎么被人家揪着小辫了？”斗十方道。

“我还没说呢，你知道啥？”钱加多愣了。

“知道你想找王雕，还能有啥？”斗十方道。

这话惊得钱加多嘎地一刹车，惊愕地看着斗十方，崇拜地道：“说什么来着？找对人了。你比我亲爸还亲呀，我一撅腚，你这条蛔虫就出来了。哈哈……”

笑着，像往常一样，不料几声笑后戛然而止了，钱加多猛地想起来，掏着钱包问：“说吧，多少钱？”

亲兄弟，明算账，这是哥儿俩约定俗成的规矩。斗十方这个狗头军师给了馊主意，每次都宰不少银子。可这次意外了，斗十方推开了钱加多的钱包，道：“不是钱的事，你被人家算计了，你个蠢货……算计你的目的，是想连我一起算计。”

“不能吧，你还真把自己当根葱啦？”钱加多道。

斗十方不冷不热地说了俞骏和向小园两次来看守所的事，再一对比反诈骗中心处处借调人手，连络卿相那草包也没放过；反过来再考虑几个人追王雕这个骗子追得这么利索，他们不上心才怪，所以用脚指头想，也是动了拉壮丁干活儿的心思。可偏偏斗十方又是登阳市的，跨市没那么好调，于是……还不就得把钱加多这个负有特殊使命的辅警同志派出来了？

言之凿凿，有理有据，听得钱加多无言以对，愣了半天为难了：“我也知道这情况啊，可我咋办？”

“你当白痴有啥不好的，干吗给人当枪使？”斗十方撑上了。

钱加多难堪道：“都怪络卿相这个叛徒，第二天他们请我去，我寻思着让我姑、我爸、我妈训了我一顿这口气得出啊，我就去了。我把他们从上到下撑了一遍……可不知道怎么撑着撑着就上当了，那个蔫主任怎么就把我领沟里了？”

“那甭理他呗，该回去上班就去上你的班。”斗十方道。

“上什么呀！我才离开，调令就到110指挥中心了。市局的调令，别说我，我姑也扛不住啊……还咋回110指挥中心啊？那里头都知道我调处级单位了，嚷着让我请客呢，这么灰溜溜回去多没面子。”钱加多道。

“哦，我明白了，那也简单，正好趁着这节骨眼撂挑子，老子不干了，不就啥事没有了？他能把你咋的？”斗十方教唆道。

这条路更难了，钱加多难堪地说：“要走随时可以走，可我不甘心啊，你是不知道他们趾高气扬那德行，我就寻思着，我他妈非办成一件事，回头给他们脸上啪啪啪打上一串耳光，哎，哥这气就顺了……不就找个骗子吗？你那什么人网，动动就把他刨出来了。”

“哦哟，你傻呀，能找着一回是运气，要能被找着两回，那不是运气，而是对方傻X……他是个骗子啊，这你都看不出来？傻雕老派的江湖骗子出身，又多次被逮，反侦查意识被训练得极高，而中心的人呢？已经习惯通过监控和数据查找，只要他们刻意躲开随机监控，以及注意不要用真实身份住店、去银行或者乘坐公共交通，天网就瞎了……这号货看守所关的多的是，大部分只能等再次犯案落网时一并清算。”斗十方解释道。

“那……那算了……反正我在别人眼里就是个白痴，大不了……我回家跟我妈卖衣服去。”钱加多听到这么难，泄气了。

“这样吧。”斗十方看着极度失望的钱加多，心里隐隐不忍了，这哥们儿傻是傻了点，可心热得烫人，斗十方犹豫道，“我是怕找不着更让你失望，捎带着对我也失望了。这么说吧，我冲着这么多年朋友的分儿上帮你一把，真要找不着别怨我，我尽力了。”

“嗯，成，那我……”钱加多赶紧又掏口袋，整个钱包往斗十方手里塞。斗十方推到一边，不屑道：“咱是兄弟对吧？兄弟给的我就觉得没意思，你不给，我凭本事让你掏了才有成就感……拿着，这事的开支少不了，算你的。”

“好，我他妈就赌这口气。”钱加多道，打着方向盘重新上路了。

斗十方看了钱加多一眼，总觉得这货不知道哪根筋不太对劲，疑惑地问：“多多，自从我认识你，就没见你对什么事上心过，今天下这么大劲，都来我家吹火倒垃圾了，不单是赌口气的事吧。”

“啧啧啧……那单位我真想去。”钱加多用力强调道。

“那就更不对了，那单位怎么可能对你这种千万身家的有吸引力？”斗十方道。

“你不知道啊，我说了你别生气啊……那里面漂亮妞可多了，比110后台强不止一个档次。我们去的那个组，那个女组长更别提了，我在她座位上坐过，哎哟，余香撩人哪……我实在没文化，不知道怎么形容，反正见过一回，我日思夜想那种。”

“哎哟哟，没有比这更形象的表述了，你不早说是这原因。”

“我怕你不帮我啊。”

“屁话！早说是这原因，我二话不说就帮你，关乎兄弟幸福的事，我怎么可能坐视不理？那说好了，万一找着，我多给你买束花，你直接向她表白去，英雄一场，最后抱得美人归，多完美啊！”

“嗯，成……义气，就这么办。”

两人留下一路笑声，只不过钱加多是幸福憧憬，而斗十方笑里却含着促狭的味道。他似乎看到了未来钱加多捧一束花让向小园极度尴尬的场景，反诈骗中心再让钱加多这夯货给搅和成婚恋中心，那可就好玩了。

第四章
传统八大骗重现江湖

唾弃之地，人如垃圾

晚上腕上精美的蓝气泡手表指向了七时，向小园看到时间时，莫名地怔了下，这一刹那，斗十方那张带着不屑表情的脸浮现在她眼前。看来作为基层指挥员，该注意细节了。她悄无声息地摘下了这块名表，自副驾回头，拍拍手示意大家注意，问司机俞骏："您说还是我说？"

"非正式的访问，你来吧。"俞骏道。

这辆大商务警车把X小组全塞下了，都以为是临时任务，没想到却来城西了，铁西区。中州是个铁路枢纽，铁路员工有十万之多，而且这块的警务归铁路公安管，地方一般不插手。

"不要奇怪，既然我们一直是在原地兜圈子，那就想想别的办法。俞主任联系了铁路公安处，这儿有一位退休的老干警，叫朱家旺，今年六十九岁了，干了四十多年乘警，我们呢，今天就以晚辈的身份拜访一下……知道这次拜访的意义吗？"向小园问。

"啥意思？"邹喜男嘴快，不过脑子转得不快。

娜日丽回答道："向头儿是疑问句，你也疑问句。"

众人一笑。陆虎道："取经吧。"

“对。取什么经？”向小园再问。众人一下子反应不过来。向小园点将了：“络卿相，你呢？”

“八大骗最早的聚集地和最多的聚集地就在火车站一带。经济欠发达的时代，其他地方也不好找生活，所以火车站就成了鱼龙混杂的一块江湖领域。中州是全国的铁路枢纽，这儿曾经汇集了五湖四海的人物。曾经全国评价中州火车站，就一个字，乱。”络卿相娓娓道来。

向小园面上见喜，还未点赞，开车的俞骏口哨一吹，响指脆打，笑道：“这带艺从警的，确实不一样啊，一点就通。”

“非常好。我再强调一遍，我们小组之所以以‘X’冠名，是因为我们在探索一个未知的领域，或者说是尘封已久，又死灰复燃的领域。大家放下以前所有的认知、经验，包括荣誉，一切从零开始。现代技术可以涵盖大多数领域，但不是全部，这个世界永远有明暗两面。”向小园道。

说得大家沉默了，俞骏却在提醒着：“鼓掌啊，这么精彩的表述。”

气氛一轻，众人鼓掌。向小园坐回来埋怨道：“您是故意的吧？让我现丑。”

“不是故意的。”俞骏笑道，“绝对是成心的，不要把气氛搞得这么凝重，轻松点……哎，对了，小络，多多那活宝开工了没有？”

“好像开工了，他要了份王雕出狱后的行程电子图。”络卿相道。

一听是刚要的，俞骏道：“以多多同志的心性，应该对这个没兴趣。同志们，这个也该给点掌声，我把你们拉出来学习，外头可有人替咱们干活儿。”

没掌声。程一丁懒洋洋道：“主任，这就有点扯了，要真能找着，我们该回家相亲去了。”

“还是期待找人吧，你们是挑出来的光棍组，相亲比这个难多了。”俞骏逗了句。

众人又乐了。邹喜男回头问络卿相：“小络，他怎么找啊？”

“我怎么能知道？”络卿相“叛变”之后，已经无从知晓那两位的行踪了。大邹再问，娜日丽斥道：“等找着，你还怕他们不来撺咱们？”

“我觉得那种可能不大。”陆虎道，以他偏技术的经验判断着，“全市主要的交通干道监控都已经升级，车站、银行、大型公共场合，几乎都有体貌识别捕捉，王雕、包神星、聂媚都在捕捉范本里，只要他们有一个出现，就会触发警报……这几天了，我怀疑根本不在本市，最起码不在市区。哎，对了……丰乐工业园区一条交通干道的三个公安监控点黑屏了七个小时，我今天查了，还没消息。”

“哎哟，难就难在这儿了，这些家伙要是流窜起来，那咱们的协调根本跟不上啊。”娜日丽道。

程一丁直接挖苦了：“线索都没有呢你就想协调，这跟那什么一样……”

“老程，你是不是想说，没相亲就想洞房呢？”邹喜男开了个玩笑，惹得老程和娜日丽一前一后拧耳朵。

气氛颇佳，连俞骏也莫名地心情大好。车驶进了铁路某小区，电话联系着，这一行反骗人员终于摸到了老铁警的家里。礼不重，两瓶白干加两箱奶。不过，老铁警朱家旺可受宠若惊了。老伴端上了瓜子、茶水，围着陋室的茶几这话就开匣了。

从入警到退休之后还被返聘干过四年，这位老前辈从警四十六年，和俞骏的年龄一般大，可把众人听得咋舌不已，说着说着就说到了当年的趣事。满面红光的老朱一听“八大骗”，愣了下，直接说道：“应该早没了吧？那些下作玩意儿还有？”

“这不我们了解一下嘛，老爷子给我们扫扫盲，我们的反骗啊，发现了类似的苗头。”俞骏道。

“不能吧？通这行的，年龄最小的得赶着你这么大了，可他也吃不着了啊，现在车站盲流都进不去，连扒手都少多了，没法偷啊，卡啦、手机啦都有密码，卖个手机吧，不值几个钱，案值还老大，划不来啊。”老朱白话着，这正是近年科技改变生活包括犯罪生活的写照。

“但里头有很多人转行啦，比如卖狗皮膏药的，他们开始当微商啦；比如车站丢包骗的，他开始上街碰瓷啦……万骗不离其宗嘛，‘金评彩挂风马燕雀’就是这个‘宗’呀。”俞骏抛砖引玉了。

这一说明白了，老朱开始白话旧事了，喝了口茶，把杯子往茶几上一顿，手指一点：“这个就说来话长了。这‘风’呀，也叫‘蜂’，一阵风、一窝蜂的意思，结伙诈骗最难搞，比如在火车上遇上个人，又好客又能说，跟你侃了一路，工作啦、家里啦、去哪儿啦反正啥啥都说，人家半路下车还舍不得了……接着呢，你就碰上算命的，突然点你一句，老哥，我看你印堂发暗，双目无神，怕是近日有灾啊。你不信是吧？那好，再点你一句，你家有几口人，你去哪儿了或者从哪儿来，你工作啥情况……说得你深信不疑，其实呀，他跟路上碰上的那人是一伙，先套好情况再跟着你给你算一卦骗钱呢。”

众人听得又惊又好笑。老头再说“马”，在这里他解释成“麻”了，麻药的麻。他干乘警时遇上过不少次旅途中遇上热心人递烟、递吃的、递饮料，结果饮料里下麻药，被劫走全部行李的事。至于“燕”呢，同“颜”，都女骗子，也就是玩仙人跳的，从车站把你勾搭到小旅店，有时候连裤子带钱包都卷走了。还有更甚的，就在老绿皮车上的卫生间办事，你敢在卫生间里头脱裤子，那头就扒你行李。更恶劣的是，女骗子同伙甚至还扮乘警讹你掏钱。

再就是所谓的“雀”了，同“缺”，是指骗子的同伙里这种百搭似的人物，扮啥有啥样，你嫖娼了，他就是“警察”，来罚款了；你搞破鞋了，他就是破鞋老公，来要钱私了；你想当官了，他就是领导司机，能给你牵线；你想求医问药呢，他绝对认识个啥啥神医，一准能给你介绍……反正总而言之一句话：他随时能变成你心里最想见到或者最不想见到的人。

“评”呢，被老朱解释成“皮”，就是那拨卖假药的，搁人流多的地方一摆摊，话不多说必须高冷，趁人多的时候，哟……有人送锦旗来了，多年不治的老寒腿好啦、癌症、肾病减轻啦、腰椎间盘康复啦、糖尿病不打针啦等等，把观望的忽悠得多少总有人掏钱试试，那药呢，肯定治不好病，也吃不死人，其实医患就是一伙，搁一个地方骗两天，换个地儿。继续表演。

“彩”呢，就是老手艺人了，最常见的是街头两个碗变海绵球，那叫藏三仙，玩的就是手快，有时候捉弄看客也下注玩，或者联合扒手，他们变着魔术，那些围观的人的钱包就被变没了。

“挂”原本指卖艺的，胸口碎大石、口吞宝剑、油锅捞钱等等，这个艺不好学，而且越来越不好唬人之后，他们就想了个恶毒的办法，拐一拨小孩卖艺，让人瞅个稀罕，再不行干脆拐个小孩整成缺胳膊短腿或者弄瞎眼，车站人流多的地方一扔，专业乞讨，那就是个摇钱树了。

朱家旺说着，一辈子的从警经验留下的不是自豪和骄傲，似乎更复杂一点，像自责，又像愧疚。他不时唉声叹气，说了件二十世纪九十年代打拐的事。中州老车站一直有个男人带着又瘸又瞎的小孩乞讨，残疾到这么可怜，即便乘警也不忍赶他们走。忽然有一日，外地警方追到了这里，解救被拐儿童才发现，这是骗子从人贩子手里租的被拐儿童，之后追踪到人贩子，审讯后才知道，孩子是被人活生生弄残疾的……

人性之恶，突破底线之后，是没有下限的，能恶到什么程度，你根本想象不到。

这是朱家旺给后辈的一句总结，听得来此拜访的小组成员凛然生畏，全身莫名地一阵寒意……

骗子从来就没有停止过向前的脚步，不管身前是深牢大狱还是严刑峻法都阻止不了他们。

苑南路，解元巷，裤裆胡同。

王雕正领着两人深一脚浅一脚地往里走，越往深里走，那股各种生活垃圾的臭味越明显，所过之处就有很多垃圾堆，一不小心就可能踩到恶臭的污水里或者人粪便上，就连黄飞和包神星都嫌弃得骂骂咧咧了好几回。

“这他妈的找什么人啊？能住这种地方？”黄飞问道。

“垃圾堆里，自然是垃圾人了。”王雕道。

“啥意思，咱们还不够垃圾？”包神星问。这话引得黄飞直接扇了他一巴掌。他不敢惹这个凶神，不吭声了。

前行的王雕道：“城市里有这么一拨人，欠债的、倾家荡产的、赌博输光赔尽的，或者本来一无所有、连身份信息也卖了的，只能躲在这种不见人的地儿等死。他们不敢露面，不敢见人，只能像地老鼠一样钻在这种地方。”

“这种人多了啊。”黄飞道。

“不一样，这是一群窝囊废。”王雕道，伸手敲响了其中的一幢楼门。那是幢老式的筒子楼，五层，楼下居然有看门的，晃着手电筒看看王雕，沙哑着嗓子问：“干啥？”

“我傻雕，找俩干活儿的。”王雕说道。

手电在他脸上晃了几晃，门吱呀开了，是个勾腰的老头，像是和王雕有默契一般，带着三人往楼上走。失修的楼梯、狭窄的过道，弥漫着粪尿和脚臭、烟酒味，楼道还用钢筋封着，不管你把脑袋伸到哪个地方，都是一种窒息的感觉。

三层，嗒……老头一拉，昏黄的灯光亮了，屋里花花绿绿窸窸窣窣开始蠕动。等仔细看清楚了，包神星“哦哟”一缩脚，浑身起了鸡皮疙瘩。居然是人，密密匝匝的脑袋排着，花花绿绿的，是还不知道从哪儿捡的各类被单，一抖搂就是一股子馊味飘过来。

“起来，起来，有活儿干啦……”老头嚷了句，随意踢着，把门口的几个踢过一边，让开了一条道。王雕拿走了老头的电筒，在人堆里刨着，准确地讲是在一堆脑袋里挑着，这个一揪头，哎哟，那人哼了哼，没啥反应；那个一揪耳朵，哎哟，那人一哼也没啥反应；再一个就直接了，直接吧唧一耳光，嗨，那人也没啥反应，只是害怕地捂着脸。

“你，干过传销是吧？”王雕揪着其中一个，突然问。

那男子年纪不大，面无表情地点点头“啊”了声。

“干过传销的懂纪律，出去外面等着。”王雕拽走一个。

东瞄西瞄又瞄上个年龄不大的，他端着那人下巴问：“咋成这鸟样了？年纪不大嘛。”

“网贷。”那人惜字如金，表情漠然。

“网贷贷不了多少啊，怎么成这鸟样了？”王雕道，肯定是欠得还不上了。

“一家贷不了多少，我贷了七十多家。”那男子道。

王雕一愣，哈哈一笑，踢了踢那人：“就你了，人才怎么能埋没在这地方呢？”

“老板，工资日结啊。”那人慢慢起身，提了个要求。

“常干的也不可能找你这种货啊。”王雕道。

可能就这么一个要求，那人“哦”了声，站出去了。

包神星有点明白了，这里基本都是这类货色，干传销被骗干搜尽，捎带连亲戚朋友也骗了，没脸回家的；贷一屁股账，根本还不上东躲西藏的；赌得倾家荡产没脸见人的。当然，也有被人骗得一干二净，包括身份信息也给人骗走的，他们只能在这里苟活，活得连自己的名字也不敢提及。

挑了八个年纪不大、模样尚可的下楼，王雕安排着黄飞带着他们出胡同上车，没说去干什么。那些人也没问，或者不需要问，没有身份的人能有活儿干，挣点果腹之资，对他们来说已经是意外之喜了。

出门的时候，看门的东家按惯例向王雕伸出了手。王雕往他手里放了三张百元大钞。那人也不还价，一握手塞起来了。王雕倚在门口提醒他道：“当我没来过。”

“你不来过吗？还不止一回。”老头佝着腰，目光肯定在斜视王雕。

王雕又掏出两张来，骂道：“这些人都他妈你捡回来的，天天卖人都多少年了，棺材本早够了吧？”

老头嗖地抽走了钱，一推王雕骂了句：“滚，你都没来过，扯什么淡！”

咣当一声，把王雕和包神星关外头了。王雕也不着恼，和包神星一人点根烟，悠悠地往外走。包神星实在按捺不住好奇，追问：“雕哥，整这些人有毛用啊？”

“哦哟，用处大了，这些连人都不敢见的货啊，又便宜又放心，干事不敢报案，犯事也说不清老板，垃圾人连警察都没治。”王雕道。

包神星又问：“可他们看到咱们了啊！”

“是啊，就介绍了个活儿干，能咋的，切……你知道要干啥？”王雕反问。

“你又没告诉我，我咋能知道？”包神星愣了，确实看不透。

“这不就是了？你都说不清，他们能说清才见鬼呢。走了……等飞哥回来再找一处。张总说了，至少得找二十个。”王雕道。

两人抽着烟，扯着淡，蹿出了小胡同。到口子上，找的人已经全塞进小面包车里了，王雕叮嘱了黄飞几句，那车呜呜冒着黑烟走了。王雕和包神星步行，边走边联络着类似这里的另一个“垃圾”转运站……

朱家旺家里，俞骏听得都忘了抽烟。老头说到愧疚处，停顿了好久。俞骏给换了茶水，斟酌好大一会儿，才出声劝慰着：“朱前辈，你们铁警和我们刑警、经警都差不多，从警时间越长，那种无力感越强，这就和江湖越老、胆子越小是一个道理，每每看着如山大案，我们都有种喘不过气来的感觉，可每次见到那些受伤害的，又觉得自己做得太少，愧对他们，愧对我们这个职业……说是以求心安，其实，都是于心难安啊。”

“对，放不下啊，要不是腿脚不利索了，我根本在家坐不住，做梦都还想回列车上、车站里。”老头呷着茶。这个朴素的愿望让同行们肃然起敬。向小园注意到，在门口的衣架上，还挂着铁警的制服，烫得整整齐齐，一尘不染，仿佛刚收工回家一样。

“您刚才给我们讲‘风马燕雀评彩挂’的渊源，好像还漏了一个。”俞骏提醒着。

朱老头一笑，出声道：“那是八骗之首，你以为在我的位置能了解多少？”

“这不难吧，理论上金门九种，有算命、看相、测字、扶乩、走阴、星象等，就现在网上都有，刚发的那个案他们叫什么来着？”俞骏征询同事。

络卿相回答道：“神棍局，取材于漫威神盾局这个梗，他们团伙把成员按神棍局一品、二品直到七品军师划分。”

这个梗引得大伙笑了笑，骗子去掉违法和犯罪那个层面，很多案子都透着浓浓的黑色幽默。朱家旺理解不了这种幽默，他摇摇头道：“这只是都知道的传说，中州是八大骗的发源地，这么讲吧，江湖味也更纯一点，不是一码事。”

“那您了解的，是什么情况？”向小园好奇地问。

“金门是总揽八门首位，又是五行之首，在过去，算命、看相、测字之类的，比其他江湖都多点学问，最起码识文断字就不是谁也都会的，1949年以前，南江相、北金门这是齐名的，这些人察言观色、识人善任，颇有过人之处，所以很多时候设局，他们多数扮演幕后的角色……”朱家旺道。

俞骏突然来一句：“那您听说过金瘸子吗？”

“你也知道这个名讳？”朱家旺好奇反问。这一问，大家劲头上来了，有戏。

俞骏笑笑道：“我是只闻其名，都不知道有什么逸事，这不请教您来了？”

“这不是一个人名，而是一个称号。‘瘸子’有拐、骗的意思，‘金’字是报家门，合在一起‘金瘸子’，是指设局诈骗的高手。有江湖背景的人都喜欢给自己起个诨号，当然也有逃避打击的意思，但这个金瘸子不一样，不是自己起的，而是团伙对他们领头人的统称。”朱家旺道。

这就让人失望了，怨不得那么多诈骗落网的嫌疑人都交代自己的上线是“金瘸子”，敢情也是一种掩人耳目的江湖伎俩。

“那这么牛的称呼，总不能有很多人吧？您听说的金瘸子是什么事？”俞骏不死心地问。

朱家旺想了想，道：“一般不是行中人，你听都听说不了。我还真听说过一件……不过有二十多年了，咱们邻省有家丝织厂，被中原市一伙骗子给骗走价值三十多万的货物，那时候可是个天文数字了，我们工资才三百多……我跟你们讲，他们先是在丝织厂进货，连续进了两年，第三年突然扩大业务量了，急用，要两车丝绸，货到付款，车去厂方拉货时，对方的财务也来中原市了。当时是骗子陪着厂方来人去一家银行分理处亲自办的汇款，办完汇款那头货拉走……然后骗子请厂方的人吃饭，这头吃饭喝多了，睡过去了，那头货拉走了，隔了一天钱没到账，这才发现被骗了……你们说怎么骗的？”

“那时候银行转账跨行有时间差，他们可以利用。”向小园马上道。

朱家旺摇头。娜日丽道：“和银行里的人串通，银行里有内鬼，根本没有转钱？”

朱家旺继续摇头。陆虎从他的专业角度道：“那这案子破了吗？即便在九十年代监控再昂贵，银行也应该有了，不难破啊。”

“没有破。还是个悬案。”朱家旺还在摇头。

“骗走两车货，有目击者，作案的地方又是银行，居然都没破案？”络卿相不理解了。

朱家旺点头：“对，还就没破案，你觉得原因在哪儿？”

“那时候虽然大数据没有，监控也落后，但不至于归结到警察无能上吧？这里面肯定有某种巧妙的方式。”俞骏判断，突然灵光一闪，“银行，问题在银行上……可是，总不能银行都被他收买了吧？有过借银行行长办公室达到诈骗目的的案例，难道……”

“你不敢想和想不透的地方，就是金瘸子的高明之处。我告诉你谜底，他是在中原市某条街上租了个门面，一模一样复制了一个银行分理处，而且挑了个下雨的天气，就营业了半天，就为骗厂家来人……没有找到目击者，围绕着厂方来人的都是骗子；也没有留下痕迹，等办案的反应过来，那个银行分理处早处理得干干净净了；房东倒是见过人，不过认钱比认人清。最后只抓了个拉货的司机，是租的车，半路就卸货了……”朱家旺道，听得反诈骗中心来人一个个瞠目结舌。

居然是自己开了家银行？！这么高明且胆大的方式，就现在的高智商骗子也未必敢轻易尝试啊，可他们居然还真干成了，那就让哪怕是警察的众人也觉得瞠目结舌了。

“这种大胆的方式其实是屏蔽所有的侦查，看似大胆，反而安全，因为他超出了那个时代的侦查和追踪水平……就像美国一例飞机劫钞案一样，直接背着降落伞从天上跳下去，然后制造一起一个世纪都没有侦破的悬案。”向小园若有所思道。

“朱前辈，这个案子您怎么知道是金瘸子干的？”俞骏又问。

“我参加过排查，排查两个目标，一个是丝绸，一个是这个叫‘金瘸子’的绰号，但……都没有找到。”朱家旺幽幽一叹，结束了有关金瘸子的传说。就像受到感染一样，在场的所有警察，都像他那样幽幽一叹，心里莫名地沉重起来……

左手拿着羊肉串，右手拿着羊腰、羊鞭、羊蛋，两手各分出一支来，左一口，右一口，烫得小心翼翼，吃得满嘴流油。

“卧槽，馒头早消化了？吃这么多！”从一处胡同走出来的斗十方愕然问。钱加多这胃真不是盖的，嘴就没闲着。他边吃边分出一把来给斗十方，顾不上说，示意着吃吧。斗十方刚接着，腾出手来的钱加多就往裤腰里一拽，变戏法似的拿出两瓶啤酒来，牙一咬盖，递给斗十方。斗十方提醒道：“酒驾被查着，你可得去我那儿住几天啊。”

“都晚上十点多了，查什么呀。”钱加多道。

哥儿俩就在路牙子上一蹲，吃上了。这里属淮东路，两人是沿着王雕前二十日游逛过的路线走的。钱加多倒不清楚怎么找，对兄弟是无条件信任。斗十方也不意外，多多就这德行，容易轻信别人。

“多多，你不回家你妈不找你啊？”斗十方问。

“问了，她又不怎么管，生意忙的，没生意麻将累的。”钱加多道。

“还是那句话，我尽到力，真不一定能找到……我找几个地方，咱们蹲守，蹲今、明两天，找着就找着了；找不着，各回各家，各找各妈……哦，不对，我没妈，回单位。”斗十方吃着道。

“哦，咦？往哪儿蹲呢？你还没说怎么找呢。”钱加多终于想起来了。

斗十方笑道：“你这反射弧也忒长了点，我以为你没兴趣呢。这个不太好解释，和很多侦查员的直觉一样，有时候错得离谱，有时候又准得吓人。简单点讲，咱们以王雕近二十天的出没地方为基准，去掉公安监控覆盖的地方，去掉类似你家那种高档小区，去掉相对正规的旅馆酒店，还要去掉洗浴、桑拿等娱乐场所……其实剩下的地方不多，比如淮东路这一片老式小区，开放式的，没有门禁，也没有保安这种，还有更烂的胡同区域，我们找他落脚的地方。”

“那要不在中州是不是就瞎了？”钱加多问。

“聪明，必须瞎。”斗十方道。

“那要钻胡同区睡两天咱们不也瞎了？”钱加多问。

“聪明，瞎了。”斗十方道。

“那他万一有了钱，住个星级酒店，不，住私人会所里，照样也瞎。”钱加多道。

“理论上是正确的，但不会那样的。习性决定行为模式，猪往前拱、鸡往后刨这叫规律，反过来就不对了。就像让你住那种没电梯、没马桶、没保安的小区，你会拒绝一样，他们是不会进私人会所的。”斗十方笑着道。

“那其他呢？”钱加多问。

“不在中州就真没戏了。你看这个组追踪的日志其实标注得很明白，早上六点多就出来晃悠，贴二维码骗小钱，包神星甚至还偷工地上的铁管卖，这是处在人生低谷，两人攒钱呢……直到骗你那天，找到组织了，然后就开始消失了，第二天就去北站接了个人叫聂媚。这个聂媚又是个讲师身份，那说明设局已经开始了。”斗十方道。

“这人家都知道，没用啊，找不着人白搭。”钱加多道。

“我是说啊，既然局开始了，那我们还是有机会的，一旦开始，他们就会时时刻刻注意细节不让自己暴露，以免节外生枝，所以，这些有监控的地方，这些正常的旅馆、酒店包括娱乐场所，他们轻易不会去，而且这一对贼骗在干活期间，也不会轻易出手了。”斗十方道。

“哟，你咋知道这些？”钱加多愣怔问，不过马上就明白了，直接道，“都说监狱是所大学，长本事呢，我看你就是啊。”

“也不全是。我小时候跟着我爸走南闯北，其实过的就是傻雕这种盲流生活，饥一顿、饱一顿的，对这类人相对熟悉而已。你要找个开百万豪车、成天在天上飞来飞去的金融诈骗犯，我还真没办法。”斗十方道。

这回钱加多上心了，好奇地看着斗十方。斗十方被看怔了。半天，钱加多才戳破道：“没听你说起过啊，你这牛×吹得像那什么……走过南，闯过北，火车道上压过腿，还和流氓亲过嘴，从小就混黑社会。”

“你懂个屁。”斗十方翻了笑得龇牙咧嘴的多多一眼，幽幽解释着，“那叫赶大集，你丫根本没听说过，也叫江湖地摊，专赶各地初一到十五的集市，乡镇以下单位的，要不你觉得我推销咋练的？从我记事起就骑在我爸脖子上跟着赶集，什么磨刀器、切菜器、节能灯、干洗皂、耳勺小八件、两块钱随便挑……卖过多少花样我自己都数不清，那谚语叫什么来着？一入江湖深似海，学得手艺把命改……”

这新鲜事听得钱加多两眼发亮，直评判着：“看看，多有前途的事业，你爸和你咋放弃啦？”

“我爸老了，漂不动了呗。再后来淘宝电商出来，这拨江湖摊主基本就被淘汰了……说起来我挺怀念满世界漂来漂去的生活的。”斗十方道。

“哦，怨不得你能说那么多方言……这人生太精彩了啊，不像我，我小时候我爸妈天天把我关家里，要不送我姑姨那儿，也是关在家里。”钱加多忧伤道，听得无比羡慕斗十方的生活似的。

“各有各的难，各有各的好，出身没法选择……走了。”斗十方起身，拎着啤酒瓶一扔，准确地扔在十几米外的垃圾桶里。钱加多看得眼热，如法炮制，也甩手一扔，嘭的一声，啤酒瓶在桶顶炸开了，吓了几个行人一跳。

两人做贼似的赶紧溜达到其他地方去了。

接下来就枯燥了，车在路上一直转悠着。有时候停下来，斗十方在那些没有门禁、脏乱差的小区里晃悠很久才出来，而且找摊位一样很有耐心地一处一处找。钱加多根本不知道找了多少个地方，到中途他就在副驾上睡着了，一觉醒来天已经亮了，车泊在一个陌生的地方，车上不见斗十方。他揉眼四下寻找，发现斗十方在视线之内的小区门外的垃圾堆里刨。

像拾荒的，刨啊，刨啊，仿佛那里头藏着王雕一样。钱加多失望地继续睡了，直到日上三竿才又睁开眼，没有意外地看到坐在车里发呆的斗十方。结果不用问，一无所获……

紧锣密鼓，形迹败露

这一夜心事多了就睡得不怎么好，打着哈欠懒洋洋地到组里上班的娜日丽进门时，除了邹喜男，都到齐了。她刚进门，邹喜男冒冒失失地冲进来，差点撞到她。她回敬了个白眼。邹喜男赶紧解释道："对不起，对不起，昨天回来又找了一通江湖传闻瞎看，睡晚了。"

"过来看看，有这份细致吗？"陆虎道。

邹喜男凑了上去，扫了几眼，惊讶地叫了声。娜日丽也凑上来，敢情手里都有了。老程的那份递给了她，她仔细看看，几乎和老铁警朱家旺所讲一致，其中有不确定的地方还标注了。昨晚几个小时的谈话有条理地形成文字以后，更直观了。

这不是陆虎的手笔。两位后进来的看向了电脑前默不作声的络卿相。络卿相带着点羞赧解释道："反正住单身宿舍也没啥事，就加了会儿班。"

"不错，将来的笔录和案情报告有人写了。"邹喜男看到了未来。

娜日丽笑笑放下总结，旧事重提："小络别因为那事记我仇啊，我是奉命去吓唬你的，其实在看到你的履历的时候，就已经确定要招你了。"

"既然招我，干吗还吓唬我一回？"络卿相问。

"组织考验下呗。咱们一样，我们都是懵头懵脑，接到调令就来这儿了。"程一丁道。陆虎无聊地看着络卿相总结的记录应了声："同志们发现了没有？很挑战咱们的认知啊。假如朱前辈所说这些八大骗尚留有传承，而且传承的人也像咱们队伍的传帮带一样，既接受经验，又汲取新知识，那能成长成什么样子，还真不敢想啊。"

这话刺激到邹喜男了，他怀疑地问：“可能吗？”

目光所向是娜日丽。娜日丽却踱到络卿相身边了，没怎么客气地回敬了句：“你再多睡几个小时就一切皆有可能了。”

“别老针对我嘛，将来冲锋陷阵，我一定冲在最前面还不成？”邹喜男贫了句。程一丁一把夺走了他手里的东西嘲讽道：“方向不明干劲大，人都不知道在哪儿，还冲，往哪儿冲？”

也是，万事开头难倒是可以接受，但根本就开不了头就让全组难堪了。正讨论着王雕这个货是不是尚在中州的工夫，向小园推门进来了。陆虎把昨晚整理的文字资料递给她一份。向小园接过扫了几眼，向络卿相微笑示意，坐回到她单独的隔间工位上，像是有什么心事，在工位上一会儿查找电脑，一会儿沉思，又过了一会儿，直接推开玻璃门出来了。

“两个任务，老程，你核实一下朱前辈所讲的那个案子，联络一下中原市警方，案情要过来，越详细越好。可能时间太久了，这个案子联网查不到。其他人，抓紧时间消化一下我们昨天拜访获悉的这些江湖知识，可以讨论一下，消失的聂媚、王雕、包神星等，有可能从最后消失的地方去了哪儿。”她简单交代了几句，像是要出去，但不确定地又返回来，看向络卿相。络卿相心知肚明，赶紧汇报：“向组长，没有钱加多的消息，以他的德行，要不上班这个点肯定还睡着。”

唉……向小园表情里明显能看出浓浓的失望，干脆又坐回工位了。

“进来，都进来。”

黄飞壮硕的身影站在门口，招手让后面的人进去。

这是一幢写字楼的顶层，还留着新装修的气味，一进门窗明几净，蓝白金相间的工位让人眼前一亮，或者说是让从肮脏的胡同深处一下子进到这种环境里的人眼前一亮——太高大上了，都不敢相信自己的眼睛。像他们这种没身份的平时顶多找个贴小广告、塞小卡片的活儿，哪见过这种阵势。

“站好。”黄飞训斥道。

这些屄包听话，一个个乖乖站成一排。

经理办的玻璃隔间里，张胖子回头征询聂媚：“咋样？”

“气质不行啊，都畏畏缩缩的。”聂媚一眼便看出问题来了，直接问，“又是从渣堆里挑的？”

“没办法呀，也就这号人好拿捏，没身份、没本事的，他不敢瞎跑、瞎说，正常人万一塌了，怕嘴不牢啊。”张胖子小声道。那表情传达的意思是，这就靠您了。

“只能这样了，凑合吧。这个中间层得控制好。”聂媚往外走了。

张胖子跟着解释道：“放心吧，敢溜号往死里整。”

两人信步上前。那被捡回来的八人有紧张的、有疑惑的、有胆怯的，倒有一多半低下头不敢直视。聂媚挑货一样挑着。黄飞小声说道：“昨儿个回来都给他们洗了个澡，换了身衣服。”

“嗯，东西呢？”聂媚道。黄飞掏出来的却是一摞身份证，看看证，看看人，这证和人肯定对不上号，不过凑合嘛，也没那么多讲究，长脸、方脸、胖脸只要差别不大就成。她给每人挑了个身份证，那些人漠然拿在手里。张胖子就开始训话了。

“第一件事是背下身份证上的信息，谁他妈背不下来，今晚就把你扒光了再扔回垃圾堆里啊。你们这鸟样出去也没人雇，搁这儿管吃管住管穿，一天一百块钱，条件够优厚吧？”

张胖子训着话，那些人频频点头。肯定比睡地板舒服多了。就听老板继续说道：“你们肯定好奇干什么，咋说呢，反正跟你们以前干过的一样，没啥好事，也不算坏事，咱们组个公司看能不能赚点，做好了大家都有的赚；做不好，顶多我和你们一样也赔光滚回去……要做的事很简单，接下来我给你们安排活儿。除了背诵公司理念、产品说明外，就都坐到工位上装个相就行了，嗯，听懂了没有？”

懂了，这活儿简单，这八个无名氏心里那根弦放松了，即便不知道什么事，也知道事没有多大，大不了就是装个样骗骗那些不长眼的，老板吃肉，下面的喝汤。

“作为公司头批入职人员，我给你们分配职务啊……你证上叫什么名？吕大亮，你，总监，坐那位置上，有电脑，有茶水，以后就坐那儿装个样，除了公司要求你背的情况，其他话题你爱搭不理就成了，能做到吗？”张胖子挑了个相貌尚可的，直接封官了。那人点头喜滋滋地应了。

搭个草台班子没那么多讲究，总监有了，再封个市场部经理；市场部经理有了，再封个总经理助理；助理也有了，再封个财务部主任；主任也有了，最后还封了个总经理。被封总经理的那男子一看自己要往那豪华隔间坐，吓得一哆嗦，不敢应声了。

“别害怕，谁让你长得比我还帅呢？安心干着，干得好再给你配个女秘书。公司刚开张，大家忍耐几天啊，很快业务量就会膨胀起来，说不定干这么一趟啊，你们都学会一样吃饭本事了……开始吧。”张胖子一挥手。黄飞拿着资料给八人分着，各就各位，有的背身份证，有的背资料，那资料可是装帧精美，全是铜版纸，上面印着这个公司的名称：金叶日用化学有限责任公司。

那个“总经理”是聂媚刻意挑出来示意给张胖子的，此时她去了隔间和那位“总经理”面谈。张胖子没打扰，顺手揽着黄飞的肩膀示意去外面说话。黄飞狐疑地看了聂媚一眼，小声说道：“那女的有两下啊，那货我三棍打不出个屁来，跟她倒说得挺来劲。”

“干过传销的，有共同语言。飞啊，我跟你讲啊，这些人你盯牢喽，好吃好喝供着，可谁要不地道了，下手甭客气。”

“嗯，放心，我有谱。”

“昨晚没啥情况吧？傻雕这家伙我不太熟啊。”

“放心，安叔的人，绝对靠得住。”

“他可出过事啊？”

“正因为出过事才放心，这傻雕被逮都不止一回了，每回都扛得住没往上咬，所以啊，安叔每次生意都少不了他兜底。”

“哟？这种人品可罕见啊，那别亏待了兄弟，今晚再拣几个回来，小傻雕眼光不错，拣的好歹还能认得字，上回我们找的人，连公司名都不认识，可费老大劲了。”

“那我去了啊，您忙。”

黄飞嗤笑着，转身回去了，一进公司门，那肃穆的凶相就出来了。他负责检查这些人偷懒了没有，还真别说，重赏之下，必有勇夫，这些人背得可起劲了，连水都顾不上去喝，而且进了隔间的那位“总经理”，不知道聂媚给他施了什么魔法，聂媚一走，他的精气神就上来了，在总经理室站得笔挺，像念咒一样嘴里一直念念有词。黄飞猫进来看时，那人睨了他一眼，朗声道：“我是金叶公司总经理‘沈凯达’，先生，您想问什么？”

这话说得大气，表情张扬，背手站着，派头十足。黄飞倒给听愣了，他还没反应过来，这位“沈凯达”总经理就道：“聂师告诉我……我要把今天当作生命中的最后一天，忘记昨天，也不痴想明天。今日事，今日毕。我要以真诚埋葬怀疑，用信心驱赶恐惧。我要让今天成为不朽的纪念日，化作现实的永恒……行动的意义等于生命，静止则等于死亡……”

这一句话“沈凯达”说得虔诚无比，眼神里甚至带上了狂热。

黄飞可是知道这是个被传销骗得一无所有的人啊，都骗到这份儿上居然还相信那玩意儿，他就理解不了了，小心翼翼地问：“我说……你叫什么来着？沈总，对……这就入戏了？你之前，还不就是干这个给折腾成这人不人、鬼不鬼的样子吗？”

“失意者的哭泣，抱怨者的牢骚，都是毫无意义的，哪怕以失败收场，哪怕停滞不前，我也不能丧失拼搏的勇气……人的潜能无限，但大多会因为恐惧、不安、自卑以及意志力薄弱、罪恶感而限制自己……我什么都不缺少，只是缺少一个机会。当机会来临时，我会成为我想成为的人，哪怕上帝也无法阻止我的脚步。”“沈凯达”道。像不屑和黄飞解释一样，他转身正襟危坐到办公桌前，开始大声诵读金叶公司的企业理念和企业文化了。

这勤奋得像神经病了，黄飞都不好意思督促人家了。他左顾右盼看着这群昨晚还躺在肮脏胡同里的人，突然明白老板的高明之处了，这根本算不上拉人下水，简直是给了这些人一根救命稻草啊。相比他们在社会边缘食不果腹、居无定所的生活，这里别说是骗局，就是火坑恐怕也阻挡不了他们前仆后继往下跳啊……

一条黑色的脏塑料袋挂在监控探头上，还在飘啊，飘啊……

下午五时，赶到此处的程一丁、邹喜男看傻眼了，就像遇到熊孩子捣蛋、老娘儿们撒泼那种你无计可施的事一样，干生气，你就是没治。

“陆虎这小子有两下，判断人为是对的。”程一丁说着，踱步到近前，抬头看。

这是小组一天的分析结果，案情无法推进就只能回溯了。一回溯发现问题了，这种感应式监控是有车经过就触发，变成黑屏之前拍下了一根长竿，看不见人。陆虎怀疑这是人为破坏，组里讨论不休。老程带人走了这么一趟，却不料看到了这个让他意外的真相。

“这是往上攀爬了两米多，然后把袋子扣上去了。”程一丁手指摸着监控杆上被蹭掉了的漆痕。

邹喜男躬身看着道：“这可太贼了啊，把天眼变成瞎眼了，就检修的来了，肯定也会当风刮来的。”

“那这个丰乐工业园肯定有事。”程一丁抬头，视线里灰茫茫的一片，耸立着大大小小的建筑、楼宇以及烟囱一样的东西。在这上千家企业、工厂和仓储里寻找目标，那难度直接让他苦脸了。

“这儿出市界了吧？”邹喜男起身问。

“交界。这帮孙子想干什么呢？还故意把摄像头遮了……哎呀，咱们可能迟了啊。”程一丁拍着照，传回给了陆虎，然后对着手机留言道，“陆虎，我们在现场，这里是故意遮挡住了，你排查一下进入这里的车辆，比对一下进出，肯定有无缘无故消失的，把那几辆找出来，试试看。”

安排了这个任务，邹喜男发呆问：“老程，你这也是白弄，他进来挂上假牌，出的时候挂上真牌，你咋整？”

“不要以你的侦查水平去设计反侦查方式好不好？像故意给人添堵似的。”程一丁郁闷道。

邹喜男追着他还真就故意添堵了："一切皆有可能，万一真是这样呢？"

"那咱们继续休假，还能咋样？"程一丁道。

邹喜男倒无语了。两人回到了车上，沿路慢行。这一条路直接通向高速入口和原二级路入口，一路两岔的地方，程一丁停下了，邹喜男知道他在想什么，直接回绝道："别问我，我做不了这种选择，无非是两个方向，去登阳或者回中州。"

"我没想问你，我是觉得纳闷，你说，一伙骗子，怎么折腾得像贩毒一样隐蔽，至于吗？"程一丁气不自胜了，这伙骗子实在让他焦头烂额，愣是找不到一点踪迹。

邹喜男很不义气地谑笑了，判断道："我觉得他们是故意给您添堵，还有一种情况是，咱们自己找不自在，自己给自己添堵。"

"不，这些收智商税的，和贩毒的比只能更高明，不会更低级，差就差在咱们跟不上。我确定以及肯定，这大活儿开干了。"程一丁打着方向，朝高速路驶去。

"我同意你的判断，可惜没有找到线索的渠道啊。老程，你别自责啊，就反诈骗中心也是见招拆招，见案办案，谁也不是诸葛亮，能预判出来啊。"邹喜男道。

"有预判才能有更好的预防，这一点南部沿海省市做得非常好，为什么好呢？因为他们发案多，实践多，已经历练出来了，而我们呢？差就差在接触诈骗的案例太少。"程一丁道。

"我也想多接触点啊，可咱们一个毛骗都看不住，说出去都嫌丢人得慌，没治啊。"邹喜男靠着副驾，点着烟。

程一丁接卡上高速了，瞅着邹喜男这懒洋洋的样子来气，直接一把将邹喜男叼着的烟给抢走了，顺着车窗一扔，烦躁地让他反思，别抽了……

天渐渐地黑了下去，华灯又上，一天又这么过去了。

干外勤的活儿是相当枯燥的，钱加多睡了半上午，斗十方也睡了。

中午吃完饭，两人找了个大众浴的地方，洗洗涮涮倒头又睡，天擦黑出来逛悠，小吃街转了一圈，回民街转了一遭，七里路、货栈街各转一遭，羊汤、烩面、焖饼、琵琶酥、龙须糕……吃了几样钱加多记不清了，反正转下来就撑得不想下车了。每次都是斗十方下车去找这样或者那样的人聊几句，打个招呼就继续上车走了。

当然，还是没有消息。

转悠着就到晚上快十点了，这个点儿夜宵已经开始了。钱加多看到斗十方在一家烧烤摊上和一个胳膊上都是刺青的男子说话。那男子老吓人了，坐那儿和斗十方站着都差不多高。问了几句，斗十方再次回返车上。钱加多问："谁呀？这么凶。"

"这就是给你说过的青狗，嚣张时手下小弟好几十个，这一片至少好几百人打他的旗号。"斗十方道，驾着车往前走。

钱加多瞅着青狗远远地还拿着啤酒举着跟斗十方致意，好奇地问："哎，我说，怎么看你俩关系老铁的？"

"他被关了十个月，我是看守，他是嫌疑人，多给过他几支烟而已……不过，在那种地位极不对等的条件下，有那么点恩惠啊，比外面大几万请客都记得清。再说了，别小看几支烟，在看守所，烟可是通行货币。你要存一包烟，像在外面土豪一样受人尊敬。"斗十方笑道。

钱加多没心没肺地笑着，直说挺好玩的，真想去试试。斗十方也凑趣了，说里面最大的功能是减肥，还真可以尝试一下，一月减十斤，仨月变苗条还真不是梦。

两人说着说着就哑声，尬聊开始了，而且没有更感兴趣的话题。一天一夜，包括今天跑的地方，一满箱油都耗尽了，到这会儿，恐怕再无他法了。

"要不，咱们回吧？"钱加多弱弱地道，有点歉意。

"再试一晚上，吃了、喝了、洗了，这精神回去也睡不着。"斗十方笑道。

钱加多为难地说："都问这么多人了还没结果，怕是真没治了。"

"不，恰恰谁也没见到他，就可能还能找到，那说明他在干活儿了，没空出来溜达，否则这鱼龙混杂的地方肯定有人见过他，只是我有点奇怪，干什么活儿呢？居然没从这些地痞流氓里找帮手。”斗十方自言自语道，把车泊到了一个地方，还是昨晚待过的地方。

“那要不在中州了呢？”钱加多问。

“我觉得应该在，傻雕和包神星去接了一个人，那有可能去相邻的市干活儿，但以他们的习性，如果布置肯定得是熟悉的地方，其他地方他玩不开呀。”斗十方道。

“什么布置？”钱加多问。

“多了，要有接应，要有帮手，要保证大部分动作都得在警察眼皮子下发生，而且不能被发觉；要保证即便事后被端了，拿钱的和钱都得安全，细节会很麻烦。”斗十方道。

这听得钱加多智商消化不了了，他又问：“你咋知道呢？好像你当过骗子一样。”

“呵呵，我十岁以前的睡前故事，就是我爸的江湖传闻，十岁以后呢，业余时间就天天和坑蒙拐骗的在一起，看守所那些勤工有一半是蹲大狱回来玩不动了被安置到那儿的，听他们吹牛×都能学成高手，要不你觉得监狱是咋学本事的？狱规里有一条明文规定就是，不得交流犯罪手段。”斗十方道。

越严禁什么，恐怕什么就越难禁止，这点钱加多自然理解。他好奇地问：“学啥了？教教我。”

“教你你也学不会……其实骗子门槛不高，关键是胆子。给你讲个案例，有这么四个骗子，已经落网了啊，主犯搁我们那儿关过。据他讲，有一天他看到领导家里被偷，丢了百八十万都不敢报案，就开始突发奇想，可他们没有偷的技术啊。于是开动脑筋，成功地用智商填补了技术的空白……他们想到了诈骗，怎么才能骗多点又不被人发现呢？这些家伙想来想去，还是朝领导下手了，你猜怎么骗的？”斗十方问。

“别吊我胃口，快说。”钱加多催道。

“他们居然想到了假扮纪检委和反贪局的，趁领导上下班冷不丁出现在小区或者家门口，笔挺西服一穿，胸前国徽一别，假证一亮，‘某某同志，我们是市纪检委，找你了解点情况，请配合我们工作’，就一句话，大部分时候把领导直接给吓蒙了，还有当场尿裤子的……人往车里一塞，或者带上去他家，哦哟，一家人一听纪检委的，吓得都不敢吭声，让他交银行账户和密码，都乖乖给你啦……就这么拙劣的作案手段，愣是两年才翻船。”斗十方笑着讲故事。

钱加多一摸脑袋：“为啥？”

“屁股都不干净，没人敢报案啊。而且他们专门挑三四线小城市作案，干完就跑，一直干得顺风顺水。”斗十方道。

“那怎么翻船了呢？这法子这么好，现在都管用啊，小官大贪的多了，就咱这地方，逮个城中村村长、支书都能整几百万。”钱加多道。

“常在河边走，咋能不湿鞋呢？水平再好，就怕巧合啊。那四个骗子有次刚诈唬完一个小处长，把人家家里购物卡、名烟名酒和银行卡装到后备厢，前脚走，后脚纪检委真去查这个贪官，一去家里……咦？那处长正满头大汗写悔过书呢，赃款、礼品已经上交了，不是说给我内部处理吗？这咋又来一波？这下就露馅了。本来还有机会跑，谁知道那四个骗子干得已经忘记危险了，还在当地使劲刷人家的银行卡和购物卡呢，公安都没出动，直接被纪检委的给抓了。”斗十方道。

两人笑得不亦乐乎。钱加多缠着斗十方再讲个。斗十方讲了个近代最传奇的“好莱坞巨骗”，克里什么朵夫，名字太长忘了，一个法国孤儿，扮过电影明星、导演、商人、银行家、投资商、F1赛车手，甚至还吹嘘自己是拳击手，最辉煌的时候，他身边聚集了纽约的电影明星、导演、商人、银行家、投资商、黑道人物，甚至连警察都骗了，都被他的‘项目投资’给圈进去了。有个法官被他忽悠上床爱上了他，整整十年，直到进监狱还在骗人说，好莱坞将把他的经历搬上银幕，并由他本人饰演……

这听得钱加多神往无比了，惊讶地道：“这么跩，我查查。”

一查，还真有，钱加多赞叹道：“太牛×了啊！咱们向往的香车美女，人家是捎带就搞到了。”

“那是，他有句名言，‘我将骗你到死无葬身之地’，太嚣张了，所以死得快，不过，也说明了骗子这个古老职业，完全可以注入新的元素，进而将其带到更高境界，就像现代流行的电信诈骗、网络诈骗一样，演绎方式不同，但源头是一致的。”斗十方道。

“什么一致？”钱加多问。

“无非是了解人性，尤其是浮躁世界里每个人身上都有的那种无限物欲。”斗十方道。

钱加多又不死心地问：“那……那种高明的骗子，一辈子不翻船的，有吗？”

“俗话说，君以此兴，必以此亡。出来混总是要还的。越了解人性，越容易成功，也就越容易放大你自己本性里的贪婪，所以你最终还是要输，输在自己的人性上……我爸这样说的，很有道理啊。我研究过看守所里很多类型的嫌疑人，大部分都是输给自己了。”斗十方道。

既然没只赢不输、只成不败的，钱加多就没兴趣了。再讲个故事到半截，就听到钱加多的鼾声起来了。斗十方笑着看了看这傻兄弟，轻轻地打开了车天窗，漏了条缝，免得把这货给憋着。

漫漫长夜如果睁着眼很难熬，可对于睡觉的肯定没什么感觉。钱加多中途起来一回放水，奇怪地发现已经换地方了。他撒完回车上继续睡，睡得死沉死沉的，再一次被叫起来已经天亮了，斗十方揪着他的耳朵，正轻轻扇他耳光。他烦躁地要骂人时，嘴却被捂上了。

一夜没睡的斗十方此时看上去精神格外亢奋，正给他做着噤声的动作。钱加多顺着他的指向，视线清晰时，他嗯哦几声，惊得两眼圆睁，睡意全消。

小区的一幢楼下，打着哈欠出来了一个高个、长发、花夹克男，不是那个蟊贼包神星还有谁？这货正拿着电话边走边打，像在等人一般，靠着辆泊车，很没品地解裤子，估计往车轮那儿放水。

“你拍，我下去把那个也吓唬出来。别等我，拍到你就走，他们见过你。”斗十方道，轻声开门下车，悄无声息地快步向包神星扑过去……

解铃系铃，突出困境

嘀……嘀……

刷牙的络卿相顺手一拿手机一看，卧槽了句，没顾上吐牙膏沫就喊着老程和大邹。

单身宿舍里，X小组一行人从不同的房间飞快地往办公楼方向狂奔，边走边穿衣服的，停下了提鞋的，老程是直接奔向外勤车辆的，已经发动着了。

嘀……嘀……

正在上班途中的向小园、俞骏扫了眼手机，下意识地踩下了油门，加速驶向单位……兴奋的是看到了包神星的照片，紧张的是看到了斗十方又上去找包神星了，偏偏这个时候都不敢警示钱加多，生怕这俩没有外勤经验的人惊动了这两个嫌疑人。

“吁嘘……”一声尖锐轻佻的口哨在背后响起，包神星撒尿接近尾声，全身一哆嗦正爽呢，被口哨吓得一激灵，几滴落裤子上了，再一回头，恰好看到了那张让他做噩梦的脸，他“啊”的一声惊叫起来：

“卧槽，怎么哪儿都有你？”

“卧槽，你尿我车上了，阴魂不散的又是你，赔钱！”斗十方二话不说，上手就掏包神星的口袋，手机和一沓钱瞬间被手快的斗十方拿在手里。包神星急得伸手就夺，可不料忘了裤子还没系上。斗十方一退几步，他往前一追，裤子噌地掉了，然后腿被一绊，吧唧，露着花裤衩在斗十方面前来了个五体投地。

斗十方飞身一脚，踩在他两腿中间的裤子上。想起身的包神星被这么一绊，又趴下了，就听斗十方训道：“小样，发财了啊，这回不跟你算了，上回骗我哥们儿手机我还没要够本呢，这钱没收啊。”

“啊？那是我工资。”包神星怒道，一喊，哎哟了一声，夹紧腿了。这个不知道来路的浑蛋踢了他菊花一脚，空门暴露得他紧张了。

“干没本买卖的，还好意思说工资，这算你还我的，两清了啊。”斗十方数着钱，连钱带手机往兜里揣。

这下包神星急火了，扯着嗓子喊：“救命啊！雕哥救命啊……抢劫啦……”

一处单元楼门口，正出门的王雕看见了，一个箭步冲出来，顺手抄了块谁家窗台下的板砖，朝着包神星奔来了。斗十方早看到了，重重地在包神星屁股上吧唧踩了一脚，骂了句“再喊弄死你”，然后不等王雕追来，掉头就跑，边喊还边往后指着：

“啊，救命啊，抢劫啦……快报警啊，有人抢劫啦……”

这下水搅浑了，刚有人喊还没看清，几个路人再听到喊一细看，有个抄板砖的气势汹汹追一个人，这倒像“抢劫”。追着的王雕反应也快，看到两个路人惊恐地看他时，猛地省得了，赶紧扔了砖头块，跑上来一把搀起包神星。包神星疼得龇牙咧嘴提裤子，气得都快哭了，难过地说道：“王八蛋，又是那个王八蛋……他把我钱和手机都抢走了。”

“快走，别惹事，他妈的真是犯太岁了，大清早都能碰上这事。”王雕拽着包神星赶紧离开这个现场，毕竟两人心虚，最怕和警察打交道，说自己是受害人，那么多前科搁那儿，谁信啊！

一个接触像幕闹剧，来得快，去得更快，等那些好事者打开窗户看热闹，已不见人影了，只有一个糙爷们儿在骂街：“谁他妈往我车上尿了？骚味这么冲……”

向小园和俞骏几乎是冲进小组办公室的，几位组员围在电脑前，操作电脑的陆虎直接投到了大屏上，指着道：“看……那两个扣夹克风帽的就是，和钱加多传回来的一致，不露脸识别不出来。这个入口进去是海航小区，建成十几年的老小区了，周边比较乱，小区和两处菜市场连接着，外来和暂住人口聚集地。”

“追上去了吗？”向小园问。

“老程和大邹追上去了，离我们这儿直线距离七公里。不过，已经到上班早高峰了，可能遇到交通堵塞。不过好的一点是，这两人上了辆出租车，车号是TB2017。这个点儿跟不丢。”陆虎道。

“看……从前排看不出来后座。”娜日丽提醒着。又是一处交通监控可以捕捉到出租车，但只能看到前排的司机和空着的副驾，言外之意自然是对方的反侦查措施已经注意到细节了。

“分下工，从这个点儿回溯王雕和包神星去哪儿了，他在中州干什么。”向小园道。

娜日丽道：“我来。”

大家各司其职地干上了。俞骏干脆又调来两位技侦分析监控视频，这倒把络卿相闲下来了。他瞅了空问向小园：“组长……那个，给我安排点活儿 。”

“哦，这个你还不太熟悉，而且没难度了，最难的已经被……被人解决了。主任。”向小园一贯利索的说话意外地结巴了下，回头看向了俞骏。俞骏抿着嘴，像做了坏事一样蔫笑着。向小园也有点尴尬了。半晌，俞骏咳了两声，装腔作势道：“向副主任，我看你一定也不好意思，要不，这任务安排给小络？”

“小络，听到了？主任给你安排工作了。”向小园道。

络卿相一头雾水问：“什么……什么工作啊？”

“解铃要找系铃人，吃水别忘挖井人啊，人撑得咱们不冤枉啊，再叫过来让人家撑一遍呗。”俞骏笑着道。

络卿相“哦”了声明白了，拿着电话拨钱加多的手机。一拨即通，钱加多直接撑过来了：“有话说，有屁放。”

络卿相被刺激了一下，看向两位领导。两人示意着：赶紧的，请来。

“领导让我通知你，回来上班。”络卿相憋出来了这么一句。明显地看到了俞骏嫌弃的表情，谎都不会撒。

那头可不客气了，直接道：“我不正在去的路上啊，我还要给你们一个大大的惊喜呢，等着哦，一定等着哦，都等着哦……”

“哎，好嘞。”络卿相挂了电话，脸上表情复杂，跟两个领导解释了句，“他说已经在路上了。”

“那个……那个斗十方？”俞骏期待地问。

“哦，对了。”娜日丽提醒道，“接触那段你们没看，他把包神星的钱和手机抢了，又抢了人家一次。”

“不是……这……”向小园苦脸了，颠倒得厉害啊，嫌疑人怎么每次都以受害人的身份出现啊？

络卿相为难地看着两位领导，小心翼翼地解释着：“十方就是比较野一点，主任，那这事……”

“怎么了？看我干什么？最起码没人会把他当警察，惊动不了嫌疑人……瞧这随机应变得多好啊，人才呀，绝对是人才。”俞骏装腔作势地说着，背着手出去了。他背过脸，隐藏住了自己也牙疼的表情。

不过，哪怕在座警员脸上再嫌弃，心里还是十足地佩服。这个没有监控的地点是怎么找到的已经够让人百思不得其解了，那人不但找着了，还抓了个正着。突破这一点那全盘就活了。没几分钟外勤就追上去了，出租车的定位又是联网的，很快发现了更准确翔实的信息。又过了几分钟，拍到了王雕和包神星在环城路换乘面包车的情形。

那是非法营运车辆的聚集地，俗称：黑车。

这辆黑车载着两人直奔高速路，再往下就更简单了，沿路的监控加上程一丁和邹喜男两辆不断换位的追踪，很快就会有结果。

这时候最期待的倒不是结果，而是钱加多了。俞骏心神不定地几次过来瞧，明显沉不住气了还故作姿态。又一次进来时，他喜上眉梢道：“来了，大家要不列队欢迎一下？一起鼓掌啊。”

说着把人都叫起来，在办公室等着。脚步声很容易分辨，嗵嗵嗵踏着就来了，先是脑袋伸进来，一看，吓得钱加多“哎哟哟”缩回去了，办公室的人哈哈一笑。俞骏喊道：“进来啊，大家正欢迎你圆满完成任务，载誉归来。”

“哦，这样啊。”钱加多的脑袋伸进来，喜吟吟地看着大伙。就在俞骏准备带头鼓掌时，钱加多嘴里喊着“当当当当”，一下子跳进来，手里捧了老大一束花。

俞骏咧嘴“哎哟”了声，赶紧推拒着：“别价，你太高看我这领导的品位了。”

“谁给你送呀，长得还没我帅。”钱加多直接越过他，走到了向小园面前。向小园吃惊地把眼睛睁圆了。钱加多幸福地递上这一束花，郑重地拿捏着自己的表情，然后严肃地说，“在茫茫人海中相遇，让我相信了缘分，我要送上我的关心和祝福，愿你永远幸福快乐。”

花，举着，要送给向小园。

娜日丽和另外一位临时来的技侦扑哧笑了，敢情这是求爱来了。络卿相和陆虎侧过脸，憋笑憋得好辛苦，使劲咬着下嘴唇。俞骏已经掩着脸在无声笑了，天大的尴尬也没现在尴尬，谁都看得出，钱加多这货绝对是认真的。

向小园尴尬了，不过仅仅是微微失态，可能遇见过这种情形，已经让她见怪不怪了。她笑了笑，直接接过，然后礼貌地说了句：“谢谢。”

钱加多一听乐了，兴奋地问：“那我能当你男朋友吗？”

“噗！”一室笑翻了。俞骏扶着桌子差点当场倒地。尴尬间，向小园拿着花，惊讶地看看钱加多的丑脸，笑着道：“你会陷入激烈竞争的。”

“没事，我爸有钱。”钱加多直接痛快地回了句。

俞骏捂着肚子，笑着摆手道：“哎哟哟，我感动得受不了了，我出去一会儿。”说着就出去了，估计躲墙根笑去了。里面的各位已经趴桌上了，个个都是浑身在抽。向小园哪怕再豁达，也给搞成大红脸了。她显得有点难堪道：“太突然了，你得给我点儿时间。”

“嗯，没问题，其实我妈急，我不急。”钱加多道。

越说越乱了。向小园赶紧转换话题：“上班时间，不能谈这个，而且，以后不能往单位送花啊……嗯，卡片……疏影横斜水清浅，暗香浮动月黄昏？这什么跟什么啊？乱写一气。”

向小园念到此处，表情严肃地看着钱加多。钱加多被看得心里发怵，紧张地问：“怎么了？这……这……是别人替我挑的。”

“你看你被人引沟里了，第一次送女生花，哪有送梅花的？”向小园问。

钱加多挠头了，愣道：“我也说该送玫瑰啊，这家伙是不是故意坑我呢？”

“是谁呀？把他叫来，我当面问问他。”向小园像是生气了。

钱加多言听计从，说了句“等着，我把他弄来”，说着就风风火火地跑出去了。

钱加多一走，俞骏才笑着进来，一室忍俊不禁。看着向小园实在尴尬，俞骏安慰道：“这……你别当真啊，肯定是被人教唆的，花都送错了，这什么呀？”

“他送的是对的，我最喜欢的就是梅花。”向小园红着脸道。这恐怕才是她尴尬的地方。

众人一听，止住笑了，眼巴巴看着等下文。向小园示意着花下吊着的卡片道：“疏影横斜水清浅，暗香浮动月黄昏。”

“名句啊，林逋的诗。”络卿相道。这讲的正是梅花，却不明白这有什么含义让向组长动容。

“前两句是，众芳摇落独暄妍，占尽风情向小园。正是我父亲给我起这个名字的由来，很少有人能点破他的用心。”向小园略带尴尬地说着，拿着花，踱回自己的工位，小心翼翼地插进笔筒里，然后看着花发呆。

愣着的一室众人，不知道还该不该笑……

下车，付了钱，已经身处另一城市了。

两人进了一处手机维修店，混社会的很少买新手机、好手机，凑合能用就行。出门时，王雕小心翼翼地掏着裤兜，拣了一张卡给包神星安上，且走且叮嘱道：“这事千万别说啊。”

“啥意思？叫上飞哥干死他，咱不能受这委屈！妈的，把我钱跟手机全抢走了。”包神星气不打一处来，当贼都没这么郁闷过。

“兄弟，你不懂，只要活儿开干，就一点事都不能有，别人就是天天照面扇你耳光也别吭声，小不忍乱大谋懂不？真让雷子逮着，不想混了啊？”王雕道。

包神星更不理解了，气愤道：“是他抢咱们，他违法，不是咱们犯罪。”

“但你只要进了标‘公安’俩字那门，老板可就不这么想了。你这脸面重要呢，还是老板每天都给的钱重要？”王雕说着，已经从口袋里掏出钱，很大方，一摞抽出一半来，征询包神星。

脸面和自尊在票子面前迅速崩溃了，可有点不好意思说。王雕把钱一把塞进他口袋，揽着人走着说：“万一问你为啥换号，我就说你傻×给小姐留号码，让人骂了顿把号废了啊……傻点、蠢点没啥，活儿干完捞完钱再说其他的，这事不需要你来办，花钱办，容易得很。”

他说着，亮出手机，手机上赫然已经拍了张斗十方的照片。一想雕哥的人头人面这么熟，包神星气倒消了一半。两人就近找了个地方吃饭，吃完饭逛悠着在登阳市阳光广场玩，玩着黄飞就来了。这次黄飞可是鸟枪换炮了，居然是开着奔驰来的，车里坐着张老板。包神星和王雕刻意隐瞒下了被抢的事。张老板对这两人是大加赞赏，带着这几位进了阳光大厦……

独自暄妍，占尽风情

“张光达，这是个老传销分子啊！”

娜日丽愕然道。传销倒也算得上涉众诈骗，只是和料想的相去甚远。

“聂媚、张光达，这俩一路人，在一块儿倒正常。可怎么多了黄飞这么个涉嫌故意伤害的？难道是……请打手？但也不对啊，现在的传销以洗脑为主，非法拘禁和故意伤害这事他们不敢干了。还有地方也不对啊，一般都是钻隐蔽小区的，搞登阳这么高档的办公区域搞传销？我怎么觉得有点魔幻啊！”陆虎道。

“这跨市了？我们管得着吗？”络卿相一脸蒙地问。他得到了几双白眼。

陆虎向他解释道：“反诈骗中心担负着向全省警务单位示警的职责，拦截网络和APP，包括所有通信传输中出现的可疑信息，这里是全省目前各类设备最完备、最先进的地方。”

“示警肯定有副作用，地方民警上门一查，分分钟惊跑。”络卿相道。作为基层派出所上来的，太熟悉了。

“哟嗬，这三位是一对半添堵挑刺儿的啊。”陆虎笑道。

娜日丽道：“他说得有道理，可是我们……”

娜日丽说着，目光看向了向小园。向小园似乎有点心不在焉，原因很直观，钱加多一去不返，过了中午还没回来，别说向组长，全组包括俞主任都被怎么找到人这个谜搅得心里痒痒。

而且这个突破很牛了，前方的程一丁和大邹追到了登阳市，发现了又一个冒出来的有传销前科的嫌疑人，几乎可以判定，这蛇鼠一窝的，肯定没准备干什么好事。

“嗨……会议室，会议室……来了。”俞骏在门口叫。

“谁啊？”向小园问。

“还能有谁？送花的呗。”俞骏顺口开了个玩笑，招手道，“像对待朱前辈一样，都认真点啊，手头工作都放下，目标都找着了，还瞎忙乎什么？”

说完，他就兴冲冲地跑了，直跑到大厅门外。此时钱加多已经把车泊到了大院里，正拽着副驾上的斗十方。那货似乎不太情愿。俞骏跑过来时，斗十方正为难地说：“……女人是天生的骗子，知道不？她脸上不情愿，其实心里愿意得跟啥一样。还不跟你妈一样，天天骂你废物、草包、没出息，其实最疼你了……”

“都来了，那你进来呗，累了两天两夜，不牛×一下都对不起自己是吧？”钱加多拉着。

俞骏上来帮忙了，一把把斗十方拽下来，笑道：“多多，我帮你一起拉……十方啊，就为了兄弟未来的幸福，你也应该牺牲一回啊。”

“就是，这事斗哥最义气。”钱加多得意道。

两人把斗十方挤对住了。斗十方表情有点尴尬地看看俞骏。俞骏的脸皮可比他想象中厚，直道：“别看我，我的搭档你比我还清楚，一束花都搞出那么大学问来，我算服了你了。”

“和我无关啊，钱加多随便买的。”斗十方道。

“胡说不是？我都不认识那啥花，我说买玫瑰呢，你让买这个，肯定岔了。”钱加多埋怨道。

俞骏帮腔道："对，一定让他补救回来……来来，会议室，请。"

两人被推进会议室，一组人已经等候良久了，齐齐鼓掌。哎哟喂，把钱加多给骄傲的，直给大家作揖。俞骏拉着斗十方往主位坐，斗十方死活不坐。钱加多虽然浑了点，倒也知道尊卑，也不坐。不得已俞骏坐到了主位上，钱加多和斗十方一头坐一个。等坐下，钱加多才发现自己坐错了，向小园在对面呢。他不悦地瞪了一眼，斗十方霎时明白兄弟的意思，赶紧起身换位置，然后多多兴奋地坐到了向小园身边。

"多多，你别说话啊。"开始前俞骏警示了钱加多一句。

钱加多不悦了："为什么不让我说话？"

"现在要问，如何准确地找到王雕的，要不你解释下？"俞骏道。

"啊……这个……我还是不说了。"钱加多张口结舌，闭嘴了。

其他人笑笑，对此人已经不以为忤。俞骏慢慢地看向斗十方，越发来兴趣那种——换上了便装，小平头利利索索，小模样眉清目秀的，实在找不出应有的那种江湖沧桑感啊。

"说说吧，斗警官，大家等着呢。"俞骏提醒着。

目光太过热切，斗十方有点不好意思了。他慢吞吞地掏着口袋，钱、手机放到了会议桌上，犹豫道："那个小偷身上的东西和钱，上交。他的通信记录有几个可查号码，这肯定不是用他的身份证办的号，一般开工后，都会随时换号，不能当作证据，但可以作为线索。"

"这个不重要，已经反查回了登阳市，外勤跟上了。"俞骏道。

"那就对了。"斗十方道。

"什么对了？"俞骏倒不明白了。

"墙里开花墙外红嘛，设年子，不，设局都是局外放线，局中捞钱，做局、局中、局外的不是一拨人，目的在于逃避打击、掩人耳目。放两个城市很正常，最多的可能蔓延几个城市甚至几个省。"斗十方道。

"哦，这个我们通过大数据有更翔实的反映，那我先说了啊，现在的情况是，像王雕这类小角色的反侦查能力都如此之强，他们上层是个什么样子我就不敢妄加推测了。连续多日找不着他，连我都有点灰心了，激将钱加多去拉你只做了万一之想，啧，真没想到，你居然真找出来了。”俞骏赞叹道。

钱加多要说什么，向小园冷不丁看了他一眼，他立时全忘了，嘿嘿笑了笑，享受着被看的感觉，安生地坐着了。这时候向小园开口了，直接问：“你还是通过你所谓的‘社会关系’去找到他的？”

“这个……”斗十方有点难言了。

娜日丽故意似的插进话来：“我查了监控，昨天晚上，王雕和包神星是二十三时到这个小区的，而你是凌晨四时二十分到这里的，别问我为什么知道，只有你们两辆车进了海航小区的那个口子。”

“所以你肯定是得到了消息，来这儿堵他。”向小园道，表情不善，似乎要还给斗十方一个难堪似的。

斗十方比想象中难堪，嗫嚅了句还是俩字：“这个……”

“多多，你可以说句话，是不是提前预知了？哪儿来的消息？”俞骏征询钱加多。

这一问，钱加多可傻眼了，挠着脑袋懵然道：“我也不知道啊，前天没收获，昨天我想着也不行了，就睡着了，等醒来就天亮啦，嗨，就找着啦。”

这说了等于没说，难为得钱加多催着斗十方道：“你快说呀，咋鼓捣的？”

“要不这样，让两位女同志回避一下成不？”斗十方征询俞骏。俞骏不解了，隐隐有点明白了，笑道：“你开玩笑无伤大雅，没人当真，案情当前，谁顾得上那个？直接说就行。”

还以为是送花的事，不过会错了意，斗十方示意着在场的两位女警道：“这个方式会挑战女士的精神洁癖，二位恐怕会介意的。”

娜日丽不屑道：“放心吧，我死人都见过。”

向小园微笑道：“我最早是负责职务犯罪的，底线已经被挑战得不高了，你说吧，不会介意的。顺便说一句，你三番五次抢嫌疑人，我倒奇怪你为什么一点儿都不介意。”

“不惊怎么会往窝里跑啊？不惊，他们俩闲得，在中州逛上一天？多耽误工夫，只有吓一跳才会下意识地往安全的地方跑。”斗十方淡淡道。

咦？陆虎全身一绷，醍醐灌顶，确实是这个道理。他看着斗十方，好奇又甚了几分。斗十方也在看着他，直接道："把你记录的王雕、包神星活动日志和地图排出来。"

"这个有……"陆虎翻着电脑，拉着线，直接接驳到会议室的大屏上。斗十方起身，示意着他让位，然后大大方方地坐到了他的位置，问他怎么操作，陆虎教了教。斗十方直接在电子地图上画了个区域，近乎一个圆形，对着在场人员指点着：

"这个活动区域，基本就是王雕出狱后溜达的地方，我想你们也发现了，在出来的近一个月里，这一对贼骗没干一件好事，不是偷就是骗，为什么？容易理解，没钱，穷困潦倒，得先解决吃、喝、住的问题，多少还得存点钱以防万一之需，对吧？"

对，这个没问题。

"江湖人都凭本事自救，等闲不求人，像王雕这种也无人可求，谁都知道他是个骗子，你们在跟踪中，没有发现他接触一个可疑人物，对吧？"斗十方问。

这个也没问题，对。

"我们出事那天，后来知道也就是他联系上上线的那一天，第二天遇到我那是个巧合，他们俩是去车站接人的。之后钱加多找我说这事，我想了想可以试试。有两种可能找不到人，一种是不在中州了，一种是在中州不出门，这两种情况我都找不到。但恰恰因为他去接人了，我判断要开始干活儿了，要干活儿无非是在中州干或者相邻的县市干。在中州就不说了，即便不在中州，只要干活儿，他也会来中州，江湖讲飞鸟走兽不舍其巢，意思是如果干点见不得光的事，得在熟悉的地方，而傻雕呢？就即便在团伙里也是干黑事的，不管组什么局，他都需要从熟悉的地方找资源，所以也有可能还在中州……至于窝在某地不动，那不可能，一开干歇不下来，会很忙碌的，所以我决定找他。"

大家认真地听着，越听越觉得有道理。斗十方再一指区域道："一个人熟悉的区域不算大，可也不小，要在茫茫人海中找到一个人，你得准确了解他的习性，他喜欢出没的地方，他要干的事……遗憾的是，我不知道他要干什么，只能从习性里找。我再强调一遍，你们在追踪中，确实没有发现他和什么人来往？除了涉案的人，对吗？”

“对，没问题。”陆虎道。

“那这是第一个重要信息。第二个信息是，我前天没有找到，确实动用了认识的一些社会上的人物，都没有见到。他经常出没的环境无非是小胡同、大杂院、夜宵摊……以及其他一切藏污纳垢的场合。这么多天也没有人见过或者听说过他，都以为这个骗子还蹲在监狱呢，这是第二个重要信息。”斗十方道。

向小园听不下去了，疑惑地问：“为什么没有消息，反而是重要信息？”

“你犯了一个思维上的死循环，你的大脑对固有的一切，迷恋到不能自拔，这在心理学上叫思维定式。聪明人常犯的错误。”斗十方道。

向小园反问：“那不遵循定式，没有信息，能反映出什么信息来？”

“能反映出来傻雕这个家伙是个有追求的骗子，比那些今朝有酒今朝醉的高个层次。”斗十方道。

有追求？有追求的骗子？这论调听得钱加多哈哈笑了，一笑才发现只有他在笑，他赶紧闭嘴了。

“既然是个有追求的骗子，一定在忙着干活儿，等闲见不到他。这时候我就想了，得找件他必须做的事，然后再想办法找人，根据他的习性去找，只有这一条路。”斗十方思索道。

俞骏好奇心被勾起，下意识问：“是什么？”

“生理需求啊，比如，女人。”斗十方坏坏笑着，挑衅似的看了向小园一眼。

“你连他本人都找不到，去找他接触的女人？”向小园愕然了。

“这就是让你们回避的原因，接下来会让你们更不适，确定要听下去吗？”斗十方问。两人没吭声，也没走的意思。俞骏示意往下讲。斗十方顿了顿，道：“这类货色谈恋爱不可能，泡妞也没工夫，娶媳妇估计从来就不想，所以他只能靠一种方式解决生理问题，嫖。”

这就恶心了，转悠到卖淫嫖娼的话题上始料未及，向小园郁闷写在脸上了，娜日丽用嫌弃的表情瞅着斗十方。斗十方浑然不觉，继续解释着：“经过严厉的打黑除恶，这种事变得也有难度了，街边洗头房基本绝迹了，高档的地方价格高昂，而且未必刚出狱就找得着，再加上囊中羞涩，短时间还没有钱干这事，但联系上组织就不一样了，饱暖了，肯定要思淫欲啊……我想到这种路子的时候，就想到了一种可能，楼凤，听说过吗？”

“暗娼吧？很多洗浴歌城的失足女都转入地下了。”来自派出所的络卿相脱口道。

“对。在这个区域，满足这个条件的地方不算多，海航小区算一个，乌东路三元小区算一个，毗邻中州公园的六机械厂老小区算一个……有这么七八个吧，以没有监控或者监控很少为入选标准，我再划掉了有巡逻的地方，因为有红蓝警灯的地方对这些人会带来满满的恐惧感，而且我在这几个小区都找了找，找到了四个小区，排了班，前半夜守一个，等着他来；后半夜守一个，等他走，只要在，兴许能碰上……巧合的是，恰巧碰上了，就在海航小区。”斗十方道。

俞骏立马问：“你在小区找了找？通过什么方式发现哪儿有暗娼？”

“垃圾，典型的应该有三多，一是外卖盒多，这些流动人口收入低，都是自己做饭，价格贵的外卖盒多的地方就不正常了；二是女性用品多，这个就不解释了；三呢，是安全套多……这个，也不用解释了吧？”斗十方尴尬笑笑，看了俞骏一眼。

震惊到无以复加的俞骏，蓦地笑喷了。陆虎、络卿相齐齐喷了，果真是让女士尴尬的答案。斗十方看着两腮发红的向小园两手一摊，道：“我预警过了，是你们非要听这个下三滥故事的。”

“卧槽，怪不得不告诉我你在垃圾箱里刨什么，这么恶心的事你都干得出来啊。”钱加多震惊了。俞骏回头提醒了他一句：“闭嘴。”

钱加多一侧脸，没当回事。再看斗十方，斗十方释然道：“我不想来，就是不想揭破这个谜底，一揭破就不值钱了，而且很尴尬，对吧，俞主任，上不了台面的事，您还有兴趣吗？”

“当然有，满满的生活智慧啊。再问你个不该问的问题，可以吗？”俞骏道。

斗十方笑着揭破了：“是想问我，为什么对这种地方如此熟悉吗？或者干脆问我是不是去过那种地方？”

俞骏一怔，道：“咦？你怎么知道？那既然自问了，就自答一下。”

“我知道的原因是，这位女领导好像是新手，您无从化解尴尬，或许让我下不来台，会让气氛更好一点，您怕她受打击太大，在回护她。”

斗十方戳破这层意思，把厚脸皮的俞骏说得脸上也挂不住了。而且俞骏的问题根本难不住斗十方，他继续道：“这个答案我可以给您，从去年冬到今春连续的扫黄，往登阳看守所送了八十多号涉嫌组织卖淫、介绍卖淫的嫌疑人，在我管辖下的有很多，我和所有人都谈过话，这是组织上的要求，非涉密类的案情，看守所提讯是需要监管民警负责押解人的。很不幸，我们见过、听过的案情比想象中多……其实还有一个细节可以告诉你，你可以去试试，哪种老式小区如果出现化妆过度、出入乘出租车、站在出口接外卖、衣着打扮相对时尚的女人，完全可以判定是失足女。在一群辛苦忙碌讨生活的普通人中间，她们是另类……说句更不合适的，辖区片警对这个都很清楚。”

斗十方慢吞吞地道。答案只是把俞骏的薄面又多蹭下了一层，气氛也因此显得更尴尬了几分。良久无人吱声，静默间只有眼神的交流，不过太复杂了。

这个氛围里外来的就如坐针毡了，斗十方慢慢起身，推说还要赶末班车回看守所值班，先行告辞了。钱加多拦不及，起身要追时，回头又见若有所思的向组长，那美靥吹弹可破、星眸如水的样子，霎时像无形的锁链把钱加多的脚步拖住了，只好目送兄弟离开了。

又过了很久，俞骏欠欠身子，出声道：“小络，把斗十方刚才说的思路整理成文，加上朱家旺前辈的，列为这周的学习内容。都去忙吧。”

络卿相应了声。参会的一个个起身，连搁那儿犯傻的钱加多也被络卿相眼神示意着，跟着离开了。最后一位轻轻掩上门时，俞骏慢慢看向一直在发呆的向小园，好奇问她：“为什么不挽留？”

“不知道，人太嚣张，咱们这小庙容不下这尊大菩萨。”向小园道。

“你决定吧，处在指挥员的位置上，要感性做人，理性做事，最忌讳意气用事。”俞骏起身，如是给了向小园一句忠告。看向小园并无谈兴，他轻轻地离开了。

向小园在会议室苦坐了很久，一直无聊地在开合只字未写的笔记本，几次想扔掉那束花上摘下来的卡片，可几次又犹豫了。她有点凌乱，思绪里一会儿是喜出望外，一会儿是怯步而止，一会儿又是此人云淡风轻地叙述那种藏污纳垢时让她反感的滋味，可一会儿又变成了一束惊艳的梅花，隐隐间仿佛有暗香袭人。

不管她怎么驱赶，都从思维里驱赶不走这个人，也不管她承认与否，今天独自暄妍、占尽风情的人，只能是他……

窘境当前，处处受限

西装笔挺、皮鞋锃亮、挎着单肩包，从公交站点行色匆匆往公司快走，偶尔手里还拿着奶茶，顺便把早餐解决一下。每天在阳光大厦前都能看到成群的这类打工族。登阳这个城市虽小，可因为毗邻中州的原因，近些年经济飞速增长。来自全国各地的从业人口也在飞速增长，以阳光大厦为中心的商业圈，已经是全市经济腾飞的标志性区域。

可恰恰这种地方对于警察来说，是任何侦查都难以触及的地方：楼层监控比看守所还严密，安保是外包的，二十四小时巡逻值班，出入要刷卡，外来要登记，除非是此地公司邀约，否则根本进不到楼层内部。

娜日丽从楼厦门厅散步一样走出来时，车里邹喜男看她步缓人慢几次回头的样子就知道没戏了，而且这地方很难隐藏形迹，进出的个个西装革履、步速极快，外来的搁那儿一站，怎么看都显得鹤立鸡群。

这或许也算实践和想象中的差别，娜日丽坐到车里，悻悻道：“进不去，环境不符合。”

侦查里，环境不符合身份如果有暴露的风险，就只能选择放弃。邹喜男道："要不直接提取监控？"

"那还不如不进去呢，得通过登阳市局，再通过安保公司，有合适的理由才行，这个过程怎么着也得好几天吧。你觉得能保得了密吗？再说，你拿不出个像样理由来啊，现在都是警务为经济保驾护航，没案由来查人家，你连地方市局都交代不了。"娜日丽道。

邹喜男无奈问："那咋办？"

"开走，咱们这破车在这地方太扎眼。"娜日丽道。

一辆很不起眼的起亚轿车，相比整齐泊停的中高档车辆确实有点寒酸了。邹喜男发动着车驶出了停车场，那一小时五块钱的停车费又让他龇了半天牙，这丫手机支付的票都不给，还得自己填补。

两人驶出去绕了很远，找了个街边的位置停下车，又绕了很远步行着回来了，此时才体会到这种任务的难度了。娜日丽且行且道："大邹啊，你以前办过这种案没有？"

"坑蒙拐骗偷抢的什么都接触啊，怎么可能没办过？"邹喜男道。

"我是指现在这种，没有报案，没有案情，然后盯着有前科的嫌疑人，判断要发案，等着报案和案情出现。"娜日丽道。

邹喜男摇头了："这可真没有。俞主任不说了吗？我们在摸索警于事前的路子。"

"察于事后还经常查不清呢，还警于事前……哎哟，真无聊啊，回单位吧，让看案卷，背八大骗；出来吧，人毛都找不着一根，得傻坐一天。"娜日丽烦闷地坐到街边护栏上，从这里可以看到阳光大厦的门厅，可惜那位目标"张光达"在此出现一次后，又销声匿迹了，连着两天都不见人影。

邹喜男坐下来，狐疑着自言自语道："我这不也纳闷？又溜了，敢情那傻雕和斗十方有缘分啊，人家就能把他逮出来，咱们呢？死活找不着这货钻哪个耗子洞里。"

说到这茬儿，娜日丽在笑，八卦道："你发现了没有？咱们头儿动心了。"

"你指钱加多？"邹喜男谑笑道，"那家伙这两天上班勤快的，把办公室卫生全打扫了，我就觉得向组长很尴尬啊。”

“我是指斗十方。”娜日丽道。

“肯定动心啊。那小子是个人精，就是到刑警上也吃得开。环境决定生活经验，接触过那么多嫌疑人，能学到点什么还真不好说，搁咱们天天强调条例的，你敢逮着嫌疑人又抢东西又打人？抢完还大大方方给领导拿出来？”邹喜男反问道。这人和人真是不一样。

娜日丽却是摇头道：“我指的不是那个动心。”

“哪个动心？哦哟，你不会说是……”邹喜男给吓了一跳，不假思索地摇头，“不可能。你们女人太感性，总是把什么事都想得和爱有关，总是轻易地相信一见钟情……哎，对，那天我不在场，不是多多送花求爱了吗？怎么又扯到人家斗十方身上了？”

“感觉，懂吗？女人被触到了内心，那种外在表现作不了假的，没发现这两天向组长话少了？那是被一个男人狠狠地羞辱了一下她引以为傲的智商和思维。”娜日丽道。

邹喜男放低了声音问：“你也说了，这是羞辱啊，也算动心？”

“必须算啊。不管引起女人的好奇还是好胜，都会发生动心这个结果的，我觉得有戏。”娜日丽道，回头又警示，“不许乱传啊，敢传我就说你造谣。”

说完娜日丽起身。这个话题似乎不合适，她说了两句就中止了。邹喜男可郁闷了，怔在当地，憋了句：

“嗨，明明你八卦，还威胁我？”

女人真是不可理喻，就像正在办的案子一样不可理喻。两人蹲守到午饭时分，仍然是一无所获……

钱加多蹑手蹑脚地凑近了络卿相的工位，伸长脖子看。粗重的喘息惊动络卿相回头时，络卿相啊地吓了一跳，跟着愤愤道：“多多，能别这么鬼鬼祟祟的成不？大白天吓人一跳。”

钱加多嘴里嘘着，指指腕上的表，又示意着门外的方向，已有同事三三两两地往食堂去了。这下络卿相明白了，到午饭时间了。他一伸懒腰道："哦，你是不好意思去食堂吧？撵人家大师傅时，咋没想到今天啊？"

"这有啥不好意思的？我是饿了……哎，那个……"钱加多欲言又止，目光却看着向小园的位置。那个玻璃隔断后的单独工作间，一上午了都空着。

络卿相看了看他的目光，笑了，又看看在忙碌的陆虎，没有吭声，起身拉着钱加多和陆虎打了个招呼，两人出了办公室。出门后，络卿相小声说道："多多，你可真是干了件牛×的事啊。"

"你是指找着傻雕吧？他又找不着了。"钱加多得意道。

"那算个什么事？我是指你送花求爱……太牛×了啊，这是全警女神级别的人物，你丫也真敢啊？"络卿相问。这个笑话很轰动，轰动到钱加多走到哪里都是众人视线的中心人物，他自己都有点不好意思了。

但要摆出来讲就没有什么不好意思了，钱加多得意道："那咋？想做的事不敢做、不去做，多憋屈啊……别跟我装孙子，这事其实你心里也想干，但是你不敢干，只能憋着……想否认是吧？看你的小样儿，肯定想了，不敢就是不敢。"

"不争这个，全中州警察也就你敢。"络卿相停止争论。钱加多却是不饶他，拽着问女神去哪儿了。络卿相苦脸了，问："你搞清上下级关系了没有？你以为在你三姑那儿上班，三姑去哪儿还告诉你一声？"

两人说着出了门厅，嗨，恰好看到俞骏和向小园乘车回来，开车的是程一丁。钱加多撂下络卿相径自跑过去迎接了，直接开口就问："嗨，主任，这是去哪儿了？也不说一声……没吃饭吧，要不咱们去外头吃？我请。"

"看看，老程。"俞骏笑着道，"多懂事，这刚进来就知道跟领导搞好关系……呵呵，多多啊，改天吧，就到食堂吃吧……怎么样，习惯这里的工作不？"

"我还不知道干啥呢，咋习惯？"钱加多道。

"哦……这个啊。"俞骏看看向小园，看得出向小园的为难，想挑各队的精英，结果多了这么个累赘，请神容易送神难呀，这可咋办？俞骏绕着弯问：“你想干啥？要不到接线上，你说话声线不错，那儿也轻松，人工台警示疑似被侵害群众。”

“我刚从话务上下来，还干一样的事啊？天天坐办公室，一坐好几个小时，坐得痔疮都加重了。”钱加多回绝了。

俞骏一拍他肩膀，道：“那就得出外勤了，让老程带带你。”

程一丁“啊”了声。俞骏回头一使眼色，他又“啊”了声，成肯定的答应声了。本以为钱加多会不高兴，没承想这货高兴得直点头：“成，我早就想当外勤了，天天扣个耳麦当什么警察啊……哎，程哥，咱们配枪不？嗨，你别跑啊，你带我呢，你得跟我说清楚，别小看我是辅警，小活儿我不干啊，要干就干大活儿……”

钱加多缠着程一丁去了，连珠炮地问问题，算是把老程折腾得没脾气了，只能替领导扛着纠缠，把钱加多叫过一边吃饭去了。

有事了，而且是个很意外的发现。这一行三人是去了趟中原市，把朱家旺前辈所讲的那个诈骗案了解了下。准确的时间是二十三年前，就连直接办案的民警都去世了，因为没有确定的嫌疑人信息，这个悬案都没有联网可供查询，中原市局前后换了五位局长，都督促过此案，可均无结果。

本来是去了解当年案情里“金瘊子”这个角色的具体情况，却不想种瓜得豆了，有了意外的发现，这个被命名为“3·23丝绸诈骗案”的案情里，曾经拘留过运货的司机，姓朱，名卫红，当时因为找不到新的证据提请逮捕，刑事拘留二十五天后被释放，之后却找不到此人的去向。向小园联系当地和中州两处查询了下，却意外地发现。此人在事后已经迁了户口，而且改了个现在在中州省厅已经如雷贯耳的名字：朱丰。

发黄的案卷资料在手机屏幕上一页一页被翻过去，边吃边看的向小园陷入沉思，忘了吃。俞骏小声提醒着：“向组长，专心吃吧，万一勺子塞错地方就不好了。”

向小园惊醒，勺子已经伸在饭盆外，快戳衣服上了。她赶紧收回来，一摁手机装起来，自嘲道：“这个发现都让我失态啊，俞主任，您不觉得我们已经触到了冰山一角吗？”

“你是指朱丰，也就是当年的朱卫红，不是他所交代的被雇司机，而是参与诈骗的嫌疑人？”俞骏道。

向小园肯定道：“这个嫌疑还不够重吗？没有谁能第一次犯案就是个惊天大案，任何一个高明的罪犯，都是从低级一步一步成长起来的。朱丰今年四十七岁，而我们掌握的只有一起诈骗案底，可能吗？”

“这点我相信，可我并不支持。”俞骏道。

“什么意思？”向小园愣了下。

“‘6·12跨国电信诈骗案’到现在都没查清，你不痛不痒地把这个消息递上去又能做什么？朱丰完全可以轻飘飘地推开，‘那时我确实是司机啊，你们确实冤枉我了。’找不到证据和新的嫌疑人的情况下，你能怎么办？况且时过二十多年，你觉得你能找到吗？”俞骏凉水兜头泼下来，一盆子把心里焦虑的向小园泼得有点发毛了，没明白俞骏今天怎么火气这么大。

“瞪什么眼？自己脸上黑自己看不见啊？我替你捋捋，聂媚、张光达一出现，你就急急向局里汇报，我问你，有意义吗？各地警方设定标记的诈骗嫌疑人，全国有近一万例，他们仅仅是在中州和登阳露个面，你就判断要有诈骗案发生……好，你判断得对，我问你，是以什么诈骗？传销诈骗，非法集资诈骗，还是其他的什么类型？考虑过没有，假如是个幌子呢？他们既不在中州，也不在登阳，而是在蓄积力量和人员，在其他省市诈骗，到时候你怎么说？”俞骏又斥道。

方寸乱了，向小园为难地扶着额头，一下子冒出来的信息太多，反而让她无从选择，现在朱丰的信息再刨出来，连方向也迷失了。

“看你也吃不下去，干脆让你再反反胃。你把几个挑选出来的外勤用得是一塌糊涂，一天跑一趟登阳，精力都累琐事上了，能出活儿吗？刚发现朱丰点儿信息，你就把其他的又想先搁下对吧？我问你，你能追得上聂媚、张光达吗？他们可都是一辈子踩着红线，还经历过深牢大狱的人，别说他们了，就傻雕和憨炮那俩小丑你都一丢再丢。”俞骏训斥着，气得连扒拉两口饭，不过，似乎越气他胃口反而越好。附近坐着的几位技侦听到主任发火了，端着饭盆悄悄溜了。

向小园难堪地道了句："非要在这个场合向我发难吗？"

"我礼貌地告诉你，你记得住吗？你这是没学会走就想蹦跶了，能力配不上你的野心啊。你搞清楚，这个世界不是以你为中心运转的，你连自己属下都调配不好，还指望用思维圈住那些诈骗嫌疑人？我再问你，你对他们在哪儿、想干什么、准备怎么干、各人的分工是什么样子，有轮廓吗？没有吧。自己把自己搞成狗熊掰玉米，抓一个丢一个，自己都不知道该抓哪个是吧？"俞骏敲着筷子，越来越生气了。

如此反常，向小园更蒙了。她怔怔地看着这位蔫主任，怎么也想不出自己什么地方触到了他的逆鳞。

还没完。俞骏吃了几口，又愤愤地放下饭盆。向小园提醒着："主任，你训得够多了，要不您直接点明方向吧。"

"你最初的方向就是正确的，事只能一件一件办，饭只能一口一口吃，想一口吃掉聂媚、张光达这样的人物，你我没那本事。想拿下朱丰这样骗了一辈子的人物，差得更远……拿出你最初的虚心来，哪怕把诈骗链条最底层的研究透彻一批、抓获一批，都会是巨大的成果，否则，你只能搭空架子，对你本人，对反欺诈整体工作，都毫无益处。"俞骏道。

"我明白了。"向小园突然道，"你是在因为斗十方的事跟我置气？"

"怎么敢呢？你出身优越，不管别人出于欣赏还是嫉妒，都是以仰视姿态看您向美女呢，是不是？那些下三滥怎么入得了你的眼界？可我还告诉你，对付成长到朱丰这样有身家、有地位的人物，你的大数据追踪可能有办法，可对付傻雕这类下三滥，你还真不行。"俞骏道。

"说来说去，还是在他身上，没必要因为一个外人对你的下属说话这么恶毒吧？"向小园咧嘴了，难堪到了极点。

两人互瞪着，气氛僵到冰点。俞骏左右看看，不少下属都停箸观看。他蓦地笑了，像什么也没发生一样笑着、吃着，过了一会儿才无所谓地说着："我就说说……你的具体工作我怎么可能干预，好了，吃完了，该忙忙去。"

他扒拉完，扔下饭盆离座走了。向小园坐在全中心的男女同事怪异的视线里，努力保持着自己惯有的矜持，掩饰着自己心里的慌乱。说起来这还是头回在工作上遭遇这么大的挫折，来之前就不止一次听说基层上来的干部素质低，可她没想到一直蔫蔫的俞骏也是这样，这次算是颜面扫地了。

“向头，咋回事啊，路上不还好好的吗？”

程一丁小心翼翼地坐过来，全组数他年纪大，也很少参与年轻人的玩笑，一直以来都是以老大哥的身份出现。

向小园吃着饭淡淡说道：“意见相左，正常争论。”

“哦。”程一丁没多问，也没多说，看到钱加多来了，他怕添乱，准备起身走，却不料向小园出声问：“老程，你对斗十方印象怎么样？”

“挺好，就是野了点。”程一丁评价道。

“我们的冲突就在这儿，他建议我想办法招这个人，而我否决了。”向小园道，她看着程一丁好像并不意外的样子，继续道，“且不说得有多大的代价，像他这种长年在看守所工作，控制欲望极度膨胀的性格，是不适合咱们这个工作的。从他对付王雕、包神星上就看得出来，见一次打一次、抢一次还了得，出了事谁兜着啊？这倒好，就因为这个人，他说我能力配不上野心，呵呵，我野心很大吗？”

像是自言自语排遣着郁闷，可不料这话让钱加多听到了。他在背后接上茬了：“野心大了好啊，要玩就玩把大的，光追几个小毛骗有啥意思？要抓就抓华尔街之狼、好莱坞巨骗那号的……那俗话怎么说来着？人有多大胆，地有多大产，野心不够大，就是混得差，眼光不够高，迟早混不好……咱们这小打小闹真不行，得搞点大事……耶，怎么都走啦？嗨，我还没说完呢……”

钱加多正在长篇大论开讲，程一丁和向小园生怕又出洋相，离座走了。钱加多端着饭盆追出去跟他们讲，两人几乎跑着把钱加多给甩开了……

“嘀……呜……”红色的警报灯在值班室的墙上响起。

这是一级警戒的信号。信号响起，整个看守所干警像被摁了触发键一样，开柜取警械的、整理警容的、检查各区门锁的，而外部，两队武警紧急集合，枪上肩，弹上膛，自入所大门到出所一公里警戒。

这种情况不是检查就是押解，站在内层门口的斗十方表情肃然，多年的监管工作已经养成了话少面僵的外貌。不独是他，在这里工作的管教几乎都是如此，表情和这里的高墙、铁窗很搭，永远是冷冰冰的。

“十方，这么晚了，什么事啊？”

“押解吧。”

“至于这么大阵势吗？”

“肯定是配得上这么大阵势的嫌疑人呗。”

“有吗？这段时间没听说过有什么大案啊。”

“咱们这儿与世隔绝的，你能听到什么……来了。”

两人正正身子，已经听到了外层凌乱的警报声，进门、过武警岗哨、提交案卷，里面足有几十名警员，不一会儿看到了戴着背铐被送进来的嫌疑人。交案卷，验明正身，押解的警员退出看守所，这边的接收工作才正式开始。

拍照，打指模，脱光全身验伤，验血。负责最后一步登记的斗十方登记着每个人的身高、体表有无伤痕、有无文身，一个个登记完了，才穿上统一的蓝色制服，给分进号房。

“彭涛，出列。”

“林大龙，出列。”

“赵忠山，出列。”

“朱丰，出列。”

“……”

仵所长按部就班地喊着名字，换装的嫌疑人挨个儿出列，挨个儿被管教领走分进号房。同案不同号，大案不同区是惯例。这是个团伙，每区都分着隔开最少三个号房。分到斗十方时，他带着朱丰进区。

“叫什么名字？”

“朱丰。”

“年龄？”

“四十七岁。”

“有无吸毒或者其他传染病史？”

“没有。”

“第一次进来吧？”

“啊……对。”

几步几句，几问几答，开锁的斗十方回头时恰好和朱丰对视上了。萎靡的朱丰看到斗十方时，像触电似的怔了下。斗十方面无表情地问：“怎么了？你被关的时间应该不短了，紧张？”

“哦，领导……你……好像我一位故人。”朱丰道，谄媚似的笑了笑。

“呵呵，回这儿就是到家了，都是故人，进来吧。”斗十方领着进了监区，在号房门前停留，让嫌疑人蹲着，等候入监信号。

最后要从监控上核实一遍押入的号房，这个间隙，朱丰抬着头眼皮眨也不眨地看斗十方。斗十方无意发现时，他开口说道：“真的，这位兄弟……您很像我一位故人。”

“光着屁股进来的，都会觍着脸套近乎啊。”斗十方面无表情道。

“你网上查下我的名，就知道……我有本事套这个近乎。”朱丰神秘笑着道。

斗十方保持着水火不侵的样子回应着：“闭嘴，摄像头会记录下你这张丑脸的任何表情变化。”

步话响了，入监命令下了。斗十方打开了铁门，朱丰被喝令站起来时告诉他：“一定查一下，很快您就会有惊喜。”

“我现在就给你一个惊喜，到家了，一家子亲人呢，好好相处啊。”斗十方解着铐子，把这位送进了号房，关上了铁门。那里面就是另外一个世界的故事了。

因为临时押解入看的任务，斗十方迟了两个小时才下班出了看守所。工作已经经历了无数个形形色色的过客，沮丧的、崩溃的、愤怒的、麻木的，什么样的鸟人都有，突然来了个谈笑风生、淡若轻风的还真不多见。他骑着自行车回家，莫名地想起了这个人、这个名，于是鬼使神差地查了一下“朱丰”这个名字。

“6・12跨国电信诈骗案”告破、中州警方自境外押解归案嫌疑人逾二百二十人、“6・12电信诈骗案”主谋朱丰落网、中州公安新闻公开披露“6・12电信诈骗案”侦破始末……一溜新闻标题映入眼中，惊得斗十方车一停，脚支着站在路上粗粗一览，没想到还真是个人物。

应该是侦查接近终结，准备提起公诉，异地关押到登阳看守所了。这种重犯倒不罕见，新闻里也只有他打了马赛克的照片。让斗十方惊讶的是，和这个名字关联的两个人，还真是故人，刚刚见过的故人，一个向小园，一个俞骏，两人并排坐在新闻发布会的主席台上。

“怪不得这么跩，敢情有两把刷子啊。”

他装起了手机，继续骑车回家，心事重重的，没像平时那么疯喊，不知道是这位喊他故人的朱丰勾起了他的心事，还是反诈骗中心那两位成了他的心事……

新诈旧骗，时隐时现

向小园踱进走廊里的时候，听到了办公室里叽叽喳喳争论的声音，娜日丽的嗓门最大。这个泼辣的姑娘虽然和她性格截然相反，可奇怪地让她很喜欢。

进了办公室，争论骤停。向小园快步走着问：“不要停，继续，没有张屠户，我看我们是不是得吃带毛猪。”

众人一笑。邹喜男推着陆虎。陆虎投着大屏解释道：“实地跟踪失利，不过消息我们还是挖到了点。在登阳市这个阳光大厦里，一共有九十二家注册公司，实地办公的有七十七家，也就是说，空壳的皮包公司十五家。如果诈骗嫌疑人只用个空壳，那他肯定不会出现在这个地方，既然出现了，那他一定就不是空壳，所以，我从这实地办公的七十七家里找，列出来的情况是这样的。”

文化的、代理的、进出口的、金融类的、培训类的罗列一大堆。陆虎看了向小园一眼，继续解释道："如果有问题，而且是近段时间有问题，那连续多月往来正常的就可以剔除，一级剔除去掉了四十四家，有的应该是已经经营了几年的公司，公户往来正常；剩下三十三家，我又做了个二级剔除，用正常公司运作需要的人工工资、水电、网络流量，如果连续五个月以上正常，也可以剔掉，那说明里面有员工，有社保和工资，也有人在工作。如果是骗子公司，这一点是瞒不住的，又剔掉了二十五家。剩下八家，基本就可以一目了然了……"

屏幕上公司的名称锐减了，剩下了四家金融投资、两家小额贷款公司、一家日化、一家煤炭贸易公司。

"金融投资和小额贷款公司出现异常是合理的，P2P公司连连爆雷，做金融投资的基本都成过街老鼠了。小额贷款更不用说了，业务量基本没有了……煤炭是季节性业务，这种公司业务量会在冬季骤增，也属于正常。难道，你是指这家日化公司？"向小园道。

"对。"娜日丽给领导竖了个大拇指。

陆虎解释道："我们刚才争论就在这儿，这家叫金叶日用化学有限责任公司的，成立于今年六月份，迄今为止没有一单业务，连续数月的电量、水量为零，网络流量也为零，突然在近几天内有了流量——我是通过网上电力查到的……员工也是刚刚招上的。我从对应的安保公司里查到了十几张刚制作的门禁卡，就是该公司的。这些身份证登记的有四川的、有宁夏的、有广东的……来自七个省份，十六个人，包括注册法人也是外地人，叫'沈凯达'，三十一岁，重庆人。"

"那问题出在哪儿？难道是……休眠信息？"向小园问。

邹喜男忍不住赞了声："哎呀，头儿都猜着了，陆虎还卖了半天关子。"

所谓休眠信息是指大数据里某个相关个体的信息，突兀地出现在某处某地，这种信息反映出来的事实是，这个"个体"有可能是诈骗团伙养了一个"虚拟"的身份，比如在偏远山区收一些从不出门的人的身份证，作案时用上，等案发警察去追踪，却发现人证对不上号，真正的目标早借这个假身份金蝉脱壳了。

果不其然。陆虎介绍着：“……可能性很大，没有购票信息，没有手机信息，更没有银行卡之类的信息，仿佛这些人就是凭空出现在登阳市的。当然，不排除这个公司派辆专车，跑全国南北东西七个省市包车把他们拉到这儿。”

可能吗？当然不可能。那么出现这种反常情况的解释，就只能是一种情况了：有嫌疑。

向小园略一思索，好奇地问：“那你们争论的地方在哪儿？这个嫌疑很明确了啊。”

“恰恰有嫌疑的，我们又找出相反的东西来了。您看，它的企业代码、营业执照、税务登记，一切都正常得不能再正常了。最关键的是，我通过企业云查到了与它关联的厂家，广东的六家生产厂家，也是非常正常，还有个是地方的纳税大户……最最关键的是，我查了他们公户账户余额，这个小公司的注册资金是四百万，已经花去一百六十万，分别是进货、装修、物业、房租等，目前还有二百四十万……这就没法解释了。”

陆虎摊手了。账户往来正常，可能解释为正规成立，装修完，准备开工的一家公司。与嫌疑相反的是，它们资金充盈，去骗……似乎无从谈起了啊。

向小园听着蹙起眉头来。程一丁犹豫间开口了：“我们当天只是监控到了张光达、聂媚出现在这儿，不一定就在这儿设点诈骗啊，难道不能是去骗这里面哪家公司？”

“程哥，您为什么就喜欢跟大伙反着来啊？”邹喜男问。

“都听电脑的，还要人脑袋干吗？陆虎都没去过现场，你去过现场都说不出个所以然来，我信谁都有问题啊。”程一丁不客气地道。惹得娜日丽笑了。她笑着看向小园。向小园摇头道：“别看我，我可没有窥斑知豹、一叶知秋的本事……咦？还有一位怎么不吭声？好像……还少了一位。”

没吭声的是络卿相，他不好意思道：“我对户籍比较了解，身份是我查的，我比较倾向于同意……我也不知道该同意谁。”

向小园笑道："不盲从是好事，万事开头难，我们都应该做好这个思想准备……嗯，那位呢？才新鲜了一天就睡过了？"

说的是钱加多。程一丁举手道："他给我打电话，说家里有事，请半天假，我呢……就擅自当家了。别说半天，你请半个月都成。"

向小园笑了笑未做评价，回到了办公位置上，接了陆虎的资料仔细翻查了一遍。整个阳光大厦的注册公司她又用不同的方式筛选了几遍，用放大和缩小筛选条件的方式过滤几次，甚至过滤到只剩下一个疑似目标了，那个叫"金叶日用化学有限责任公司"的目标，仍然显示在她的眼前。

安排了陆虎和程一丁出外勤，她佯作随意叫着络卿相进来，进来她不经意地来了句："钱加多请假什么事你很清楚吧？"

"啊？"络卿相一下子被问蒙了。

"不要掩饰。老程说的时候，你已经掩饰过了。"向小园道。眼皮底下的小动作，她还是看得到的。

络卿相笑笑道："也没什么事，他去段村找斗十方了。"

"找斗十方？干什么？"向小园皱了下眉头。

"和咱们无关。"络卿相生怕领导反感，赶紧解释道，"他爸不是偏瘫吗？市里联系了家医院做检查，多多欠人家人情，不好意思不帮忙啊。"

"偏瘫？很严重吗？"向小园问。

"我也不太清楚，好像也不算严重啊。"络卿相道。

"好吧，你去吧，尽可能地再过滤一下采集到的信息。"

"是。"

络卿相告辞出去了。向小园托着下颌怔了良久，一会儿又点着鼠标，搜索着记录仪的留存影像，堵嫌疑人、卖笔的、驻唱的、拉客的……那一幕幕影像勾勒出一个清晰的人格形象：桀骜、嚣张、倔强。

缺乏母爱的家庭，孩子的性格成长总会缺失一部分，或者体会不到别人的爱和关怀，或者能体会到也会拒绝，而且没有安全感。

向小园用她的心理学认知在揣度着这个人，可她解释不了那么多的矛盾。桀骜而嚣张的个性，往往有童年不幸的阴影，如果说斗十方有阴影的话，那不至于对偏瘫父亲还这么上心，而且这种个性的人往往很难驯于制度的约束，可他恰恰相反，不但是个警察，而且是在最严苛纪律和制度下做得很好的监管民警；倔强可能来自内心深处的自卑，但在他身上，向小园没有发现自卑。他那又奸又损的手段，恐怕会让骗子都自卑于自己的道德底线太高了。

想了许久，她不知道被触到了哪根神经，急急起身，换下了警服，中途出去了……

儿子背着爹，儿子的朋友后头扶着，偏瘫的手脚不利索，很难背，从大门口到医院这一段路都累得斗十方气喘吁吁的。钱加多快跑了几步，占了个位置，招呼着斗十方把人先放椅子上。一放下，斗十方坐下先掏毛巾，给老爸擦擦嘴角的口水，老爸不利索的嘴巴哦唔说着什么。

钱加多提醒着："快翻译，你爸说啥呢？"

"我爸说，这辈子最大的成就就是我……呵呵，爸，养儿防老是笔好生意啊，小时候背我，我都不重，你现在多沉呢，来，喝点奶。"斗十方收着毛巾，回身从包里掏了盒奶，插好，递到老爸嘴边。老爸能动的那只手，颤抖地端住了奶盒。

"哎哟！"钱加多发现了新大陆，指着斗本初说道，"十方，你把你爸感动哭了。"

"不能吧，我都背两年了，今天才哭？"斗十方以为开玩笑，倾着身看父亲，那俩眼角果真溢着两行浑浊的泪。

钱加多可是粗线条的，闻言道："那不是你的话，就是我把老爷子感动哭了，呵呵。"

"滚，去挂号。神经内科啊，文大夫的专家号。"斗十方斥着。钱加多转身快跑去了。这时候斗十方才回过身，看着父亲，轻轻地替他擦去眼角的泪。他笑着，很会心地笑着轻声道："小时候，我记得走不动了，就骑在你脖子上，你就经常唱《养儿难》，还记得吗？养儿难，养儿难，养儿这活儿不能干，白天逗着孩子笑，晚上哄着去睡觉，数九寒天怕感冒，最怕娃儿哭又闹……又喂吃，又喂喝，擦屎把尿没的说；

蹒跚学步照看好，跟在后头怕跌倒，牙牙学语到处跑，紧跟大人离不了……”

这是首山东谣，很小的时候学过的，斗十方本来逗老爸笑的，老爸笑着笑着却哭了，哭着哦唔，嘴唇不停翕合说着话。斗十方能明白父亲的意思，他是在说：“……这病就这样啦，不看啦，爸跑一辈子江湖，没落下钱，就落了一身病，小时候你就跟着爸饥一顿、饱一顿，好容易长大了，还得受爸连累，爸这心里有愧呀……”

斗十方却打断了父亲的独特语言，说道：“啊？爸，你说的啥……我今天怎么听不懂啊？爸，你别这样，酒已经戒了，医生都说了，完全有可能恢复嘛……别说话了，这儿人多呢。”

他扶着父亲的身子，拿着喝了一点的奶盒，给父亲整整衣服，笑道：“年轻时候您多帅啊！走南闯北不管哪儿的集市，您这一吆喝，其他摊就没生意啦……当年跟在您背后想拜师学艺的都不止几十个吧，哈哈……”

爷儿俩温馨间，钱加多兴奋地跑过来。斗十方一抬头：“这么快就挂上专家号啦？”

一般排队怎么着也得一两个小时，今天可意外了。钱加多兴冲冲道：“不用挂号了，我给你请了仨专家，连检查带诊断，走。”

“哎呀，多多，我爱死你了。贵不？”斗十方心虚地问。

“谈钱就俗了啊，走。”钱加多扬着头，跩了。

斗十方赶紧把父亲背上，钱加多前头带路，上电梯，过甬道，进神经内科，直接敲响了主任室的门。没想到里面的人早等着了，一位戴眼镜的大夫招呼着护士推来了病床，跟着三位医生把脉的，看体表的，一路推着去标着EBFT神经检测的检查室。进门时，两人被医生屏到门外，让两人在外面等着。

从外面透过玻璃可以看到，里面搁着像未来世界的那种庞大仪器，甭提多高端了。斗十方看着，一把揪住傻乐的钱加多，说道：“我欠你两千还没还呢，刚攒了俩月工资还有点外快，得多少钱，够不够啊？”

“都说了，别提钱。”钱加多斥道。

“你别这样，医院要是你家开的，我就不提钱了，可这……”斗十方指指道。这么先进的仪器再加上这么上心的几位医生，恐怕是钱加多花了大力气了。

“一分钱不花你信不？”钱加多道。

“怎么可能？除非你爸是院长。”斗十方道。

“我爸不是院长，不过那位女的是副院长。”钱加多指指里面忙碌着的一位女医生，口罩白大褂遮得严严实实，看不清相貌，不过年龄应该不小了。

斗十方吃惊地看着钱加多，别说钱加多，就把他爹钱大宝叫来也没这么大面子啊。中州熙和医院有全省最好的神经内科，这里挂个专家号都得五百块钱。

“不对，不对，多多，你脸没这么大，到底怎么回事？”斗十方越想越不对，看钱加多嘚瑟那样，也越看越不正常了。这不，钱加多安抚道：“先检查完再说啊，急也不急这一会儿不是？一会儿告诉你。”

这家伙把斗十方给惊得心里七上八下的，心慌慌地等了差不多一个小时。那位女医生推门出来了，喊着家属是谁，然后带着斗十方到科室里，坐下来一摘口罩，是个慈眉善目的中年女人，很漂亮，不过不认识。她开口问：“你是警察？”

“哦。”斗十方惶恐地应了声。

“患者是急性脑血管病变，同一侧上下肢、面肌和舌肌下部均出现运动障碍，肌力2～4级，属于不完全性瘫……什么情况啊？你这儿子当的，耽误最佳治疗时机了。”医生道。

原因，全是写在斗十方脸上的难堪和尴尬了，他嗫嚅着，语结着。

医生唰唰写着病历，继续道：“药物要配合科学的理疗，才能有最好的效果，可能考虑中西药直流电导入疗法，当然，护理还是最关键的，要供给营养丰富和易消化的食物，满足蛋白质、无机盐和总热能的供给；患者已经失语了，还需要一定的心理疗法……啧……建议住院治疗。”医生道。

“啊？！”斗十方又是惊愕的一声。

医生盯着他，他不好意思吭声了。可能医生识人多，已经看穿了他，出声问："这个医保大部分可以报销，总不能这么拖着啊？等着肌力降到0级，那就全瘫了。"

"不是，大夫，我们那儿新农合报销比例，出了市只有百分之三十，像这种辅助性治疗都不列入报销范围的。"斗十方难堪地道出原因。

"国家有政策，那你这当儿子的也得管呀。"医生反感地看了斗十方一眼。

"我知道，我攒了点……不过，我……"斗十方局促地说。

医生把一摞东西递到了斗十方面前："签字吧，先住下来，费用先挂着账，有多少你先付多少……病房我给你安排好了，看在你也是为人民服务的分儿上，我破一次例……快去办吧。"

"啊，谢谢……谢谢大夫。"斗十方被这个突至的惊喜给幸福到了，很久以来都没有勇气干的事，没想到让对方轻轻松松解决了。他兴冲冲地拿着一摞单据出了科室，办住院手续去了。

第五章
探骗局疑难重重

恩不言谢，恍若初见

车连续行驶了两个多小时。安叔指示下高速口时，收费岗亭的指示灯已经亮了。下了高速，眼前一片山林遮挡，看不到方向，也看不到城市的灯火。安叔示意前方停车。张胖子看到一辆本田商务车，缓缓泊停时，那车上已经下来了一个女人，开着车厢推拉门，请几人上车。

张光达、聂媚、安叔次第出来。安叔叮嘱了黄飞一句，让他跟着。他示意着两人上了前车。那个女司机也不多言，驾车前行着。饶是张光达见多识广，此时也给搞得有点蒙了，自副驾回头问："老安，这去哪儿呀，跑这么远？再不下种，地都撂荒了啊，开支这么大。"

"你又不花钱，赔了算我的，赚了咱们平分。"后座的安叔笑道。

聂媚娇嗔一句道："这多不好意思啊，不过安叔，您真大气，都给我租的别墅，我们当年开生意的，顶多舍得租几间平房。"

"是啊，你们租几间破房都敢忽悠今天睡地板，明天当老板，这都住别墅了，胃口可别太小啊。哎，老张，你们当年组一波局，能捞多少啊？"安叔好奇问。敢情是两拨骗子友情合作，还不是一路。可这话不好说了，张光达侧头看看女司机。安叔明白其意，直道："自己人，她就是给你们找种子的。”

“哦，失敬了……怎么称呼啊？”张胖子问。

安叔说了句“胡总”，这就足够了。大家组个局骗一把都是萍水相逢的，谁也不打听谁的家底已经是惯例。那个微微发胖、相貌普通的女司机并未引起张胖子的注意，他回答着安叔的话道：“不瞒您说，前些年好做，但收费低，所以只能往大里铺，人一多消耗就多，能到我们手里有十几万了不得了；后来玩得多了，越来越不好做了，收费高了，但难度越来越大，不是给雷子封了账户，就是被工商端了老窝，玩得提心吊胆啊，能他妈挣个吃喝钱就不错了。”

“呵呵，但你们有优势，人多啊。”安叔道。

聂媚就着这话头问：“安叔，您这个盘，也需要很多人，我们这一层，您不用担心，要多少有多少，薅羊毛咱们什么办法都想得出来，但是……”

“怎么了？”安叔侧头看向这个风韵犹存的女人。她眼里流出来的贪欲，比她能勾起男人的性欲要大得多，就听聂媚急切地说道：“到现在为止，我还没见过要薅羊毛的羊啊。”

“马上就见到了。我来登阳比较早，有几个月了，已经培养了一批商铺和微商卖咱们的产品，虽然赚得不多，但多少都赚了点，现在有六十多个，成分复杂，当老师的、企事业单位的，还有本身就是做微商推销产品的。”开车的胡总说话了，声音有某种磁性，听着让人舒服。

不过，却很难让人满意。张光达道：“才六十多个种子，太少了啊，我们当年组局，六千人的团都有。”

“这就是南北派的区别了，你们是割韭菜，就面上一片。而我们刨花生，面上看不出来，可一深挖，挖出来的可都是干货。”安叔道。

“好吧，您是前辈，听您的。”张光达不争辩了，不过话里颇有不服。

聂媚缓着气氛提意见道：“安叔，作为行内人，我也得提个醒啊，咱们做的金叶产品一是定价太高，二是知名度又太低，三呢，您囤货量又这么大，要是操作不当砸手里，那可惨了。”

“呵呵，你们搞传销当年可是上卖天、下卖地、中间卖空气，就没空气，也能吧嗒下嘴皮卖个‘1040工程’，怎么有实物让你们卖了，反而心虚了？搞清楚一点，你通过人传人卖虚拟不存在概念，那叫传销，违法的。而现在是卖实体产品，还不是三无产品，这是合法的。”安叔道。

张胖子听得诧异，回问：“合法的，还怎么赚钱啊？”

“呵呵，面上的合法，至于里面非法的操作嘛，咱们当然谁也不能沾，你说呢，聂总？优惠条件我可给开到最大了。”安叔道。

“不一定单纯的优惠就能打动别人的心啊。”聂媚道。

“我只负责打动你的心，接下来就看你的魅力了。”安叔道。他在后座把座位上的箱子拿过来，交到了聂媚手上。聂媚狐疑地打开，借着车里的微光看清时，惊喜地喊了出来，声音极度失态。

珠宝、服饰，还有一双镶满钻坠在箱子里熠熠发光的高跟鞋，还有包，从座位下拉出来的。女人对于美的、奢侈的东西是没有抵抗力的，哪怕是个女骗子。

聂媚已经在车里急不可待地试穿了，看样子是被打动得心花怒放了……

警车……又驶出去一辆。

数了不知道多少辆，一直在反诈骗中心门外徘徊的斗十方终于鼓足勇气走了进去。他安顿好了父亲就匆匆来此了。他在值班室登记，往办公楼的方向走了几步，越走越慢，脚步像灌了铅一样，犹豫不前。

这个楼宇光鲜亮丽，入目皆是纤尘不染的地方让他莫名地感觉到了一种……尴尬。似乎是这种情绪在作祟，他不知道是因为自己在看守所待久了熬出来的职业病，还是因为捉弄了向小园心里愧疚，反正现在站在这里让他觉得有点无地自容。

不过，他还是鼓起勇气进去了，有些事可以不做，有些事必须做。他站到了那间来过的办公室门口，笃笃地敲门。里面应声“请进”，他进来了，一下子惊了，整个小组的人都在。他刻意等到下班时间才来，谁知道都还在。

“咦？十方，你怎么来了？”络卿相抬头，愕然问。

斗十方尴尬地站在那儿，没吭声。众人面面相觑间，隔间里的向小园咳了一声，声音浮夸，明显不是嗓子问题。成功引起大家注意后，她提醒道：“不要辛苦，到吃饭时间了。”

咦？气氛不对啊，不像向组长平时的口吻啊。向小园干脆点着名道：“娜娜，老程，都跑一天了，下班时间还不去吃饭，等什么？”

“哦，对对……走了，走了。”娜日丽明白了，赶紧叫着大伙，一个挨一个迅速起身，直接跑出去了。跑出来就停，邹喜男一拦众人问：“兄弟们，这个八卦谁知道内情？”

“不是请都请不来吗？怎么自己来了？”陆虎看络卿相。络卿相摇头：“我一天都待在办公室，我哪知道。”

“多多肯定知道。”娜日丽道。可惜这个关键时候掉链子的货，今天翘了一天班，问的人都没有。她干脆拉住邹喜男，示意邹喜男去偷听。邹喜男瞪眼不允。娜日丽不理他了，干脆自己摸回去偷听了，结果都心痒痒，全跟着回来了，就连老程都没按捺住心里的好奇。

办公室里，向小园又坐回了座位。她优雅而从容地看着斗十方，美靥如画，星眸如水，美得让人肃然起敬。斗十方慢慢挪着脚步，像在斟酌着说什么。而向小园似乎也在犹豫着，该对他说什么。

什么也没有，斗十方站到了她的办公桌前，深深地鞠了一躬，两躬，三鞠躬，嘴里连说几声：“谢谢，谢谢您。”

“别别别……”向小园赶紧起身，可没料到貌似倨傲的斗十方会变得这么谦恭。她从桌后转过来，拉着椅子，摁着斗十方坐下，道：“你可千万别这样，我就怕这样。”

“再怎么我也得谢谢您，我都不知道该怎么感谢您。”斗十方两眼凄然，既难过又欣慰那种。能让男人放下尊严的事不多，肯定让他遇到了。就听他感激地道：“熙和医院文专家的号很难挂上，每次检查都得等一个月，谢谢您。”

向小园倒了杯水放在斗十方的面前，坐回到座位上，笑着道：“看来钱加多的保密意识要加强啊。”

斗十方不好意思地笑了笑。从钱加多嘴里套实话肯定难不住斗十方，只是意外的实情让斗十方惊愕不已。那位副院长就是向小园的母亲，女儿央娘，那还不是啥忙也帮？

看得出斗十方的局促，向小园示意他喝水，大方道："不用这么谢我，我只是在我妈那儿给你走了走后门，做个顺水人情，费用可以暂时挂账……哦，对了，我妈说，病情不算很重啊，就是有点耽搁了，应该能恢复自理。"

这就戳到斗十方的心事了，他难堪地咬咬下唇，欲说无言。向小园赶紧道："对不起，不该提这个。"

"没事，也没什么不好意思说的，疾病有治，穷病没治……一直想让我爸住个好点的医院来着，一直没攒够钱，都不敢进门，只能隔段时间来查查，用点药。"斗十方轻声道，他似乎还有点畏缩地观察着向小园，见她没反应，又像解释一样说着，"我知道，我的行为可能有悖于警察的职业准则，可我……总不能眼睁睁看着不管吧？我们家一直条件就不好，我爸穷了一辈子，也没啥指望，还不就指望儿子了……我都不知道该怎么说……"

"什么都不用说，我理解了。"向小园道。能让一个男人屈服的软肋有很多，如果在家人身上，那并没有什么可笑，反而让人心生敬意。

"谢谢……我……我会想办法尽快还上钱……可能时间会稍长点。"斗十方道。

向小园此时一笑，说道："为什么我听这句话，似乎缺乏底气？"

"是没底气，我也在担心我还能撑多久。"斗十方羞赧道。

"也是，每个人可能都会有面临这种选择的时候，生活的压力和生命的尊严，不管你选择什么，我想都不单纯是因为自己的原因，所以，都值得尊重。"向小园道。

低头的斗十方脊梁微微一颤，慢慢地抬起头来。一直支撑着他的倔强，来自不舍的亲情，来自生活给予的压力，来自身边那些鄙夷、嫌弃以及冷眼，从未想到过，有一天也会来自……一份尊重。

"不许说谢谢。"向小园蓦地警示。那严肃的表情把斗十方逗乐了，他不好意思地点点头。向小园郑重告诉他："不说谢谢的原因是，这个世界是功利的，包括我……真想感谢的话，就来点实际的，别光嘴上抹蜜，说得好听，对不对？以你的江湖经验，怎么说？知恩图报得义气对吧？"

"嗯，没问题，您看上哪个骗子了，我帮您逮回来。"斗十方也严肃道。

这决心表得向小园噗地乐了。她起身，叫斗十方过来，坐到她的位置，拉着几个文件夹，推过来一堆文件资料，笑道："我要的是你的思维，可不是要你出去再把傻雕抢一回……这里有我们建组以来所有的存下来的资料，前期的准备不可谓不充分，大数据罗列分析了近两千例诈骗案嫌疑人，关键的案情信息我总结出来的有几百页；走访了基层民警、刑警，特别是参与过诈骗案的警员，有二十几个，铁路警察朱家旺这份给了我们一个完整的'风马燕雀金评彩挂'的描述……总而言之，我们是在恶补诈骗知识，以期它能够对将来的反骗工作起效。"

"哦，我明白了。也……不太明白啊，八大骗这是街头把戏，这么高规格的警务对付他们有点大炮打蚊子了。"斗十方道。

"说得对。事实上是，大炮有时候打不着蚊子，大大小小的行动组织了不知道有多少回，结果你知道的，重复犯罪率高、累犯比重高、参与人员基数大，这个痼疾的根源在哪儿？是我们上面指挥层面考虑的事，不管你对我们整个警察队伍持何种看法，但有一点不会变的，所有人努力的方向肯定一致，为人民服务、为群众创造一个安定和谐的环境。"向小园倚着桌子道。她隐去了关键的节点。

斗十方看着资料，思忖道："意思是，想深挖细查，穷根溯源，怀疑可能从传统骗术里，有成气候的嫌疑人……或者，犯罪团伙？"

"啪"的一声，向小园兴奋地打了个响指，指点道："一点即透，主任都没你反应快。"

"这不明摆着嘛，也算优势？"斗十方愣了下。

"呵呵，不是所有人都有机会养成你这种对犯罪特殊的直觉的，我想学习的，就是你这种直觉和思维……给你两个小时，八点钟咱们集中学习一下怎么样？你参与一下我们的讨论？”向小园邀请道。

斗十方有点受宠，却没有若惊，只是面带微笑点点头。

“OK，地方借给你了。还没吃饭吧？稍等一会儿我派位美女给你送一份……水在那儿，抽烟的话打开窗户，两个小时后叫你……”向小园说着，脱下了警服挂起，准备出门去食堂，出门时回头，恰和正偷瞄他的斗十方目光碰触。她读不懂这个人的目光，总觉得他似笑非笑，还隐藏着什么。

“噢，对了，我也得说句谢谢。”向小园说道，一指她的办公桌，“你又给我找男朋友，又给我挑花的，还没机会说声谢呢。”

“哦哟”，斗十方一咧嘴。向小园掩上门，把这位遮着额头难堪笑着的，独自留在办公室了。

向小园脸上的笑意未去，就全僵在脸上了。走廊站一排竖耳朵的打了个照面，没来得及跑。尴尬的娜日丽赶紧圆着：“头儿，我们等你一起吃饭呢。”

“哦，太好了，吃完饭一起值夜班吧，咱们再这么闲着，中心都快有意见了……娜娜，你先别急着吃，打份饭给斗十方送过来。”向小园说着，优雅地走了。把一群八卦属下刺激得龇牙咧嘴，都埋怨地看着娜日丽。娜日丽厚着脸皮追着向小园先一步溜了……

花开两朵，各放其艳

“情况就是这样。”

向小园在俞骏的办公室里，简要叙述了今天发生的事。俞骏却通过监控在入神地看着翻阅资料、聚精会神的斗十方。那投入的样子给他一个错觉，仿佛这不是一个辅警，而是一位警中要员，正在用思维去破解着面前的谜语。

“俞主任……俞主任……”

“啊？哦！”

连叫几声，俞骏才回过神来。他看看向小园，做了个鬼脸，并无歉意，指着道："这笔生意划算啊，你就找你妈开了个小后门，顺水人情换了这么个高手，划算，太划算，我怎么没想到这招呢？"

"这不是生意。他的自尊心很强，别说我们没法解决，就真出手帮助，他都未必接受。"向小园道。可能换来尊重的原因是，给予了对方同样的尊重。

"这个先放放，你并不欣赏这样的人，为什么又请回来了？"俞骏欠着身子问。

向小园笑了笑："不欣赏是之前，现在不一样了。"

"在知道他选择这种生活方式的原因之后？"俞骏反问。

"对。还记得吗？那天晚上，我们回单位见到的那些出夜市的人，你都说了，一个人把所有尊严都放下去赚最辛苦的钱，这种年轻人现在不多了。很庆幸，他是我们警察中的一员。可对于他个人可能是不幸，这个职业能得到的收入抵消不了生活给他的压力。"向小园道。

观感已经全盘改变，俞骏看了眼光越来越复杂的向小园一眼，笑了。他起身道："那检验一下，是块顽石还是块金子。"

"他反应很快，应该能满足您的期待吧。"向小园犹豫着下了个大致定义。

俞骏开门道："其实你现在和我一样期待，但我们都会走进一个心理误区，那就是既希望我们的属下信仰坚定、纪律严明、不过红线，同时又希望他们像犯罪分子一样胆大心细，敢想敢干……哪有那么好的事啊？如果是块顽石，那和我们区别不大，你会失望的，但要是块金子，会很烫手的。"

蔫蔫的俞骏点破了向小园的心思后，踱出办公室了。这个点评恰是向小园的心理写照。她的心在摇摆不定，既希望这位对骗术耳熟能详，又害怕恰好是那样，因为骗子身上所有的特质都是和警察职业相悖的。

进了会议室，除了钱加多，人已经到齐了。稍等片刻，斗十方敲门进来了。俞骏指指主座的位置。斗十方犹豫了下，走上前。俞骏怪怪的表情示意，他不谦让了，干脆坐下了。

“不用介绍了啊，娜日丽，老程，大邹，他叫陆虎，还有一个是你朋友。”俞骏随意道。邹喜男应景招手打着招呼：“嗨，你硬塞给我两支黑金笔，不会忘了吧？”

其他人嘿嘿笑了，气氛为之一松。斗十方面带笑容道：“惭愧，让你们把我底全摸清了……主任，组长，您让我说什么？八大骗的情况朱前辈讲得差不多了，案情呢，胶着不好判断，我看了半天，不知道该给大家说什么。”

“江湖传闻、市井逸事，想说什么就说什么，我们呢，都是对‘骗’这个字极度渴求认知的，轻松一刻，随便聊。”俞骏道。

“哦，是这样！”斗十方想了想，看看大家热切的目光，挑剔似的一个一个看过，犹豫道：“从总体上讲，有句话说得好，七十二行，诈骗为王……因为大家觉得不需要什么技能，上下嘴皮子一吧嗒，钱就到手了，事实上呢，不是这样的，一个骗子所具备的技能，需要长期的磨炼才有可能得到，不要小看他们，每一个骗子，都堪比一个实践经验丰富的心理学家。”

开篇就让向小园皱眉头了。俞骏用眼神制止着她，出声问：“这个理论我隐约听到过，但有点言过其实了。”

“那是您没有真正见识过，比如我在见第一面的时候，就看出来了很多事，以您为例，不介意吧？”斗十方笑道，面对着俞骏。俞骏摇摇头，道：“不介意，来，你骗骗我。”

“左手，伸出来……事业线，很旺，中间有分岔，您的职业生涯似乎有过一次大的挫折……别奇怪，我可没有权限查看您的履历。您的婚姻，嘶……在座的没人知道吧？”斗十方金口一开，吐的全是珠玉。撑着手的俞骏像被揭破了隐私，脸上不自然地抽了抽。

“您和您那位，是不是已经办手续了？”斗十方小心翼翼地问。

俞骏气得手一收，眼一瞪，要发作时又觉得不妥，强行按下了。斗十方像故意刺激他一样直接道：“没有办，应该快到那个极限了，牵绊的无非是父母和儿女吧，您父母双双一个无……对不起，主任，触到您的伤心事了，我有点造次了。”

俞骏难堪地叹了口气，被斗十方真诚的目光所动，他化解着尴尬道：“生老病死，谁能躲得过……咦，我个人信息？”

尴尬之后有点怒意了。向小园赶忙摊手：“我们哪知道！”

“相由心生，有时候看得出来的，比如娜日丽，我第一次见你就看得出来，你单身，擅长拳脚，不是汉族。”斗十方目光转向娜日丽。

娜日丽一笑，道：“是知道我名字捎带知道我不是汉族吧？”

“你可以这样认为，但我也知道你的家住在景西路一带，你从小不在中州长大，是后来迁来的。”斗十方道，直接把娜日丽噎得瞪眼了。

“老程。”斗十方一指那位好奇瞄他的，点评道，“当过兵，家里不止一个兄弟，经济状况差……你和你老婆……离异。”

老程眼滞着，像给吓住了。斗十方再一指看笑话的邹喜男，点评道：“大邹，独生子，警校毕业，双职工家庭，上过子弟学校……嗯，铁路子弟学校。”

邹喜男笑意全成惊容，他看向陆虎，似乎在询问这货是不是查他们的家庭了。陆虎笑道：“你要能猜出我的家庭来，我就服你。”

“你上一代是山东人吧？靠近海边，国考考进来的，上的是一所985或211大学……虽然猜不出家庭，但我猜得出你谈过不止一个女朋友吧？而且还有被倒追，但目前为止，你心还是花的……你来自某个刑警队，辛苦而不受重视的岗位，后台的技侦？”斗十方笑吟吟地说着。

陆虎被刺激得表情不自然了，特别是花心一说，让他翻着白眼，想否认，发现已经晚了，因为前面的猜得似乎都对，这个都不会有人认为是错的。

“络卿相就算了，我们认识。”斗十方道。

络卿相赶紧拱手相谢，谢兄弟不揭丑之恩。向小园诧异地看斗十方，像发现新大陆一样，居然没看出来还有这种本事，可这种本事出来得太不合时宜。她看俞主任愣着，出声制止道：“这个玩笑回头再开，我们……”

“这就是我要说的骗子，八大骗之首的‘金’，铁口断金……一个骗子和普通人的眼光是不同的，他们用心看，所以能看到更多的信息，他们也必须这么做，因为只有这样，才能找到目标的弱点和喜好。如果你们不知道我的身份的话，现在已经全部上当了。”斗十方道。

俞骏恍然大悟，拍桌道：“你的话有陷阱，说‘父母双双一个无’，一个都没有了说得通，只剩一个也说得通，可要两位都健在，你怎么说？”

“我的语速很慢，我会说父母双双一个无……恙。”斗十方轻声道，惹得向小园笑出声来。俞骏眼神呆滞地看着这货，气愣是撒不出来，怒意十足地问：“那我和我家里……我正在打离婚官司呢。”

众人一愣，这可是实打实算出来的吧？

不料斗十方摇头了，解释道：“是你告诉我的。您的衬衫领子已经洗不净了，手指上的烟黄太深了，牙上的烟垢也太明显了，这样的形象身边应该没女人，否则会被嫌弃的……恰恰我发现您的眼光看女人有一种避而远之的，类似厌恶那种……所以我这样问，您的婚姻，嘶……在座的没人知道吧？婚姻没问题表情应该是惊讶，反问我什么问题，但你的反应是脸色一黯，那岂不是自己告诉我，有问题了？”

向小园这次憋住了，没敢笑。大邹却没防备，笑喷出来了，赶紧捂着嘴。

“这叫暗示，一种心理暗示。从你的情绪被我带着走，你就已经上当了。我接下来问你，您和您那位是不是已经办手续了，你气得手一收，瞪了我一眼，没发作，我就知道没办，否则你会很落寞或者很无语地避开这个话题，但表现相反，我就猜得到，您没办，不过快到那个极限了……对不起，俞主任，我只是想说得形象点，并没有揭您隐私的意思。”斗十方诚恳道。

俞骏翻了一个白眼，一欠身，被气笑了，无奈说了句：“继续，再颠覆一下我的三观。”

“好，如您所愿……八大骗起源于市井，在民智未开的时候显得很神秘，但现在来说，其实很简单，比如‘彩’，就是那些摆个摊玩藏三仙的魔术师，除了语言陷阱，其实还有视觉的陷阱……谁有烟，给我一支……视觉的陷阱有时候会给人以启迪，那就是，所有你看到的都不会是真相。”

斗十方要了俞骏一支烟，掐下了过滤嘴，两手掬着做碗状，扣着过滤嘴两手交叉换位着，让猜，你明明看到在左边，它就去了右边；明明看见在右边，它就去了左边；猜他两个手都有，一伸手都没有；再猜都没有，斗十方唰一声手往桌上一拍，凭空拍出来七八个过滤嘴来。

这江湖伎俩玩的，可让一干反骗警员瞠目结舌，大开眼界了……

山珍海味流水般上了满满一桌，觥筹交错杯来盏往喝得意兴正浓。

坐落于青山县域的这个温泉度假村规模虽小，可因为毗邻旅游胜地清明上河园的原因，生意颇好，今天生意尤其火爆。一家叫金叶的团队包下了两层客房，餐厅都不够大，直接把宴会改到多功能厅。几十人吃喝的场面，其中不乏吆五喝六猜拳，三五抱团灌酒。酒到酣处最早推销金叶产品的胡老板给大家介绍了新来的“营销总监”聂女士。这位聂总监一出场端的是惊艳全场，让凌乱的宴会出现了短暂的停顿。

如瀑长发，娇媚容颜，远看赏心悦目。待她娉婷踱来，只觉香风暗袭，如饮醇酒。如果说温柔的女人是金子，漂亮的女人是钻石，可爱的女人是名画，那这位惊艳出场的聂美人绝对是宝藏，身上仿佛缀满了金子、钻石以及名画，牢牢地吸引住了全场的目光。

“大家随意，我带聂总监挨桌敬酒，认识一下。”

那个女司机几乎没有存在感了，领着聂媚就近到一桌，殷勤地给聂媚斟酒。聂媚和这桌客气几句，盯上了一个三十多岁的女人，她碰杯时突然说道：“陈姐是吧？你对咱们的产品一定抱着怀疑态度。”

“没有，哪有啊？”那女人有点紧张了。在聂媚贵气和洋气的气势之下，她像丑小鸭一样莫名地紧张。

“如果不怀疑产品，那就是对自己没有信心喽。女人得对自己好一点，舍不得给自己花钱可不行。”聂媚道。这话让那个女人显得尴尬了。胡老板适时解围道：“陈姐家庭拖累重，上有老，下有小，还得管俩弟弟。”

“哦，对不起，对不起……这样吧，陈姐，回头公司给你家的闲人找点活儿，多赚点补贴家里。胡姐，记住这事啊，这个月办了……陈姐，别告诉别人啊。”聂媚以闺密的那种私密口吻附耳轻说，听得这个女人感激不已：“谢谢聂总。”

“不客气，为我们共同的事业干杯。”聂媚和全桌干杯，仰脖一饮而尽，白皙的肩胛和胸脯让在座一个正喝酒的结结实实噎了一家伙。

敬过这桌，胡女士轻声道：“那个长胸毛的胖子，姓于，搞运输的，是个重点户。”

“OK。”聂媚轻声回道，对于重点客户，那得重点关注一下。

敬酒的工夫，这个于胖子惊异地发现聂总监就站在他身边，还亲自给他斟上了酒，先敬他了：“于哥啊，公司可以出面协助你解决一下贷款问题，你的情况胡老板说了，不过您得保证如期还款，而且还得保证月销售额在二十万以上。”

这就有难度了，于胖子不好意思地道：“咱家有物流生意，金叶就是家里婆娘闲着没事做点，一月顶多卖个几千，要二十万，真有难度。”

“那是我来之前，既然我来了，就没有难度。提前给于哥你们透个信，咱们公司在其他省的营销投入非常大，这些客户资源呢，我会分享给大家，能不能卖出去，就靠你们个人能力了。平台一样，产品一样，赚得可不一样哦……哦，对了，于哥，以后公司发货由你代理一部分。”聂媚道。

“哟哟，这我得敬聂总一杯，贷款那事儿真能下来？”于胖子一副奸商嘴脸，谄媚道。

“这么说吧，不但给你解决，而且保证你在两个月里赚到贷的金额，要赚不到，我个人赔您。”聂媚大气道。

“不敢，不敢，我得敬您一杯，这趟可没白来……我先干为敬啊。”于胖子兴奋地灌了一大杯。

又一桌搞定，安叔这个姓胡的女司机微笑着看看酒意盎然、一颦一笑越发妖娆的聂媚，深感这个人选择得对，这货简直就是男女通吃。她提醒着：“下一桌那个秃头的，老婆是信用社会计。”

“看女人流口水那个吧？”聂媚问。

“对。”胡司机道。

只听聂媚口哨轻吁一声，不待介绍已经凑上去了，仿佛不胜酒力，一不小心扶了下秃头哥的肩膀，差点摔倒。秃哥赶紧扶着，两人来了个近距离的接触。聂媚不好意思地说道：“哟哟，谢谢张哥，贪杯误事啊，早听说您的风采，我得敬您一个。”

“聂总监，您客气啥？一家人啊。”秃哥受宠若惊地，舍不得放开柔软的小胳膊。

“一家人，那你得帮帮妹妹啊，数你出货多，也就一两万，以前铺底不要求业绩，这个月可是要业绩了，您看怎么办吧。”聂媚瞬间变成了娇嗔的语气，似乎对付这号色欲秃顶的老男人很有奇效。

“妹妹啊，这可真有点难，咱们这价格高，定位也高，我也是凭关系给单位送福利。”秃顶哥说实话了。

“那这样啊，哥，我要跟你打个赌，这个月让你收入翻十倍，不够了妹妹赔给你。不过说好了，您得全力以赴，而且得全力配合……”聂媚娇嗔道，“妹妹赔给你”“全力配合”说得莺声燕语、语带双关。听得秃顶哥心花怒放，连连点头：“必须的，不过……十倍？”

“以为我吹牛啊？在座大家都听到了啊，这个月公司给大家全部免费铺货，卖了再结算，公司是全力以赴支持我们区，销不了全部退回来。”聂媚借话题一转身，很得体地又拉远了和秃顶哥的距离，这话却是对着全桌人说的，“不但在供货和结算上优惠，而且，我们已经有了庞大的客户资源群，一定保证大家卖得多、赚得多。这么说吧，单人过万，团体三万起跳，赚不够，公司补，怎么样？”

“好，聂总威武。”

“好，听聂总的。”

一桌喝得面红耳赤，被美女、被收入撩得心痒痒的男女，杯子重重地碰到一起。

沉闷的男人，就用优雅对付；好色的男人，就用暧昧撩拨；老实一点的男人呢，就用礼貌赢得好感……这几十位还真不在话下，半瓶酒的工夫聂媚已经俘获了不少人。桌上的窃窃私语，已经围绕着生意能赚多少，是不是能狠捞一把的话题展开了。其实都是过来人，谁都有自己的判断，逼格这么高的招待，还有这么漂亮的女总监，每个人的心里多少都有点蠢蠢欲动。

气氛，要的就是这种气氛，这和传销洗脑一样，一个封闭的环境会限制人的思维。这种宴会本来圈子就小，再加上酒的麻醉，似乎和那种洗脑有异曲同工之妙。

张光达眼见着聂媚又和一桌男女坐一起闲聊了，他起身悄无声息地出了厅门，抽了支烟点上，向阳台的方向踱去，顺手给在这里的安叔递了一支，笑着问道："老安，你不进去啊？这里是私人开的温泉酒店，不用担心留下影像。"

"待宰的肥羊，有什么看头？"安叔抽了口，吐着浓浓的烟。

张光达道："我观察了，家境一般啊，没几个肥的，而且不一定都上道。"

安叔道："一只肯定不肥，多了就肥了，要把一群羊赶上船你知道用什么办法吗？"

"什么？"

"很简单，只要头羊跳上去，后面就跟着上去了。"

"那谁当这个赶羊的？要折我这员女将我可舍不得啊。"

"由利驱之，都不用赶。"

安叔回过头了，云淡风轻一句。这话让文化不高的张光达想了半天才懂。一直以来老安的高深莫测让他很费脑筋，他直接道："跟你说个正事，啥时候引见下你老板啊。传说中的金瘸子，我可是仰慕已久啊。我们同行里有转行做电信捞钱的，好像就是这个人给培训的，能不能带兄弟玩一把那个？"

"等玩了这把，恐怕你都不想那个了，风险要比这个大得多，我们有位兄弟就是栽在这个上面，真以为雷子是吃干饭的？电诈的养种子、转账、取钱、洗钱，留下一堆证据，网络的记忆可比人脑袋要好多了。国外是什么太平地方你了解吗？我那兄弟干这行时，地方黑白两道收他一半保护费……再加上开销，真落到手里算自己的，没多少啊。"

张光达道："哪行能没风险啊？咱们这个……来钱也不多啊，而且这投资吓人呢，就算翻一倍才多少啊？"

"呵呵……听说过一句诗吗？醉翁之意不在酒，功夫都在诗外。"安叔笑道。

张光达愣了，难堪道："老安，你寒碜我不是？我这文化能懂诗？这句我好像懂啊，隐约懂……不跟夜总会喝酒一样，其实都是其他目的……"

"差不多，你理解力不错嘛。那你就没想过，只做一个局，只收割这么几个人，你都觉得亏，我们难道傻呀？多学学传统文化，否则你即便在局中，也看不穿局中有局。"安叔道，诲莫如深地笑笑，不往下说了。

嘶，张光达倒吸凉气，愕然了，然后思前想后，却找不到局在何处。不过，他知道面前老安的水平肯定是他望尘莫及的，还有他看出来了，盘子要比想象中大，那钱自然比想象中要多，这让他喜出望外地看着老安。

张光达没有多问，庙堂上，做学问达者为师；江湖中，做局者高者为尊，这位高人，越来越让人琢磨不透了……

"我也说说，朱前辈讲过的这个'挂'字，可能有点耸人听闻啊，不过是史实，在《清稗类钞》里有翔实的记载。"

斗十方从"风马燕雀"讲到"金评彩挂"，和朱家旺不同的是，他讲得更形象，而且很多会操作，比如玩两把"彩"，比如扮几口"金"，如果不是年纪搁那儿，你真以为面前这位是星相占卜全懂的隐世高人。不知不觉两个多小时，一眨眼就过去了。

"哎，等下，这个'挂'，现如今还有现实意义？"俞骏问。

"当然有啊，比如现在人造的景点，就深合'挂'字的含义。光咱们省，董永与七仙女传说起源地就有五个县，都说自己正宗；王莽撵刘秀传说是四个县；传说王莽、刘秀吃过的美食，能数出十几种来吧？其实这就是个噱头。"斗十方道。

众人听得笑声连连。一贯语出惊人的俞骏今天是处处受挫，他摆摆手——你讲吧。就听斗十方道：“《清稗类钞》记载，‘毁伤面目，刖割手足，为玩物敛财之具也’……意思是，把人当作赚钱的工具，做法有很多种，搞成残疾是最轻的……”

邹喜男听得做着鬼脸看其他人，听斗十方说又是另一种感觉。他说得云淡风轻，没有朱家旺那么凝重。这些让人憎恶的骗术，有很多能被演绎出黑色幽默来，比如……直到现在还尴尬的俞主任。

“大致就这些。主任，那我……”

“我们还没听过瘾呢，是不是啊，同志们？”

“是……”

众人齐齐鼓噪。连向小园也不客气了，出声道：“多多都替你在医院守着了，多待会儿呗，其实你前面说的我们基本了解了，所以……”

“前面白说了，现在言归正传。”俞骏一唱一和，说得他自己都笑了。

斗十方笑了笑，道：“好吧，具体的案情我可不想参与。我知道你们纠结在哪儿，这个忙我帮不上。我水平再高也不可能比天眼看得多、看得远；智商再高，也不可能在做这局前就看出这是个什么局来。”

俞骏愣了下，这倒是实话。他道：“小伙挺谦虚的，说得我就不信。都看出我离婚来了，我就不信你看不出他们怎么骗钱来。”

敢情不在乎了，破罐破摔了。大伙暗笑间，陆虎把准备好的投影放了出来。斗十方赶紧道：“主任，你们这案情分析会我参与不合适啊，保密条例我懂的。”

“就没有发现什么秘密，有什么可保的？”俞骏直接指点着案情说道：“向组长用了一个月的时间，从大数据里挖出来了个王雕，你老相识了，王雕还带了个拖油瓶，就这个包神星。一个骗子，一个贼，然后这一对贼骗随后联络上了组织……但这个组织很奇怪，张光达，老传销分子，屡次被打击；聂媚，传销里的讲师；还有个黄飞，伤害罪前科……再加上大数据分析在阳光大厦里，可能这个金叶是他们窝点，可反常的也在这儿，金叶的账上资金充盈，不像那些传销分子兜里一毛钱不揣，就准备掏别人兜里钱……这些碎片化的信息，你给我连起来。”

似乎报复斗十方给他的难堪，俞骏出难题了。斗十方笑笑道：“这个我真做不到，很简单啊，只要追着账户走，迟早会露馅。”

“不是迟早，是只迟不早。”向小园出声道，她看着众人，向斗十方这位外行解释着，“以前查账都得经过省总行，封账户就更慢了，即便现在进步了，也没有那么快，从申请到冻结需要三到五天，不含非工作日，即便急事急办，也得两个工作日……还不包括我们内部的审批，所以大多数经济案件结果都是冻结一小部分，跑了一大部分，等你耗时耗力去追，那些钱不是挥霍了，就是消失了，只要一出境，追回的可能性基本就为零了。”

“哦，这样啊。这个谁也没治啊，钱就是唯一的证据，钱要没走，都不能认定诈骗不是？假如这拨是骗子的话。”斗十方道。

“你说得太对了，问题是大多数时候，人比钱跑得还快，他猫着个地方收钱呢。”俞骏道。

也对，斗十方不好意思笑笑，道：“您看，这我就外行了。”

“不不，你的思维很奇特。好吧，咱们简单点，你说这几个人吧，是不是在准备诈骗？”俞骏道。

“那肯定的。”斗十方道。

“陆虎，继续放……咱们换个思维方式，从地点上看，王雕屡次来中州，回溯的行程是这几个地方，多亏你抢了包神星一部手机，他们跑的地方就这些，张光达、聂媚和黄飞的行踪我们还未能掌握。你说这同伙间，差异也太大了点吧。”俞骏道。

王雕和包神星所走的都是些老城区、小胡同，几乎都是公共监控覆盖不到的地方，和阳光大厦的环境、张光达的坐驾、丰乐工业园的环境放在一起，直接就成云泥之别了。

俞骏解释着再要问时，向小园伸手制止了他。他回头，看到了斗十方痴痴地看投影，良久才咽了咽喉咙，目光变得肃穆了。

“看出什么来了？”向小园轻声问。

“要干大活儿了。”斗十方愕然道。

“什么大活儿？”向小园问。

斗十方却摇摇头道：“什么大活儿我不知道，但我知道要干大活儿了。原因就在这儿……金河里、四棉厂老家属区、六堡一带，是大量三无人员聚集的高危地带，他去这些地方只能有一个目的，找人。而在这里找人，目的也只有一个，干大活儿。”

“为什么在这儿找人就是干大活呢？”向小园道。

“你知道有一种人，穷到连自己身份证也卖了，换饭钱的那种吗？”斗十方问。

向小园一愣，还真不相信。程一丁开口了，解释道：“被人追债无处可去的、赌得倾家荡产的，还有抽到家破人亡的，甚至还有离家出走的未成年人，钻在城市犄角旮旯的这类人不少……十方，这种人，都不敢见人的，能干什么大活儿？”

“不用见人，他们顶个人就行……或者这些人就杵那儿，等着警察去抓，你们抓到的那些骗子公司，公司里还不都是这么一帮不知情的？”斗十方道。

俞骏反驳道：“没错，但多数是招聘一帮什么都不懂的大学生或者打工仔，像这种三无人员，可怎么控制啊？”

“所以才叫干大活儿，敢威胁或诱拐这种人的，您觉得会是什么人？而起用这种人的优势是，他们根本就没有退路，绝望的人可比穷疯了的可怕，而且这不是一个人，是一群……真让他们尝点甜头，您觉得还有什么不敢干的事吗？又不是杀人放火。真到事发的时候，留这么一拨人给警察，光核实一下身份的时间，就足够他们销声匿迹了吧？”斗十方连着几问，句句敲在重点上。

众人面面相觑。斗十方敲中的重点，没有解决任何问题，而是把侦破这个假设要发生的“诈骗”难度，无限抬升了……

此消彼长，黯然神伤

俞骏毫无征兆地推门进来的时候，把围坐在屏幕前的向小园、程一丁等人吓了一跳。自打昨晚被斗十方刺激之后，俞主任还没有正常过来，今儿这一上班，神神道道地在楼道里自言自语，谁也不理，现在倒好，变成神经了，摸进向小园的办公隔间，在废纸篓里翻拨着。可能找到要找的东西了，他哈哈长笑两声，站了起来。

"主任，您这是……需要叫医生吗？"向小园不知道神经来自何处。

"这家伙，在这儿就已经想好了要个把戏，其实是故意要了我支香烟。"俞骏走到众人面前，摊开手，是昨晚斗十方变出来的几个过滤嘴，明显不一样，一个是他给的，另外却是……斗十方的，他在向小园的办公间已经折好过滤嘴了，就等着开会忽悠大家一下子。

"我请教了一个会玩魔术的，他是夹在手缝里的……你猜有，他夹着就不放；你猜没有，他一放，就有了；你一不小心，他把藏着的全攥手里了，一下子给一个大惊讶。过去的藏三仙啊，是海绵球，夹在指缝很容易，你看……"俞骏着魔似的跟大家玩着，不过手法太过拙劣，夹在指缝里都露着一截。众人哧笑时，他解释道："这得训练，还真不是一两天工夫就能玩好的。"

"您准备练这个？"向小园瞠目问。

"不是，我在找他为什么能看到那么多。除了心理暗示，还要带动你的情绪，关键时候在你的思维盲点上戳一下，我就是上了这个当……比如你，老程，你这不修边幅的，我也猜得出来，就是有老婆也得被嫌弃，还有你陆虎，顿顿吃饭啃大葱的味这么重，籍贯除了山东还能是哪儿？至于猜到娜日丽的落户，我也想通了，这个傻大姐刚报到时给财务上复印的身份证还搁这儿呢……这是关键时候用真实诈你一下，哎呀，把咱们就吓住了，这和获取别人信息诈骗是一个道理啊。"俞骏指点着。果见娜日丽的身份证复印件压在工位文件下还露了一角，随便瞄一眼就成算出来的天机了，但突然一说，谁可能想到这个细节？

这么聪明，但是问题来了，陆虎愣着问道："主……任，那，那你这么英明，咋也跟着上当了？”

俞骏轻轻地在他脑袋上一扇，笑道：“大意，这不大意了……哎呀，把我想了一晚上，这跟头栽的。”

向小园笑道：“心服口不服吧？”

“呵呵，非要长他人志气，灭我们自己威风吗？小络啊，这个小妖怪是怎么练成的？”俞骏躬身看屏幕，随口问。

络卿相回答道：“他爸是跑江湖的，等安顿下来，十方都过了上学年龄了，家传呗。”

“嗯？那个胖妖怪呢？”俞骏又问，该上班的也没来。向小园汇报道：“我给他安排了项任务，让他去医院了。”

“也好，落个清净啊……前面的两位已经到了？”俞骏表情严肃了。陆虎接驳着通信。娜日丽和邹喜男已经到场准备进入了，两人测试影像时还晒了晒身上的消防官兵制服。

嗯，思路换了，就等看结果了。陆虎随着两人进阳光大厦的位置推移，捕捉着整幢大厦里的各个大小公司的影像。有保安陪同着，都被邹喜男借故打发了。两人径直奔向标记的四家可疑公司，重点是“金叶公司”。娜日丽一推公司门就进去了，很意外地撞上了黄飞。她气愤地喊道：“嗨，你们这儿装修把消防栓堵住了啊，有隐患啊，还有这儿是禁烟的，你浑身烟味，是不是把烟雾报警也堵上了？”

被检查的自然是赔着笑脸和好话。邹喜男和娜日丽就搁这公司讲了一堆消防安全知识，每个人发放一本消防安全手册。目的呢自不用说，反诈骗中心的远程联网，已经把领消防手册的人体貌特征一个挨一个咔咔嚓嚓给捕捉了个正着。

“哎，这样才对，做人做事不能老实，瞧这么思路一换，多轻松啊。”俞骏夸奖道。

程一丁笑着道：“这是以骗对骗啊，咱们也快成骗子了。”

“想得容易，没那么简单。没听斗大师说，所有你看到的都不会是真相，既然这么高危，而且这么容易查的人扎堆在这儿，那我觉得，恰恰这儿，什么事都不会发生。”俞骏道。

向小园略一思索便想通了：“对，这是搁个空架子，等着事发后让警察去端窝的。”

“没错，这算是八大骗里‘挂’字那一诀吧，刖其手足、变其面貌的引申，给人改头换面换地方，制造一个假象和噱头。”俞骏道。

“有了！”陆虎喊了声。终于在拍到的体貌里找到了比对的对象，一个叫吕大亮的身份证在无锡出现过，银行取款的系统里捕捉到的影像，而这里也有一个“吕大亮”，两个体貌放一起完全不同。络卿相再从户籍资料里调出来原始照片一比对，金叶公司的这个“吕大亮”，确实是如真包换的西贝[1]货。

“户籍照片里很多失真度大，年限一长更不容易辨认，如果假借别人的身份证，除了航班、银行、安检等一些查得较严的地方可以识别，普通使用身份证的场所是识别不出来的，最起码住店、办执照之类的，就识别不了，有些代办公司直接拿着法人的身份证就可以办理。”络卿相提醒道，这是他的专业。

“哦哟，现在是心服口服了，这小妖怪怎么瞄了眼王雕去的地方，就判断出要干大活儿了？老程，你也是多年的老刑警了，咋就没看出来呢？”俞骏问。

“老刑警不如小妖怪呗。”程一丁找了个无懈可击的理由，把俞骏逗乐了，他一挥手道：“让他们俩尽快撤吧，别演砸了……这下麻烦了，这让登阳市警方怎么预警啊？就是说了人家也不能信啊，说一帮骗子准备了几百万资金，招了一帮三无人员准备搞事情？这案情比故事还难编合理呀。”

这可能才是他真正为难的地方。他挠着头，踱出走廊开始犯难了。又查到一个也是假身份时，向小园循声出了办公室，等着头大的俞骏转过来，两人相视，几乎异口同声说：“怎么办？”

然后齐齐笑了。俞骏笑道：“我知道你想什么，想着静观其变，张网以待，可你想过没有，万一烂摊子太大，我们又预先知情不报，那罪

1 “西贝”，贾，音同假。

过可就大了啊。”

“一预警就鸟兽散了，就用了个假身份证是多大罪啊？教育一下或者拘留十五天？那地方还有个消息树的功能，万一被查，或者发现异常，整个发案肯定就停了，或者易地、或者逃之夭夭……我们可是好不容易才追了王雕这一条线，磕磕绊绊一个多月才摸到一个即将发生的骗局的一角，我就不信，你舍得没开演就砸场？”向小园道。

“我当然舍不得，可是……”俞骏被问住了。

“我也想向局里汇报，预警，可是我实在没什么可汇报的啊，总不能讲，我猜骗局要发生了吧？”向小园学着俞骏的口吻道。

这个提示让俞骏眼睛一亮，然后醍醐灌顶般地道：“也对，总不能把猜测的东西给领导汇报，带偏领导的思路就不好了，我再想想……十方父亲的病情你多关注下，有什么事及时告诉我……他这家里有后顾之忧啊，案子继续侦查，人员的事我请示一下上面，从长计议。噢，对了，还有一件事……”

“什么？”向小园驻足了，第一次见到俞主任这么犹豫不定。看到他时，他身子已经进了办公室一半，可能是故意的，最后一件事随口说了出来：“昨天在食堂，我不该当众训你啊……对不起。”

话音落时，人已经进去了。向小园怔了，怔了片刻又笑了，笑容在她的脸上一闪而逝，等进了办公室，又恢复了她庄重的仪表……

“噢……噢……我知道了，放心吧……Yes，Madam！”

钱加多在走廊里接着电话，啃着苹果，装起手机，又啃了两口把核往垃圾桶里一扔，脑袋伸进病房里，打着口哨。闻声的斗十方悄悄退出来。有了熟人好办事，本来需要排队的理疗第二天就开始了，父亲正在护士的指导和引领下慢慢走着。虽然嘴上说是不用治吧，可儿子真这么上心了，还是燃起了他的希望。眼看着父亲精神头大好，斗十方的心情也跟着好了起来。

到门口，他被钱加多一拽，直接拉出来了，斗十方道：“你去上班吧，老待这儿干吗？”

“我在这儿就是上班啊，领导派我来的。”钱加多道。

斗十方无奈地说道：“昨晚让你帮我看着点，你只待了半个小时就不知道疯哪儿去了。今儿你来了才二十分钟，吃了仨苹果，跑了两趟厕所，我顾得上干吗呀，还得陪你扯淡。”

“你看你这人，纠结什么细节啊，我好歹也是一片心嘛……哎，领导可上心了啊，还专门给我打电话了。”钱加多得意地道，就是向小园问了问情况，钱加多一概回答挺好，这话的关键在于引申，引申的结果是钱加多期待着问：“要不你也来反诈骗中心吧？咱兄弟们到一块儿乐和，考虑考虑啊。”

这似乎已经在意料中了，斗十方摇摇头，坐到椅子上，悠然道：“看守所里，戴戒具的是坏人；出了看守所，戴戒具的可就是警察了……我在里头多舒服啊，一半时间上班，一半时间自由安排，上班的一半时间，也在自由安排，不来。”

“你看你，人得有点理想啊，对吧？老关在看守所有意思啊？”钱加多劝道，一劝发现不对，又改口道，“不能这么劝你，你丫有点变态，搁那里头自得其乐呢……那这样，你有啥锦囊妙计教教我，我学会了替你还人情去，哥我再露一手，也刷刷存在感不是？就跟抓傻雕那样，哎呀，你不知道，可把他们看傻了。”

“这个……”斗十方看看钱加多期待的表情，实在不忍打击兄弟的智商以及对美好未来的渴望，他想了想，说，“小骗好抓，大骗难防啊，控局者找不到，这案子谁也办不了。”

“等等，你说什么控局？”钱加多问。

“就是幕后Boss，比如包神星那个贼，相当于新手村的菜鸟；比如王雕呢，顶多算一个青铜选手；比如那个疑似骗子公司找的人呢，是一帮刷副本的。真正的王者高手，在骗局里是不露面的，恰恰找不到这个人，那这个案还是办不成，就是把下面的人都抓了也没用。早抓吧，不可能，你没掌握人家的犯罪证据；晚抓吧，幕后大佬早卷钱跑了，只能抓些喽啰。”斗十方道。

“我懂了，所以只有一种办法，把他们团灭是吧？”钱加多果然听明白了。

斗十方惊讶道："我去，都说恋爱中的人智商下降，你倒相反了，智商上升了？"

"我也觉得我聪明了。"钱加多被撩拨得忘乎所以了，两眼放光，丝毫没想到应该怎么去团灭。

斗十方可不点破，神秘地告诉他："那赶紧去上班，好好表现，别让人家嫌弃你……有事业、有追求的男人才会得到美女青睐，千万不能老往这儿跑啊，你说你对工作都不上心，那种事业型的女人怎么倾心于你呢？"

"哎呀，好像有道理。但是，是向组长让我来的……"钱加多愣了。

再难解释的，斗十方也能解释通。他恍然大悟道："看看，说什么来着？女人天生害羞，你挑明了，她还没有过了自己心里那一关，所以故意支开你，你怎么可以让她得逞呢？好不容易赢得点好感，几天见不着不又凉啦？"

"哎，对呀。"

"知道对，还不赶紧上班去？"

"哦，那我走了。"

"去吧，去吧，我回趟所里，晚上要回不来联系你啊。"

"好嘞，OK。"

钱加多心里一有事，就顾不上其他了，风风火火地走了。斗十方又在理疗层的等待席等了很久，不时地伸头看父亲扶着双拐缓慢行走，偶尔爷儿俩相视，他会给父亲一个鼓励的笑容，不过头一转过来，脸上又成了愁云惨雾，于是又习惯性地掏出那一摞单据。单据上合计金额后那一串数字，让他面带苦色，让他头晕目眩，让他不止一次觉得胃里泛苦。他知道压力会很大，可从来没有想过，会这么大，会像山一样陡然压到身上。

理疗快到中午才结束，斗十方给父亲打了饭，看着他吃了，又和父亲聊了几句，便匆匆出了医院，上了公交，直去客运站，在客运站登上了回登阳市的大巴车……

下午四时整，时间卡到准点，黄飞恰好看到了运货车辆驶进登阳市阳光路鑫盛物流市场，远远瞅见押车的王雕坐在驾驶室里。他在前面挥着手，领着两辆车进了卸货地，那儿，公司的“员工”都等候已久了。

小装卸机卸货，很快，钢网围着的大院子堆成了两人多高的货山，车一让开地方，来领货的销售商们已经到场了。黄飞嚷着王雕和包神星，让这两人负责指挥分货，剩下的“公司员工”，就负责给经销商们往车上搬了。

“B020134两箱、C234154三箱、E342124四箱……赵姐，您拉得下么？”

“没事，往车里塞，不行拆开箱放车里，架不住来两回。”

“好嘞，您歇着，我们来。”

“甭客气，一家人，师傅抽烟。”

一个开着起亚车的女士，平时一箱半箱的，今天爆棚了，直接塞满了一车。这机会难得啊，先货后款，卖完才付款，做经销的谁还不是可着劲往家里塞？至于货款嘛，卖了再说呗。

快上完的光景，聂媚适时出现了。她在登记的小房间里招手叫着，经销商进来时，她拿着一摞纸神神秘秘地递给这个赵姐，叮嘱道：“您一定拿好，这可是从其他省代理手里得到的共享资源，能不能卖给他们就看您的本事了啊。”

“行不行啊？生打生的不在朋友圈里不好做啊。”赵姐犹豫道。

“聊呗，回头我在圈里分享几种聊天方式啊。其实大家进入了一个误区，总觉得产品好才能卖得俏，其实不是这么回事，是卖货的人卖得好，产品才能俏，脑白金就过节送礼一招电视广告轰炸，赚了几百亿；小罐茶，那还不也是收智商税的……姐，你听我的，卖不了您又没损失不是？”聂媚安抚着这位，高高兴兴地把人送走了。

下一个，继续教，又塞给了一本所谓的“共享资源”，那人偷着乐地拉着一车货走了。

眼见着成山的货物渐渐少了，小登记室里厚厚的一摞打印本子也快没了，前后不到两个小时的工夫，登阳市前期发展的五十四名经销商已经把这里的库存去得差不多了。聂媚出门叫着黄飞，跟没顾上来的联系，直接送货上门呗。

市场出租的车辆甚多，很好找，这闲杂活儿自然由“员工们”干。王雕招回来的一干人此时精神面貌大变，个顶个人模狗样的，还真像那么一回事。找车歇着的工夫，王雕蹭上来，给黄飞递了支烟，点上，随意问：“飞哥，我找的这人咋样？”

“不错，每天给一百块，乖得很，就有一个犯贱被揍了顿，扔回中州了。”黄飞道。那个被揍的手脚不干净，住一块儿偷别人钱，都不用黄飞动手，他一起住的那些难兄难弟就把他打了个半死。黄飞说着，也随口问：“你们那儿没事吧？”

“没事，吃了睡，睡了吃，闲得都快长毛了。”王雕道。

“闲日子到头了，马上要忙起来了……”黄飞叹道。

这恰是王雕看不懂的地方，他小心地问：“我还没看明白，这咋整呢？把货都白给人家了。”

黄飞神神秘秘地笑了，他道：“安叔是你叔，你问我呀？”

“我不敢问，我从小就怕他。”王雕道。

“光怕啊？你还应该信他。我跟了安叔这么几年吧，就一个字，服。”黄飞叹道。

“不服不行啊，我蹲苦窑都是他照应着。就那里头都有他的关系。”王雕道。

“既然服，那你就等着看吧，很快这些人就要来抢货了，到时候恐怕你想闲都难，呵呵。”黄飞神神秘秘地笑着。王雕虽然不知内情，但他放心了。

两个小时后，这里一扫而空。临时租用的是于师傅的场地，他老婆也是金叶产品经销商，拿了几百租金，一小笔意外之财，又被黄飞架着请吃了一顿，自然是喜出望外，说什么这号客户也得保持个长期往来关系不是？酒过三巡，下次来货的时间都敲定了……

这个异常举动被在登阳的两位反骗警员侦查到了。两货厢产品，分销至几十人手里，如果是正常的销售也罢，偏偏主持的是聂媚、黄飞、王雕一干人，还有那个存在问题的“金叶公司”，这就不得不引起重视了。中州反诈骗中心两位主任就此事商议之后，定下了一个侦查迁移的计划，即准备把X小组的保密侦查向登阳市迁移。

现在是针尖对麦芒铆上了，中心迫不及待地想看看，这个至今都没有发现的幕后Boss，究竟在组一个什么样的局……

这一天，其实斗十方也回到了登阳市，下午两点就到了公安局政治处，管人事的地方。虽然已经从警两年零八个月，可他除了集训，几乎没有离开过看守所，能见到最高的级别的也就是个大队长。在市局那些来来往往警装鲜亮的同事面前，他实在有点自惭形秽。

偏偏来得不巧，下午是主任开什么安全会议的时间，他只能在那儿坐等。一直等啊，等啊，从警的一幕幕在他的脑海里显了一遍又一遍……押解、值班、询问、检查，几乎是枯燥的重复，可为什么让他觉得如此难以割舍呢？

是一种威风？或许是。他从小跟着父亲摆摊卖货，受尽冷眼、漠视以及鄙夷，这和穿上警服的感觉截然相反，在看守所里，哪怕是怙恶不悛、十恶不赦的，哪怕是恶贯满盈、杀人放火的，在身着警服的看守面前也会乖得像只小猫。他喜欢警服，喜欢那种感觉，喜欢那种被好人尊重、被坏人恐惧的感觉。

可是……他局促地拽拽自己的衣角，这种局促和尴尬同样来自这身警服。他不止一次地憧憬着成为一名真正的警察，哪怕收入菲薄，哪怕环境恶劣，哪怕压力很大他都可以不在乎，他在乎的只是，不要像小的时候一样，还有人用异样的眼光看他。

可他依然是个另类，入籍通知迟迟未下，父亲也病倒了，这个坚守的本心在合计金额面前变得不堪一击，摇摇欲坠。

胡乱地想着，快到下班的时分，终于听到了脚步声，两位警官说着话过来了。他起身站直，敬礼，喊了声：“报告”。

“咦？你是……”

“登阳市第三看守所辅警，斗十方。薛主任，我找您。”

“哦……我想起来了……你进来吧。”

跟着进了政治处的办公室，那位主任坐下，放好文件夹，几次看斗十方，像在斟酌什么。斗十方直接问："报告薛主任，我来就是想问一下，我同期参加考试的同事都已经接到入籍通知了，我为什么还没有。"

"啧……这个事，正在研究。"薛主任稍显犹豫，如是道了句。

"主任，我希望听到确定的结果，而且我也准备好了接受打击。"斗十方道。

薛主任又瞄了他一眼，淡淡应道："研究之后才有确定结果，你先回去吧。"

"我可以把这当作是拒绝吗？入籍黄了？是我个人问题还是指标被人占了？"斗十方问。

"啪"，薛主任拍着桌子，怒声问："你怎么跟你的上级说话呢？"

"黄了对吧？否则你不会如此恼羞，我听说我们所里分配去了一名干警。"斗十方道。

"呵呵……一个所里的辅警，呵呵，质问到政治处来了。政治处的分配还需要得到你的首肯？"薛主任气极反笑了。

"报告薛主任，这不是质问，我有权知道真相。如果真相不能令我折服，我会为我穿着的这身警服感到羞愧，因为它代表着公平和公正。"斗十方道。

"哟嗬，这小辅警厉害了啊。"薛主任被噎住了，他看看斗十方，一侧身拿了份文件佯看着，头也不抬道，"回去等着吧……要不，你替组织上来做个公平公正的决定？"

冷冰冰地被搼回来了，斗十方难堪地站了良久，然后悻悻地转身，轻轻掩上门，走了。

他不知道自己是怎么走出公安局大院的，只是一路快跑着往车站的方向奔。很多路人都觉得这位一边跑、一边抹眼睛的警察奇怪，不，他在哭，他哭得很伤心。最后，他把警服脱了，把警帽包起来，包得整整齐齐拿在手里，却舍不得用它擦眼泪。

可他止不住哭，就那样哭着，奔着，几次狠心想把手里的警服扔进垃圾桶，却因为狠不下心来而泪流得更狠了……

撒豆成兵，点石成金

X小组的侦查迁移是在18日晚上悄无声息进行的，征用的是一处纪检委办案基地，市招待所后院。那儿的保密堪比看守所，环境呢，又和会所不相上下，关键这里还处在闹市区，离鑫盛物流公司直线距离还不到两公里。一夜休整，终于有目标、有活儿干的外勤们信心百倍地开始投入侦查任务了。

不过接下来，信心就又开始被打击了。

10月20日，外勤拍下了四辆大货往鑫盛物流卸货，还和头一次一样，不到两个小时的时间里，货就分流到了几十名分销商手里，开车的、雇车来拉的，甚至还有货厢直接送到指定地点的。这种商业上常见的事对于警务分析而言，就成了海量信息了。

车号关联户口，得考虑可能不是户主借的车；住址关联户籍资料，得考虑是不是租赁房屋。这些尚且罢了，最关键的是身份认定。陆虎和络卿相忙碌了一夜才确定了一半，这一半经销商有无业的，有教师群体，有当地的个体户，有数个有前科的，甚至还有数位家属居然是公务员。

百思不得其解的异象其实很简单，到今天分析出来了：微商。

对，就是那种扒拉扒拉手机，发图片，发价格，聊着聊着就能把东西卖出去的新型商业人才。

这个无门槛的模式有个很大优势就是扩散快，最早发展不到六十人，三天后能监控到的，已经攀升到八十人之多。到23日，又监控到一拨出现的生面孔，成功破百，关联的微商已经到一百一十多人了。

10月24日，俞骏赶赴登阳，他带来了局长办公会议的决定：摸清人数、有的放矢、一个不漏。

这个命令让主持登阳侦查的向小园傻眼了，罗列出来的参与人员名单把俞骏也看迷糊了。已经有一百多人了，外勤根本跟不过来。几段辛苦追踪拍下的记录，结果都是欢天喜地地去快递网点发货。向小园通过技术手段查到了一部分收货点，怎么说呢？天南海北，涉及七八个省，也就是说，这些神通广大的微商，把“金叶”产品，不知怎么就在短时间卖到了这么多地方。

“有问题，这里面肯定有问题。”俞骏敲着桌子，如是判断道。

像进入迷雾森林的小组成员面面相觑。向小园说道：“这才几天，几百用户，涉及八个省，二十多个城市，别说大数据，就大罗神仙也一个一个查不清啊！”

“黄飞什么情况？”俞骏问。这个貌似闲子的，位置似乎越来越重要了。

程一丁排出了对黄飞的跟踪记录，吃饭、上班、夜生活，其他倒正常，就是夜生活不太正常，带着一拨人晚上往KTV去了，出来时人数翻了一倍，记录仪上给出了解释：一个个搂了个女的出来了。

这场面看得俞骏惊呼了：“哎呀我去，这是组团去解决生理问题了……王雕呢？”

问到这儿，邹喜男有点惭愧。向小园替他说了：“每次拉货就出现，一跟就消失，还是追踪不到。我们怀疑除了阳光大厦、除了鑫盛物流市场、除了幕后藏匿的地方，还应该有个窝点，可能是货仓，我们怀疑在丰乐工业园区，可一直找不到。”

陆虎插了句：“那儿的监控一直被破坏，说破坏也不算破坏，反正不是给堵个塑料袋，就是糊一层黑乎乎的煤泥，刚清理很快就又有了。我们准备明天开始蹲守，看这群家伙是不是在那儿。”

俞骏明白了，小组投鼠忌器，而对方这些混不吝的蟊贼、毛骗肯定是肆无忌惮，偏偏丰乐工业园区那种厂多人少的地方，最难做到的就是隐蔽侦查。他思忖良久，摇摇头道：“再等等，离封盘还早……向组长，资金监控情况呢？”

“从20日开始回笼资金，但22日，账上所有的资金都转走了，收款方是广东厂方，这也是这些产品对应的生产厂家。我判断，可能还要有更大批量的货要来。”向小园道。

哦，忘了提及，此时的桌面上，就放着向小园绕了几个弯买回来的产品：牙膏、香肥皂、洗面奶、护发素、面膜、洗发养发护发水，光洗发水就二十多种，还有洁厕的、洗衣的、香氛的。据向小园说，没买全，高端的百十种，低端的有两百多品类。

那这个问题就来了，即便定价高点，也归不到诈骗一类啊，但要不归到诈骗一类，总不能张光达、聂媚、王雕这类货色改邪归正，要做正当生意了吧？

“我知道你想什么，我们也在找问题，也怀疑是不是诈骗。也就奇怪了，明明就是一群骗子，搞得风生水起还就找不到一点毛病。”向小园道，涉众的案情很难处置，现在已经开始往那个方向走了，处置的方式肯定是确认违法，及时刹车，否则酿成群体事件麻烦更大。

只可惜这个“确认”太难了，商讨一夜无果，只能继续侦查，寻找证据……

25日，娜日丽蹲守终于等到了聂媚。她大大方方地住进了登阳酒店，然后大大方方地招来了那帮干微商的姐妹，把登阳酒店的餐厅给包场了。那个场面着实嗨得热闹，喝酒聊天K歌，最后走时还一人抱了一大箱。这天反而是加了一个经销商微信、坐在家里的向小园最早得到了详细信息：有人拍下了发在朋友圈里，标题是，家人们，又来新产品了，八十八元家庭体验装，后天到货。

还有一条是：恭喜我们赵姐等十位姐妹喜提本周销售金奖，货款返还十个点，不玩虚的，公司经理现场给的现金。

“如果……这就是一场质劣价高的营销推广，那路子可就全偏了。”

向小园面对着一桌子产品，拿着那些微商发的图片，心里如是道。毕竟奸商和骗子的信条是一致的，如果真是擦边的营销，那还真轮不着警察去查他们。

但接下来的事又跳出了她的判断，当夜聂媚连夜出走，去向不明。因为晚上车人都少，根本无法跟踪，这伙反侦查意识极高的人物，靠监控根本找不到他们的行踪，顶多找到出入的路口，然后……可能是步行消失，可能是换乘车辆离开，无数种可能里，你无法去准确判断。

又过了三天，继鸟枪换炮之后，又换成原子弹了，送货的不是卡车，而是通过货运列车运来的，负责追踪的程一丁、邹喜男看得都咋舌了，六十吨的那种货厢，整整两车皮，两辆货厢车拉了四趟。

这时候，全组都开始怀疑抓王八摸进乌龟窝里，岔了……

“发货，这儿，十箱。”

“自己扫码。”

“代收货款怎么填……哎，小兄弟，你给我填下。”

“等下，等下……”

某通快递网点，一个穿着艳丽的中年女人，抱着箱子在柜台上和快递员办手续，满脸的喜气洋洋，传达的分明是幸福和美满。事实也是如此，快递员都有点羡慕地问：“赵姐，您这发货量赶上一家小公司了啊。”

“咋？货多不好呀？”赵姐问。

“不是，我是说，都给我们网点成不？我们上门收就行，多省事啊。”快递员道。

“对呀，给我留个电话。”

“名片给您。”

很快发完，这位赵姐骑着她的三蹦子离开了。

在她身后不到一百米，陆虎收回了摄录，刚放下，驾驶位置的络卿相捅捅他道：“快，又来一个。”

“哦哟，天哪……这些微商怎么骗回去的？”陆虎干脆把摄录放到了前置物台上，懒得拿了，一下午就没停过。准确地说，这些天一直就没停过。

“是不是错了啊？”络卿相犹豫道，“现在网络让全民皆商成为可能了，我这朋友圈里，生活用品基本就能被这些微商包圆了，总不能把人家都当骗子吧？虽然价格黑了点。”

“如果仅仅是你情我愿的买卖，那倒无所谓，但是……你觉得张光达、聂媚这对货色可能做正当生意吗？”陆虎道。

络卿相回道：“这归工商局查吧？以前传销也是工商局查，说不定变异了。”

打擦边球，洗脑，如果虚拟交易换成物物交易的话，这诈骗还真不好界定了。陆虎想着道：“那些产品……”

“向组长已经和省工商联系了，检验是合格的，定价高还得找物价局……但是，总不能因为定价高就定性为诈骗吧？”络卿相反问。

“哎，我去，怎么过来过去，怎么着也是把我绕死胡同里呀。”陆虎敲敲脑袋。以前没有线索，处处碰壁；现在是线索千头万绪，像陷进泥沼里动弹不得，更难受。

两人腹诽的时候，收到了向小园收队的命令，急急回返。

另一队是从西陶镇归来的，下车的程一丁、邹喜男风尘仆仆的，准确地讲是灰头土脸的，两队恰在临时驻地招待所后院碰面了。陆虎一看就忍俊不禁了。邹喜男疲惫地向他竖了个中指，累得都懒得说话了。

进到二层驻所，邹喜男把摄录往桌上一搁，恨恨道：“我在西陶丰乐工业园外面庄稼地大棚里窝了两天三夜，终于把这货给找着了，大家看……”

找的是王雕，放出来时，程一丁快进一段，然后看到了，包神星扛着竹竿，噌噌攀上监控灯杆，嗖地把黑塑料袋套到了监控探头上，然后另一个从猫着的地方出来了，虽然距离稍远，但能辨认得出，就是那个神龙见首不见尾的……傻雕。

向小园重重地叹了口气，被气得有点胃疼。就这俩货，自18号到今天，已经30号了，用了差不多两周才找到踪迹。

“我们一直跟着他，找到了当地工业园区25号仓库，打听清楚了，那儿原来是做摩托车配件的一个小五金厂，今年连厂房带仓库都租给私人了。丰乐工业园区这种情况不少，有的其实就是挂个项目圈片地，专做厂房出租，签租赁协议也签给私人，走公户要交税不是？”程一丁介绍着，两人从经常跑这里的司机嘴里套的消息，而且更大的发现是，多日不见，王雕在丰乐工业园住地也聚集了二十多个人，都不知道干什么，货运吧，似乎根本不需要这么多人。

“不会吧？养这么多人准备打家劫舍啊？”娜日丽把进度条退回去，又看了一遍。院子里打牌的，仓库里忙碌的，粗粗一数还真有二十多个陌生面孔。

“你们俩一会儿再休息，正好凑一块儿了，咱们讨论下，就目前这个情况，说说自己的想法……我先来，这些日化、洗涤、美容用品，已经送检了，不是三无产品，出自广东湛江××厂，属于金叶公司跟他们的贴牌产品，且不论价格，质量是合格的……这种情况在现今市场上很普遍，很多商家专注于拓宽营销渠道，把生产和运输都交给第一方，这一点没问题，包括他们公户账务往来，没有任何问题。”向小园道。

娜日丽接着道：“我追踪到了聂媚两次，都是和微商聚会，其实也不用我追踪，向组长加了一个微商，活动都能实时看到，不是发布新产品，就是喜提什么什么奖……还好，这家比较务实点，没有喜提法拉利或者高铁之类的。”

众人一笑。陆虎道：“我追踪商家标本，到目前为止已经达到一百八十多个，这其中有个疑点啊，队伍膨胀得也太快了吧？”

“只要赚钱，还有嫌跑快的？没看那赵喜梅赵姐，她老公，她俩弟弟，她俩弟媳妇，光她一家就八九个人干这个。”络卿相道。

“那还有个问题，怎么卖出去的？这前后没几天啊。”陆虎问。

“这个我倒是知道。”向小园道，拨弄着手机，给大家群发了几张截图，是加的那个微商在撩向小园，反正就是这产品怎么怎么好，洗涤液啦，给你专门拍一盆洗得黑不溜秋的脏水；美发的，给你发几张用前和用后截然不同的对比。向小园道：“营销的惯用套路，好在价格不贵，上百名销售员在卖力推销，这销量应该可观。”

“那就不对了啊。”邹喜男愣着问，“总不能傻雕洗心革面了吧？丰乐工业园区那拨人干什么的？”

“前期是他们送货，现在干什么？货都通过铁路运输了。”程一丁纳闷了。

“这好像是个奸商组局嘛……哎，那位在就好了，咱们都没做过生意。”络卿相道。他期待地看着向小园，向小园视若未见。

这人不经念叨，一念叨就来，话音落时，就听到了钱加多的大嗓门在喊：“主任，哪间房？”

“204。”俞骏的声音。

娜日丽一开门，抱着东西、满头大汗的钱加多就进来了，两筐水果，他掀着盖子自己先咬一颗，给大伙扔着。这些天钱加多同志负责队伍的后勤，已经成功赢得大伙信任了，只要你想吃啥，他就能给你找来，而且只要一条街上哪儿有好吃的，他不知道是凭感觉还是凭嗅觉，总能找得到。坐着吃的工夫，俞骏进来了。钱加多赶紧给领导递了个橘子，然后笑吟吟地坐到了向小园身边。向小园已经习惯这种难堪了，她笑着翻了翻白眼，然后钱加多幸福地羞涩了一下下，差不多就把在场的都给噎了一下下。

看完了最新情况，俞骏把摄录一放，道：“那咱们的判断是对的，但是我有点迷糊，要真是奸商，咱们可就糗了，白忙乎了。”

“我们也正在讨论，疑点太多，但是合理的地方更多，而且我们无法进入这个圈子，或者即便我在这个圈子里，也不知道真相是什么。”向小园说着，突然想起了一句话，那是斗十方在介绍八大骗时说的：所有你看到的，都不会是真相。

“无所谓，成了是经验，错了是教训，侦查本身就是排除法，如果是正当的商业行为，我倒求之不得呢。可我实在无法说服自己，张光达、聂媚，包括王雕这类货色能够脱胎换骨，重新做人啊？你们注意到一点没有，如果真是正当的商业行为，为什么他们连自己的真实姓名都不敢用？为什么还要这么鬼鬼祟祟的？”俞骏问。

众人神情一凛，对呀，走着走着怎么就忘了初心了？从根儿上讲，这根本就不正常。

“在我接触的诈骗案里，基本都和这种情况类似，发案以前，怎么查都正常，比如零元购，就是融资平台给用户的返利，他吸纳存款是合法的；比如现在乡下扫码换鸡蛋，就是某个APP平台扩大业务量，也不算违法。但是把公民信息一用到违法用途，这就玩大了……单看前面那一截，不违法。”俞骏道，咔嚓咬着苹果，就是看不穿后半截。

娜日丽问：“那主任，咱们怎么办？只能等爆雷再收拾烂摊子？也不像能爆雷的啊，这些微商鬼精鬼精的，想骗他们没那么容易吧？”

“不能这么形容微商，你才鬼精鬼精的。”钱加多突然发难了。娜日丽愣了下。络卿相赶紧解释道：“多多几个表姐，基本都做微商。”

哦，娜日丽歉意道：“对不起，我是说这拨人……多多，你一家都是商人，你看这个怎么赚钱？”

俞骏也好奇了，干脆把分析的数据给钱加多解释了一下，账户流转多少钱，进货粗略估算多少钱，一大堆监控数据、影像给钱加多一股脑儿灌进去，本来想让他闭嘴，谁知道钱加多一扒拉，道：“这还用看，赔钱生意。”

“啊？那你说说，怎么赔的？”俞骏问。

“想短期把市场做起来，必须砸钱，最好的结果是够本。你看啊，我给你数数，人工成本，一人一天最少得朝着一百块钱算，你这人脑袋数数，得有大几十号人，再加上租车、场地、请客吃饭，得多少钱？这么大盘不砸几十万，根本起不来。”

“但你看，现在起来了啊。”络卿相反问。

“所以肯定老板砸得不少嘛，这人哗哗往里进，那肯定好处不少啊，没钱谁伺候你啊？”钱加多道。

俞骏眼睛亮了：“继续，有时候简单才是真相。”

“这也不难啊，给他俩钱不就哄进来了？进来只要能赚上钱，那肯定不走了。”钱加多道。

“那这货卖得很多啊，海量，前后根本没几天啊。”陆虎问。

“这个……”钱加多想了想，眼一瞪，计上心头，拍桌子道，“造假呗！”

“造假？！”邹喜男愣了，反问，“你脑子不正常吧？自己的生意造什么假，骗自己啊？”

“啧啧，你自己傻不能觉得别人都傻，做生意造假是基本功，比如那开发商天天喊，最后十套，优惠价什么什么的，其实一共卖的还不到十套……你路过步行街，有那么几家天天贴跳楼大甩卖、血亏大甩卖，还有更狠的，今天搬走，吐血甩卖，其实你看吧，他天天在那儿吐血甩卖，最后吐血的是占便宜的，他们自己在数钱呢。”钱加多严肃道出这些商家的秘辛，惹得大家哧哧直笑。

向小园赶紧劝阻着：“好好，停一下。”

“嗯，停了。我都不想提赚钱，太庸俗。我要当警察，这多高尚！”钱加多道。

这句听得众警察可是笑不出来了，也只有不愁钱的多多能这么潇洒和纯粹。

俞骏摆手道：“言归正传啊，今天来呢，有个题外的消息给大家说一下，中心向市局申请，准备给咱们组添个人手，我这些天就办这个事，大家猜是谁？”

“斗十方？”络卿相眼睛一亮。

“哟，大师要来？”陆虎喜形于色。

“这个妖怪不知道能不能对付得了这群妖孽。”程一丁笑道。

娜日丽却对那位观感不佳，懒懒道：“来了有什么用？咱们还不都傻瞪着眼吗？”

俞骏看众人反应不同，又看看向小园。向小园也喜形于色，点头道：“现代的黑白较量更多在智商上，而这一块，可能是我们的盲区啊，我期待他的表现。”

看来这是商量好的，奇怪的是俞骏却撇撇嘴。向小园惊问道：“怎么，又有变故了？”

“对，昨天才知道，他已经连续几个班没去看守所了，辞职了。”俞骏道。

“啊？！”向小园大惊失色，“这……这……”半晌说不上话来。气无可泄时，她瞪着钱加多。钱加多愁眉苦脸道：“我也不知道。我每天都去医院走一趟，好好的啊，谁知道，这货翘班翘得挺牛×，直接不去啦。”

“大家抓紧时间休整一天，这事估计短时间没结果。向组长，你跟我去一趟登阳市局。多多，你晚上负责安排大家吃饭，价廉物美，包大家满意啊。”俞骏道。他看看表，和向小园一起离座。钱加多这眼力见儿颇好的，赶紧上前给领导开门，而且送上了一个欣喜的笑容，把向小园给刺激得赶紧加快步子走了。

“招咱们都没这么上心过啊！”邹喜男酸酸地道。娜日丽应和着：“还是辅警好啊，说开溜就开溜。”

“啧啧，事办不了，毛病倒多了，我就是辅警，怎么了？”钱加多不乐意了。娜日丽笑道：“多多，没你的事，随时都能当逃兵的，能当队友吗？”

“哎呀，肯定不是这样的。当辅警好几年了，都考过了，同期的别人都转了，他不知道为什么没转正，再说，他爸这一病，医院每天就得好几千,一下子扛上这么多债，咋还呀？他虽然脸皮厚吧，这么大金额肯定也不敢朝人张口借……你们甭看他啥也不在乎，其实挺好面子，又爱逞强……哎呀，就是这不够意思，这么大事都没告诉我。”钱加多怏怏不乐地坐下来开始生闷气了。

家家都有一本难念的经，人人都要遇上过不去的坎，这么个家庭情况让大伙有点同情了，只可惜这种爱莫能助的事，也只能化作一声长长的叹息了……

假象似真，真相似假

阳光大厦各公司灯光渐渐熄灭，员工们三三两两开始离岗时，黄飞掐了手里的烟，一步三摇地从安全出口往金叶公司踱来。他是以公司保安身份在这里出现的，可能没人会想象到，这个公司是由一位“保安”说了算。

当然，表面功夫自然是得做到位了。他进了公司门，在座的数位还是专注地待在工位上。这可真不是装的，公司可是实实在在安排活儿了，干啥呢？发微信呗，怎么样和客户交流得发，商品的价目表得发，催收回款得发，到货通知自然也得发。本来以为有难度，可自打这些人吃上喝上偶尔还组团嫖了回女人之后，剩下的努力就都成自发的了。有时候黄飞都有一种错觉，假如公司真这么善待员工的话，没准还真能赚到钱。

瞧瞧大伙这干劲啊，公司经理“沈凯达”现在打字都噼里啪啦不带卡顿。黄飞进去时他头也没抬，还是黄飞出声问了句：“沈总啊，地址信息分发下去了吗？”

“分了，应该都收到了，都已经开始催货了。”“沈凯达”道。

“回款信息还差谁？”黄飞问。

“还差七八家，估计不好给，得上门催了。这些人还给他们货吗？”“沈凯达”道。

“给。”黄飞道。

这个字让“沈凯达”抬头不悦地盯了黄飞一眼，看得出都为公司考虑，有主人翁意识了。黄飞转身暗笑，都有点可惜这个人了，不独他，在场的他都觉得可惜，于是他拍手道：“兄弟们，明、后天周六、周末就不到这儿上班了，都去货场帮帮忙，为了表示感谢，今晚沈总带大家一起出去吃顿饭、喝顿酒，然后嗨歌去……收工下楼，我在下面等大家。”

众人喜出望外，黄飞转身出门就听到了公司里聒噪的声音。

不多会儿，追踪的外勤又发现了同样的场景，这公司又聚餐了，在登阳市很出名的一家私房菜，那满桌珍馐美味杯来盏往的，越看越让追踪的外勤窝火……

“赵姐……赵姐……”

聂媚小心翼翼地推开了胡同边的院落大门，外面黑乎乎的，一推门可就别有一番洞天了。院子里、屋里堆满了一个个高高的货堆，只留下了一个甬道进出。听到声音的赵姐出来了，激动得两手在襟前直搓，想握手又生怕被嫌弃似的，热情地请着聂媚进家里。

“您也言语一声，看这家里乱的。”

“挺好，挺好……这是……”

屋里几个男子，封箱的，打码的，还有用扫描枪直接操作的。赵姐介绍着：“这不，货量大，我弟就直接送快递去了，能揽上件，哪家都是抢着要他们呢。”

“哟，这个好，直接在家就操作了……您别忙，我就来跟您说个事，马上还得去下一家，明儿那个体验装就全部到货了，您这儿领多少给沈总报一下。”聂媚道。

“得三五千吧，再多主要没地方搁。”

“悄悄告诉您啊，周一就是所有计件的结算，返现。”

“那……能多给我两千件吗？”

“我争取一下，不过您得找地方搁，那儿实在放不下……要不你直接找那谁、老于家商量下，你们几家堆一块儿，就到货场处理下，都省运费了。”

“成，这个办法好。”

“那您联系，还是我联系？”

“我来吧，我跟他们熟。”

“那……我就不去老于家了，我直接去找老秦去，这人可真是，卖都卖完了，货款都不结。”

“就是，那人真不地道。”

聊了几句，赵姐恭送聂媚出门，千恩万谢地送上了车。

车驶出不远，看到后视镜里的赵姐消失后，开车的张光达才出声道：“警觉了没有？”

“没有，还可了劲干着呢。”聂媚道。

“他妈的老安这水平是比咱们高一筹啊，都不知道还能这么玩，厉害。”张光达用凛然的口吻道。

聂媚却是警示的语气提醒：“差不多快到封盘了啊，可别让人偷驴，咱们拔橛子，钱可不是咱们掌控着。”

“这个你放一万个心，老安不是头一回招人合伙，他在行里信誉是最好的，再说，没听人家讲玩个小盘，他还指着咱们手底下的人给他干大活儿呢。”张光达不屑道。

聂媚嗤笑了：“呵呵，信誉最好……骗子，两个截然相反的词，居然凑一块儿了。”

“一点儿也不违和，现在什么都是假的，还就骗子是真的，如假包换。”张光达笑道。

两人奸笑着，驶向下一家，还是聂媚家访，张光达外面等，就像当年当传销大经理一样，生意上正轨后经理就不露面了。他坐在车里警惕地观察着，还好，没有尾巴……

夜渐渐黑沉下去了，仿佛今夜比往常冷，也更黑一点。

丰乐工业园区亮起了一盏昏黄的灯光，像鬼火一样越来越近，可能它驶过你才能看清楚，是一辆老旧的摩托车上载了三个人，捆粽子一样互抱着取暖。车一闪而过，把埋伏在车里的外勤惊得赶紧低头，看看时间已经二十一时了，这莫名出现的车辆让他们心生警兆，却又无计可施。

不一会儿，这辆摩托车驶近了高速入口停下。坐车的两人下来，挥手让骑手返回，两人就近钻进了一辆轿车里。车即上即走，后座冻得呵气搓手哆嗦的赫然是多日不见的王雕和包神星，副驾回头的，是安叔，还是那么一副不阴不阳没有表情的死人脸相，看了他这俩大侄子一眼。

车走了很远，还是包神星先憋不住了，他借着迎面来的车辆偶尔耀来的灯光看那个陌生的司机，是个女人，年纪似乎不小了，但看不出来，开车居然还戴了个口罩，再一看邪了，连安叔也戴上了口罩。他要问时，被王雕轻轻踢了一脚，不敢开口了。

“嗯，长进不错。”安叔先说话了，似乎在夸奖他们学会缄默了，就听他慢条斯理地问，“安排好了？”

“好了，飞哥明儿一早来接走这里的人，这儿就不用了……嗯，我们堵了有四五回监控，不过修得也勤，没发现我们。”王雕道。这是包神星干的好事，套塑料袋，抹煤泥，包括后来还开动脑筋想了个更好的办法，找皮管灌浓墨汁，直接喷上去，那根路杆上的监控探头已经被糟蹋得不像样了。

“从明儿开始就防着门塌啊，你和小星就在中州搞，别回登阳了，封盘会通知你，万一落水，知道在哪儿上岸吧？”安叔问。

“知道，您放心，叔，我心里有数。”王雕道。

这对话听得包神星可是心里发毛，好日子还没过几天呢，这怎么就门塌了？他听得懂“门塌”的意思是败露，封盘是要跑，落水是没跑及时，上岸他猜出来了，肯定是万一落难的紧急联系方式或者后路之类的。即便他有心理准备，此时也七上八下，对这段时间的美好生活还真是依依不舍了。

“嗯，拿着。”安叔递过来一摞钱。包神星眼一直，他妈的，真厚，总有两三万的样子，这刺激得他一下子又忘了忧愁了。

“中州的摊子做多大你看着办，能做多大就找黄飞要多少货，如果联系不上我，或者联系不上黄飞，就自己走啊，有段时间不能见面了……啥时候想收心洗手了，叔给你安排后面的事啊。”安叔道。

“嗯，我知道了。”王雕低声应着。

此外再无二话，一路直驶中州，在城边放下了两人，车自行离开了。包神星可是急不可待地问：“啥意思，这就要走？才几天啊？”

“事都办了，不走等着吃牢饭啊？给。”王雕仗义，一摞钱分成两半，包神星喜滋滋地揣着道：“也是，不能光挣钱，总得有花钱的工夫啊……哎，对，咱们来中州干吗？大保健去？”

“先办事。”王雕道。不过，他也按捺不住春心大动，又补充道：“办完再去，找个妞包夜。”

“哥，你太土豪了啊，省着点花呗。”包神星倒有节约意识了。

王雕无所谓道：“今朝有酒今朝醉，今朝有妞今朝睡……省个毛啊，给谁省呢？车上别乱扯。”

找了辆进城的黑车，两人直驶二七路一带，到这块就往胡同口、巷口里钻，但凡碰上流里流气逛荡的，或者街边台球厅玩着的，王雕就凑上去打听个人，问了几次，知道大致方向了，往这一带纪念塔的方向走。

问的那个人是青狗。包神星小声问：“哥，你找青狗干吗？我认识。”

“这片都认识，我还担心他在里头呢。”王雕道。

“甭惹他呀，那人老黑了，专业收烂债的。原来这片街上的洗头房、KTV，还有路边揽生意的，都给他上供。”包神星紧张道，看样子这个人让他相当恐惧。

“我知道啊，干大事就得找能人啊。”王雕道。

“那他妈是个狠人。”包神星要拦着。

“没点能耐敢那么狠啊？不管什么人，都得学会打交道。咱在监狱里啥狠人没见过啊？你见得少了？”王雕道。

包神星郁闷地说：“是没少见，也没少挨打呀。”

“哎，我操，你这屌样，除了见了女人硬，干啥都软不啦唧的，不去你等着。”王雕烦了，扔下包神星走了。包神星心虚地又跟上来了。

晚上是夜市摊点热闹的时候，天气越冷反而越热闹，沿着里街一路小吃摊排过去，热气腾腾的小笼包子、麻辣串子、羊肉锅子几步就是一种味道。在大西北烧烤摊烟雾袅袅间，端坐着一个身形壮硕、相貌凶悍的男子，裸着半截臂，文身一片，衣领后刺青直冲耳际，正嚼着羊肉串，就着白酒，那喝酒都不用器皿，直接对瓶吹的豪爽架势，看得包神星一哆嗦，还真腿软了。

那男子似乎瞄到包神星了，懒得理他。王雕已经换上了一副谄媚的笑脸，上前点头哈腰道了句：“青哥。”

“嗯？你是……和他一路？”青狗瞄了眼，没兴趣，和他自己的两个兄弟喝着。

“不是一路，我们苦窑里的伴相跟上了，我找您有点事……那个，能方便……”王雕看着那两个外人，估计也是路上的痞子，不好相与一类的。

“自家兄弟。”青狗道。

“给您送点生意，实在不方便。”王雕吞吞吐吐。

青狗抬头，铜铃大的豹眼瞅着王雕，王雕居然没惧色，然后青狗摆了下头。那两位不悦离座了。王雕高兴地请着两位走开，喊着老板给这儿加串，账都算他的，然后小心翼翼地坐下来，赔着笑脸道：“有点活儿需要您出面。就多找些人，干活儿。”

“兄弟，我刚出来没几天，收债的活儿我不敢接，出头的事我也不敢办，扫黑除恶的你不知道盯得多紧，大标语都贴到幼儿园、小学了，谁敢干呀？”青狗一开口，却是让王雕意外了。或许是缺乏信任的原因，他又问，“这个货我认识，你面生啊？”

“我原来跟老骗混过。”王雕道。

“噢，千子啊。我说兄弟，你前些天是不是骗了人家一部手机，让人家收拾你了？”青狗想起一件事来，怨不得熟悉。

这话听得王雕脸不红不黑，一竖大拇指道：“青哥厉害，这小事您都知道，苦窑刚出来，没法子就弄了把，结果被个高人给摁了……咱言归正传，我找您，是这个事……”

王雕把手机亮开，拍着图片，是快件一样的包装。青狗往下翻翻，慢慢地脸上由疑到笑，明白来意了。他一推，道：“你看我傻是不？这都多少年前的把戏了。”

“这叫……互联网思维，那头已经开干了，青哥，您要加入啊，也就捡个现成。”王雕道。

青狗摇摇头道：“信不过的人老子不干，你不怕我骗你呀？”

“呵呵，不怕，就这些烂货，您要多少，我直接给您拉来，不过变不成钱，可就是一堆垃圾。”王雕道。

青狗一笑，又道：“可我怕你骗我呀。”

“我就吃熊心豹子胆也不敢骗您啊，其实您知道这事能办，我呢，是有人介绍来的，一定会让您放心。”王雕道。

青狗不屑地说道：“无论是这货，还是老骗那货，都他妈不靠谱。”

“是杜风子……他说，狗子要是忘了他，就算了。”王雕道。那是安叔早年的诨号，怕是曾经和青狗有过交集。

果不其然，青狗的笑容僵了一会儿，慢慢笑道：“我说嘛，这么大手笔也不是一般人能弄出来的，行了，接了。”

“明早八点，货栈街家具市场，我等您。您那份儿，我明晚就给您送来。”王雕道。

青狗点点头，不多说了。王雕知趣地起身，殷勤地给结了账，又多给上了两瓶酒，诺诺点头告辞了。

人一走，自家的兄弟坐过来了，一个问：“狗哥，好像是个千子，跟他们扯什么淡？”

“背后有高人，杜风子居然冒出来了。”青狗奇怪地道。

“哪个杜风子？”另一个问。

“你们没见过，早年车站一带混，抓个奖啦、拎个包啦……呵呵，骗俩小钱，干活儿都是一窝蜂上，雷子来了也点不出究竟是谁干的，说起来也能归到“风马燕雀”老字号里啊。”青狗喝着酒，说着往事。

“那杜风子是个人名？”一个兄弟问。

“不，他是“风”头，带着我们干活儿的，姓杜，所以都叫他杜风子，倒是有两下，全身退了，没想到玩大了。”青狗啃着肉，就着酒，心里已经决定了，直接安排着，“明儿你俩多招些人，跟风捞一把去，不捞白不捞，这货估计约的人不少，老骗他们绝对跟风了。”

吃喝着，手机拨弄着，人马就开始召集了，甚至就近的已经奔来了……

“他妈的，这孙子怎么又蹿回来了？外勤都没盯住。”

俞骏气得牙疼，狠狠咒骂了一句，迟不来，早不来，都半夜了，监控捕捉报警了，发现王雕的踪迹了，时间已经指向凌晨，发现的位置是天韵街一带，那儿毗邻会展中心，安全监控很到位。

“很反常啊，这种地方似乎不是他们常去的地方。”副驾上的向小园奇怪地道。

俞骏笑了，问：“想知道真相吗？如果你答应不反感我的话，我就可以告诉你。”

“怎么可能反感？”向小园不解了。

“那我告诉你，天韵街一带有几个高端酒店，一般越是这种灯红酒绿的地方，就越是涉黄严重的地方，这俩货，肯定是去找妞嗨皮去了。”俞骏道。

向小园气笑了，反驳道：“不对吧，斗十方已经分析过了，这不是符合他们身份的地方。”

“不信一会儿问问他，你没注意身份转换，这两位已经不可同日而语了，曾经脏乱差的地方已经和他们鼓起来的腰包不相称了。”俞骏道。

向小园相信这个分析是正确的，她没继续这个话题，转而问：“追吗？”

“追什么追啊！明儿早上再说……正事还没办呢。咦，我说这家伙，怎么满城转悠找不着人呢。”俞骏驾着车，奇怪地说。此行是来找斗十方的，谁知道找了两个小时，居然没逮住，还是动用了GPS寻址，奇怪的是刚寻到位置，等赶到，人已经走了。

又一次错过时，向小园突然醒悟道：“他不会跑滴滴去了吧？这一晚上一直在转悠啊。”

“那他得有车呀。有吗？”俞骏问。

这倒是，向小园无法反驳了。俞骏干脆算着行程，抄近路开始追了。两人看着位置，都熟悉道路，抄了两次近路，看着电子寻址才发现居然还真是一辆车。俞骏加快速度超车，向小园从右侧车窗看清了对方驾驶位置，笑着道：“你错了，他真有车。”

“能人就是能人啊，这是个人才啊，穿着警服是条虫，脱了警服就成龙了。”俞骏开始放慢速度，等着斗十方开的车超过他。他不紧不慢地跟着，天公就像偏不作美一样，淅淅沥沥地下起雨来了，前方的斗十方像是发现了他们，却没有停车，像躲着他们似的，加快了速度。

后面追的俞骏也跟着加快速度，追上去了……

宁有过错，不愿错过

斗十方所驾车辆在中州大学门口泊停，乘客下车，计价刚收到钱，就有人拍车窗，窗上的水迹模糊了俞骏的脸。斗十方摇下车窗。俞骏促狭地问：“滴滴师傅，载我一程？”

斗十方脸上难堪地僵着。俞骏却不客气地绕到了副驾，一屁股坐下，再一伸手，把车前接单的手机一关，挥手道：“走吧。”

“去哪儿？”斗十方问。

“逛逛雨中夜景，多美啊。”俞骏道。

“现在快凌晨一点了，去哪儿逛？”斗十方问。

“客随主便嘛，你定吧。”俞骏道。

斗十方无语地打着方向，缓缓上路，瞄了眼跟着的后车，不用说是向小园在跟着。他轻哎几声，好几次欲言又止。还是俞骏撩拨他了：“该聊就聊嘛，开车不能这么沉闷，容易犯困。哎，对，你咋有车啊？”

“借朋友的。”斗十方道。

“耶，这丰田小越野不错嘛。”俞骏稍显诧异。

“脱保的车，都十一年了，也就半夜敢跑跑。”斗十方不好意思道。

俞骏仰头哈哈大笑几声，手指点点想说什么，却没说上来。对方的事他早摸了个底朝天，要正正常常去赚个钱恐怕也不可能。他迂回问：“那咋？就靠这黑车？能干几天啊？遇上个大查就得给扣了，要都要不回来，强制报废……哎，你咋不去驻唱了，那工资不高吗？”

“驻唱听个新鲜，天天有那节目反而不吸引人，一周有一次半就不错了。”斗十方道。

俞骏惋惜道：“哟，看来都是临时的啊。”

“嗯，能找上临时的就不错了。”斗十方道。

“那也不比当辅警强啊。”俞骏道。

斗十方有气无力地应着：“但也不比当辅警差呀，好歹赚得多点。”

“好吧，好吧，换个话题，聊钱太庸俗。”俞骏觉得天快聊死了，转弯问，“那……我们吧，萍水相逢的不说了，不能不声不响就辞了工作吧？连朋友都不知道，小络和多多总算朋友吧？有事大家一起帮你解决嘛，真说起来，也不是多大的事。”

慢慢地，车停下来了，泊在路边。淅淅沥沥的秋雨把车窗蒙上了一层雾色，雨刷轻轻刮过，瞬间又模糊了。斗十方答非所问道：“也不仅仅是这个事，一个人活着，可怕的不是看不到希望，而是根本就没有希望，一直活在绝望中。”

“哟，悲观主义，那咱们有的聊了，我的人生也很悲观。”俞骏笑道，然后很不屑地道，“你才多大啊，就绝望了，那我该怎么办？你这思路也不对，绝望的人，应该破罐破摔或者找个风骚方式自己了断才对啊。”

“呵呵，你别刺激我，要不是我爸这样子，我真敢。”斗十方道。

说得并不激进，但也不像开玩笑。俞骏点头道：“这我信，但我有点小看你啊，明明身怀绝技，偏偏要干卖力气的活儿，至于吗？就你脑袋瓜里装的那八大骗，随便拎出点来，找个钱过上好日子不难吧？”

“你什么意思？把我底都摸清了，还鼓励我当骗子去正好被你们抓啊？”斗十方反问。

俞骏也反问：“那如果我们没摸清你的底，你去当吗？”

“要当早当了，至于辛苦这么多年吗？”斗十方道。

“能告诉我原因吗？我没看出你道德底线很高啊。”俞骏问。

“你一定不知道我爸就是骗子吧，他从十几岁离家，一直到五十多岁才落叶归根，除了看守所当勤工的十年，剩下的都是以骗为生，摆摊算卦、玩藏三仙、摆棋局、猜扑克牌，后来卖假货……你们那资料里‘金评彩挂风马燕雀’，我就记得他差不多都干过……他给我的启蒙教育就是绝对不要让人戳穿你的心思，所以从小我就经常在我爸摊前，给我爸当托。”

斗十方笑着道。听得俞骏一脸牙疼表情，这个破罐真摔到政治处，那可够响了。他看着斗十方颇带得意的笑容，仿佛在等着他受刺激起身离开，划清界限。

“继续啊，还没有回答完我的问题呢。”俞骏道。

“已经回答了，即便是我爸本人，如果让他重新选择一回，肯定也不会是这个样子，一辈子颠沛流离，到老来家徒四壁，就算是个高明的骗子，骗过了无数人又能怎么样？亲情、友情、爱情、善良、信任……多少美好的东西都错过了，他连他的父亲，也就是我爷爷，什么时候去世的、安葬在哪儿都说不清楚，是村里给办的。”斗十方道，幽幽长叹了一声。

俞骏无语了，嗫嚅了句：“你这爸，可真够呛啊，难为你这么上心。”

“不管他曾经是多坏的人，毕竟是把我养大成人的人，出身我无法选择。你一定觉得我的三观有点不正，这点我承认。像我们这样的家庭，拼了命去努力，也只是能拮据地活着，家里一有事，哪怕别人看来是小事，对我们这样的家庭可能就是灭顶之灾……我记得我小时候，有一次我爸带着我流浪到了陕北一个县赶集市，我莫名得了一场病，我们爷儿俩住在小旅店里，很快就到没医没药也没钱的境地了，被旅店的人赶了出来，他天天抱着我去医院，医院不收，他见了穿白大褂的就跪着求人，不知道磕了多少头，后来硬是把一位女医生给跪哭了，才救了我一把……那次捡回命来之后，我爸像变了一个人，带着我回了老家。他说是他造的孽，不能让孩子偿还，就是报应也得报应到他身上。”斗十方悠悠说着，几次叹气间，手指轻轻拭去了眼角的湿迹。

“为什么要告诉我这些，想绝了我的念想？其实现在政审没有那么严，过去几十年的事了，也查实不了。但政治处第一次找你谈话时，你就说这些，所以让组织上犹豫了。”俞骏点了一支烟，幽幽道。这个人很复杂，明明骗是本质，却在关键点上，诚实得有点傻。

“在一个不清白的长辈和一个清白的未来之间，我选择前者。人要是无良我勉强能接受，可要无耻，我就接受不了了。”斗十方道。

这话听得俞骏一口烟呛得咳嗽了几声，他气结道：“好吧，我理解了……你是怨气满腹，钻进牛角尖了，对骗理解过深，所以太过敏感，别人望尘莫及的傍身绝技，对你而言，反而羞于示人……我直接说明我的来意吧。”

“不用了，俞主任，好意心领了，人情我还不起。”斗十方直接拒绝了。

俞骏道：“理解错了，咱们这拨人除了向组长和多多，都穷得差不多，我也给不了你这么大人情，我给你个选择吧。”

“什么选择？”斗十方终于好奇了。

“首先我得说明，你18号去政治处问入籍情况没有得到答案，原因是当天我和省厅主管经侦的谢经纬副厅长讨论后，已经电联登阳市局，调走了你的档案，因为跨市了，只能通过厅里调人。”俞骏道，又问了句，“听说你还和薛处长叫板了？”

“没有，我就问了问。”斗十方羞赧道，气一下子去了一半。

“第二……”俞骏掏着口袋，把一张折着的文件纸递给斗十方，“你的情况确实在研究，包括你父亲的情况，在看守所干了十年勤工，算是编外人员吧，就这么不声不响地让走了，也有不符合《劳动法》的地方，所以登阳市研究决定，可以从看守所经费里报销一部分医药费，而且今后达到一定年限的那些临时人员，也要有五险一金待遇。”

“第三，市局给一线特困职工有补贴，我帮你争取了点。你手里是谢副厅和陈颢元局长特批的调任命令，请示报告是我和向组长起草的，按照惯例，到职后会给你提供一部分安家费，不多，中心规定……公正和公平还是有的，你的考试事业编民警已经入籍了。”

俞骏说着，瞟着斗十方的反应，震惊效果不错。斗十方咧着嘴，眼前看着批复的请示报告，久久无言。

“所以选择就来了，你可以选择现在的赚钱方式，不管推销也好，驻唱也罢，开黑车也行，作为朋友，我祝你财源广进；另一个选择是，拿上批文报到，做一名打击犯罪、维护正义的警察。我和你所想相反，接触过、亲历过欺诈犯罪，并不意味着这个人就有污点，反而恰恰能在打击此类犯罪中发挥特长，所以，我宁愿选择你……选择一个哪怕灭顶之灾就在眼前，也没有重操旧业的人。”俞骏道。

“不是我不想，而是因为我太了解，所以有犹豫和畏惧。”斗十方道。

“那就好，你若要犯事，我还真不知道怎么逮你。”俞骏笑着问，“选择呢？”

“我想想。你可能要犯错了，没有可能在案发前破解这些骗局，犯罪成立的主体、主观、客体、客观缺一不可，思维只能捕捉到主观可能，主体是谁不知道，客体不明确，客观还未找到……主任，你高看我了，我给你带不来惊喜。”斗十方拿着报告道，递回给了俞骏。

俞骏没接，笑着告诉他：“别客气，那就给我多带点教训回来，我宁愿在一个两个甚至很多个犯罪主体上有过错，也不愿错过一个打击犯罪的好苗子。”

“我……像吗？”斗十方哑然失笑。

“那在于你的选择，或者像旁观路人听之任之，或者像你父亲同流合污，抑或选择与之为敌。”俞骏说着，开门准备走了，他在一只脚下车的时候又回头道，“对了，你算出我职业生涯遇到过一次重大挫折，是怎么算出来的？”

“言少、谨慎……身上没有官威，这种人都是遭过打击的，没受过打击的处长都是张牙舞爪，要么红光满面官威派头十足的。”斗十方道。

俞骏已经站到车下了，边笑边手指点点道：“有道理，但是你算错了，我不是遭受过一次挫折，而是无数次，被停职过两次，下课过一次，至于检讨，我自己都数不清多少次了……知道我为什么还没脸没皮当着警察，冲在一线吗？”

“为什么？”斗十方好奇问。

“罗曼·罗兰说了，世界上只有一种真正的英雄主义，就是认清了生活的真相后还依然热爱它。警察这个职业也是如此。”俞骏道。

“你是指认清了警察这个职业的真相，会更热爱它？”斗十方道，语气不对。

俞骏笑道：“不，是等你认清犯罪的真相，会更热爱警察这个职业……不想试试吗？看守所里一群没牙的老虎有什么意思，茫茫人海里抓到他们才是挑战啊，呵呵……黑车师傅，再见了，一定要做好选择啊。”

他说着话，拍上了门，上了后车，后车灯亮，启动，驶离。向小园看到了仍在发呆的斗十方，行驶很远都未见那车启动。她好奇地问：“主任，你瞎乐什么？谈得怎么样？”

“称呼一用‘你’，不用‘您’，就说明你情绪不对啊，你在焦虑、犹豫或者生气的时候才用这个称呼，是哪一种呢？”俞骏没正形地问。

向小园直接道：“我是焦虑，总觉得要出事啊，可不知道从哪儿下手……哎，你直接说嘛，这位大师能来不？脾气忒牛了，连薛处长都上了。”

“啊，你都说了，这么牛的脾气，怎么可能轻易答应啊。”俞骏笑道。

向小园气道：“啊？还要怎么样啊？那你瞎高兴什么？”

“谈得来啊，所以高兴啊，又称呼‘你’……那你干脆以后别用‘您’称呼了，老换来换去的，明显没把我这主任当回事。”俞骏说着，像故意似的，反而扯远了。

开车的向小园突然笑了，笑吟吟地开着车，反而不焦虑了。等着她着急的俞骏好奇地问：“哟，什么个意思？真不把我这主任当回事了？不想知道结果啊？”

“你这么轻松，不就是结果吗？故意问你一句吧，还卖关子。”向小园笑道。

“瞧瞧，反骗寸功未立，骗人的本事倒见长啊，呵呵。”俞骏笑道，说话平和了。雨夜空荡荡的街上没有人迹，刻意放慢速度的向小园许久不见车驶过，她还是不放心，好奇问：“说真格的，不会有意外吧？他能看穿我们，我们可未必能知道他的心思啊。”

“男儿本自重危行，岂甘平庸负此生……跑不了，是咱们的人。”俞骏自信道。

“评价这么高啊？”向小园讶异了。

“女人看男人，花一辈子可能都看不透；而男人看男人，可能只需要一眼就能看到心里。”俞骏道。

“嗽——”向小园做了个浑身发麻的恶寒动作，不问他了。虽然不知道谈得怎么样，可俞主任和男人一见钟情的样子实在让她受不了……

无论刮风下雨，都挡不住货栈街商家门前熙熙攘攘的车水马龙。

青狗看看手机已经快八点了，他带着手下几个兄弟四下瞄着，等着电话来，好歹曾经是一呼百应的主儿，总不能折节主动给别人打电话不是？尽管他很想。

“狗哥，那什么杜风头靠得住吗？”有个兄弟问。

青狗点点头，道：“骗我有啥意思？老子现在又穷又横的。”

众兄弟一笑，收债行当失业之后，基本都被打回原形了，穷棍一根。又一个兄弟问：“狗哥，你以前抽奖是咋玩的？要不教教咱们？”

“也不难，设一到五等奖，只要抽，都中奖，最早是五块钱抽一下，最差五等奖也中一管牙膏。哎呀，那时候抽的人多啊，把火车站门都快挤塌了。”青狗回忆着往事，笑吟吟道。

“那不对呀，都中奖，咋赚钱？”一位兄弟问。

“抽奖五块钱，一管牙膏当时进价才五毛钱，抽一下就赚四块五。”青狗瞪着眼解释着。

又一个兄弟不解问：“那万一中其他奖不就赔了？”

“你傻呀？彩票都有猫腻呢，路边小摊还把一、二、三等奖搁里头？就是有人中，也是自己人中，晒一圈再搁回去呗。”青狗道。

众痞哈哈大笑。这办法好，还真想试试。青狗教育他们了，还试个屁，早被取缔很多年了，只要咱们学会干的，基本不是被打击就是被取缔，世道越来越艰险，狗哥说他都有点怀念监狱里衣食无忧的生活了。

确实是啊，否则也不至于听到个响声就来找这俩小钱来了。说话间电话响了，哟，还真来了。青狗接着电话，带着众人往街外走。在市场后头的大停车场里，上百辆大货车排在像迷宫一样的场地里，终于碰到了昨晚那位。

“货呢？”青狗直接问，还附加一句，“我可没钱啊。”

“教你赚钱呢，怎么可能让您掏钱，安叔的旧人……开厢。”王雕喊。

后面的货栏哗声开了，是包神星开的，从一辆车跳上了另一辆车，哗声再开，满满两大车的大包装。他招呼着众人卸货，已经租赁好临时货仓了，搁进去就行，运输找小三轮解决，市场里多的是。发货也简单，找熟悉的快递，他们上门跑得快着呢。众人看青狗，青狗点点头，一帮子开始卖力干活儿了。王雕把青狗拉过一边，然后塞给了他一个包，说有人跟他联系，回头招呼着包神星走，看来业务繁忙，还要去下一家。

青狗听得目瞪口呆，慢慢地拉开包链，厚厚的一摞钱，这来得太容易了啊，总有一种不真实的感觉。

愣着的时候，包里突然振动起来，吓了他一跳，掀开包再看，里面有部手机在响，铃声是他当年玩抽奖时经常放的那首熟悉的歌：《好运来》。

还真是好运来了，青狗接着电话，转身进了两辆车之间的空隙里，鬼祟地和电话那头商量上了……

第六章
引大鱼智斗骗子

既无地利，又失天时

暮天、乌云、老树、砖楼。

黯色的景致里出现了一把花伞，伞下的女人在楼门外伫立良久后，又一次踽踽折回。连续两天的中雨把办案组驻地这个旧砖院地面变得泥泞，她小心翼翼地走，还是免不了精致的高跟鞋上溅上泥迹，低头时，发现裤摆已经脏了，却没有时间换。

上楼，她又一次回眸，莫名想到了昨天在本子上乱画的诗句：雨中百草秋烂死，阶下决明颜色鲜。

是啊，接受任命的时候还是秋高气爽，现在已经是万物肃杀了。每天早上起来已经能在招待所窗上看到一层薄薄霜花，来时院子里还深绿的秋草，被出入的车辆溅成了泥灰色，已经烂死在泥里了。可在她心里郁结的这个谜，依然像这天空，像这雨色，不知道什么时候才能放晴。

回到办公室，打开电脑，一大堆罗列的数据，一大群已经确认和未确认的嫌疑人。到这时，她头一回体会到了独立办案的难处，每一个信息节点可能都要做出多个选择，而不同的选择，又会带来更多的不同选择，那些线索会以倍增的速度扩散、扩散，直到你的思维无法承受其重。

她下意识地揉揉太阳穴，强迫自己去看，可翻上几页又会离奇地走神，不是嫌疑人丑陋的面孔，就是无法梳理的凌乱数据，抑或是那位她期待的人还没有出现。

“或许……是我期待太高了，太想当然了。”

她又开始这样自责着。任何案情寄托在某一个人或者某一个方向上，都是危险的。所有依赖于现代大数据的侦破和排查，总会基于数据给出数个可供选择的方向，那样会剔除办案者可能存在的主观成分。

比如在侦破“6·12跨国电信诈骗案”里，她的经侦就追着一个受害人的转出资金，一直追了四级，然后在关联的二十多万个账户中分析出了隐匿的可疑账户，最终顺着赃款抓到了人。

可这一次失灵了，账户往来单一，而且是任何嫌疑人都不敢轻易用作犯罪用途的公户。因为这种公户一旦被查封，那就等于所有的辛苦全白费了。更奇怪的是，被盯上的公户里自从最后一笔款打给厂家后，已经没有钱了。

“到底怎么回事啊？这太诡异了。”

她眼皮跳着，总觉得有事，可总找不出这种第六感来自何方。而且这种案子需要的是很专业的技能，她忍不住想，就算把长年在看守所待着的那位请来，可能也无济于事。

沉思，听到了车声，她眉头一舒展，似乎来了。再往后，听到了钱加多的声音，莫名地心里一喜，起身要出来。不过，矜持让她又坐下来，摆着组长的样子，等着敲门声起。

没敲，直接推门进来了。她微微蹙眉。钱加多看着她憨笑道：“哟，组长在啊，我还以为没人……进来，进来。”

他拽了一把，斗十方进来了，是最初在监控上看到的那个打扮，红色的夹克，爽利的黑牛仔和运动鞋，缺了个墨镜，少了点痞相，不过活力依旧。向小园笑笑道：“晚上组里一块儿聚聚，欢迎新同事加入。”

“不用，不用，都认识，客气那个干吗？”斗十方坐下了。钱加多倒着水，斗十方还以为是给他倒，结果钱加多给向小园放在电脑边上了，很邀功地说道：“我是硬把他拉来的啊，这货居然还想休息几天。”

“那，家里安排妥当了？”向小园问。

钱加多赶紧回答：“妥了，出院了，下个疗程安排到下个月了，医生说看情况。”

“噢，你父亲一个人在家？”向小园关心道。

钱加多又回答道：“不是，雇了个村里的寡妇照顾，做的家常饭可好吃了。”

“那就好。”向小园道。

钱加多生怕自己被忽略似的又回答道：“必须好，好得不得了，一听说入籍成正式警察了，他爸可高兴了，叽里呱啦说了一大堆，就是我一句也没听懂。”

向小园稍稍郁结的表情到了脸上，斗十方却是噗哧笑了。这光景钱加多才反应过来，问斗十方呢，都被他代替回答了。他赶紧补充道：“我这兄弟脸皮厚的，我怕他说什么让你下不来台。”

“噢，那他背后肯定说我坏话是不是？”向小园干脆顺着钱加多的思维走了。

这一问，钱加多猛点头道：“好像说了，说咱们组是哈巴狗追兔子什么的。”

“这什么意思？”向小园明白不了这种俗话。

“想跑不能跑，想咬不能咬。”钱加多嗤笑着给出谜底来了。不料啪的一声，斗十方拿着桌上的瓶子磕了下，钱加多一瞅紧张了。斗十方手一扬，他弓着身一下子就跑了，跑了片刻，回过头来强调着：“就是你说的，你就说了。”

“嘭——”斗十方的瓶子真扔出去了，砸在门上，这把钱加多成功吓跑了。斗十方上前捡起来，是一瓶护发素，他装回盒子里，放到了桌上，看着不为所动的向小园，笑道：“别听他胡说。”

“不，形容得很形象，确实是跑不能跑，咬不能咬。”向小园笑了。对付钱加多还真是这种粗暴办法管用，好歹耳根子清净了。

斗十方站着，敬了个礼，似乎还有点别扭。他严肃道：“报告，斗十方奉命报到。”

“等你很久了，坐。”向小园道，一摇电脑后的视频线，边调试图像边说，“我给你大致说一下案情，你抓紧时间进入状态，现在情况是这样……”

X小组的工作量够大了，丰乐工业园一个点，阳光大厦一个点，鑫盛物流一个点，三个监控点加上一个随机策应的两人组，基本上就是小组最大的扩展能力了，整个侦破思路一是盯着金叶日用化学有限责任公司这个公司的账务往来；二是追踪这些参与的微商样本，及时了解这些人的动态，他们有可能成为这一拨被收割的韭菜。第三是发掘这个团伙的其他成员，以及可能藏身的幕后人员。

思路不可谓不正确，只是都斩获有限。丰乐工业园错失了王雕、包神星，俩人又不知道去向了，而且那里的人也撤了，是黄飞拉走的，现在全聚到登阳市了；账户里没什么钱了，似乎等着回款；至于监控……看看窗外的天气，怕是取不到什么证据，这天气罪可是遭大了。

“等等……这样吧，咱们逛一圈，边走边说，然后晚上我补一下信息，正好也和大家打个招呼。”斗十方似乎听得兴味索然，和向小园独处还显得尴尬，于是提议道。

这恰中向小园下怀，她起身道：“那好，老程的经验丰富，你多跟他几天。”

“没问题……嗯，向组长，谢谢你啊。”出门的工夫，斗十方趁机说了句谢谢。向小园笑道：“组织上安排的，谢我干什么？接下来别嫌我催命就行。”

“啧，还是要谢谢，不是你们力推，我一看守所的辅警算个屁，没准政治处早把我刷了……其实我也早不想干啦，天天跟一帮烂人打交道，我都烦。”斗十方道。

又是算个屁，又是不想干了，听得向小园眉头皱了，且走且道：“那我就不明白了，为什么又回来了？”

“这不，有点不好意思嘛，但是我丑话得说前头啊，别期望太高。”斗十方提醒道。

向小园这下明白了，回道：“哦，这是有点心虚，怕胜任不了工作吧？这你担心什么？各单位吃闲饭的多了，就是正经八百国考进来了，也有很多读书读呆了的，干不了找个其他的位子混呗，谁还难为你似的？”

这么轻巧就揭过了，倒把斗十方说得更不好意思了。

下楼的工夫，钱加多又急急追下来了，赶紧上车把车开过来，道：“坐我的车，我开车。”

向小园意外地没有推拒，笑吟吟地坐到副驾上了。车直驶出了驻地，上路了。向小园一直观察着斗十方的表情，可意外的是并没有发现她期待的东西，似乎这里的一切，包括她本人，都引不起他的兴趣似的。

第一站，阳光大厦，邹喜男负责的地方，他坐在车里打了个招呼，主要盯守这拨“边缘人”的动向，没有发现，这些人还是按时上下班，租住了三套单元房，小区离这儿不到两公里，每天步行来去，准时得很。

第二站，登阳大酒店，络卿相跑到车上聊了几句，他和娜日丽轮流在大厅盯守，那个美女聂媚入住此地已经有些时日，但没有发现她和谁来往，就是有几次跟丢了。

见斗十方入队了，他寒暄几句匆匆去了。钱加多循着导航向鑫盛物流市场开去。后座的斗十方随口问了句：“市场那边是陆虎盯？”

“对，你怎么知道？为什么不是程一丁？”向小园反问。

“程一丁经验丰富，肯定得用到难度大的地方。”斗十方道。

向小园就着这个话头问：“王雕和包神星又消失了，前天晚上，也就是咱们在中州见的那个晚上，算是凌晨吧，他在中州出现过，之后就找不到他的踪迹了。依你判断，会是什么情况？”

“丰乐园离我家不远，窝那鸟不拉屎的地方肯定憋坏了，兴许是出去嗨皮去了，吃喝嫖呗，还能有什么？”斗十方道。钱加多一听，直着脖子问：“不会又是……”

“闭嘴！”向小园训了句。钱加多不吭声了。斗十方在后头笑。向小园稍显难堪道：“很不幸你猜对了，但是，一直没出现就让我觉得有问题了。”

“肯定有问题，如果是个高手做局，那肯定是落子无闲棋。说句您不爱听的话啊，向组长，您太性急了。”斗十方道。

“我性急是因为我们经侦上收拾的烂摊子太多了，涉众类犯罪后果比恶性犯罪的影响只大不小，而且有愈演愈烈的趋势。”向小园道，口吻听得出来有气无力。有些事，还真是力不从心。

车停在鑫盛物流市场外面，这种无力感就更强了。占地上百亩的市场林立着大大小小的商家几十户，即便雨中也没闲下来，套着雨布的大卡车进进出出，送货、接货的小货厢、三轮车，甚至还有人力搬运的，把这一带车人混行的路面变得拥挤无比。

“这里骗局每天都在上演，发假货的、货里藏私的、物流司机拉着货消失的，甚至还有货主卷了货款跑路的，而且在这里讨生活的搬运工、送货人，有前科的占的比例很大，天然的高危人群……黄飞把点设在这儿很聪明，这是个只认钱、不认脸的地方。”向小园介绍道，随后呼叫着陆虎。

不一会儿，穿着雨披的陆虎奔来了，脱了雨衣钻到了车里，一见斗十方，兴奋地握手道：“哟哟，大师，你终于来了，就靠你了啊。”

“啥意思？我替你值会儿班？”斗十方问。

“明知故问嘛，这些粗活儿怎么敢劳你大驾。我是说，这个案子全靠你了，都快把我们憋疯了，明明觉得不对劲，就是找不着毛病。”陆虎道，说了句又跟向组长汇报道，“没什么情况，我隔一会儿就顺着他们租的那货场遛一圈，今天有俩车，估计他是雇着小三轮挨家送了，多了几个生面孔，应该是从丰乐园那头拉回来的人。”

陆虎汇报着，干脆把摄录交给了向小园。向小园看了几眼递回去道：“是，没错，小心盯着，我也是总觉得不对劲，却说不上哪儿不对劲来，你去吧。”

“好嘞。”陆虎应声，要了斗十方手里的摄录仪，小心翼翼地揣进怀里，披上了雨披，眼见着消失在茫茫雨中了。向小园回头问：“还想去看看丰乐工业园吗？”

钱加多一听，恼声道：“不早说，我们就从那儿来的。”

“去一趟吧，把老程接回来。”斗十方道。

向小园愕然地回头，问："王雕这一路有可能回来？"

"也有可能不回来啊。万一不回来，老程可遭罪了。"斗十方弱弱地道。

这么一说，好像就显得当组长的有点不近人情了，向小园沉着脸没说话。钱加多呢，想说话又不敢吭声，于是这一路有了难得的静默。出市区行驶二十多公里就到了丰乐工业园区，在公安检查站的地方，向小园叫停车辆，联系着程一丁。过了好大一会儿，程一丁才从远处一所像小房子的地方猫出来。斗十方解释道，那是地里的浇灌站，属于水利部门的设施，里面空间很小，能窝那里头可真不容易。

从程一丁被冻得冷呵呵直哆嗦的样子就看得出来。钱加多很没品地伏在方向盘上笑。老程气得伸手给了这货一巴掌，然后汇报着，两天了，没有发现回来。

向小园看了斗十方一眼，有点歉疚道："撤了吧，跟我们一起回去。"

"没事，向组，再等等，说不定天黑就出现了。"程一丁道。

"老程，你是聪明一时，糊涂一世啊，明显不可能回来了，这都没判断出来？"斗十方道。

哟？这把程一丁说愣了，他愕然问："啥意思？你咋判断的？"

"这儿是乡下，这里的群众和城里的不一样，比如你隐藏的那个浇灌站，里面应该有电闸盒、铁灌口，现在里面还有东西吗？"斗十方问。

程一丁道："没了，什么也没有。"

"东西呢？"斗十方问。

"我怎么知道？"程一丁不解。

前面的钱加多都听不下去了，直接给答案："被偷了呗，还不跟井盖一样，搁这儿看得不严的地方，能存着才见鬼。"

"哎，就是嘛，像这种治安没那么好的厂区，没人看，群众敢给你把大门都卸了，既然两天都没回来了，也不留人看门，那就是没什么了，也不准备回来了。"斗十方道。

程一丁愕然了，从劳苦功高一下子坠落到傻不啦唧的层面了。向小园可没料到有这种情况，她问：“十方说的这情况有可能吗？”

“有，很有可能。小偷小摸倒正常，但是……”程一丁点点头，可又无法确定。

“不用那么费劲，直接去厂区看看，错不了，肯定不回来了，贼不空手，骗不回头，意思是，贼走过的地方肯定要偷点什么，骗子骗过的地方，不会回来第二次。王雕应该是做暗线的，这一路要么窝着不动，要动，肯定就不回头了。”斗十方判断道。

这么一说，倒越听越像了。钱加多依着程一丁的方向指示直驶厂区，大门紧锁，厂区封闭，搁外头还真看不出什么来。在这种无从判断的情况下，像程一丁这样外围侦查肯定是正确的。不料斗十方偏偏要别出心裁似的道：“我给你们演示一下，这地儿不会有人来啊。”

向小园疑惑着。斗十方催着钱加多道：“多多，有表现机会了，找家伙。”

“哎，好嘞。”钱加多跳下车，开着后备厢找东西，没趁手的，找了个千斤顶。斗十方却是连车也不下，一挥手，道：“上，开路。”

钱加多捧着千斤顶奔上去直朝厂门咣咣两下，直接把门锁砸了，然后蹿回来，放好东西，赶紧坐回到车上，然后兴奋地看看前方，又从后视镜里看后方，说：“没人。”

“哎你……这……”向小园给气到哭笑不得了。

斗十方开门下车，道：“来吧，看看。”

程一丁下去了。向小园想想也跟着下去了。钱加多已经殷勤地打着伞上来了。向小园烦躁地训了句：“车上待着去。”

“哦，对，我放风啊，有人来我喊你们啊。”钱加多凛然道，又匆匆跑回车上了。

这办案搞得倒像作案了。程一丁暗笑着不敢发言。三人冒雨进了厂区，肯定是空空落落的，已经找不出什么东西来了，推着里层没锁的大门进了仓库，除了一堆凌乱的瓦楞板、扑克牌、方便面桶以及遍地乱扔的烟头，再无他物。

“搬空了，仓库里睡觉的地方，被子、褥子都搬走了，应该是不回来了。”程一丁往小间瞄了几眼，拍了几张照片。

此时斗十方却在那一堆瓦楞纸板前蹲下来，把纸板一张一张正反看着。踱上来的程一丁道：“这是打扑克垫着的吧？”

“肯定是啊，但他们为什么一而再，再而三地遮住监控，这些货又不是违禁品。他们在隐藏什么呢？”斗十方好奇自问，视线直勾勾盯着一块纸板。

“应该是隐藏作案的某个环节，以防事后追诉形成完整的证据链。”向小园道，她踱着步继续说着，“可能是关键人物，可能是关键证物，也可能是其他我们不知道的什么。”

“这好像不是从广东厂家发回来的货啊。”斗十方道。

“不会吧，你凭瓦楞板包装箱能判断出来产地？”向小园质疑了。

“当然不能。如果包装箱上有快递单，就能了。”斗十方翻看那张瓦楞板。向、程二人蹲下来，上面贴着不干胶的快递单，字迹已经模糊了，不过能辨认得出“甘肃”二字，那肯定是始发地。

“这就奇怪了啊，大部分货源是广东发出的，总不能绕去甘肃一圈再回来吧？图什么？多花运费呢。”程一丁纳闷道。这些骗子的操作已经神秘到他无法理解了。

“走吧，既然货已易手，答案很快就出来了。”斗十方若有所思地站起身往外走，向小园跟着。程一丁倒没落下那堆纸板，赶紧当宝贝似的捡起来，抱回到车上。

第一天报到就这么结束了。返回登阳驻地，斗十方就埋头熟悉着这些天的追踪案情资料，连晚饭都是钱加多给他端进来的。

本来准备的案情分析讨论都搁置了，原因是外勤发现聂媚的踪迹，没有顾得上回来，而家里这位新人也像着了魔一样，不是直勾勾地看电脑上一段段执法记录仪的视频，就是直勾勾地看着天花板发呆，专注到大家都不忍心打扰他……

有迹难寻，另辟蹊径

雨刷“噌——噌——”，缓慢地刮着雨水，不知道因为起床太早有点迷糊，还是视线有点模糊，钱加多发着癔症，看着看着就打了个瞌睡。

“醒醒。”副驾上的斗十方顺手一扭耳朵。

钱加多吃疼，精神了一点，嘟囔骂着：“你有病，大清早把我叫出来。”

“不是有病，是有事，急事得用急办法，我一个人办不了事。”斗十方道。

对于这种存在感，钱加多保持着一贯的警惕，直接道：“别又蒙我啊，昨天砸了个锁又被组长教育了半天，跟上你就没好事。”

“啧，爱是一种激烈情感，那你不就有机会跟人说话了吗？要不人家理都不理你。”斗十方道。

现在这种解释已经诓不了钱加多了，他开着车，打着哈欠道：“少扯，到底干啥呢？”

“停，那车，把他车给抢了咋样？”斗十方道，示意着拐弯的方向。钱加多一侧头，是一辆快递小哥的电动三蹦子，气得他无语了。斗十方却教唆着：“多多，非常时候得用非常办法，我得看到里面快递到底什么样子……你帮我就等于帮全组，帮全组就等于帮你心目中的女神。”

“那你咋不去呢？”钱加多挑重点说出来了。

斗十方笑着道：“我意思就是我去，你打个掩护，不让你担事。”

“哦，这还差不多。”钱加多乐了，手一指，警示道，“别想坑我啊，没好处我可不干。”

斗十方附耳教着，一听，钱加多似乎不愿意。斗十方又拽着他耳朵教了句什么，似乎让钱加多犹豫了。不过已经来不及商量了，那个快递小哥已经收完货准备走了。斗十方催着，钱加多赶紧倒回来。斗十方跳下了车，佯装无事往前走着。这个通向胡同的路口两车相互看不见，钱加多只待车外的斗十方的手势一打，赶紧启动前行，往右后打方向，路滑雨大的，那快递小哥猝不及防刹车慢了，小电车噌噌滑着，咣当，撞到钱加多的宝马车上了。

艾呀呀，这瓷可碰着了。钱加多一倒车，下车看看自己的车，然后看看那吓蒙的小哥，上前凶巴巴地揪着那小哥吼道：“车漆蹭了，赔钱！”

“啊……宝马？！这得赔多少啊？”小哥苦着脸道。

“过来。”钱加多抹着脸上的雨水，总不能站在雨里说吧，把小哥拉到一旁树下，愤愤地大声说道，“知道这车多少钱吗？好几十万呢。知道喷一次漆多少钱吗？好几万呢。知道蹭一块得赔多少吗？怎么也得一两万吧。直说吧，你准备赔多少？”

“大哥，我……我能挣多少啊，您这车不是有保险吗？”小哥央求着。

“保险归保险，你也得多少赔点啊……这样吧，赔五千算啦。”钱加多一副奸商嘴脸，这个都不用演技。直吓得那小哥为难得不知道该怎么办，正听着，不经意回头，咦？我车呢？再一看，车在噌噌自己往反方向跑。那小哥急得赶紧要追：“我的车，我的车！”

钱加多拽着他：“别走，你们一伙儿的是不是？你走了，谁赔我钱？”

“大哥，不是，车是公司的，车上还有快件呢，丢了我更赔不起。”那小哥急得要去追车。钱加多拽了他半天，估摸着差不多了这才放他去追。

人一走，他生怕被看出来，坐上车赶紧开溜。那头快递小哥追呀追，远远看见快递车钻进了小胡同。他气喘吁吁地追到了胡同深处，正上气不接下气时，奇了怪了，那快递车停在那儿呢。他急得赶紧奋力跑上去，一把扳住快递车，然后再往车前一挪身，咦，偷快递车的正悠哉地坐在他的位置上呢。

“你……你……”小哥上气不接下气。

“我怎么了？帮你呢，人家万一讹你，你赔得起啊？”斗十方道。

哦哟，这雷锋哥啊，快递小哥的怒意全成感激了，赶紧地谢谢这位大哥。斗十方叫着他挤在座位后头，干脆给他开出胡同，省得再被人蹭上讹钱。

一口气缓过来了，那小哥道："那车好像不是本市的。"

"但肯定是本地人开的啊，找个快报废的豪车，讹一点算一点，挣钱不多，你小心点。"斗十方道。

"哟，谢谢大哥啊。"快递小哥攀在斗十方背后，诚心道。

"甭客气，要谢就给我介绍个工作呗，你这活儿是不是挺赚钱的？大清早的就出来收货，一件挣多少钱？"斗十方问。

"挣不了多少，一两块钱，又是签约客户，一件都划不到一块钱。"小哥道。

"那架不住多啊……收多了就赚多呗，你一天能收多少啊？"斗十方问。

"没多少，几百件。"小哥道。

"都一家的？"斗十方问。

"嗯，金叶的。那些个经销商才牛×，有的一天就发一两千件呢……咦？不对啊，大哥，你是不是其他快递上的，挖我们情报呢？这挖人客户可不地道啊。"小哥警觉了，对"雷锋哥"怀疑了。

斗十方在前头笑道："瞧把你吓的，我要坑你，直接把你车给整走你不傻眼了？去吧兄弟，路上小心啊。"

快出胡同了，斗十方停了车，把车交给快递小哥。那小哥狐疑地看看斗十方，却不知道什么来路，不过还是送货要紧，赶紧加速离开这个是非之地。

斗十方冒雨从胡同里出来，等了一会儿，又和钱加多会合了。两人在车里密谋着，又过了一会儿，另一个路段，另一家快递的收货车，又一次巧合地和钱加多的车蹭上了……

"什么，什么？你再说一遍，碰瓷？还抢人家快递车？这……这怎么可能？"

向小园接到程一丁的电话时，直接气得快昏厥了。一大早发现俩人消失了，赶紧让程一丁去找，却不料给她带回来这么个意外。

电话确认无误，程一丁亲眼看见了。向小园在电话里吼：“你……把他们俩抓回来！别在外面丢人现眼！”

急急挂断的原因是，有人推门进来了，是俞主任。这个缺少祥和的氛围和他预料的相差甚远，他好奇问：“怎么了？这才来一天，出什么事了？”

“我也不知道，昨晚本来开个分析讨论会没开成，让他熟悉一下案情，谁知道一大早起来找不着人了，他们俩溜了，这不老程刚找着，说他们俩在登阳街上抢人家快递车呢。”向小园哭笑不得。

“不可能吧，他好歹是看守所出来的，能没那点分寸，想进去了？”俞骏纳闷了。向小园要通知其他几位外勤被俞骏拦下了。他思忖片刻，问：“你为什么不直接打给他们？”

“他们不接。”向小园气愤道。

“哦……那我试试，我打不通再让人把他们找回来。”俞骏掏着手机，直接拨斗十方的电话，嘟嘟响了两声后，咦，通了，听到了斗十方的声音：“喂，主任，怎么了？”

“没事，这不问问，那儿怎么样？”俞骏问。

“哦，你是不是来登阳了？”斗十方问。

“哟？猜到了，那既然猜到了，就告诉我呗，咱不能穷得去抢快递车啊，这么没技术的活儿，说出去多丢人啊。”俞骏道。

“所以没法跟组长说呀，组里采集的信息是缺失的，微商的样本具体能发多少，发到什么地方，是什么方式，都没监控到。货都到微商手里了，说不定后台已经开始洗钱走人了，再磨叽下去，那什么也找不到了啊。”斗十方道。

“所以你就用抢快递车的方式解决？”俞骏问。

“对，今天说不定就有答案……你别用‘抢’字好不好？快递小哥不小心蹭了钱加多的车，我帮快递小哥解围，他们谢我还来不及呢。”斗十方道，反问俞骏，“俞主任，你让我撤，我马上撤回去……”

“这……这不归我管，你爱干吗干吗，我又不知道，人家报警可别指望我去领人啊。得嘞，我等你。”俞骏说着，挂了免提，朝向小园做了个鬼脸，“可能方式有点激进了，不过也说明他确实上心了。”

“但也不能这么干啊，我们是警察。”向小园道，翻了俞骏一个白眼，“你还给他们撑腰。”

“两眼如炬那是侦查员，领导呢，得睁只眼，闭只眼。这老程也真是的，怎么随随便便用个‘抢’字形容。”俞骏悠悠道，一点儿也不着急。看向小园气结，他突然问，“他不抢了王雕两次嘛，你目睹犯罪为什么不处理他？”

“那……那能一样吗？”向小园语结了，不过点醒了她，她惊讶道，“难道，他发现快递上有什么问题了？噢，对了，主任，昨天我们在丰乐工业园区有发现，居然有单货是从甘肃发到西陶镇的，这和广东厂家的来货方向不一样，而且昨晚上聂媚又和微商们聚会，又是发奖金……我觉得要出事啊，这些可都是劣迹斑斑的前科人物。”

“找不到赃款，找不到窝点，无从下手啊。”俞骏看着向小园递过来的手机，朋友圈又是某某姐妹喜提多少多少奖金的炫耀，这看似简单、细思离奇的案情，又一次把俞骏难得挠头发愁了，别说下手，向上汇报都没法汇报……

“你问清了？”青狗问。

“问清了，付款了。”一个小痞子道。

“确定没忽悠你吧？”青狗又问。

“确定，快递点就在我门口呢，他敢哄我，我弄死他。”小痞赌咒道。

另一个帮腔了：“大哥，咱们落伍啦，人家现在都是网上支付，那边一收钱，这边就收到了，跟扫码买菜一样，根本不见现钱。”

终于确定了，开车的青狗直拍自己脑门，痛不欲生道：“呀呀呀，他妈妈的，又替偷驴的拔橛子了，一件才给了四块钱，把咱们给傻乐的。”

他懊悔着，踩着油门加速，在管城老区里一幢居民楼下停下了，自己下了面包车让兄弟们等着，他要去找找另一个此行中人，老骗。

此人姓卞，犯过诈骗案，卞骗同音，后来干脆就被人叫老骗了，就住一楼。青狗咚咚敲门，好一会儿门开了一道缝，一个脑袋干巴瘦、两眼奇大的中年男人出来了，一张口满嘴口臭地问：“咋了，青兄弟？”

“开门，问你个事。”青狗道。

“不方便，有事门外说。”老骗道。

“那我可砸窗进去啊！”青狗横道。

“啥事你吭个声，我真不方便。”老骗道。

“就那发货的事，杜风头跟我通了个话，可我联系不上他了。”青狗道。

“噢，嫌赚得少呢吧。哈哈哈，兄弟，那不能怨人啊……进来吧。”老卞开了门，一进门，老卞赶紧关上门，而且青狗也挪不动脚了，因为房间里，一件一件的货从地板直摞到了天花板，堵得严严实实，敢情这货闷声干大活儿呢，惊得青狗道：“卧槽，这么发财的事，你居然不叫上我！”

“青兄弟，这有风险的。”老卞道。

“喝酒撸串还要噎死人呢，以为老子文盲？多大风险……哎，老骗，啥也不说了，分兄弟一份。”青狗不客气了。

老骗附耳说道：“这个你跟着别人干不合适，得自己拿，然后你自己发，就算折一半也是赚的，但是，风头要给你指点，那绝对不是折一半，几乎是十成八九。”

“那你告诉我，找谁？”青狗问。

老卞倾着身，往里面看看，屋里还有两个在操作打印机的，他确认没人听到后小声告诉青狗：“市郊，永平路头，油脂仓库倒数第七个。”

青狗扭头就走，一刹那又回头问：“自己干多少钱？给我个实数。”

老卞给他比画一个数字，青狗告辞匆匆走人了。

此时，在永平路油脂仓库，标着B9号的仓库里，几辆面包、小货厢正往车里塞货，每车都是塞得满满当当的，塞完后，那些人付款的方式都很屌，基本都是一摞现金啪地一扔。收钱的黄飞一掂，接着一示意，然后恭立的包神星就递给他一个优盘加一摞纸。那人看也不看，再一挥手，这车哗哗就开走了。

仓库里已经快干净了，黄飞低头问："还有几家啊？"

"混得好敢干的就那几家，再有个大户就是青狗了，那丫手底下人多。"穿着工作服，蹲在一边抽烟的王雕道。

"这都过了中午了，应该不会来了吧？兴许找不着这儿。"黄飞道。

"放心吧，哪有闻着腥味不来的猫啊。"王雕道。

话音刚落，就听到了突突突的引擎声音。黄飞伸出头看看，笑了。青狗带着一群人来了，那这仓库里的余货，看样子是有着落了……

雨天的黑夜来得早，不过对于等待一天的俞骏来说够漫长了。因为天气的缘故，他把所有外勤都召回来了，就在现有信息的基础上又一次案情分析。他鼓动大家用最阴暗的心理去推测骗子究竟要干什么，然后讨论出来这样一个结果：这伙骗子应该是把登阳的几百微商收割了一遍。

先诱之以利，优惠出货，然后再设法在销售上作假，让微商赚到钱，再然后，把队伍膨胀起来，想办法把质次价高的货都囤积在微商手里，这样一来，三百人的微商队伍能收割到的就可观了。向小园用一个关系图推算了一遍，放着胆量算到了百万以上。

可参案的人有的不太信，觉得匪夷所思。有的不太明白，这如何造假？俞骏呢，又觉得哪儿不对，想来想去，指出了个问题：骗得太少了，似乎和张光达、聂媚的身份不太相称。

说来说去都有点主观，直到词穷快冷场了，终于听到钱加多和斗十方上楼的声音了。络卿相提前一步上前开了门，本来以为两人会风尘仆仆，却不料这一对吃着汉堡配着可乐，嚼吧着进来了，还给大家带了几份。钱加多给大伙分着，按惯例又把最好的一桶鸡翅全放向小园面前了。

这两人一回来，会场的气氛就轻松了。俞骏不客气地抢了个鸡翅直接道："说说吧，两位。"

"我吃着，多多，你说。"斗十方道，嘴里还没啃完。钱加多也在吃着，不客气道："我开了一路车，刚从中州赶回来，也不让歇口气啊？主任，你先说。”

“对，印证一下。”斗十方道。

“别争了，我来说，刚才我们的讨论结果，可能性是这样……”

向小园打断了，操作着电脑，身后的墙上闪出来一个精致的关系树和损益表，把这个营销作假，通过诱使囤货的方式收割微商的假设提了出来。

斗十方和钱加多听着听着，就全笑了。就在俞骏觉得思路可能碰撞到一块儿时，却不料斗十方摇头道：“错了，不全错，但也只对了一点点，不是在进行中，而是这个骗局已经完成了。我和多多也做了个假设，而且验证了其中一部分，接下来，我给大家设计一下这种骗局可能的模式。”

斗十方站起来，向小园优雅地把位置让给他，他却操作不了那高大上的玩意儿，干脆抽出马克笔，在白板上噌噌地开始画这个庞大的骗局了……

细思极恐，四座皆惊

“首先，得感谢向组长，如果不是她锲而不舍地追踪傻雕和包神星，恐怕没有这个荣幸能够目睹这种精妙的骗局。”

斗十方开场了。这倒是句实话，所有的后续都来自向小园在大数据里精准的挑选，撞上骗局可能有偶然的成分，但发现参与骗局的骗子，绝对不是偶然。

一个“X”画在墙上，被斗十方圈起来了，由他往下画了个箭头，写了“微商”二字，再圈起来，就听他介绍道：“这个组局人我暂且以X代替，他的第一拨目标，就是微商，是形成星火燎原之势的火种，这个过程很漫长，可能需要几个月甚至更长时间，在推销和分销之间最初的信任建立之后，接下来就容易多了。”

膨胀、膨胀……斗十方连画了几个圈扩大，他接着介绍：“刚才向组长的判断我觉得应该和真相相去不远。登阳市几十人的微商队伍，把货输到他们手中，然后以一种巧妙的方式再把客户资源给到他们手里……这一点别人办不到，张光达、聂媚这种人办得到，因为他们的传销就有这样大量的骨干人员，而且分布在全国各地，扮成买家，买走微商手里的货，造成畅销局面，非常容易。”

向小园笑了笑。俞骏这时候向向小园竖了竖大拇指。关键时候还是昨天从丰乐工业园厂区捡回来的瓦楞板起作用了，一个运单号码联系到了另一个城市的住址信息，向小园扩大了搜索范围，在这个区域里，找到了一百二十二名有记载参与过传销的人，而且有二十二名是与张光达一案有直接关联的传销人员，那这波操作就昭然若揭了。

停顿了一下，斗十方看着满桌的商品，沉思道：“第一拨其实很规范，而且下了血本的，这些产品质量、口碑都不错，价格比市场价虚高了三倍左右，像这种不知名品牌的产品，唯一的好处是，利润可操作的空间很大。正如向组长判断，在不断的流通中，想方设法把这些货物都囤积在微商手里，那经销商确实要狠赚一笔，有多少呢？我们大致算一下。

“金叶公司整个支出，我们现在大致可以算出来，阳光大厦的场地租赁、装修、办公设施配置，一共花费在七十到八十万之间，属于中上等；运费、租车、人工开支，可以看出花销超过三十万；还有很多隐性支出，比如丰乐园的租赁场地、直接支付给微商的某些费用，还有大量的奖金支出，且不论合不合乎财务规范，这些支出就已经超过两百万了，再加上他们置办这些商品的费用、每次营销需要的吃喝拉撒支出，还有那些关键人物拿的钱，这个成本算到三百万是低的……还有一块最大成本是，如果自销自买，自己搞个销售旺盛的局面，那经销商的利润也得从他们成本里出。综合考虑，金叶公司砸出去三百多万，然后回笼四百万，其实赚不了多少……声明一下，我对财务不敏感，下午回到中州请钱加多一位堂姐给算的，大致和向组长算的差不多，比向组长算出来的利润要低一点。”斗十方道。

听到这话钱加多想插嘴，不过看大家这么全神贯注的，他没敢吭声。

“我的纠结点也在这儿。”向小园插话了，“如果仅仅是通过欺骗的手段把货囤到微商手里，这只能算一种无良的商业操作，似乎并不过界，毕竟现在奸商和骗子的道德底线差不多，相比现在常见的商家办会员卡收钱就倒闭，金叶还算有良心的。”

“对，依靠市场循环赚的钱，有暴利，但不会有暴发，因为必须有高额的成本支撑着，就像这种操作，他需要有大量的现金流，想得到的利润越大，那投入的成本就会越高，其实相当于用三倍的成本去搏一倍的利润，这其中的风险是相当大的，万一某个环节失灵，马上就自行崩盘。现在市场很多像造反派一样一夜崛起的品牌，都重复过这条死路……这也是钱加多堂姐教的，她是做美容联销店的，下午给我讲了很多个案例。”斗十方道，时时不忘提携钱加多一句，把多多说得不时地骄傲一下。

“别岔题，往下说。”俞骏提醒。

“往下说，还要从钱加多的堂姐开始。”斗十方道，一扬头，“多多，拿东西去。”

钱加多闻言赶紧起身出去了。

众人纳闷间，斗十方解释道：“向组长，您买回了几乎所有的产品吧，偏偏漏了他们公司最新推出的体验装。”

“这里面有问题吗？”向小园好奇。

“玄机，就在体验装上。”斗十方道。

片刻后，钱加多已经拿回来了，是两条烟大小的包装。俞骏笑着道：“知道主动侦查了，花了多少钱，回头报销啊。”

“不用，上午碰瓷讹了几个。报销修车费不？那我重新喷漆啊？”钱加多道。

俞骏被刺激得哭笑不得了。

其他人哧哧在笑。这时候连向小园都忍俊不禁了，她出声道：“多多，你这位堂姐很了不起啊，有机会引见一下。”

“没问题，她可单身啊……你们……”钱加多拆着包装，两眼贼溜溜瞄着众人。络卿相赶紧捂着脸，其他人不明所以。这钱加多真诚道：“欢迎未婚适龄人士打扰，我堂姐陪嫁优厚啊。”

“多多，咱别走题成不？”俞骏劝道。

钱加多看着俞骏，突然兴奋道：“主任，你不是那个……”

“敢拿我开涮，信不信我抽你啊？”俞骏凶道。

一句话把钱加多吓得不敢造次。此时包装拆开了，简装三个小瓶，护发、洗发、养发三件，一个面膜包装，简陋了点，这些东西被钱加多认真地摆到了向小园的面前。

“这是六十八至八十八元不等的体验装，肯定卖贵了，大家猜一下它的成本。”斗十方道。

这个男士就成外行了。娜日丽瞅瞅，猜了二三十块。向小园想了想，顶多二十几块。斗十方把揭谜底的权利又转到钱加多了。钱加多得意道：“女人身上的钱好赚，那女人身上哪个部位用的东西是暴利呢？一是脸上，二是头上……暴利到什么程度呢？这么说吧，一个美容美发的场所，它进洗发水是按桶进，一百升或者二百升的桶，快赶上以前那种汽油桶了，平均一升呢，就是……一块多钱。”

嘶……现场两位女士瞪眼了，十足地不信。

“这都是贵的了，要是小作坊化学勾兑更便宜，按吨算。商业秘密啊，我姐嘱咐我了，不能乱说。”钱加多道。听得两位女士心里硌硬了，娜日丽愕然咒了句：“我……我再不羡慕别人花几百上千做头发了啊。”

“那这究竟底价是多少钱？”向小园好奇了。

“不超过十块，看多少量了，我姐说这种优惠促销装基本都是定制白送，所以成本要无限拉低。”钱加多道。俞骏听得心里隐隐警兆升起，犹豫道：“向组长，这种代收货款的体验装究竟发出去多少？”

“这个……真没考虑到具体数量。”向小园被难住了。她此时也警醒了，看着斗十方问，“难道是……”

“对，一种邮件诈骗的翻版，成本不超过十块钱的体验装，加上成本不超过十元的运费，代收货款以八十八元算，只要邮出去的四件里有一件付款签收，那就够本了，只要高出这个成功率，就都是赚的。”斗十方道。

陆虎提醒道："如果这样的话，就需要精准的用户信息了……难道？"

"没有精准的用户信息，都不敢干这种生意。"斗十方把陆虎的怀疑说了出来。

现代网络时代，信息泄密已经不是什么稀罕事了，俞骏越想越紧张，看着斗十方问："你发现了多少这种情况？"

斗十方默默地把手机递给俞骏。手机相册里上百张图片，瞬间把俞骏看愣了。他递给了向小园。向小园接驳着手机拷贝出来，投影到了墙上，一页一页翻着让大家看，"碰瓷"的几辆快递车里，整齐地码着这种包装，登阳的大街小巷里跑的标着不同公司名称的快递小车；没被碰瓷的，也不知道怎么被斗十方拍下来了，上面还有各快递网点的照片，这种体验装在网点一堆一堆放着，看着格外扎眼。

"我不知道具体有多少，但量非常大。这中间有个默契，其实只要你付快递费，快递公司和快递员即便知道有猫腻也不会管那么多，因为各家收货竞争很激烈……这就是我要说的骗局的第二层了。在砸了重金，造成公司烧钱、市场旺销的假象之后，就有现在大家看到的经销商队伍膨胀起来了，从五六十人短期内膨胀到了三百多人，像向组长关注的样本，那位赵姐、开大车的于师傅，本来一个人，现在已经是全家上阵了……有了前期的成功经验，那大家想想，把这样的体验装给了经销商，如果再有准确信息的支撑，做大这个骗局，还有难度吗？"斗十方解释道。

这可能……出大事了。陆虎不自然地紧张了，看着两位领导。俞骏的脸色越来越凝重。向小园已经在计算着了，她轻声念着："登阳全市有八百九十六个注册快递网点，分属于十七家不同的快递公司，如果算上区域性物流小公司的话，网点还要再加九十多个，日平均包裹数，全市应该超过十万了。"

俞骏抚着下颌在思忖。向小园说完数字怔住了，最早出现在登阳已经半年了，大量发送包裹已经快一个月了，那包裹应该怎么算？几万？肯定太少，十几万？差不多。说不定已经攀升到一个她不敢想象的数字了。

“但这中间有个问题。”程一丁开口了，所有的案情把可能性梳理完整，最合理的那一种就是最可能的方式了，他提问，“一件两件，甚至十件八件无所谓，但如果量足够大，那收款方就跑不了了，那干这生意岂不是找死？迟早会被查到。”

“八大骗玩的就是障眼法，这么多经销商队伍，忽悠微商注册几个个体工商账户很难吗？现在的支付是非常快捷的，那边只要收款，就自动支付到客户预留的账户，这估计就要成一笔烂账了。收款的账户可能分属不同的个人名下，即收即走。而被追责的账户户主，恐怕未必知道这种操作手法，或者还有更脑残的，自己个人收钱，要是量收得很少，也就十几件几十件的钱，能有多少责？但是这个队伍庞大，如果这么干的人非常多，那是不是……就很麻烦了？”斗十方语不惊人死不休地道。

程一丁吧唧着嘴为难了。基层经验丰富让他可以判断出，斗十方不是危言耸听，最差的情况就是无限接近真相的一种，那些最底层的群众可不介意浑水摸上几条鱼，如果真是存心教唆，那这个诈骗手法能膨胀到多大的盘子，他还真不敢想象。

俞骏思索了良久，终于开口了：“这应该就是真相了。我说嘛，百八十万肯定不合张光达这类货色的胃口……辛苦了两位，看来向组长和我没看错人。”

“虽然没看错我和多多，不过您似乎看错这个骗局了，起码没看透。”

斗十方一点儿也不谦虚地道。这句话引得俞骏和向小园愕然盯着他。就见他指指墙上才画了一点的图道：“如果真是‘风马燕雀’中的‘风’头出马，那这个骗局就应该还有一层，做局者讲究落子无闲棋，如果仅仅收割微商，再靠微商队伍盲发邮件诈骗，其实有一个总经理法人扛罪就行了。那黄飞、王雕、包神星，以及他们找的这二十几个没有身份的人，就是多此一举了，所以我判断，绝对还有第三层……”

斗十方说着，把X、微商两个圈着的重点之后，又分了一层，这第三层在哪儿，把大家本来已经提到嗓子眼的心啊，又给吊上了……

中州，永平路某快递仓储。

成件成件的快递打包被装卸车铲上了大型物流运输车上，运输都是夜间完成的，每天别人下班的时间，反倒是快递行业最忙碌的时候。今天雨下得太大，这家快递网点的小老板心绪不宁地看着那些大件的快递，眼皮跳了好几下。

吁呜一声口哨，有人在门口叫着他，他快步跑出来，恭敬且心虚地小声道了声：“青哥。”

来人正是曾经威名赫赫、被扫黑打击到已经落魄的青狗哥。他拿着两条烟，硬塞到这小老板手里，拍拍他肩膀道：“兄弟，全靠你了啊。”

“哥，要出事啊，您这一把就干一两千件，这个……”小老板难堪道。

青狗怒道：“妈的，又不是没给你快递费，你磨叽个毛啊！出事也是我们扛，关你屁事，你负责发出送到给我货款不就行了？哎，二毛，你混的时候哥没少罩着你吧？”

“所以我才跟青哥你说呀，我知道这怎么回事，您要弄上十件八件甚至几十件，都没啥事，但一个人名下收钱多了，真怕出事，一查一个准，我这儿也不好弄。”小老板道。

青狗听出话音来了，小声道：“老骗他们搞的是公户什么的，我不懂那个啊，他说是从谁那儿买上一个操作，可你知道，哥哥我这文盲出身的，玩不转那个啊。”

“那这样，哥，你多找些人，就用他的身份证和银行账户收一下钱，我就当不知道，他们也不敢欠您的钱，这不……”小老板教着一种相对稳妥的方式。

青狗一听乐了，狠狠抱了他一下，道：“兄弟，啥都不说了，回头我谢你……等我找人去啊。”

青狗告辞上车走了，车里一干痞混电话不断，开始嚷了：

“喂，在哪儿呢？拿你身份证和银行卡，我发个货，代收货款的。”

“喂喂……收个货款，没多少，几千块，回头请你一顿。”

“什么，你妈的，身份证丢了不赶紧去补……你妞有证也行啊，快拿过来。”

“……”

青狗反应算是慢的了。此时，东城发货的大户老骗已经发完货了，正数着手机上到账的货款，计算着今天赚了多少。无数个大小快递点将装车时，还有络绎不绝的客户来车，有很多人知道其中的猫腻，可这些连收货也不让上门收的人，能给他们艰难的经营增加更多利益，那总不能把他们拒之门外吧。

漆黑的暗夜中，瓢泼的雨中，那些被利润刺激得蠢蠢欲动的人，一刻也不停歇地奔波在逐利的路上……

第三层，只有一个字：风！

斗十方此时脸上泛着病态的兴奋，邮件诈骗是个老手法，但注入这么多新思维，而且把盘子做到如此之大，实在让他觉得惊艳无比。就听他介绍道：

“八大骗中，‘风’的解释是一阵风、一窝蜂，这里面有个简单的原理，如果想骗更多，那就得把骗局做得足够大；但做大了，意味着罪责也就更大。一面是想收钱，一面是要扛罪，这中间很难取舍，那怎么办呢？八大骗‘风’字一路想出了他们的办法，而且屡试不爽。方法也很简单，就是乘风起浪，复制出无数个同伙，能搅多大的浑水就搅多大，然后浑水摸鱼，逃之夭夭。

“那么，这样王雕、黄飞、包神星以及这路人的用途就明了了，他们可以连接到城市的最底层，可以最大限度地扩张诈骗群体。可以这么想象，像金河里、四棉厂老家属区、六堡这类三无高危人群的聚集地，他们可能找多少人？还有那些在城市犄角旮旯和夹缝中的人，都是很容易被人鼓动，进而被人操纵进入骗局的，而且将来案发之后，我们面对的或许是最差的情况……所谓的嫌疑人，可能在某种程度上讲，也是受害人。”

俞骏开始不安了，他问道：“这种诈骗，你觉得和传统八大骗，特征上有相似之处？”

“对，厅里研判是正确的，只有最底层混迹起来的人，才懂得如何撬动和利用这个层面去实现诈骗。整个骗局里，微商、快递、三无人员，全部成为做局者的棋子，全部在为他服务，这就像以往‘风’这一路做邮件诈骗，会鼓动一片或者一村的人，都往全国各地发求助信；或者得到公务员名录之后，发敲诈信一样。还有那种更老式的，在人群聚集的地方，搞抽奖、促销诈骗，包括抽奖的、宣传的，甚至围观的都是骗子，你根本分不清谁是‘风’头。”

“那他撬动这些人，又怎么获利？”络卿相问。

“笨死你呀，教会别人怎么骗，再把这东西卖给他不就行了？十块钱买，转手卖八十，你不愿意呀？”钱加多指指桌上的体验装，损了络卿相一句。

这个笑话没逗笑大家，反而个个脸现苦色，估计都感觉到智商被狠狠涮了一次。

“我觉得……不太可能吧？”向小园有点紧张地搓手，看看俞骏，质疑道，“是不是有点危言耸听了？达到这个程度得多大的货量，得多少人参与啊？而且……登阳已经有几百微商队伍，难道再发展几百甚至上千人加入队伍？”

“您忘了，傻雕不在登阳，几乎都没来过登阳，黄飞也离开了，他们在哪儿呢？”斗十方问。

嘶，这回真把俞骏吓住了，他脖子一梗，问：“在哪儿？”

“在中州。”斗十方道，示意钱加多。钱加多这才卖关子似的把自己手机打开，递给了向小园。向小园狐疑地接住了。她操作的时候，斗十方介绍道：“昨天我想了一夜，一直跟不上这个思路，今天在登阳发现各个快递已经铺遍之后，把我吓住了，而且想到傻雕带的这群人肯定没闲着，如果要在更大的地方搅个更浑的水池，那会在什么地方呢？于是我们就回了中州，以发快件的名义，故意挑了不少快递点去查探，结果我们发现……中州已经泛滥了。”

投屏上墙了，钱加多用手机偷拍的，不过看得清就是这种体验装，或大或小地堆放在每个快递点里，一屏一屏放过，不同的地方，相同的快件，不知道什么时候已经悄无声息地泛滥到快递领域了。

“中州的快递网点比登阳多两倍，两千一百多个。”向小园愕然说道，不敢往下想这种情况泛滥的后果了。

“天哪……这群骗子。”俞骏叹气道，震怒之后是一种深深的无力感，他头靠着椅背道，“娜日丽，你和大邹从现在开始盯死聂媚，绝对不能让她溜了，随时准备对她采取控制措施。”

“是。”

“老程，你带上络卿相和陆虎，盯住金叶公司这些人，如果发现张光达露面，不管他和谁在一起，都先摁了。”

“是。”

“钱加多，你负责给大家提供生活必需品，他们可能会很快连吃饭的时间都没有了。”

“是，没问题。”

“十方，向组长，跟我走……知会一下登阳市局，而且今晚务必向陈局和谢厅汇报。向组长，你马上通知反诈骗中心人员全部到岗，对已经接入的快递信息进行验证，最晚明早我们商量出个解决方案来，这要出大事了。”

他匆匆起身，一队人分开各奔职责，冒着如泼夜雨出发了……

欲速反迟，乱象难止

“X4报告，目标尚未离开。”

娜日丽推着清洁工的推车，在走廊尽头轻声汇报。她传回了聂媚喝得微醺的样子，是一个男人陪同她回房间的。那个男子是当地农商行的一位小领导，这两人恐怕要有不可描述的事，都进去很久了没见出来。

……

“X1报告，这里能观测到七个目标，找不到黄和沈。”

程一丁汇报，他在楼顶找的观测位置录下了两个房间里，金叶公司那几个替身在喝酒打牌，黄飞一直未归，包括那位“法人沈凯达”也不见了。

……

每隔十分钟的汇报结束，时间指向二十三时，向小园又一次心绪不宁地踱着步，隔一会儿就看看反诈骗中心数据验证的变化。随着一点一点的积累，这个验证已经没有意外了。

“嗨……”向小园干脆上前，把趴在工位上睡觉的斗十方吓醒了。斗十方可能是真累了，昨晚几乎没睡，今天兴奋地奔了一天，从坐上车回中州就开始打瞌睡，回到反诈骗中心直接就睡过去了。被吓醒后，他迷迷糊糊地问：“几点了？”

“二十三点。”向小园道。

“我才睡了一个小时。”斗十方道。

“不错了，去洗把脸，我有事跟你说。”向小园道。

“不等命令吗？俞主任还没回来吧。”斗十方道。

“我是你的直接领导，我命令你马上去洗脸清醒一下，马上回来。”向小园愤然道。

斗十方“哦”了声，揉着眼睛起身出去了。人一走，向小园倒有点歉疚了，从昨天报到，到现在，估计就睡了这么一会儿，可现在发现的信息太过吓人，管不了那么多了。

不一会儿，斗十方抹着脸回来了，他看看向小园，发牢骚道：“这有什么急的？抓又不能抓，查又不敢查，估计得到天亮才有结果。”

“你心可真大，那你别把消息刨出来啊，以前是大家睡得着，你一个人睡不着；现在倒好，你能睡着了，别人都睡不着了……帮我看看。”向小园道，让开了座位，把屏幕给了斗十方。斗十方戳着指头数着，愕然念着：“我滴个天哪……都快两个月了？账户名称很陌生啊。”

“现在买一整套带网银的账户不难，你不该惊讶呀。”向小园解释道。真到技术的层面，这位似乎就有点白痴了，看他用电脑的手势向小园就判断得出来。

摸索着鼠标往下拉拉，斗十方愣道："那这看来没错了，有公户收款的，有私人，而且很乱，不算很集中……可能找其中的几个收款大户，但是，可能账户是买的，也是关联不到人。"

"对，这还是不完全的快递信息，全国性的、管理规范的快递或者物流，理论上信息都要接入到民用IDC，也就是智慧城市的数据存储中心，这项工程在我们市还没有全部完成，我们能得到的数据比现实要延迟四十八个小时左右，还有一部分中小型快递、物流，根本不具备数据接入能力，所以这一块也是我们监管的盲点。自去年到现在，一共发生过四起快递网点卷走代收货款跑路的事，涉案金额都不少……我说这个的意思是，其实在现实中，这些经营者对于联网管理是持抗拒和不配合心态的。"向小园委婉地表达着，可能能查到的数据，仅仅是一部分。

"你直接说，差多少吧。"斗十方听明白了。

"差一半吧。"向小园道。

"哦。"斗十方无动于衷，淡淡道，"那我也没办法，只能一家一家查实了。你看大学城这几个快递，一个网点每年包裹一百三十多万个，每个月平均超过十万，这还只是一家，我去……这生意这么赚钱啊。"

这估计又得让片警来回奔波了，恰恰是这个落后模式恐怕不可取，数据统计怕是一星期都下不来。不过这思路太过清奇，居然看出赚钱来，让向小园有点无语了。她纠正道："同志，心眼不能偏啊，你即将接触的可是全省的数据核心，这在懂行的眼里，比一座金库还让他动心。"

"不会，隔行如隔山，你给我数据我也不会用……咦？你的意思是？"斗十方斜觑着向小园。向小园笑笑点点头，道："这个团伙里，有个懂数据的，有兴趣了吧？"

哦！斗十方眼睛亮了亮，笑笑道："流氓有文化，谁看都害怕；坏蛋有文化，天下要称霸啊，哈哈……那你叫我干吗？顺着数据分析完全可以找到来源啊。"

“时间，时间不够啊。”向小园道，有点懊丧，每一次都输给了时间，任何一个罪犯，特别是这种高智商诈骗，不会留给警方充足时间的。

“我知道你的犹豫了，一启动，怕打草惊蛇，逃了就麻烦了；但不启动，眼看着就要蛇吞鲸象，后果堪虞，是不是？”斗十方扭头问。向小园点点头。和斗十方说话那种心有灵犀的默契比和俞主任更甚，有时候很省劲，不过有时候很难堪。这不，斗十方也笑笑：“我顶多算个侦查员，你顶多算个副处级侦查员，这是俞主任和更高级别领导正在讨论决定的事，你想越位？”

向小园翻翻白眼，警惕地看看开着的门外无人经过，她压低了声音道：“我在这儿面子被涮了一遍又一遍，在上级面前抬不起头来，总不能在下级面前也颜面扫地吧？你还知道我这个侦查员前面带了个副处级啊？”

“Sorry，那你说了，你都发愁，我能怎么办？”斗十方道。

总是这么淡定的样子让向小园看不懂了。她拉着椅子坐下，好奇地问：“为什么你对骗子和骗局的兴趣，似乎比对你同行和上级的还高？你可是警察呀，我为什么没有发现一点疾恶如仇的情绪呢？”

“入芝兰之室，久而不闻其臭，我管辖的人员里，诈骗是最‘善良’的一种。”斗十方道。

也对，如果别人的神经是铁打的，那这位的肯定是钢模浇铸的，向小园放弃了，关了数据演示，点开了回传的汇报视频，给斗十方看实时的影像资料。被监控的聂媚尚在，金叶公司的几位也在，黄飞、王雕、包神星以及可能是此次诈骗策划嫌疑人的张光达，全体消失。

这回有效果了，斗十方发呆了片刻，脱口道：“麻烦了！”

“说说，有多麻烦？”向小园问。

“江湖做局的高人呢，讲究取之，不尽；用之，不竭；得断句理解，意思是不尽取，不竭用，否则一个人吃相太难看，不给同道分点，容易招祸。”斗十方解释道。

“这算什么麻烦？”向小园没明白。

“意思是，那位大写的X可能已经捞够了，应该准备或者已经跑路了，现在都不知道究竟是谁，恐怕我们没机会抓到他……顶多能抓到黄飞和聂媚这一层，而且都起诉不了，他们肯定一毛钱都没沾。”斗十方道。

“我担心的恰巧就是这个，怎么破？”向小园问。

“你又忙糊涂了，想找现在这个已经学会屏蔽侦查、躲开监控、隐匿身份的X，已经很难了。”斗十方正色道。

“我知道啊，在这个上面我不糊涂啊。”向小园道。

“但你可以找以前的他啊。”斗十方提醒道。

“哦——对呀，以前的他——”向小园如醍醐灌顶，慢慢地脸上浮现出笑容来。如果这个人起于微末，现在又撬动了这个层面，那在此次众多的参与者中，就应该有知道甚至认识他的人，否则不可能短时间找到这么多敢于作奸犯科的人，还教唆他们上路。

“你确定？”向小园精神被刺激上来了。

“我看数据表时就确定了，想知道吗？”

“你居然在领导面前卖关子？快说。”

“不卖关子，但你给换点福利，您得让我睡会儿，我现在头都快炸了。”

“好，没问题。”

向小园答应了，斗十方这才点开数据表道：“轧钢厂这片可疑快件较多，还有吴团团、孙烽这个名，我差不多就能想到吧。原因呢，也不深奥，吴团团绰号臭蛋，是个几进宫的老痞子；孙烽绰号叫老游，开游戏厅的；轧钢厂这一片呢，也有个人物叫卞军，绰号老骗。以上几个都是屡次犯事，屡被打击的，年纪都一大把了，以他们的黑恶痞混的朋友圈，最适合干这种事，甚至他们中间就有人生活无着，不得已还送过快递……其实地下世界说大也大，说不大也不大，只要一个两个人知道这种发财门路，马上就会一传十，十传百，像瘟疫一样扩展开，那……就是现在我们面对的情况了。”

“对，传说再神的什么‘风’头，也不可能无风起浪，他肯定在这儿有根有源……那这件事的关键点，还有可能在王雕身上。”向小园道。对于这个绕回来的发现，让她莫名地兴奋，她兴冲冲地看着斗十方等着下文，却不料等到了斗十方一句很丧气地话："那现在我能睡会儿吗？"

"没出息，去吧……到宿舍楼307，老程和大邹的值班铺。"向小园道。

"哦，好嘞。"斗十方起身，揉着眼睛，打着哈欠，快步跑了。

重新坐下来的向小园却来了兴致，她把剔出来的名单设定了查询条件。思路还真是决定出路，电脑很快给出了答案。代收货款的甲方是私人的，有诈骗、寻衅滋事、盗窃前科的人员，足足有一百五十八人，单这数据就把向小园吓了一跳，敢情是幕后Boss把中州二进宫的来了个坏分子总动员……

"大致情况就是这样，日前在登阳、中州两市发现的这种邮件盲发诈骗，已经有逾十七万件，最早时间可以追溯到两个月前，九月份左右，量从少到多，现在具体发展到多大了，还有待进一步查实。我们反诈骗中心接入的IDC数据对两市的物流、快递行业还没有达到全覆盖。"

俞骏介绍着，在这里暂停了，低头看了下手机，又补充道："最新消息是，反诈骗中心在发货人信息中，剔出了一百六十七名有前科人员，六十一名有诈骗前科，八十四名是累犯。向组长判断，主谋应该已经藏匿，她建议从这些人中查找此次组织和策划层面的信息。"

陈颢元局长倾听着，笔记本上龙飞凤舞画着三层骗局的模式。他看了眼沉思的谢经纬副厅长和登阳市局两位还在紧张惶恐的领导，出声道："我觉得很精彩啊，骗局很精彩，你们反骗工作做得也很精彩，毕竟我们是首次警于事前，没有等到最后烂摊子不可收拾才发现。"

"但……终究可能还是个烂摊子，现在在路上的快件估计还有十几万件，被骗走的金额，就现在看，应该是个千万级的，就在我们眼皮底下，骗局开始的时候，也正是我们接受任务的时候……唉，惭愧，陈局、谢副厅，我请求组织给我处分，在这个案子上我很失职。"俞骏深刻地道。

说得情真意切，不过肯定是以退为进，这么说陈局倒不好意思了。

谢副厅此时才瞪了眼，啪地合上了笔记本，道了句：“装腔作势……你这是成心不想让登阳市局同志下台是吧？”

俞骏蔫蔫地给了个苦脸色。登阳两位领导更难堪，毕竟自己地面上的案情，结果被人家跨市给刨出来了，临时被通知来厅里开会，进门时都一头雾水呢。

“老实说，干得不赖，最起码在最差结果来临之前，给我们准备时间了。我不批评你们，你们确实已经尽力了，而且给了我‘风马燕雀金评彩挂’八大骗确实存在的证据……但我也不会表扬你们，因为在第一场较量中，我们已经输了半筹，按照现在局势已经泛滥的情况看，捞大头的，应该已经全身退出了……不吃干净，留给同行而且制造混乱，这确实是个高人。”

谢副厅给了这个X一个超高的评价。又停顿片刻，他看看麾下众将，咬牙切齿道：“而且这个高人给了我们一个选择，只要我们出手止乱，他就可以闻风而逃；但如果我们犹豫出手，那乱子会更大。不管我们怎么选择，都是输了半场，乱子已经在路上了……那现在，该我咬着牙做这个选择了。不管骗局有多精彩，骗子有多高明，我们的对付方式只有一种——露头就打，绝不姑息。大家可能会考虑社会影响问题、舆情问题以及我们的形象问题，但这些和人民群众的财产损失与社会经济秩序的被破坏相比，都不是问题。现在我代表省厅发布以下命令……

“第一，由中州市反诈骗中心提供数据支撑，中州、登阳两地警方联动，对于此次涉案的所有嫌疑人、参与人按属地管理原则，迅速采取措施，重点及重大嫌疑人员，即时抓捕。

“第二，各派出所、刑警队以及治安单位，借此机会对辖区快递物流行业进行一次清理，如有发现蓄意为诈骗犯罪提供便利者，一律追究刑事责任。

“第三，迅速通知各物流快递行业的经营部门，对于未代收货款的快件做封存处理，未支付给发货的款项，一律止付。

“第四，迅速查封冻结所有涉案账户，反诈骗中心负责追踪赃款资金去向。

“第五，对于登阳市这些大量的一般参与人员，做好说服和解释工作，要充分发挥社区、治保的作用，警惕工作方式方法不当可能引发的不良后果。

“……这是一次断腕行动，经过这次阵痛，我希望大家能够高度重视，骗子一次又一次挑战社会公德和法律底线，他们不会停止，那我们也没有懈怠的理由，对于他们只有一个态度：深挖细查，穷追猛打，直到斩草除根，终结诈骗。”

一声令下，全城警动。

两城的各派出所在紧急集合，治安巡逻拉网封锁路口，社区的治安点和治保人员也被通知到场，连接一线的反诈骗中心把收集的人员体貌发送到了参案警员的手机，开始按图传唤或者缉拿了。最郁闷的恐怕是那些快递网点了，半夜被敲开门，要采集原始数据。很奇葩的是，行动刚开始就发现半仓库未发出的快件，敢情这个发快递的，也在暗地通过这个赚钱。

零时整，邹喜男和娜日丽等到了支援，手势一下，门嘀的一声被刷开了，一队警员冲进了房间，“不许动！不许动！”的声音响彻房间，夹杂着女人的尖叫。灯打开时，正和那位银行小领导做不可描述糗事的聂媚抱着被子瑟瑟发抖。娜日丽在床头和被子里搜查着，搜不到，然后直接伸手。

聂媚乖乖地交出藏在被子里的手机，没有来得及发出信息。娜日丽接驳着数据线，通知家里远程登录，这可能是连接幕后的唯一一条线。另一头警员们背过身，等着这一对男女穿上衣服，然后被带上警车，登阳大酒店的抓捕顺利完成。

同一时间，登阳刑警冲进了金叶公司租赁的员工宿舍，挨个抓捕，照着身份证点名。神奇的事情又发生了，居然没有一个是人证符合的，全部是假证。

中州市的抓捕和传唤几乎是同时开始的，反诈骗中心列出有的前科人员，信息到辖区派出所手里，最了解他们的莫过于片警了，于是就出现了这样大同小异的情形。

夜市摊上，有片警大喊一声："臭蛋！"这一声效果奇佳，正吃烤串的一个斜眼男掉头就跑。这八成就是犯事的征兆，不过今天跑不了，几个路口都被堵着，没几步就被扑倒了。

某居民小区，片警在没有物业管理的楼门里侧耳倾听，哗啦啦麻将响的地方就是目标了。咚咚一敲门，连吼带骂撑了几分钟，户主不情愿地一开门，刚要解释我们这是自己家玩，不是赌博，门外的警察已经冲进去了。打麻将的一个中年猥琐男被派出所的盯住了，那民警调侃："光腚，看来赚了不少钱啊，光灿灿的小手表都戴上了。"

"赚钱、戴表都不犯法吧？"光腚强撑了一句。

"你每次只要手里有钱了，基本就没干合法的事，自己个儿戴上。"民警递着手铐。

光腚委屈地拿着，给自己铐上了，不情愿地说着："人家真没犯事啊。"

"那你戴得这么主动？我们都不好意思抓你了，一会儿回去自己写写，别费工夫啊。"民警带着他离开，回报指挥：李光明被滞留。

很快，绰号"老骗"的卞军被抄老窝了。带走他时，捎带查到了半屋子未发出的快件。卞军在车上号啕大哭着："哎呀，我这是花钱买的，我也是受害人啊……你们不能这样啊，我是受害人啊！"

这拨骗子几乎没有战斗力，很快各派出所滞留室里满了。看来今夜要无眠了，他们的战斗力可都在嘴皮子上，抓着了，那才是较量的开始。

行动突然有猝不及防的效果没错，可容易出现疏漏也没错，已经返回中心的俞骏和向小园坐镇指挥。这么大的动静，奇怪地居然没有惊动黄飞、王雕一干人。到凌晨二时，俞骏下狠招了，通知前沿各队伍办一件事：查房。

这一查可就鸡飞狗跳了。文化路一处正规的洗浴中心，有男子攀着窗户下楼，被发现后撒丫子跑，后面的巡逻队笑得上气不接下气地追。那货是光着屁股跑的，等逮着才确认不是目标，是个嫖娼的。

没跑的，已经穿上裤子准备死不认嫖的，倒还真有两位是目标，又逮住了。

凌晨三时，一队治安人员正查辖区内酒店登记客房的工夫，不经意瞅到目标了。踏破铁鞋无觅处，狗哥出来了，不知道是赌赢了，还是嫖爽了，一手搂个妹子，正笑着从电梯里出来呢。治安队三人上前围住了，不料这家伙酒劲未消，又在妞面前不甘示弱，和那治安队的嚷嚷开了。揪着个队员嚷着："老子犯啥事了？你不说，我跟你去，我是你爹，还是你是爹，这么听话？"

这边骂着，那边步话通知着，跟着警笛一响。青狗明白了，一把扔下那人夺路而逃，疯狂地冲出了门厅，无人敢挡。警车上刚下来的警员又上车了，拉响了警报，街上的追逐战开始了。本来以为能躲过一劫的青狗跑出几公里才发现想错了，跑到主干道上，十几辆警车围追堵截上来了，他绝望地喊："啊，太过分啦！抓恐怖分子也不用这么吓人吧……"绝望的他举手，束手就擒。

疏漏就在这个无人注意到的地方，其实今夜是青狗安排请客的，王雕和包神星还在温柔乡里，大队的警车把他们吓醒了。他们早顾不上被窝里的温柔了，从安全楼梯猫下来。门关着，亏得包神星做贼出身的技术没落下，扒拉开了后门的锁溜到街上，没走多远被吓得又钻回胡同了。街上时不时就有警车驶过，大半夜太吓人了。

"咋回事呀？"包神星问。

"我咋知道！"王雕烦躁地道。

"是不是扫黄呢？没咱们的事。"包神星抱着万一之想。

"不管扫什么，咱们都在被扫范围……坏了。"王雕拿着手机拨电话，不通了，惊恐道，"可能真是狗哥。"

"问问黄飞。"包神星提醒着。

王雕正有此意，拿着手机一拨，坏了，电话都不通了。他黯然了片刻，做了件让包神星奇怪的事，手机直接拍向墙面，碎屏，然后又踩了两脚，再然后，不容分说把包神星的手机也拿过来，直接毁了，然后拉着包神星，沿着小胡同往里走，找了个避风地方——臭烘烘的犄角旮旯坐下来，反而安全地开始抽烟了。

“啥意思？”包神星问。

“犯事啦。”王雕道。

“不是……这不干得好好的？狗哥还差一半货款没给呢。”包神星惋惜道。好容易享受到美好生活，不能就这么结束了吧？

“记得咱们经理是谁吗？”

“‘沈凯达’。”

“记得咱们这段时间干什么了吗？”

“装卸、搬运啊。”

“行了，别知道得太多啊，万一被提溜住，嘴牢点啊。”

“我倒想不牢，除了‘沈凯达’，其他人名我都不知道，知道的没准也是假名……哎，雕哥，咱们跑啊。”

“跑个球啊，现在出去不找死吗？窝着，躲开风头再走。来，抽烟，这儿他妈味儿真大，不过这地方安全，没人会来，等天一亮，就好混了。”

这一贼一骗真的是不简单，愣是窝在这个臭烘烘的胡同绝地，隔绝了中州的全城警动，直到天亮都没有人发现他们。

登阳，天亮的时候消息已经传遍了。未得通知和根本不信的上百微商奔向阳光大厦。那儿已经人去楼空，警察正搬着电脑，最后锁上门时，贴上了封条和一个通知，和所有诈骗崩盘的通知一致：

> 经查，“金叶日用化学有限责任公司”涉嫌诈骗，现将该公司查封，受害群众可到登阳市公安局经侦大队报案，特此通知，云云。

同样的剧情总是在不断上演，再怎么解释也没用，哭天抢地、漫骂发泄的，把取证的警察堵得都下不了楼。不管什么情况，警察只能硬着头皮进行。好歹已经传唤了一部分，没有酿成大乱。只可惜还是低估了形势，吵嚷的，追着警察下楼，刚到大厅，就见保安慌张地在喊有人要跳楼。

外层已经聚集了不少围观人等。现场警员刚刚通知，就听得人群鼓噪。他抬头，看到了一条黯色的曲线从楼顶划下来，然后，一声闷响……停车场边上，绽开了一地血色。

有人认出来了，正是金叶一个微商，最惨烈的一幕终究还是不可避免地出现了……

棋差一着，亡羊补牢

离天亮四个小时前，丰乐樱花园附近。

樱花尚未开放，毗邻樱花园的民宿是生意最萧条的时候。民宿区建在远离城镇的黄河之畔，不是旺季，白天鲜有来车，可在深夜的某个时间点，其中一幢房间的灯光突然亮了。

张光达匆匆叩响了二楼的门，开门的是安叔，他已经穿戴整齐了。另一个是那位最早到登阳发展业务的女士“胡总”，正收拾着桌上的电脑，电脑旁边整齐地放着各色U盾，足有二三十个。

“怎么了？”张光达心里泛起不祥的预兆。

安叔平静地道：“该走了。”

“啊？”张光达惊愕道，一下子失态了，“坏了，小聂还在登阳。”

他掏着手机，不过动作瞬间僵住了，安叔的手已经伸到了他的面前，他只得无奈地把手机递给安叔，不过还是抱着万一之想道：“老安，不至于吧？”

“自己看。”安叔摆头示意着，那位女“胡总”把电脑屏幕挪过来：门咚的一声，影影幢幢冲进去一群人……那是金叶公司员工租住的单元房。这几秒钟的视频看得张光达浑身冰凉，有点恻然地问：“那小聂怎么办啊？老安，你不能丢下她，不能丢下她。”

张光达有点失态地拽住安叔的胳膊。安叔回头，漠然地看着他，淡淡道：“怪不得你混得这么惨，生意就是生意，加进感情色彩就不对了。你救得了她吗？”

一句话问得张光达无言以对了。安叔抽出胳膊，拍拍他的肩膀道：“现在连主谋‘沈凯达’都跑了，你总不至于想回去给警察补上这个缺吧？快去，收拾东西，上路了。”

催了两次，张光达垂头丧气地回房间了。这边“胡总”已经收拾妥当，提着行李拉杆箱，而安叔连行李都没有，两人小心翼翼地下楼。胡总轻声道：“反应比想象中快多了，还有几笔款没收回来。”

“精明的商人从不拿走最后一个铜板。”安叔道。

“我们算商人吗？”胡总笑着问。

“算，玩弄智商的人。”安叔头也不回道。

下楼，上车，和张光达分乘两辆车，驶离这个隐秘的地方。车驶上黄河大桥时，“胡总”刻意放慢速度，向窗外撒了一些什么东西，好像是那些用于转账的U盾，然后驾着车，消失在茫茫雨夜中。

四个小时后，两队警员包围了丰乐樱花园民宿，像大多数时候追踪到骗局的源头时一样，这里已经人去楼空……

早上十时，来自中州市局、登阳市局以及省厅的警员陆续会合到反诈骗中心。猝然发案的案情惊动了各方，爆出越来越多猛料的排查，让各方都坐不住了。

“目前为止，已查到的支付快件，达到三十一万件左右，这是截至今天上午九时的数字，还在增长。按平均每件八十八元计算，约两千七百余万元案值，即便刨除这其中的货物价值、快递费用以及代收费用，被诈骗分子攫取的非法收入也超过一千五百万元。”

向小园在中心位置讲解着。众人面前就是中心最显眼的数据大屏，在对各快递网点数据提取之后，这个数字达到了一个恐怖的程度。

“自我们昨天采取行动，目前滞留在快递网点以及路上的快件，统计尚有十九万八千余件。我们已经向各地警方做了提醒，需要说明一下的是，这些未支付成功的快件，分属于中州和登阳不同的个人、个体商户，或者公司商户。根据目前各警务单位的核实情况看，他们是以十五到二十元不等的价格从别人手中买下的。有关这个诈骗团伙的详细案情，我们还在追踪。”向小园道。

两大块，一个是已诈骗成功的，一部分是还在路上的。让她感到难以置信的是，这个骗局果真有三层，这位幕后的X不但自己狠狠骗了一把，还教唆着别人去骗，连别人用于诈骗的货物都是他提供的，现在倒好，一窝蜂跟着他行骗的都砸手里了。

俞骏看着诸位同行，补充解释道：“很遗憾我们没有抓到此案的主谋，案情比我们想象的要复杂，而且已经引起了跟风效应。昨晚开始的行动到现在，已经滞留了超过九十人。我们惊讶地发现，有很多快递网点都沦陷了，从承包经营的到快递员都参与了此事，甚至还有自己单干的，网购十块、八块的货物然后浑水摸鱼，搞这种盲发诈骗……信息是怎么泄露的我们正在查，现在无法分辨究竟是哪一家快递公司的用户资料泄露，不过我们能确定的是，可能不止一家，仅在我市大学城的两个不同公司的快递网点，就向诈骗团伙输送了二百二十万元的代收货款，这种利益捆绑导致本案定性难、梳理难，将来肯定还要出现定罪难的情况。”

众人哗然，哪怕是警察，哪怕是对犯罪有过深入研究，恐怕也想象不到一个简单的代收货款快递能演绎成这种千万级别的大案。向小园给众人分发着资料，本案定名为“八十八元货到付款诈骗”。各分局、刑警队领回了辖区重点标记人员的排查要求，这些人多数还被滞留在派出所、治安队，现在大量的人员必须迅速以涉案轻重甄别分开，否则以派出所的处理能力马上就会捉襟见肘。

来访的络绎不绝，到十一时，中心又接到市局命令，把中心的停车、会议、培训等场地全部腾空，因为大量的涉案快件分散不妥，要收集到这里统一处理。向小园忙着指挥众人腾场地，腾到一半，第一批就运来了，跟着是警车、快递公司的车辆开始走马灯似的进出，把还滞留在中州未发出的以及昨晚缴获的涉案快件，一堆一簇地在这里登记存放。

到中午时分，忙碌的场地里响起了一个不和谐的声音：“吃饭，吃饭，大家都到食堂吃饭……”

是钱加多，早上就回来了，各警务单位次第启动后，主办本案的X小组反而没什么事了，金叶公司那帮“员工”和聂媚都暂被登阳警方滞留，小组归队能做的事就只有这个了……收集，登记快件。

“我说，都没听到啊，不准备吃啦？”钱加多跑到大邹跟前，催着。大邹有点落寞地盯了他一眼，没说什么。

咦？似乎不对劲啊，怎么都懒洋洋有气无力的样子？他又追着陆虎问，陆虎也懒得吭声似的，他又要去追娜日丽时，被络卿相拽住了，警示道：“别光知道吃，都烦着呢。”

“烦着也得吃啊。哎，不对啊，这不事都完了，烦什么？”钱加多不解了。

络卿相小声告诉他：“根据聂媚手机提取的信息，没追到主谋。”

“哦，幕后大Boss溜了。”钱加多抚着脑袋，脑子反应过来了。不过他心里可没装这个，不当回事道，“这难道和吃饭有必然联系吗？”

“对，多多说得对。”有人接上了，是俞骏匆匆赶来了，他拍着巴掌道，“过来，过来，都过来。”

干活儿的小组人员聚到他左右了，俞骏抿着嘴、满脸笑意地审视一遍，又看看向小园，然后赞许道：“你眼光不错，都是有强烈荣誉感的同志……不过啊，现在怎么看挫败感这么强啊？不至于啊！”

“就是啊。”钱加多接领导的话茬儿了。俞骏直接把他拉过一边说道：“领导说完你再说啊，不能抢领导词。”

钱加多“哦”了声：“您说。”那谄媚样子把大伙逗乐了。俞骏道：“轻松点，我们及时制止了一桩正在发生的诈骗大案，你们清理的快件如果流向市场，可就又是上千万的非法资金进了骗子腰包，从这一点上说，这就是胜利啊。”

“我们动作还是太慢了，登阳方面技术上分析聂媚的手机行程，足足用了三个多小时，等包围了樱花园骗子已经走了，其实就差一步。”娜日丽道。这恰是最惋惜的。如果以迅雷不及掩耳之势抓到那个转账的，获取一手证据，那这个案子就完美了。

众人的心结可能都在这儿。向小园宽慰道："我们满打满算成立不过两个月，能有这样的斩获已经不错了……我们工作的意义不是抓了一个或者几个坏人，而是保护更多的好人不成为坏人的侵害目标。吃饭，走了。"

"对嘛，美女领导说得多好啊。"钱加多词穷憋了句。众人哈哈大笑着，向小园现在都不觉得很尴尬了，她很大方地一手搭在钱加多的肩膀上，说："大家反映你后勤供应得不错，继续努力。"

"必须的，这个我专业。"钱加多眼睛一亮，看到向小园的玉手在肩上时，蓦地觉得浑身酥了，不料刚高兴一下，那手就化作纤指，指向他道："如果想继续发挥你的专业，还有一个不成文的规定你得遵守啊。"

"什么？"钱加多问。

"同一组的队友，异性之间不准谈恋爱，以免影响工作，如果违反规定，会被调离的，所以，我思来想去，还是不能当你女朋友，否则不是你被调离，就是我被调离。"向小园道。

"啊？！"钱加多的爱情憧憬破灭了，一下子苦脸了。

"这个组都是单身，我这不单身马上都要回归单身了，你想搞特殊化呀？"俞骏故作姿态地斥了句，这个小疙瘩正好趁此机会解开，否则什么时候看这货都别扭。

"太不人道了，太过分了……你过不下去了，就逼着大家都单身啊。"

钱加多幽幽地在背后说了句。俞骏回头作势要收拾他，惊得钱加多一溜烟跑了。

最后一位没心没肺的心情也跟着沉重起来了，钱加多怏怏不乐地去找斗十方，端着饭在餐厅里找了几遍没找着，快吃完了，才发现斗十方打着哈欠进来了，一边抖着身上的雨水，一边往打饭的窗口跑，看那样是刚睡醒，饿了。他拍着桌子把斗十方叫到了他对面一块儿吃，斗十方刚坐下，他就神神道道地凑上来道："跟你说个事。"

"失手了？"斗十方吃着道。

“你咋知道？”钱加多愣了。

“不都写在大家脸上呢吗？”斗十方道。

钱加多好奇地瞅瞅，不解地问：“怎么可能写到大家脸上……哎，他们失手了，我失恋了……”

“哦，这事啊，那说说呗，说说你的痛苦以及郁闷，让兄弟们乐和乐和。”斗十方嗤笑着，终于有让他兴奋的事了。

这一句管用，气得钱加多端饭起身去寻络卿相说话，不理会斗十方了。斗十方若有所思地吃着，有点走神，不经意抬头时，面前多了两位，像是刻意坐到他对面的，一看两人饭菜几乎没怎么动的样子就知道，心事重了。

不用说，是俞骏和向小园了。斗十方不紧不慢地嚼着，几次眨巴眼睛却没有说话。俞骏憋不住了，小声问：“睡醒了吧？你可真行啊，这么大的事出来，你反而睡得安生了。”

“两位领导夙夜劳累，我觉悟自然得比你们低一点。”斗十方谦虚道。

向小园不悦，道：“我怎么觉得你老是话里带刺啊？是不是从我们见第一面，你就对我有成见？”

“情绪，你有情绪，你的情绪有点失控啊。”斗十方好奇问，“发生什么让你失控的事了？”

这一问恰到重点了，向小园掏出手机，点开，推到了斗十方面前。斗十方一瞅，愣了，默然拿到手里，看了半晌，又轻轻地放回向小园面前，良久无语。

是关于那个跳楼的报道，了解更详细情况的向小园轻声道：“她叫赵喜梅，是首批参与者，也是我选择的追踪目标之一。她把她两个弟弟、丈夫，还有小姑子、夫家的几个亲戚都带进金叶微商里了……看到这行能赚点钱之后，几家人凑的五十多万全投进来了，她出得最多，还把房子抵押了，警方要查封她囤的产品，她去阳光大厦找公司理论，然后看到了查封通告……一下子想不开，就直接从楼上跳下来了，才三十多岁，孩子刚上小学……”

向小园说道。因为这一跳，登阳的排查都迟缓了，怕引起更大的事端。俞骏补充道：“这次涉众类案件，全部厘清恐怕得一两个月，至于消除影响，就不知道多长时间了，可能是几个月，可能是一两年……十方，我很好奇啊……”

“好奇什么？”斗十方随口问。

“好奇……你似乎对骗局的兴趣，要远大于对普通人的同情心。”俞骏道。

“雪崩之下，没有一片雪花是无辜的。退一步讲，如果没有及时止乱，这位赵姐肯定会继续盲发这种包裹，她心里也知道是诈骗，但是为了生活，为了家庭，或者是为了其他什么高尚的目标，她继续干着……而且不会停止，又怎么讲？”斗十方问。

这一下倒把俞骏问住了。俞骏想了想，只能报之一叹了。本案涉案人员，既是受害人，又是嫌疑人的情况很普遍，最终恐怕也只能依法处置，处理结果恐怕会有很多合法不合理的地方，就比如这些要全部收缴的快件。

“没有抓到目标，根据聂媚的手机分析出了可能藏匿的地方在丰乐樱花园，等我们赶到已经人去楼空了，他们可能有某种渠道得知崩盘了。”向小园转着话题道。

“这个查也得很久。找到黄飞他们了吗？”斗十方问。向小园失望地摇摇头。

斗十方看了眼，又埋头吃饭了。此时饭桌上的情形很古怪，仿佛斗十方才是领导似的，向小园在看着他的脸色说话。俞骏也感觉出这种怪异，他笑了笑道：“在职务上我们是上级，可在具体案子上，看来决策权得给你了……除了聂媚落网，其他人都溜了，包括那个傀儡‘沈凯达’居然也消失了。昨天的行动太糙了，可也没办法，这锅夹生饭我们硬着头皮也得吃下去，否则听之任之，乱子只会更大……损失看了吗？我发给你了。”

“看了。”斗十方道。

“基本合乎你的判断，不过干得比你想象中的还要多一点。这个金叶公司还违规担保，给旗下的二十六名经销商贷了三百多万，昨天抓到聂媚的时候，办贷款的就和她躺在一张床上。”俞骏道。

这是嫌微商穷，替他们贷上款，然后再方便多骗点。听到此事的斗十方笑了，哭笑不得的笑，评价道：“人性里的恶要释放出来，能做出什么事来都不用奇怪。”

“所有选择坐视罪恶而不去制止的人，都是同谋。”俞骏道。

斗十方一怔，抬起头来，在和俞骏的相视间，头一回发现这位蔫蔫的主任有如此犀利的目光，像试图洞穿他的身心一样，两人相互直视着。好半晌，俞骏问：“你在逃避什么？”

“逃避？有吗？”斗十方怔了下。

俞骏看着他，审视着，缓缓道：“需要我说明吗？对于一名警察，正义伸张，宵小束手是最振奋人心的时刻，你却躲在宿舍里睡觉。”

斗十方的目光说不出来地复杂，声音不自然地低了：“我也不知道我在逃避什么。”

“我来告诉你，你在逃避一个真实的自己，少年时的颠沛流离，求活儿时的奔波忙碌，艰难生活以及一切遭受过的冷眼鄙夷，哪怕再善良的人也会变得神经麻木，哪怕再热心的人，也能学会从不博取，当然也不会给予别人同情。但你仍然会同情那些人，因为同情，而选择逃避。”俞骏道。这个人的三观让他很头疼，可能是特殊环境的缘故，他在心理和心态上，和那些作奸犯科的嫌疑人更接近。

“谢谢你为我开脱，说真的，这让作为职业警察的我都有点嫌弃自己。也有职业带来的困惑吧，比如在看守所，那里面关着很多有特殊人格魅力的人。”斗十方又低下头，专心地吃饭了。

俞骏笑了笑，就着这个话题道：“不过这一次他可是露了马脚，如果迟个把月可能做得更好，偏偏我们行动突然，他跑得也仓促，跳出来的线索很多，多数是黄飞出货，还有人提到了一个绰号叫‘杜风头’，这位人物可能姓杜，再加上樱花园排查，我想，我们离他不远了。”

“远水不解近渴，你在找一个最快的切入点？”斗十方问。

俞骏看了向小园一眼，笑了，很喜欢这种默契，他直接道：“对，现在是一盘乱棋，棋眼在哪儿，不是谁都能看出来的。”

向小园补充道：“据传唤的参与人员口供显示，这个杜风头二十多年前在车站经常组织抽奖，带着一拨人骗钱的，青狗、老骗、光腚这几个老油子都曾经在那一片混过，遗憾的是，这一次跟风可没讨到便宜，替风头挡枪了。”

“青狗……不会有任何交代的。”斗十方笑道，表情里有让人看不懂的自信。

向小园自己低头翻查着联网信息，看了片刻道：“对，他确实什么也没交代，不过他的手下交代他们昨天去油脂仓库买的货，凑了不到十万块钱，还欠对方一半，按体貌特征描述应该是黄飞，王雕也在场，就是王雕去联系的……你根本没接触案情，怎么知道他不会有任何交代？”

“因为他是纯粹的江湖人，江湖事江湖了是他的个人信条，有事通过警察解决那不符合他的风格，他会自己解决的。”斗十方道。

这些论调就跳脱出向小园的社会认知了，她将征询的目光投向俞骏。两人商议过，这盘乱棋走到现在这个程度，虽然过于仓促和突然，可同样打乱了犯罪团伙的计划，如果能找到对方的某个纰漏，那便还有机会追踪到对方的线索。

所有的警务技术和手段的实施都需要时间，偏偏现在最缺的就是时间。俞骏看看表，犹豫半天道：“你知道我想问什么，他们不是你的同伙，我才是你的同事，总不至于混淆自己的站位吧？”

“我没有混淆，我已经告诉你了。”斗十方抬头，又一次重复，“青狗。”

“这是个顽固死硬分子，反社会性格的人。”俞骏不解。

“是啊，信仰这么坚定的人不多见吧？”斗十方道，他迎着向小园怀疑的目光解释着，“快意恩仇说的就是这种人。他住登阳看守所的时候啊，是个刺儿头，不管你把他关到哪个号子里，用不了一天，头铺的位置就会给他空出来，其实头铺的位置意义不大，但是一种象征，为了这个象征，他可是没少戴镣铐。”

“这意思是，很要面子？”俞骏道。

“对，吃了这么大亏，要是咽下这口气，可比杀了他还难受。”斗十方道。

似乎触到灵感的小尾巴了。俞骏犹豫问：“你的意思是……”

“放了他，反正他也没骗到一毛钱，还被人骗了好几万。”斗十方道。

向小园被噎了一家伙，俞骏受刺激似的乱挠腮帮子。这个大胆的想法似乎有某种合理性，他一下子理不清其中的利害关系。

斗十方提醒道：“耗子打洞雀上房，偷鸡得找黄鼠狼，这路子只有熟悉的人才能找到……风头肯定跑得最快，可总不能跟风的都跑这么快吧？就没一个两个落下的？比如黄飞，比如傻雕，比如那个蟊贼……别忘了青狗的身份啊，那可是专业收债的，欠债的就是钻耗子洞里，他都能找出来收本追利。”

俞骏听得豁然开朗了。他看着斗十方，笑意慢慢爬上了脸庞，就那么笑吟吟地看着，仿佛斗十方脸上长了花一样，让他越看越有兴趣……

名为放曹，实为借刀

“2室的，完了没有？”

“没有。”

“快点，这边等着呢。”

“所长，这骗子满嘴跑火车，交代了十个数字，就没对上的。”

“什么？”

陇海路须水街派出所，所长一听审不下来，吼上了。他发愁地看了眼派出所或站或蹲等着的还有二十多人，排队等领鸡蛋常见，像这样排队等着领处罚可是难得一见，偏偏所里业务水平实在跟不上，半天审不清个小毛骗。所长上前把2号特询室的民警叫出来，那民警递着反诈骗中心的统计，这个叫马宝云的名下，一个多月统计到的发出快件有八百多件，是个重点协查户。他往里头瞄了瞄，长脸、小八字胡子、剃了锅盖式的很潮的发型，上面还染了一层银不银、灰不灰的颜色，一眼让这位识人多矣的所长有了大致判断。

小警员小声说了，就认还没收到货款的，所以只认了四十多件。上面协查的信息有证有据，四十多肯定交代不了，这所长拿着笔录进去，大马金刀地一坐，吼道：“坐好！”

那人吓了一跳，背杵直了，就听所长迅雷不及掩耳道：“不认拉倒，这儿凑不够数，就按八千件算，八千乘以八十八，按这个定案值，送看守所。”

“什么？八千？哪有那么多？”这人急了。

“你不说，我只能估了。来，带走！”所长嚷着。

警员进来了。那人急了，抓着桌沿喊：“所长，你别坑我啊，顶多七八百，你不能完不成任务给加个零啊，那我不冤死啦？”

“到底有多少？上面统计你发了八千件嘛，你确定只有七八百？”所长带着迷蒙的表情问。

这个猝来的欺骗表情让那人在仓促间赶紧赌咒发誓：“真的只有七八百，别说八千，要上了千，你怎么整我我都不吭声，真没赚几个钱啊，那发出去的好多根本收不着钱，赔的还没算上呢。”

“哦……原来是这样啊，差不多，我多看了个零……来，继续审，抓紧时间，就按七八百来。”所长一笑起身了。这位马宝云瞬间郁闷了，几秒钟不慎上了恶当了，他拍着额头感慨道：“哎呀呀呀呀……谁是骗子呀？我这功力差远了。”

“好好说话，到底发了多少？哪家快递？大致什么时间？”民警摊开了笔录。

这回，开始挤着牙膏交代了。

从凌晨到现在已经傍晚了，雨都停了，排查还没有停，所长无意瞄到院子里进车，匆匆跑出来时，意外地看到了反诈骗中心的那两位名人，赶紧迎上去握手问好，一肚子苦水倒不出来，千言万语化成了一句：“你们可真厉害啊，头回见骗半截的给抄窝了，今儿排队来我这儿投案自首、主动交代的快递员就有十来个。”

“还是不够厉害，没有更早地发现。”俞骏谦虚道。向小园客气地问：“找你说个事，借一步说话。”

“好……来，请请。”所长把两位请到了办公室。

不知道商议了什么内容，很快，所长带着两人往后院滞留室去了。那儿有个铁栅门关的简易关押室，进去时里头蹲了七八个嫌疑人。所长小声道：“就这伙，块头最大的那个就是席青山，关的都是他手下，这帮收债的没少到这儿报到。”

向小园提溜着刚装好的塑封袋子递给所长，俞骏侧头示意：放人。

所长一下令，门当啷打开了，一个接一个垂头丧气出来了。毕竟在警察面前，哪怕最黑的黑社会也会温顺得让人不自在。有位谄媚地给所长鞠躬，谢谢所长英明。所长呢，照例要教育几句，指着青狗道：“席青山，我就不说你了，刚出来才几个月，这就又准备进去？打人、抢人、讹人都干过了，这又学骗人了？一辈子非要把坏事干绝吗？”

“所长，我们是受害人，您让承认，我们都承认了；您要收缴货，我们都上缴了。那我们被人骗的那八万块钱找谁说理去？”青狗郁闷道。

“你被骗的那八万另案处理，你骗人这叫犯罪未遂，亏是没收钱，再收钱该把你收监了，一码归一码……都听好了，所里研究决定，暂时释放你们，保持二十四小时手机开机，随传随到啊。”所长宣布着，把每个人的随身物品交还。这一行人点也不点，已经急急地往外跑了。

这就是上级来人的用意，人一走，所长的纳闷说出来了：“我说俞主任啊，别怪我多嘴啊，就青狗这样的，再投一回胎，也还是个坏种，你就再给他示好也是白搭。”

“谢谢喽，这也得一分为二看，这次盲发诈骗，他确实是受害者，这八万块对他来说，差不多得倾家荡产了吧。”俞骏道。

“这不是笑话，不信您瞧着，还要出事，这急红了眼，出去就没好事。”所长道。

“那就好，我们就怕没事……回见啊。”俞骏招着手，带着向小园一起上车驶离了。最后这句话倒让所长愣了好久，直觉这不是什么好事，还是不打探为妙。

当然不是什么好事，一上车，向小园打开笔记本电脑，输入命令，接通了反诈骗中心的追踪系统，片刻后，虚拟的电子地图上看到了一簇红点。

手机，递回给青狗的被扣押手机。俞骏脸上浮现着玩味的笑容，悠悠道：“接下来就看狗哥有多大能耐了。”

“这个要是被发现，我可是难辞其咎啊。”向小园尴尬笑道，做这种事好像还不够熟练。

“那群流氓脑袋瓜子要够用，还至于被人骗光裤衩吗……各单位注意，X1到X4号，现在方位出现在了陇海路，从现在开始放下手头的活儿，专心盯我给出的方位，目标随时可能出现，是哪个目标我不确定，一旦发现方位区域有本次涉案的嫌疑人，马上定向追踪……如果追踪条件不利，可以采取抓捕。”

X1到X4次第回应，俞骏挂好步话，一踏油门，车疾驰着穿梭在中州各条大街上，在人来车往的街市上，等待着，寻找着，期待着一个渺茫的机会……

“嘀……嘀……”微信一响，坐在熙熙攘攘夜市吃烩面的一位边吃边拿出来看，看着看着被烩面噎了，喷着汤汁说了句“快看”，把手机亮给对面的伴儿。那位一看：“卧槽，还有人敢骗疯狗的钱？”

可不咋的，狗哥发飙了，微信追杀令出来了，瞅见这俩人随便一个，打个电话就值五百，知道人在哪儿领路值一千，要是把人堵上了，给一万。

此人看着，慢慢地目光转向同伴。两人心意相通，相互点头，然后快速扒拉着烩面，心急，一时吃不完的扔下半碗就跑了。两人出门且走且发着信息：昨儿个半夜在须水工贸桥这片的网吧见了，老俞家火锅后头那家。

信息一去电话就来了，问明了情况，然后被骂了两句，不过好的是，微信收到了转账，二百五十块。

狗哥算账忒清，不是实时信息给减半了。

两人乐滋滋一人分一半，这倒上心了，各打着电话问相熟的混子，就一件事：找人，名好记，叫傻雕。

熙攘的夜市、灯光昏暗的陋巷、车水马龙的车站，抑或是在那些肮脏角落、萧瑟街头，总有发愁明日衣食的人看到这条信息眼前一亮，然后努力回忆着，是否见过这个人，一看这个人似乎就是自己的同类，说不定真在哪儿见过。

对于始作俑者，也有自己的判断标准，青狗此时就蛰伏在第六机械厂家属院，一拨被骗的兄弟围着他不时地给他消息，他的面前跪着一男的，如果金叶公司的人在场的话，一定认得出这是他们的总经理“沈凯达”。得到消息很偶然，“沈凯达”是被黄飞送到这里的某个楼凤的温柔乡藏着的，却不料这个暗娼恰是某混子的姘头，既落狗哥个人情，又能拿点小钱，何乐而不为呢？于是他被又早又快地出卖了。

网吧，那肯定是钻进去睡觉了；胡同的面摊，那肯定是吃去了，都没有寻找的价值。青狗烦躁间，一抬腿，把“沈凯达”又踹了个仰面朝天，怒声道：“再想想，还去过哪儿？”

“没去过哪儿，就在仓库里干完活儿，吃了饭就到这儿了。”“沈凯达”双手护着胸，侧躺着，头使劲地往下缩。

“妈的，不说，信不信放你孙子的血！”一个混子扯着头发，把人揪起来了。“沈凯达”一副了无生机的死相让他觉得棘手，那混子惊讶道：“哥，这孙子不是咱们一路的。”

“当然不是，风头的替身，我们也算……妈的，这回糗大了，别人偷驴，我们组团给人拔橛子。”青狗明白过来了，说得好不懊丧。找着人都好说，不管扣着人还是威胁到风头，钱都可能要回来，可现在难办了，明显是收盘走人了。

只要思路一阻，气无可泄，拳脚就开始活动了，他把“沈凯达”揪过来噼里啪啦又是一顿胖揍。折腾的方式五花八门，充满了奇思妙想，比如给他灌了大半盆凉水，还捆着下面的那活儿不让他放水，等揍一会儿又吐出来。

又是一顿狠揍，青狗蹲着拿掉“沈凯达”嘴里的卫生纸，问：“妈的，你不是跟风头的人，到底是谁？”

这一下“沈凯达”涕泪横流地说了，说他叫张建，被人骗去一回打黑工，两回传销，后来想借钱做生意，又被骗了，钱没见着，背了一屁股债，加上这回，第五回了，是被人骗去当总经理了，一共就给了几千块外带几回大保健。

越说青狗的脸越阴，看这样找到人的希望渺茫了，正发愁这个货怎么处理呢，又一条让他看到希望的信息来了：有人两小时前在火车头浴池里见过。

一问看清了吗，让对方形容下。对方回道：“戳个大脑袋，小眼麻子脸，咋瞅都不顺眼。”

“对头，是傻雕没错了！”青狗一摆头，“走，把兄弟们都撒到那一片，去火车头大众浴那儿肯定是连洗带睡觉，那地方能躲过警察查，出来肯定在周围吃。”

“哥，那这货呢？”一兄弟指着惨兮兮的“沈凯达”。

“带上，妈的！”青狗道，招呼着众兄弟出门。临走时另一室一妖艳娘儿们探出头来亲亲热热地喊了声“青哥”。青狗顺手把赏金给塞到对方胸前沟里。那妞热情地说着：“哥，你忙完来坐会儿啊。”

“坐个球啊，哥惨得都快跟上你卖了。”青狗牢骚了句，摔门而去。

“X3报告，他们似乎抓到一个人……我正跟着他们。”程一丁的声音。

向小园急急道：“把实时情况发过来。”

步话放下，手机响起，上面是模糊的图片，似乎是两个人架着一个上了车。向小园惊愕地看向俞骏问：“这什么情况？”

“看不清楚啊，这谁呢？”俞骏伸手拨着图片。

向小园愕然问：“不会黄飞被他们抓了吧？”

“不至于啊，黄飞可是街头恶霸出身，要是他，不至于没什么动静，不是。”俞骏判断道。

向小园随即在步话上通知道：“X3跟着他们，其他人保持分散队形，相隔不要超过十分钟路程。”

一阵“收到”的回复，最后一句回复是斗十方的，他在步话里问：“我是X几号？”

“0号吧。”俞骏回道。

“不错，一个圈，句号，诈骗的终结者。”程一丁的声音。

“不错，一个蛋，傻蛋，你跟傻雕兄弟吧。”钱加多的声音，肯定是抢了陆虎的步话插嘴。

俞骏赶紧让他们在通信里噤声，别占频道。又是一阵静默。俞骏跟着脑子的大致方向，在街市上绕。向小园直勾勾地盯着对方行驶的方向，生怕错失。车行间，俞骏随意道：“不得不承认，这些人的渠道是比我们灵，这才两个小时，已经找到信息了。”

“隔行如隔山嘛，这个咱们学不来。”向小园道。很难想象，大排查之后还有机会追踪漏网的嫌疑人，看这样子希望还很大。她出声问：“如果找到傻雕，该怎么办？假如傻雕对杜风头也不知情，或者像席青山一样，也抱着江湖事江湖了的信条，那我们岂不是仍然要白忙活一场？”

“这个我交给十方了。如果真能找到，就让他协助傻雕跑路，反正是个非关键嫌疑人，放了比抓着的价值更大。”俞骏道。

“你刚才和他谈话就是这些？”向小园抬头问。

“嗯，这是基于你通过大数据的发现，他和骗子渊源这么深，那知道的应该不少。”俞骏道。

“行吗？”向小园犹豫道，她意外地在这个时候只考虑到行不行，而没有考虑风险。

俞骏发现了，笑着道：“看，你都没觉得有风险，只是觉得行不行。那你说呢？可能咱们站他面前第一次时，就没有秘密了，把我都忽悠得分不清东南西北，我就不信傻雕能扛得住。”

“可是，他已经抢了傻雕三回了！”向小园道。

“那就再来一回呗，反正傻雕现在是过街老鼠，谁逮着也得收拾他。”俞骏促狭道。

走到现在已经满满的黑色幽默了，向小园不吭声了，注意着方位移动，开始确认：

“各组注意，向庆丰路和交通路一带移动。”

“X1明白，我就在附近。”娜日丽的声音。

“X2明白，我在大学路，隔一条街。”邹喜男的声音。

“X3明白，我超过他们在前面。X4落后一下，前面替我。”程一丁的声音。

一阵紧密安排后，俞骏已经驶到了交通路路口，他最后通知着：“0号，他们会在交通路和庆丰路之间的地域开始寻找，关闭你的通信频道，视线之内，我们策应你，需要的时候会把青狗惊走，剩下的全看你了。”

“知道了。”一句回复，又静默了。

不过车外响起了两声喇叭声。俞骏侧头时，恰看到摇下的车窗里，斗十方向他做了个OK的手势，超过他，直驶向这一区域了……

半夜钻进黑网吧睡了一宿，早晨出来逛荡了一圈，倒碰上了几辆警车，把王雕和包神星吓得又龟缩回去了。过了中午，两人就猫进火车头洗浴这儿了，正规大众浴啊，那里头泡澡的多了，很多老头搁里头唱戏、下象棋能熬一天，而且那儿能睡觉，免费的。

王雕和包神星就睡到傍晚才出来，反正生活就是逛吃逛吃，沿着街路逛了一会儿，身上疲惫尽去，可饥饿来袭，此时正坐在一家老中州面馆里稀里呼噜吃着烩面，说起来生活不错，一人一瓶小酒，还点了仨菜，酱牛肉、猪头肉加一份下酒菜，两人吃得满头大汗。

饥寒时想酒想肉，饱暖时思欲思淫，等一切都得到了，还要感慨一声良辰美景奈何天，又有心事了。包神星幽怨地看了王雕一眼，这美好的生活转眼即逝，让他实在于心有憾哪。他小声问：“雕哥，到底啥时候走啊？”

以他的意思，是赶紧溜了，身上揣的钱找个地方吃了、喝了、花了、嫖了、爽完了再说，搁中州跟个地老鼠一样钻来钻去，实在不是有钱人应该过的生活啊。

王雕大嚼着牛肉道：“这不正想呢吗？来得太快，我还没来得及想呢……这会儿安叔肯定早走了，黄飞没准也溜了，咱们这个……从哪儿走呢？”

有难度，警察倒是好对付，青狗、光腚这拨道上兄弟没落着钱，就不好对付了，毕竟是他出面把人带局里的。王雕边吃边思考着，是雇个黑车走呢，还是溜到北站那块上绿皮车，那儿查得松，可惜他觉得都不保险，自己熟悉的地方都免不了碰上道上兄弟，万一碰上就麻烦了。

叽歪了半天，脑子里还是没出路。包神星不屑道：“我还不信邪了，咱们就挤着末班公交出市区，他们还能找着咱们怎么着？”

“问题是大半夜你出了市区，也没地儿去了。”王雕反驳道。

也对，扎堆的地方不能去，能去的地方又没人没路，想来想去还是雇个普通出租车到附近哪个小县城，然后再换乘，但这也有问题，到个陌生地方怕身份证不好使啊，万一也查到咱们了，那不给警察送上门了吗？

“这个倒是有。”王雕掏着口袋，有一摞身份证呢，他排到桌上道，“我在飞哥那儿拿了几张，就是没注意忘挑了。”

“呀呀，这个过分了啊，你拿‘00后’的身份证，咱们胡子拉碴一大把，一看也太假了啊。”包神星拿了两张身份证看着，这恐怕糊弄不过去。

冷不丁地身份证被人嗖地抽走了。包神星回头骂着，话没出口就全吓回去了。三个人凶神恶煞地站在他身边，他惊得再回头，雕哥吓得往桌下钻，被人踹了一脚拎出来。三人不客气地挟着他们俩。那老板刚要吱声，有人掏着包神星的口袋，掏出钱来抽了两张一扔。耶，那老板不吭声了，只当没看见。

挟着两人出了门，掏钱的那位拿钱在包神星脑袋上磕磕，戏谑道：

"这小子攒得不少啊，敢诓狗哥的钱，其他的呢？"

"就……就这么多，这是我们的钱。"包神星道，"哎哟"了一声，那人在屁股上给了他一膝撞。

王雕也被迅速搜了身，辛苦钱被摸得一干二净，现在也顾不上钱了。王雕道："兄弟，兄弟，钱都归你们，放我们一马。"

"那不够咋办啊，这才多少？"搜钱的道，不客气地把王雕的钱和手机都装起了。

被拎着领子的王雕忙不迭地解释着："这真不赖我们啊，谁知道雷子出手这么快，又不是成心骗狗哥不是？"

"狗哥说了，朝钱说话，你要还上，啥都好说；还不上，那就啥也别说。"那人道，拎着王雕就往附近的倒垃圾小胡同里钻。两人稍不情愿，拧耳朵的、敲脑袋的，还有往裆里踢的阴招就上来了，一眨眼，两人就给弄进去了，接着哎呀、妈呀、爹呀一阵告饶声传来。

"嘭，哎呀……卧槽，哎呀……"抱着头的王雕猛地觉得身上一轻，隐约见打自己的人被袭击了，来人似乎是帮他的，他赶紧往外爬。剩下的一个扑向来人，不料一触即溃，哎哟哟捂着裆连退数步，咚一声一屁股坐地上了。

"快走！"那人拉着王雕跑。王雕喊着："憨炮，快走！"

包神星连滚带爬地出来了，三人发足狂奔。王雕看到那人戴了个口罩，他边跑边喘着气说道："谢谢大哥。"

那人没吭声，回头看，哎呀坏了，追来了一大片。他拽着王雕叱喝了声："快！往路外，那辆车，车号767。"

前面拼命地跑，后面玩命地追，幸好今天运气不错，蓦地响起了警报声，一辆警车闪着警灯和警报从后面追上来了。那七八个追兵队伍瞬间散了。警车里有人探出脑袋，指着还追着的两人吼着："站住！抄着家伙干什么的？"

那俩心一慌，咣当把手里的镐把扔了，一转向，撒腿就溜。警车停下来，两位着警装的喊着追这拨人。可把前面那仨乐坏了，成功地跑到了车前，开车门往座位上一扔，哎呀，这他妈劫后余生的，太幸运了。

车一发动，如离弦之箭，迅速驶离了这个危险的地方。

他们离开的地方，那两位警察也没追，慢悠悠地上了车，又不紧不慢地驶离了……

沦落之人，同赴前程

“谢谢啊，大哥。”

“就是，他妈的，这差点要了小命。”

“谢了啊大哥，救命之恩都不知道怎么报答您。”

“这……这位大哥，您是？”

车里王雕和包神星两人揉着身上的伤处，千恩万谢说了一大堆，惊魂方定又觉得哪儿不对劲，半晌明白过来了，咱见人骗人，见鬼骗鬼的，倒霉正常，不倒霉是反常，要是不倒霉还遇上贵人，那就有点科幻了。

车加速，加速，蓦地一打方向，泊到了一处相对僻静的路边，那人熄火，伸手一摁车灯，灯光一亮，他摘下了口罩，一刹那，把副驾上的包神星吓得像见鬼一样尖叫起来。王雕一探头，也是吓得下意识地要跑。

“刚才还叫哥，现在就要跑，没点义气。”斗十方笑着道。

“卧槽，他妈的我……”包神星想要横，奈何底气不足。王雕说：“算了，今儿倒霉到家了，我们也没啥让你坑的了，还跟我们过不去啊……不谢了，走。”

开车门，斗十方戏谑问：“傻雕，现在你是公敌了，雷子在搜捕你，青狗、光腚的兄弟也在找你，到明天你要还能站着两条腿走路，老子把第三腿输给你。”

这倒是，犹豫间王雕又关上门了，他郁闷地问：“哎，我说，你到底谁呀？”

“这都看不出来，英雄啊，在美国叫美国队长……哈哈，好了，好了，别郁闷了，抽根烟，以前兄弟们有过节儿，说开了就好，真没想到咱们一路上的嘛。不过也好，不打不相识嘛。”斗十方给两人发着烟，点上。

危难见真情，哪怕假情假意，总比危险强啊。两人抽上了，包神星问：“你是哪路啊？”

“你这眼力不行，得问你雕哥。雕哥，你说呢？”斗十方回头问。

王雕瞅瞅他，却没说话。斗十方却热情道：“我直说吧，本来以为你俩小蟊贼毛骗的，老子都懒得搭理，谁知道老子也有走眼的时候，没想到你们俩居然系出名门，整出这么大事，厉害，厉害，确实厉害……他妈的敢骗青狗的反正我没见过。当然，搞这个快件收钱的活儿，确实厉害。”

酒鬼爱被人夸酒量好，赌徒就算输光了也喜欢被人夸技术高，那骗子呢？自然对夸奖自己骗活干得好不介意。这表扬终于打动王雕了，他说道：“没骗青狗，是他运气不好，进得迟了，早开干的早赚了。”

包神星补充了句：“哎，你到底谁呀？”

“不都说了，同行，过去叫张口吃八方，现在叫收智商税……其实我得谢谢你们啊，我也跟着新社里区短毛发了几百件，本来想做大，可短毛这货不地道，不多给地址信息，还得从他们手里拿货，妈的。”斗十方骂道。这是警务里提取的信息，也是涉案人之一。

王雕说：“货谁都会发，信息是关键，自然不能随便给人，那信息就是钱，搁网上都能换成钱。”

“这倒是……我就一直在打探哪位高人干的，我这心里仰慕之情……那句话怎么说来着？”斗十方道。包神星接上了：“如滔滔江水不绝？”

“哎呀，说啥来着？这么有文化，一看就是干大事的……我打听到啊，这是传说中的风头出手，我想顶多有个把人干这事就不得了了，嗨，卧槽，没想到是两个市的网点都在干这事……厉害，厉害，前辈高人风范，‘金评彩挂风马燕雀’中的高手，不同凡响啊。”斗十方道。

“你说的是安叔吧？”包神星道。王雕制止都来不及。不料斗十方啊呸了一声，道：“你他妈叫爷都嫌低了，什么安叔，他叫杜风头，我的偶像。”

“那是同一个人。”包神星辩道。

“放屁，那怎么不叫安风头？”斗十方强辩道。

“我也不知道，雕哥的叔。”包神星道。

回头，王雕这个老江湖可是警惕性高得很，根本不搭腔，这就剩下教育包神星这个小蟊贼了，就听斗十方一副长辈口吻教育着：

“做好人得诚实，做坏人得踏实，你这乱攀关系的只能当个贱人啊……别跟我犟，我师父是最后一代金瘸子，他是八门之首，杜风头是他的红颜知己，以为我不知道啊……懂什么叫红颜知己吗？就是姘头，杜风头是个女的，什么时候成你叔了？瞎扯。”

包神星被唬得一愣一愣的，后座的王雕却是剧烈咳嗽上了。憋得包神星极力自证清白道：“我见了，就个老头儿，什么姘头啊……咦，这到底谁跟谁呀？不会那聂小娘儿们是风头吧？”

智商不够的包神星被成功搞糊涂了。王雕却是不谈这个，一支烟抽完扔了烟头，刚喊声“兄弟”，斗十方伸手制止他说话了，直接绝交话出来了：“啥也别说了，老子看走眼了，你这俩傻逼是给人当炮使的，不是名门之后……既然不跟老子一路，那救你就没意思了，咱生意人，只谈钱，不谈其他了啊。”

一说这个，包神星“哎呀”一声，直道苦也，郁闷地说道：“雕哥，他们把我身上一万多块全抢走了。”

王雕的结果一样，青狗的人就是冲钱来的，自然是先搜干净。他一摸空空如也的口袋，这才想起又掉回窘迫境地，而且是最困难的那种。

偏偏斗十方不依不饶地给两人算账了：“青狗可是开出奖金来了，逮着你俩的，一个奖五千，我呢，打五折买一送一，两人一共给上五千得了，我把你俩送出城，够意思吧？”

耶……送出城，包神星兴奋了下，不过马上黯然了，哪出得起五千？更何况已经身无分文，就是出了城也得困死啊。王雕更为难了，嗫嚅道：“你不难为我们吗？我们刚被人抢了。”

“看看，还说安叔是杜风头，要是安叔门下的人啊，那绝对是纵横四海，吃遍天下，八大门的入门偈叫什么知道不？一入江湖深似海，学得绝技把命改……你看你俩这德行，像有绝技？全是绝望。而且我最恨这种没本事还瞎装相的货，你要踏踏实实认个，说不定兄弟我真帮你一把。”斗十方恶心着两人，指头戳着，唾沫星飞着，恶毒的话刺激着，逼急了，得把他俩卖给青狗，肯定能换俩钱。

终于把王雕刺激上头了，王雕怒道：“我不是杜风头门下，可他是我叔！”

斗十方听得一愣，然后反应极快地来了句：“放屁！你不是姓傻叫傻雕吗？你叔也姓傻？”

“不是，不是，这是别人乱叫的，谁姓傻呀？我姓王，王雕，安叔原来和我爸是工友，他姓杜，杜其安，想见他的人多了，轮不着你。”王雕撑回来了。

“哦，真的假的啊？我分不出来啊。”斗十方犹豫了，眼珠骨碌碌乱转。

包神星追问：“你师父不是金瘸子吗？你问问不就知道了？”

“问个屁，最后一代金瘸子比我叔还高一辈，是他带我叔出道的，算起来坟头草都一人高了，他上哪儿问去？”王雕在后座冷言冷语道。

尴尬了，斗十方吧唧着嘴巴，比刚才被撑的王雕和包神星还尴尬。他自嘲道：“好吧，看来你们也看出我是个西贝货来了，既然都是道上人，得嘞，钱不收了，你俩请便。”

“那我们……”包神星想挪，可屁股不听使唤，身上还疼着呢。

“你借我们点钱，回头我给你引见我叔。”王雕凑上来了。人不到难处不求人，这是真到难处了。

“你看，你看，大家都是骗子，说借字多丢人，有本事你骗我俩，借你怎么可能？那不等于给狗送肉包子，还能要回来吗？”斗十方恶心道，一摆手赶客人了，“自己个儿走吧，你要是八门之下，就是再身无分文，也能吃香喝辣，你叔一点儿都没教过你？藏三仙会不？拉黑牛会不？胸口碎大石最差的那种总学过吧？多少会几招彩力子也行啊，只要有人的地方，还愁吃喝？你可好意思借钱啊。”

这话专业，听得王雕无言以对，深悔当初没有好好学艺。包神星可不明白了，好奇地问：“这啥意思啊？”

“都是八门绝技，比如，看这个火机……咦，没啦……咦，咋又出来了？”斗十方手扒拉着火机玩着，一下消失，一下出现，把包神星玩傻眼了。再回头看王雕时，待不住也走不了的王雕终于还是低头了：“会这几手，大哥你肯定是八门之下……我们呢，你也知道，不是落雷子手里，就是落那帮痞子手里，现在手头确实也没钱，你要帮我们这一把，我们兄弟承您这份情。”

斗十方没答应，却是摇头晃脑说道：“寒冬乱雪担柴汉，暴雨鲸波踏浪船。酷暑凉荫难住客，功名利禄赶人鞭。”

“啥意思？”包神星反应迟钝，听不懂了。

“无利不起早。”王雕黯然道了句，求着说着，“我懂，你把我们送长安市上岸，不管找到我叔还是找着其他人，我都能给你一笔钱，要想引见我叔也成，说不定还有大年子（生意）一起做。你都知道了，我叔一把收了多少……那才是大玩家，您这几百件，不够瞧的。”

“这个……这个……”斗十方已经动心得心痒难耐了，他挠着下巴，看这一对可怜兮兮的，你可说这救呢，还是不救呢？

这时候，他身上的手机响了，斗十方一看，是个陌生的号码。他知道，应该是家里憋不住了。

一接听，传来了娜日丽嚣张的骂声：“王八蛋，你把车开哪儿了？老娘那车没保没审验啊，敢他妈让扣了，老娘跟你急眼啊！”

哦哟，这丫开的还是辆黑车，肯定跑不了远路了。王雕和包神星最后的一点希望也被击碎了，看来这位“同行”比他们还不靠谱。可恰恰这种不靠谱，却让他们对他的信任多了几分……

于是家里就看到这样的影像，凶巴巴的娜日丽在一处居民楼门口收了斗十方的车。那三人弃车步行了，估计是来回一商量，租辆车还不如偷辆车。三人鬼鬼祟祟，找着根细钢片子把路边的一辆老式轿车给成功

“偷”走了，然后一路畅通无阻，离开市区，上了高速。

做了这个仓促安排，已经回到中心的俞骏笑逐颜开。他和向小园兴奋地回到了办公室，一开电脑，就能看到被“偷”的那辆车的实时位置。两辆外勤车已经跟上去了。撤回来的陆虎、络卿相、娜日丽也是一脸兴奋，兴冲冲地进了俞骏办公室。俞骏一看少了个人，陆虎赶紧解释道：“多多缠着老程，也跟着去了。”

“太突然，得好好合计一下，明天早上就能到长安市，看来你们这次得跨省了。留家里一个，再去两个互相照应。”俞骏道。话音刚一落，那三位就争了，都不想留家里。

“先别争……听听。”俞骏放大了车里传输的音频。

斗十方在训包神星：“……憨炮，你不是偷东西出身吗？专业技术不过关啊，偷车都不会。”

“就是不过关才改行啊。”包神星幽怨地说。

斗十方又训王雕了：“傻雕，不是我说你啊，你不能找这么个猪队友啊，这多拖后腿呀，跑都不利索。”

“我们是在苦窑里的患难兄弟啊，他老被人欺负，一块儿出来的，总不能扔下他不管呀。”王雕解释了。

包神星幽怨地补刀了：“我白给你洗了大半年臭鞋、臭袜子、臭裤衩啊？伺候你舒服了你咋不说？”

“扯淡，劳改队里一个队的臭袜子、臭鞋都是你洗，你他妈再这么没出息，我真不管你了啊。”王雕心情不好，话快到绝情了。

“你……你们别这样嘛，大不了，你们俩的我都洗。”包神星明显处在最弱势，生怕被扔下似的哀求道。

这一段听得众人哈哈大笑。正在操作电脑的向小园蓦地使劲一拍手：“有了！”

电脑一移，屏幕上亮着一份户籍资料，杜其安，一九七×年生，籍贯：中原市黄安县十八排镇某村，照片是上个世纪的那种大头照，显示的是已转出户籍。

“我以为筛选需要很长时间，这个名字的重复率不高？”俞骏问。

“重复率不高是一个方面，齐、棋、七、奇……等等我都试了，筛出来的人有一千多人，但是，近二十年，没有再找到任何电子记录，就这一位，杜其安。”向小园道。这是反向思维，恰恰隐蔽最好、没有任何信息，就成了最大的嫌疑。

“好，组织辨认一下，娜娜，和你在上马村拍到的比对一下，大家再辛苦一下，把本次追踪的所有材料都整理一下，特别是聂媚出现过的酒店，提取监控后看有没有发现……小络再确认一下户籍信息。陆虎，你暂且负责监听，把他们谈话中所有涉及的信息节点，一定准确无误地记下来。”俞骏兴奋地安排着。各人领命而去。俞骏兴奋得都不知道该干什么了，此时坐下才觉得烟瘾上来，抽出一根来，要点时，不经意看到向小园正笑眯眯地看着他。

俞骏不好意思地放下了。向小园却道：“抽吧，这么兴奋，不来一支庆祝一下多扫兴。”

“也是啊，我们的原则和底线反正都崩盘了，太出色了啊，三言两语就兜出底来了，你说，要是那个风骗和咱们这个‘奇骗’有机会PK，谁更胜一筹？”俞骏点着烟，饶有兴致地问向小园。

“我不知道，不过我很期待。”向小园笑着道。

正说话间，又听到斗十方在忽悠了：“要说这八门，最牛×的还是金门啊，紫微斗数、面相手相、八封六爻、奇门遁甲、地理风水等，都属于金门，我师父确实不是金瘸子，但早年和金瘸子谋过面，受过他的点拨，咋点拨呢？一句算贫富，一言断生死……就是能看准，我呢，就学了点皮毛，傻雕你信不？……卧槽，你居然不信啊，我一眼就能看出来，你少年失怙，白话讲就是你爹死得早，你妈跟人跑……这是可以看出来，有科学道理的；你双眉吊梢，印堂发暗，两眼无神，腮线不等……哎呀，这叫命途多舛哪……”

算得这么准肯定把王雕吓唬住了，王雕也肯定不知道算得准是因为看过他资料的缘故。向小园能想象得出，斗十方现在肯定和头回来反诈骗中心那神棍的样子一样，绝对是骗死人不偿命。听到“你爹死得早，你妈跟人跑”的损话，向小园噗地笑得趴桌上了。俞骏抚着脸笑得被烟呛住了，直咳嗽。

两人都舍不得离开，甚至舍不得漏掉一句。这一对半组合，一个贼、一个骗子、一个又贼又“骗”的警察，接下来能搞出什么事来，实在是让人期待啊……

（第一部完）

《反骗案中案 2》即将出版，精彩预告：

斗十方在长安市街头，忽然被蒙头带上一辆面包车，消失在监控和外勤的视线中。中州市反诈骗中心紧急组织赴长安小组，全力追寻斗十方的下落……

反诈骗中心 X 小组的成员，面对逐层显露的线索，惊觉一个更大的骗局正在酝酿之中。一个将传统江湖骗术与网络技术相结合的新型骗局已悄无声息地蔓延了十几省。他们能否破解层层障眼法、捕捉幕后骗枭？

敬请期待《反骗案中案 2》！

激发个人成长

多年以来，千千万万有经验的读者，都会定期查看熊猫君家的最新书目，挑选满足自己成长需求的新书。

读客图书以“激发个人成长”为使命，在以下三个方面为您精选优质图书：

1. 精神成长

熊猫君家精彩绝伦的小说文库和人文类图书，帮助你成为永远充满梦想、勇气和爱的人！

2. 知识结构成长

熊猫君家的历史类、社科类图书，帮助你了解从宇宙诞生、文明演变直至今日世界之形成的方方面面。

3. 工作技能成长

熊猫君家的经管类、家教类图书，指引你更好地工作、更有效率地生活，减少人生中的烦恼。

每一本读客图书都轻松好读，精彩绝伦，充满无穷阅读乐趣！